EMILIA HARRISON

Versehentlich ins Weihnachtsglück

Hubertusstr. 99
44577 Castrop-Rauxel
E-Mail: emiliaharrison@web.de

ISBN: 9798343742848
Independently published

PLAYLIST

Driving Home For Christmas – Chris Rea

The Other Side – Jason Derulo

Shut Up And Dance – Walk The Moon

Shake It Off – Taylor Swift

We Can`t Be Friends – Ariana Grande

Head & Heart – Joel Corry X MNEK

Santa's Coming For Us – Sia

Holly Jolly Christmas – Michael Bublé

Selfish – Justin Timberlake

Left And Right – Charlie Puth

What It Feels Like – Toby Romeo, YouNotUs

Happy B-Day (New Year) – Stevie Wonder

Beautiful Things – Benson Boone

RAPHAEL

Dem Himmel sei Dank, der Übungseinsatz ist beendet. Unser Teamleiter hat uns heute alles abverlangt und ich bin froh, dass ich für dieses Jahr fertig bin.

Weil ich gefühlt eintausend Überstunden und Urlaubstage gesammelt habe, kann ich bereits heute mit der Arbeitswelt bis zum nächsten Jahr abschließen. Wir fahren zurück zur Hauptwache, bringen die Ausrüstung und die Einsatzfahrzeuge wieder in den Bereitschaftszustand und dann …

Dann gönne ich mir endlich ein paar Tage Ruhe. Nicht, dass mich jemand falsch versteht, ich liebe meinen Job als Feuerwehrmann, doch auch ich komme irgendwann an meine körperlichen Grenzen. Wir sind zwar alle in absoluter Topform, aber in meinem Beruf muss ich ständig in Sekundenschnelle von null auf hundert sein.

Jeder von uns braucht gelegentlich Zeit zum Durchatmen, wie auch immer der Einzelne das für sich gestaltet.

Ich werde bis nach Weihnachten bei meinem Bruder bleiben und erst zur Silvesterparty mit den Jungs zurückkommen.

Leander lebt seit ein paar Jahren in einer kleinen Stadt, etwa zwei Stunden Autofahrt von hier entfernt. Im Winter und ganz besonders in der Weihnachtszeit mutiert der Ort allerdings zu einem beliebten Ziel bei Wintersportlern.

Zum nächsten durchaus anspruchsvollen Skigebiet ist es nicht weit und die wenigen Hotels in der Stadt sind um einiges günstiger und nicht weniger charmant als die im Zentrum des Geschehens. Tatsächlich gibt es in der näheren Umgebung sogar ein paar kleinere Pisten, sodass die Urlauber nicht zwingend zu den sowieso stets überfüllten Pisten und Loipen im Nachbarort fahren müssen.

Das Freizeitangebot ist nicht riesig, aber dennoch ausreichend und interessant, sofern man sich mit dem Kleinstadtleben arrangieren kann.

„Hey, Raphi … hast du schon deine nächste Eroberung vor Augen oder warum grinst du wie blöde?“, ruft mir ein Kollege zu.

Ich mag es nicht, wenn mein Name abgekürzt wird, aber wenn doch, dann bitte nicht mit einem „i“ am Ende. Aus dem Alter bin ich nun wirklich raus und ganz bestimmt stellt sich niemand unter „Raphi“ einen Einmeter achtzig großen, durchaus muskulösen Feuerwehrmann vor.

Also verdrehe ich nur die Augen, schnappe mir meine Duschsachen und verschwinde im Gemeinschaftsbad.

Hinter mir höre ich das laute Gelächter der älteren Männer.

„Okay, okay … dann eben Rapha. Los Leute, er ist so weit und kann in unseren Kreis der Supermänner aufgenommen werden. Da endet kein Spitzname mit einem iiii“, kaspert unser Chief rum.

Nach und nach kommen alle zum Duschen und wir unterhalten uns über die Übung und über den weiteren Verlauf des Tages.

„Nee, ich werde erst mal schlafen und dann packe ich meine Siebensachen zusammen.“

„Wohin geht’s, Rapha? Hast du überhaupt noch eine

Ahnung, wie man freie Zeit an mehreren Tagen hintereinander totschlägt?“

„Oh, ich fahre zu meinem Bruder. Dort kommt mit Sicherheit keine Langeweile auf.“

„Stimmt, mit Leander hat man immer Spaß. Ich habe nie verstanden, wieso er uns einfach im Stich gelassen hat. Niemand kann so gute Drinks mixen und so viel Stimmung machen, wie er.“

„Tja, besucht ihn doch einfach mal. Die Entfernung ist nicht unüberwindbar.“

„Bist du zur Silvesterparty wieder zurück?“

„Aber *‚siggi‘*! Glaubst du, die lasse ich mir entgehen?“

„Sag du es mir. Vielleicht lernst du die Liebe deines Lebens in dem Kaff kennen und willst gar nicht mehr zu uns zurück“, lacht Marvin.

„Ganz bestimmt nicht. Für ein oder zwei Wochen ist es okay in der kleinen Stadt. Die Weihnachtszeit ist tatsächlich schöner dort, aber ansonsten … no way. Hier ist mein Job, hier ist mein Zuhause“, erkläre ich meinen Standpunkt.

„Du hast was vergessen, Rapha! Die Auswahl der Mädels ist hier um ein Vielfaches größer als in dem kleinen Kuhdorf“, grölt Wes.

„Deshalb bin ich ja auch zur Party zurück.“

Grinsend gehe ich zu meinem Spind, um meine Jeans und den dicken Pulli anzuziehen. Bevor ich mich in meine gefütterte Lederjacke schwinge, bringe ich noch Ordnung in mein Fach. Sortiere aus, stopfe Kleidung, die gewaschen werden muss in meinen Rucksack und schlüpfe dann in meine Boots.

„Bye, Jungs. Habt eine schöne Zeit ohne große Einsätze und feiert hoffentlich mit euren Familien Weihnachten“, verabschiede ich mich von meinen Kumpels.

Für das kurze Stück zum Auto brauche ich meine Mütze nicht. Ansonsten ist sie momentan ein Muss, weil die Temperaturen seit Anfang der Woche rapide gesunken sind.

Hoffentlich schneit es morgen nicht. Die Fahrt zu

Leander ist zwar nicht weit, aber Schneegestöber und spiegelglatte Straßen gehören nicht zu meinen Favoriten.

Zu Hause angekommen, lasse ich meinen Rucksack fallen, streife meine Schuhe ab, hänge meine Jacke auf und gehe schnurstracks zum Kühlschrank. Zum Glück habe ich immer ein paar Flaschen Coke gekühlt. Die brauche ich gerade dringend.

All der Stress der letzten Wochen fällt von mir ab und ich lasse mich mit einer Tüte Chips und meinem Getränk auf das Sofa fallen. Die Füße lege ich entspannt auf den Tisch, schnappe mir die Fernbedienung und zappe durch die Programme.

Nachdem ich mein Abendmahl, das ausnahmsweise nicht gesund war, verspeist habe, nehme ich das Kofferpacken in Angriff.

Ein paar Jeans und Pullis, Unterwäsche und Socken sind schnell zusammengesucht. Der Kulturbeutel ist immer fertig. Meine Winterjacke, sowie Mütze, Schal und Handschuhe dürfen nicht fehlen. Mein Skianzug, der Helm und die übrige Ausrüstung lagert bei Leander. Hier in der Stadt brauche ich sie nicht und ich werde nicht in einem anderen Ort Winterurlaub machen.

Ach, vielleicht nehme ich ein paar Hemden mit. Es ist schließlich Weihnachten und sicher werden wir auch mal rausgehen. Nur weil Leander in einer Kleinstadt wohnt, heißt das nicht, dass er nur noch zu Hause rumsitzt.

Total erschöpft schlafe ich schon ziemlich früh ein und mache mich am Morgen auf den Weg zu meinem Bruder.

Es hat heute Nacht geschneit, doch die Straßen sind bereits freigeräumt und die Welt ist weiß wie meine Westentasche.

Ich komme gut durch und stehe schon am Vormittag vor Leanders Tür. Jedes Mal bin ich aufs Neue beeindruckt, was die beiden aus dem damals ziemlich heruntergekommenen Haus gemacht haben. Nie hätte ich erwartet, dass mein Bruder sich so entwickeln würde, dass er sich hier wohlfühlen würde. Doch das tut er.

Als ich auf den Klingelknopf drücke, ertönt im Inneren „Jingle Bells“ und mein Grinsen wird breit. Echt jetzt?

Die Tür wird geöffnet und Leander steht mir lachend gegenüber.

„Alter, das wird von Jahr zu Jahr schlimmer. Wenn ihr so weiter macht, dann trägst du im nächsten Jahr eine Weihnachtsmannschürze und backst Plätzchen.“

Leanders Augen weiten sich und meine auch.

„Trägst du doch nicht, oder?“, frage ich ihn mit Entsetzen in der Stimme.

„Gott, nein. Sag das bloß nicht so laut. Nicht, dass deine Idee in die Tat umgesetzt wird.“

Schon in der Diele empfängt mich der typische Weihnachtsduft von Tanne, Zimt, Orangen und Lebkuchen. Alles ist auf Weihnachten getrimmt. So muss es sein, so ist es für mich richtig. Natürlich sage ich das nicht so deutlich, genauso wenig wie Leander. Niemand würde vermuten, dass er in einem Zuckerwattehaus wohnt und sich auch noch wohlfühlt.

„Ist das Raphael? Da können wir noch zusammen frühstücken, bevor ich losmuss“, höre ich von oben.

„Frühstück klingt super. Ich habe nämlich bisher nur einen Shake getrunken.“

„Na dann, bringen wir mal was Ordentliches für dich auf den Teller, kleiner Bruder.“

In der Küche decken wir den Tisch, holen alle Zutaten für ein richtiges Männerfrühstück aus dem Kühlschrank und warten. Denn, sowohl mein Bruder als auch ich, können gerade eben die Kaffeemaschine bedienen und im Notfall ein Spiegelei braten.

Ich höre Schritte auf der Treppe und schon kommt unser Sonnenschein durch die Tür, der Grund dafür, dass Leander hier lebt und endlich zur Ruhe gekommen ist.

„Guten Morgen, schöner Mann“, werde ich herzlich begrüßt.

„Hey, alles gut bei dir?"

„Aber immer. So, dann lege ich mal los. Eier, Speck, Pancakes?"

„Du weißt einfach, was Männer wollen."

Das Zwinkern und das hinreißende Lächeln, das zwei kleine Grübchen hinterlässt, beantwortet jede Frage nach dem Warum. Warum ist Leander hier?

Ganz einfach …, weil Dexter Williams der Traum einer jeden Schwiegermutter ist. Er hat es geschafft, meinen Bruder zu zähmen. Was nicht bedeutet, dass Dex langweilig ist. Er ist der beste Kerl, mit dem Leander je zusammen war. Die beiden ergänzen sich. Jede Mutter wünscht sich einen Dexter für ihr Kind.

Vor Angeboten kann er sich nicht retten, doch er hat nur Augen für Leander.

So wie die beiden sich gerade ansehen, werde sogar ich neidisch. In ihren Gesichtern steht eine Geschichte voller Liebe, Leidenschaft und Vertrauen. Sie passen perfekt zusammen, auch wenn sie rein äußerlich unterschiedlicher nicht sein können.

Manchmal, wenn sie unterwegs sind, denken die Menschen, Leander wäre Dexters Wingman und umgekehrt. Beide verströmen Sexappeal in Mengen.

Heiß, wie ein Vulkan, fällt mir dazu nur ein. All meine Freunde bestätigen das.

Zu Schulzeiten haben die Mädels gedacht, ich würde sie verarschen, wenn ich sie darüber aufgeklärt habe, dass Leander nicht auf Frauen steht. Immer wieder haben sie versucht, ihn über mich kennenzulernen und ihn zu bekehren.

Mein Bruder ist der ultimative Bad-Boy, während Dexter als Man-Model durchaus Karriere machen kann.

Tja, was soll ich sagen … die Damen müssen mit mir vorliebnehmen. Ihnen könnte sicher was Schlimmeres passieren.

Wir sitzen in der großen Küche und tauschen

Neuigkeiten aus.

„Hast du was von Mom und Dad gehört, Raphael?", fragt mein Bruder.

„Ja, hab' ich. Sie sind in … äh, keine Ahnung wo. In irgendeinem Dschungel oder so. Ich soll ausrichten, dass sie es dieses Jahr nicht schaffen, mit uns Weihnachten zu feiern."

„Ist ja was ganz Neues. Hilfe …, bitte lass mich nicht so verrückt werden, wenn ich alt bin. Seit Dad die Firma verkauft hat, sind sie nicht mehr zu Hause, sondern touren in der Weltgeschichte herum. Hättest du jemals gedacht, dass Mom es in Erwägung ziehen würde, in einem Ein-Sterne-Hostel zu übernachten?", grinst Leander.

„Nie und nimmer. Mom braucht nicht unbedingt Luxus, aber einen gewissen Standard. Sauberkeit ist ihr wichtig. Keine Ahnung, was unterwegs mit ihnen passiert ist. Vielleicht sind sie mit einem Voodoo-Zauber belegt. Na ja, Hauptsache sie sind glücklich und gesund."

„Recht hast du, Raphael. Eure Eltern haben es sich verdient, genau das zu tun, wonach ihnen der Sinn steht."

Genau das meine ich. Dexter findet für alles und jeden ein gutes Wort.

Ich bin nicht böse auf meine Eltern, nur etwas irritiert über ihr Verhalten. Wie man so schön sagt, sind Leander und ich in einer intakten Familie aufgewachsen. Nachdem wir beide unseren Weg gefunden haben und auf eigenen Füßen stehen, haben sie beschlossen ein Sabbatjahr (oder vielleicht auch Jahre?) einzulegen. Wer weiß das schon?

„So, ich muss jetzt los. Was habt ihr zwei heute noch vor?"

„Och, eigentlich nichts, oder? Möchtest du was unternehmen, Raphael?"

„Bloß nicht. Ich bin froh, wenn ich einfach nur faul rumliegen kann und meinem Bruder den letzten Nerv raube."

„Das wirst du vermutlich nicht schaffen. Leander hat

Nerven wie Drahtseile."

„Ich weiß, trotzdem werde ich mein Bestes geben."

Leander boxt gegen meinen Arm und Dexter lacht laut.

„Dann sehen wir uns heute Abend. Lasst es euch gut gehen. Dein Bruder hat sich extra den Tag freigeschaufelt. Also macht was daraus."

Es ist schön zu sehen, wie die beiden miteinander umgehen und ich bin gerne bei ihnen. Wir kommen unheimlich gut miteinander aus. Ob nur zu dritt oder mit Freunden, das ist egal. Ernsthafte Gespräche gehören genauso zu unserem Repertoire wie gemeinsam Ski zufahren oder ein Footballspiel anzuschauen.

Am meisten freut es mich jedoch, dass Dexter meinen Bruder auf Spur hält, denn der ist ein Draufgänger mit extrem viel Energie. Dexter hat auch Energie, doch zusätzlich hat er die Gabe auch in heiklen Situationen einen kühlen Kopf zu bewahren.

Halleluja, die Lobeshymne auf meinen zukünftigen Schwager will gar kein Ende nehmen.

Die Tür fällt ins Schloss und wir sind unter uns.

„Soooo, kleiner Bruder … dann lass mich mal alles wissen, was sich bei dir so ergeben hat. Wie läuft es bei den Spritzmännern?", lacht er.

„Spritzmänner? Fuck, Leander das klingt irgendwie komisch. Lass das bloß nicht meine Jungs hören."

„Uuuuhhh, so empfindlich? Na gut, dann eben Superhelden. Besser?"

„Viel besser. Ich soll dich übrigens von Marvin grüßen. Er vermisst deine Drinks."

Leander zieht die Augenbrauen zusammen und schüttelt den Kopf. Habe ich da irgendwas verpasst?

KINGA

So, fertig. Alles ist gepackt und ich habe hoffentlich nichts vergessen.

Eigentlich kann nichts fehlen, weil mein Auto voll bis unters Dach ist. Ich weiß nicht, wie es dazu kommen konnte, denn ich fahre nicht bis ans andere Ende der Welt, sondern nur zu meiner schwangeren Schwester.

Sie ist mit ihrem Mann Logan in seine kleine Heimatstadt gezogen. Beide sind davon überzeugt, dass ein Kind dort besser aufwachsen wird. Gut, ich muss nicht in einer Kleinstadt leben und auch nicht zur Arbeit pendeln.

Mir gefällt es, wie und wo ich wohne. Die Stadt ist nicht zu klein und nicht zu groß. Es gibt ausreichend Bars, Geschäfte, Kinos und andere Dinge, die ich zum Leben brauche.

Ich bin gespannt, wie die Zeit bei Catinka wird. Erst vor ein paar Wochen haben sie das schöne Häuschen bezogen und wir besuchen sie zum ersten Mal. Ich fahre schon ein paar Tage eher hin als meine Eltern und Granny.

Catinka und ich stehen uns sehr nahe und ich möchte gerne Zeit mit ihr verbringen. Sie soll mir ihr neues Zuhause und die Umgebung zeigen und wir werden nicht nur einen

Mädelsabend machen, sondern Mädelstage, denn Logan ist auf Dienstreise und ich übernachte in ihrem Gästezimmer.

Mom, Dad und Granny kommen erst am Tag vor Weihnachten und wohnen im Hotel. Catinka soll sich nicht überanstrengen, meint Mom. Na ja, ich würde mal sagen, dass wir schlecht Stockbetten aufstellen können.

Dieses Jahr werden wir zusammen mit Logans Familie die Feiertage verbringen, weil sie in unmittelbarer Nähe wohnen. Logans Elternhaus ist ein paar Straßen von ihrem Haus entfernt, sodass die beiden auf die Unterstützung der Großeltern hoffen dürfen.

Den Jahreswechsel werden wir wahrscheinlich im Hotel begrüßen. Dort wird eine Party stattfinden. Mal sehen, ob das was für uns ist oder eher nur für das ältere Semester.

Ich freue mich schon, gleich loszufahren, denn irgendwie fühlt es sich wie Urlaub an. Ist es eigentlich auch. Ganz in der Nähe ist ein beliebtes Skigebiet und die kleine Stadt füllt sich mit Touristen aus den Nachbarorten, die sich entweder die teuren Hotels dort nicht leisten können oder wollen. So hat es mir jedenfalls meine Schwester erzählt.

Obwohl Catinka noch gar nicht lange weg ist, vermisse ich sie sehr. Sie ist nicht nur meine große Schwester, sondern auch meine beste Freundin. Wir haben schon immer viel gemeinsam unternommen und ihre Freunde sind meist auch meine Freunde gewesen.

Dass sie Mutter wird, kann ich noch immer nicht richtig glauben. Als sie es uns im Sommer erzählt haben, dachte ich zunächst, dass die beiden überrascht worden sind.

Sind sie nicht!

Sie haben sich bewusst für ein Baby entschieden und freuen sich riesig, dass es ohne große Trainingsphase geklappt hat.

Tja, wenn alles ohne Trainingsphase klappen würde, dann hätte ich bereits einen Knackarsch, muskulöse Beine und ein paar Speckröllchen weniger.

Dieses Jahr wird das wohl nix mehr mit dem flachen

Bauch, denn Leute …, es ist Weihnachtszeit!

Soll heißen … jedes Plätzchen, jeder Punsch und jede Leckerei, die irgendwer auf dem Weihnachtsmarkt oder in meiner Umgebung isst, landet auf *meinen* Hüften.

Ist es fair, meinen Freunden die Naschereien zu verbieten? Natürlich nicht! Also schließe ich mich ihnen an und wir kurbeln die Wirtschaft an, indem wir die örtlichen Händler und Weihnachtsmarktbetreiber unterstützen. Schließlich möchte ich nicht daran schuld sein, wenn im nächsten Jahr der Stand mit den furchtbar leckeren Churros und den Kaffeespezialitäten mit Lebkuchen- und Spekulatiusgeschmack, nicht mehr zu finden ist!

Mein Handy bimmelt und im Display leuchtet Catinkas Name auf.

„Hey, was gibt's?“

„Kinga, fährst du heute noch los?“

„Mhm, ich denke schon. Warum? Hast du was vor? Ich habe den Laden abgeschlossen und das Auto schon gepackt. Wahrscheinlich bin ich gegen acht Uhr bei dir.“

„Vielleicht wartest du besser bis morgen. Es ist dunkel und schneit bei uns.“

Catinkas Stimme klingt besorgt.

„Nö, jetzt ist alles fertig. Schnee ist nichts Ungewöhnliches, Cat. Es ist nicht zum ersten Mal Winter und ich fahre vorsichtig. Versprochen“, versuche ich sie zu beruhigen.

„Okay, aber wenn es nicht weitergeht, dann …“

„Cat, du bist nicht auf eine Eisscholle gezogen, also bleib ganz ruhig. Wir sehen uns in ein paar Stunden. Bereite schon mal alles für eine lange Film- und Quatschnacht vor.“

„Mach' ich. Pass bitte auf dich auf. Hab dich lieb“, säuselt sie ins Telefon und haucht noch einen Kuss hinterher.

„Ich dich auch.“

Die Hormone scheinen ihre Arbeit aufgenommen zu haben, denn normalerweise ist sie absolut tough und unkompliziert. Da bin ich neugierig, wie sich das weiterentwickelt.

Oh, oh, hoffentlich sieht Catinka nicht aus dem Fenster. Das Wetter hat sich nicht gerade gebessert. Durch den leise fallenden Schnee zu fahren ist okay, aber jetzt ist es dunkel und nebelig. Gott sei Dank, funktioniert das Navi und ich komme in Kürze an.

Verdammt, ich kann kaum die Hand vor Augen sehen und schleiche die Straßen entlang. Gut, dass Catinka mir erzählt hat, dass ihr Haus nicht zu verfehlen ist. Denn kein anderes in der Straße soll so beleuchtet und geschmückt sein, wie ihres. Na, dann kann ja nichts schiefgehen.

Die liebliche Stimme meiner Kartenleserin Sammy schaltet sich ein.

„Bitte in einhundert Metern rechts abbiegen. Nach weiteren fünfzig Metern hast du dein Ziel erreicht.“

„Danke, Sammy. Den Rest schaffe ich ohne deine Hilfe“, rede ich mit dem Navigationssystem.

Ich stelle das Gerät aus und setze den Blinker. Das Licht der Straßenlaternen ist nebelumwabert, trotzdem kann ich mich daran orientieren. Ich meine, es ist nicht unbedingt schwer eine gerade Straße entlangzufahren, auf der alle paar Meter ein Laternenmast den Weg weist.

Zum Glück ist niemand mehr unterwegs, somit stehen die Chancen gut, dass ich keine Passanten auf der Kühlerhaube transportiere.

Endlich sehe ich auf der linken Seite Catinkas Haus. Sie hat nicht übertrieben, es ist mit Abstand das Haus mit der auffälligsten Beleuchtung. Sogar durch den Nebel ist es nicht zu verfehlen.

Langsam fahre ich die Einfahrt rauf und parke meinen Wagen direkt vor der Garage. Logan kommt heute nicht mehr nach Hause, also blockiere ich seinen Platz nicht.

Puuuh …, geschafft.“

Langsam löse ich meine verkrampften Finger vom Lenkrad, schüttele meine Hände, rolle mit den Schultern und atme tief durch.

Meinen Koffer und den anderen Kram lasse ich vorerst im Auto. Nur mit meiner Handtasche bewaffnet steige ich aus und gehe Richtung Haustür.

Mein lieber Schwan! Wenn die Dekoration im Nebel schon traumhaft aussieht, wie wird es dann erst bei klarem Wetter sein?

Wann ist Catinka so erwachsen geworden? Dieses Menschlein in ihrem Bauch scheint sie total verändert zu haben, denn das hier sieht so ganz anders aus als das, was ich erwartet habe.

Meine Schwester neigt ein wenig zum Übertreiben. Ihr kann es nicht genug blinken und glitzern. Es muss bunt sein, aber nicht kitschig.

Bewundernd sehe ich mir den Vorgarten und den Treppenaufgang bis zur Haustür an. Irgendwie habe ich mir das Haus anders, kleiner vorgestellt.

WOW! Es sieht aus, als wäre ein Dekorateur am Werk gewesen und nicht Catinka. Der Weihnachtsschmuck ist stylisch, ausgefallen, aufeinander abgestimmt und … sicher unglaublich teuer.

Offenbar geht es meiner Schwester und meinem Schwager gut. Das freut mich unglaublich, denn beide haben sich viele Gedanken gemacht, ob das Haus nicht zu teuer ist. Zumal Catinka ihren Job aufgegeben hat und sich hier erst etwas Neues suchen muss. Und mal ehrlich, wer bitte stellt eine Schwangere ein? Richtig, niemand.

Wahrscheinlich wird sie von zu Hause aus ein paar Aufträge erledigen können, bis das Baby da ist und sich erst danach um einen Job kümmern können, der kindgerecht ist.

Noch immer stehe ich staunend auf dem Gehweg und versuche jedes Detail aufzunehmen.

Das ganze Grundstück ist umgeben von leuchtenden Zuckerstangen. Vom Schornstein an, über das ganze Dach und an der Dachrinne entlang winden sich unzählige Lichterketten.

Auf der linken Seite des Vorgartens liegen zwei riesige

und ich meine wirklich riesige, von innen beleuchtete, goldene, glitzernde Weihnachtskugeln. Auf der einen Kugel sind wunderschöne Ornamente, die andere besticht durch ihre Schlichtheit, denn sie ist lediglich mit unterschiedlich breiten Streifen versehen. Definitiv sind sie größer als jeder Pezziball, den ich bisher gesehen habe. Schätzungsweise reichen sie mir bis zur Hüfte.

Rechts sind drei verschieden große, aufrecht stehende, skifahrende Elche. Es sieht aus, als wären es Mutter, Vater und Kind. Alle tragen schwarze Schuhe an ihren Hufen, die Knie sind leicht gebeugt, in den „Händen" halten sie die Skistöcke, um den Hals ist ein rot-weiß gestreifter Schal, der aussieht, als würde er im Fahrtwind nach hinten wehen.

Das komplette Drahtgestell ist so filigran gearbeitet und beleuchtet, als wären eine Million Sterne im Inneren.

Auf den Treppenstufen liegen ebenfalls Kugeln. Allerding eine Nummer kleiner als die im Garten. Sie sind leuchtend rot und mit einem glitzernden Schriftzug und Sternen versehen. Die Kugel auf der oberen Stufe ist mit dem Wort *„Merry"*, und die Kugel vor den Stufen mit dem Wort *„Christmas"* in geschwungener Schrift versehen.

Ich weiß gar nicht, wo ich hinsehen soll, so überwältigt bin ich. Staunend und mit offenem Mund sehe ich zur Haustür.

Die gesamte Tür wird von einer gigantischen Tannengirlande umrahmt, an der viel Weihnachtsschmuck in Gold, Rot und Silber angebracht ist. Ich erkenne glitzernde Herzen, Kugeln, Zuckerstangen, Tannenzapfen, Schleifen und, und, und.

Mittig auf dem Türblatt befindet sich ein großer Tannenkranz ebenso gestaltet wie die Girlande. Allerdings zieren zusätzlich Weihnachtssternblüten das Grün. Die Befestigung besteht aus silberglänzendem Metall, das unglaublich schön gebogen und gedreht ist und in einer Aufhängung in Form eines Engels endet.

Und hört jetzt gut zu!

Der Knaller sind die zwei lebensgroßen Nussknacker die links und rechts stehen. Zu ihren Füßen liegen jeweils zwei Pakete, die in grün-goldenem Papier eingeschlagen und mit einer roten Schleife verziert sind. Die Nussknacker sehen wirklich so aus, wie in jedem Disneyfilm. Blaue Hosen, rote Jacken und Hüte mit reichlich bunten Verzierungen sowie einer Zuckerstange in der Hand.

Heiliger Bimbam! Gerade habe ich das Gefühl, ich bin in einem Märchen gelandet und werde gleich die zauberhafte Prinzessin besuchen.

Mom wird ausflippen, wenn sie das sieht. Das übertrifft alles an Außendeko, was ich je gesehen habe. Und ich kann mit Fug und Recht behaupten, dass ich, aus beruflichen Gründen, schon unglaublich viel davon betrachten durfte. Vor lauter Staunen sind meine Wangen ganz heiß geworden. Wahrscheinlich glänzen meine Augen wie die eines Kindes, das auf Santa Claus wartet.

Vorsichtig steige ich die Stufen rauf und drücke auf den Klingelknopf. Fast muss ich kichern, denn es ertönt, wie könnte es anders sein, eine Weihnachtsmelodie.

Catinka hat wirklich an alles gedacht. Wie sie Logan davon überzeugt hat, ist mir schleierhaft. Wahrscheinlich ist er einfach nur froh, dass sie eine Beschäftigung gefunden hat. Denn eins ist mal klar, diese ganzen Dinge anzubringen hat sicher viel Zeit gekostet und war ein Haufen Arbeit.

Ich höre Schritte und endlich öffnet sich die Haustür.

„Cat! Das ist …“

Mitten im Satz halte ich inne, denn vor mir steht nicht meine Schwester, sondern ein höllisch heißer Mann etwa in Logans Alter.

Hä? Ist mein Schwager doch zu Hause und hat Freunde eingeladen?

„Ja?“, fragt mich der Fremde mit einer Stimme, die mich von allem träumen lässt, aber nicht von Santa Claus.

„Äh, wo ist Catinka?“, stammele ich.

„Nicht hier.“

„Wie bitte? Und Logan?“

Herr Gott, der Kerl muss denken, ich hätte einen an der Zwiebel. Zumindest sagt mir das sein genervter Gesichtsausdruck.

„Auch nicht, Süße“, zwinkert er mir jetzt auch noch zu.

Seine blauen Augen fixieren mich und ich kann einfach nicht wegsehen. Vermutlich steht mein Mund offen. Fehlt nur noch, dass er ihn mir gleich mit den Fingern zuklappt.

„Was soll das heißen? Wieso sind *Sie* dann hier?“

Mein Blick wandert an seinem äußerst ansehnlichen Körper entlang. Ich registriere blonde, kurze Haare, ein attraktives Gesicht, schöne blaue Augen, lange Wimpern, breite Schultern, schmale Hüften, ausgeprägte … Moooooment, Kinga ... Aufhören!

Jetzt lehnt er sich an den Türrahmen und verschränkt die Arme vor seiner breiten Brust. Die Ärmel seines Longsleeves rutschen hoch und geben den Blick auf sehnige Arme voller Tattoos frei. Sogar auf den Händen erkenne ich Kunstwerke. Meine Augen wandern wieder nach oben, wobei ich sehe, dass am Hals ebenfalls etliche Tattoos die Haut zieren.

Unwillkürlich lecke ich mir über die Unterlippe, als ich seine perfekt geschwungenen Lippen sehe. Es wird Zeit, dass ich meine Hirnströme wieder aktiviere.

„Brauchst du Labello?“, grinst er mich unverschämt an.

„Hä? Wie kommst du darauf?“

Er ahmt meine Bewegung nach und ich werde roter als eine Tomate, falls das überhaupt möglich ist.

Hinter ihm taucht nun ein Mann auf, der nicht weniger… ähm, scharf ist. Er hat braunes, etwas längeres Haar, grüne Augen und überragt das erste Prachtexemplar um ein paar Zentimeter.

Mit seiner großen Hand öffnet er die Tür noch ein Stück weiter und sieht zwischen mir und dem Hottie hin und her.

„Oh, guten Abend. Wieso bittest du deinen Besuch nicht herein, Leander?“

„Weil es nicht mein Besuch ist. Deiner?“

Leander also. Ich verstehe nur Bahnhof.

„Nö. Ich kenne sie nicht."

„Ich auch nicht", informiert Leander den anderen Mann.

„Hm, was nun? Also ich bin Dexter Williams. Können wir irgendwie helfen?"

„Hoffentlich. Ich möchte …"

„Ist der Lieferdienst doch gekommen?", höre ich eine tiefe Stimme von oben.

Das wird ja immer abstruser. Wie viele Männer sind denn noch im Haus und wo ist meine Schwester? Allerdings sehen sie nicht so aus, als hätten sie gerade einen Mord begangen. Haben sie doch nicht, oder?

„Kommt darauf an, was du bestellt hast", antwortet Leander der tiefen Stimme von oben.

„Der Pizzabote ist es jedenfalls nicht", höre ich nun wieder Dexter.

Beide Männer drehen sich um, denn gerade kommt die „Stimme" zur Tür. Das kann doch nicht wahr sein! Ich starre zwischen den Männern hin und her und habe das Gefühl nicht bei Santa Claus, sondern bei den drei Musketieren gelandet zu sein.

Der Dritte ist eine jüngere Ausgabe von Leander. Eine Eins-zu-Eins-Kopie. Unglaublich.

Ich ziehe mein Handy aus meiner Hosentasche und halte es ihnen zittrig vor die Nasen.

„Wenn ihr mir nicht sofort sagt, wo meine Schwester ist, dann rufe ich die Polizei!"

Um dem ganzen Nachdruck zu verleihen, tippe ich die Notrufnummer schon ein.

„Süße, woher sollen wir wissen, wo deine Schwester ist? Raphael, hast du irgendwen mitgebracht oder vorhin aufgegabelt, als du kurz zum Bäcker gegangen bist?"

Aha, Raphael.

So langsam verzweifele ich und mir kommen die Tränen.

Sofort kommt Dexter an meine Seite und streicht über meine Schulter. Ich weiche ängstlich einen Schritt zurück.

„Hey, nicht weinen. Alles wird sich aufklären. Vielleicht kommst du erst mal rein und sagst uns, wer deine Schwester ist", redet er mit ruhiger Stimme auf mich ein.

Meine Unterlippe zittert und meine Gedanken rasen.

„Fangen wir doch zunächst mit deinem Namen an", mischt sich Leander unfreundlich ein.

„Lass das, Leander. Siehst du nicht, dass sie Angst vor uns hat?"

„Mensch, sie hat doch bei uns geschellt …"

Dexter winkt ab und führt mich ins Haus. Bin ich irre? Ich kenne die Männer nicht, weiß nicht, wo Catinka ist und lasse mich ohne Gegenwehr ins Haus ziehen. Bevor jemand die Tür schließt, stemme ich die Fersen in den Boden.

„Nicht! Mein Name ist Kinga Tamasz und meine Schwester heißt Catinka. Sie wohnt hier. Also letzte Chance … Wo ist sie?!"

Raphael sieht mich belustigt an und hebt eine Augenbraue, sagt aber nichts.

„Kinga, hier wohnen wir und eine Catinka Tamasz kenne ich nicht", informiert Dexter mich ruhig.

Was soll das jetzt bedeuten? Sie wohnen hier?

„Aber, das kann nicht sein."

Ich fange an zu zittern, nicht weil mir kalt ist.

„Das Navi hat gesagt, ich soll in einhundert Metern in diese Straße biegen und Catinka hat gesagt, ich kann ihr Haus nicht verfehlen. Es ist das Haus, das am hellsten strahlt. Und das ist hier."

Deutlich höre ich, wie hoch und unsicher meine Stimme klingt.

„Nein, ist es nicht. Vielleicht bist du bei dem Nebel in die falsche Straße eingebogen. Allerdings hätte das Navi das bemerkt", schlussfolgert Dexter.

„Das habe ich nach der letzten deutlichen Ansage ausgestellt. Im Ernst, wie viel Häuser mit so einer aufwendigen Dekoration gibt es wohl in diesem Kaff?"

Raphael lacht kopfschüttelnd.

„Also ich bleib' nicht hier an der Tür stehen, ist mir zu kalt. Kommt rein oder macht sonst was", sagt er und dreht sich weg.

„Offensichtlich gibt es mehrere schöne Häuser, denn dieses hier gehört uns."

Leander ist wieder genervt und schnauft.

„Dex, ich habe da keinen Bock drauf. Klär du das."

„Ruf doch deine Schwester an, dann können wir weiter sehen", bittet Dexter mich.

Stimmt, ist eigentlich ganz einfach.

„Vielleicht kommst du doch rein, Kinga. Nur so weit, dass ich die Haustür schließen kann, es ist nämlich wirklich sehr kalt. Wenn du möchtest, gehe ich ebenfalls in ein anderes Zimmer und du kannst in Ruhe telefonieren. Dir wird nichts passieren. Versprochen."

Während er mit mir redet, wähle ich schon Catinkas Nummer.

„KINGA! Wo bleibst du denn? Ich mache mir Sorgen! Man kann keine zwanzig Meter weit gucken", schreit meine Schwester ins Telefon.

„Äh, ich bin in dem Haus, das die ganze Straßenseite beleuchtet, aber es ist nicht deins. Hier wohnen drei Männer."

„Was?! Komm sofort da raus. Bist du bescheuert? Sie könnten dich fesseln, knebeln und wer weiß was mit dir tun!"

Vor meinem inneren Auge ploppen Bilder auf, die mich zappeln lassen und auch irgendwie unpassend sind.

Dexter bekommt das Gespräch mit, sieht mich an und grinst frech.

„Ich stehe nur im Eingangsbereich, Cat."

„Sag mir die Adresse und ich hole dich ab. Geh sofort zurück in deinen Wagen, Kinga!", bestimmt sie.

„Oh nein, Cat. Logan macht kurzen Prozess mit mir, wenn er erfährt, dass du bei diesem Wetter im Dunkeln, alleine vor die Tür gehst. Ich stelle das Navi neu ein und bin gleich bei dir."

„Logan? Meinst du Logan Elliot?“, fragt Dexter mich.

„Genau, er ist mein Schwager.“

„Du sagtest Tamasz, aber …“

„Ja, ich heiße Kinga Tamasz, meine Schwester hat Logan Elliot geheiratet.“

Ein breites, unglaublich schönes Lächeln erscheint auf Dexters Gesicht.

„Gib mir mal dein Telefon, bitte“

Er wartet nicht auf meine Antwort, sondern nimmt mein Handy und stellt den Lautsprecher an.

„Hallo? Ich bin Dexter Williams und mit Logan zur High-School gegangen. Deine Schwester ist in die falsche Straße eingebogen. Der Nebel macht es unmöglich Auto zu fahren.“

„Dexter Williams? Nie gehört. Lassen Sie sofort meine Schwester gehen oder ich rufe die Polizei!“

„Das hat Kinga auch bereits angedroht. Mal ganz ruhig, Catinka. Ruf Barbara an, sie wird dir versichern, dass ich eine weiße Weste habe“, lächelt er.

Barbara ist Cats Schwiegermutter, also muss an der High-School Geschichte was dran sein.

„Wieso sollte sie dich kennen?“

Oh, Mann. Die Männer müssen glauben, dass unsere Gehirne so groß sind, wie die eines Goldfisches im Glas. Dexter hat doch gerade gesagt, woher er Logan kennt, ergo … kennt er auch seine Eltern.

„Ich möchte nicht eingebildet rüberkommen, aber jeder hier kennt den ehemals besten Wide Receiver der High-School.“

Oh. Ja, ich kann ihn mir seeeeehr gut beim Football vorstellen. Genauso wie die beiden anderen auch.

„Warte mal, davon hat Logan erzählt“, kichert sie.

Wir sehen uns schulterzuckend an. Was gibt es denn da zu kichern?

„Du bist also der Dexter, der jedem Mädchen den Kopf verdreht hat und trotzdem unerreichbar war? Du bist der, der

Logan den Arsch bei seinem ersten Date gerettet hat, als er würgen musste, weil sich die Zunge des Mädchens für Logan wie ein dicker, fleischiger Wurm anfühlte? Du hast ihr verklickert, dass er verdorbenen Fisch gegessen hätte. Du bist der, der Logans achtzehnten Geburtstag gecrasht hat, indem …"

„Ja, ja, ist gut. Genau der bin ich."

Dexter verdreht die Augen, Catinka lacht sich kaputt, ich grinse wie blöde und die Köpfe der beiden anderen Männer tauchen im Türrahmen auf und spitzen gespannt die Ohren.

Ich bin mir ganz sicher, dass sie Dexter nicht davonkommen lassen. Die Storys müssen erzählt werden. Logan hat Catinka offensichtlich sehr viel über seine Sturm-und-Drangzeit berichtet.

„Mann, Logan hat echt viel von dir erzählt. Du scheinst die Nummer Eins in der High-School gewesen zu sein."

„Was ist jetzt? Kommt gleich das Sondereinsatzkommando oder darf deine Schwester ihre Jacke ausziehen?", knurrt Dexter.

„Wenn es bei der Jacke bleibt, dann ja. Ansonsten … Kinga, speichere bloß alles ab. Du weißt, was ich meine."

„Boah, Catinka! Sag mal, geht's noch?! Kommst du alleine klar? Sobald der Nebel sich aufgelöst hat, komme ich zu dir. Sonst besteht die Gefahr, dass ich an der nächsten falschen Haustür bimmele."

„Mh, okay. Melde dich zwischendurch. Wir wissen nicht, ob auch die anderen Männer eine reine Weste haben, oder?"

„Wir wissen es nicht, aber vielleicht Dexter. Du übertreibst, Cat. Trink einen Beruhigungstee und futtere nicht das ganze Popcorn auf. Bye."

Schnell drücke ich auf den Button und beende das nervige Gespräch. Manchmal könnte ich meine Schwester erwürgen. Die Schwangerschaft scheint sie nicht nur ängstlich zu machen, sondern auch noch ungehemmter im Gespräch.

„Dann haben wir das also geklärt. Komm doch endlich rein, iss mit uns und dann wird sich das Wetter beruhigt haben."

Mein Magen knurrt laut und mir fällt auf, dass ich seit heute Mittag nichts mehr gegessen habe.

Mal sehen, was es in einem Männerhaushalt zu futtern gibt. Pizza schon mal nicht, denn der Bote ist nicht gekommen. Ich gehe hinter Dexter her in die große Küche, in der Leander am Küchenschrank lehnt und Raphael lässig auf einem Stuhl am großen Esstisch sitzt. Seinen Arm hat er auf die Rückenlehne des Stuhls neben sich gelegt und den Knöchel auf sein Knie geparkt.

Die Brüder (es müssen Brüder sein, vermutlich werden sie oft auf den ersten Blick für Zwillinge gehalten) fixieren mich aus ihren wunderschönen blauen Augen.

Mein kleines Herz macht einen Hopser, als meine Augen an Raphaels hängen bleiben.

RAPHAEL

Die Kleine ist ziemlich leichtgläubig. Jeder kann am Telefon behaupten, Dexter Williams zu sein. Mit ihrer Schwester scheint auch irgendetwas nicht rundzulaufen. Zuerst schreit sie ins Telefon und ist besorgt, dann lacht sie sich schlapp und lässt ihre Schwester in der Obhut drei fremder Männer.

Auf die Geschichten, die Catinka erwähnt hat, bin ich gespannt und wenn ich mir meinen Bruder ansehe, dann weiß ich, dass das ein interessanter Abend wird.

Jetzt kommt Kinga hinter Dexter in die Küche. Unsicher sieht sie sich um und unsere Blicke stranden ineinander.

Ihre großen, braunen Augen sehen sich neugierig um. Wahrscheinlich ist sie von der Inneneinrichtung genauso beeindruckt wie von der Weihnachtsdekoration draußen.

Wer ist das nicht? Das ganze Haus ist ein Traum. Als Leander hergezogen ist, hat er kaum glauben können, dass es solche Häuser wirklich gibt. Vorher haben wir Derartiges nur in Zeitschriften gesehen. Doch Dexter ist ein hervorragender Innenarchitekt und hat sich hier ausgetobt.

Ungeniert mustere ich sie von oben bis unten. Ihr braunes, welliges Haar liegt über einer Schulter und reicht bis über ihre Brust. Sie ist nicht zu klein und nicht zu groß, die

Rundungen sind an genau den richtigen Stellen.

In ihrer Jeans und dem hellblauen, flauschigen Pulli sieht sie lecker aus. Das ist mal eine schöne Überraschung, die uns da ins Haus geschneit ist.

„Setz dich. Möchtest du etwas trinken?“, fragt Dexter sie.

„Gerne.“

Leander schnauft und verschränkt wieder seine tätowierten Arme vor der Brust.

„Verrätst du uns auch noch was?“, höre ich seine ironische Stimme.

Sofort schießt Dexters Blick zu ihm und warnt meinen Bruder ohne Worte.

„Sorry, natürlich. Ich nehme ein Wasser.“

„Und du Raphael? Auch Wasser?“

„Wenn Gott gewollt hätte, dass ich nur Wasser trinke, dann hätte er nicht fünfundachtzig Prozent davon versalzen. Also nein, ich nehme eine Coke.“

Kinga kichert, wobei sich ihre kleine Nase leicht kräuselt.

„Gut, hätten wir das auch besprochen.“

Sie setzt sich mir direkt gegenüber, sodass ich eine hervorragende Aussicht habe. Leander holt die Getränke und noch einen Teller, Dexter nimmt die Lasagne aus dem Ofen und ich … ich versuche mir vorzustellen, was sich hinter dieser schönen Fassade verbirgt.

„Lasagne? Ich liebe Lasagne.“

Ungehemmt schnappt sie sich den Schieber und nimmt sich ein großes Stück. Ich bezweifele, dass sie das aufessen kann, aber offenbar hat sie lange nichts gegessen.

Zunächst schaufeln wir alle ein paar Gabeln in uns hinein, bis Leander anfängt zu fragen.

„Kinga … woher kommt der Name? Ich habe ihn noch nie gehört.“

Das habe ich mich auch schon gefragt. Auch der Nachname klingt nicht so, als käme sie von hier. Tamasz, vielleicht griechisch?

„Meine Großeltern stammen aus Ungarn. Sie sind in

jungen Jahren hergekommen, weil Grandpas Arbeitgeber einen Niederlassungsleiter in den Staaten gesucht hat. Sie waren jung, abenteuerlustig und wollten die Welt erobern. Die Eroberung war eigentlich auf fünf Jahre begrenzt, aber … Die Schlacht war noch nicht geschlagen und sie sind geblieben."

„So genau wollte ich es zwar nicht wissen, aber trotzdem danke dafür", stichelt Leander.

Unter dem Tisch trete ich ihm gegen das Schienbein, doch er verzieht keine Miene.

„Du bist nicht gerade ein Charmeur."

„Süße, das muss ich gar nicht sein. Mein Körper spricht für sich."

Meine Güte, er lässt mal wieder den arroganten Leander raus. Hat er schon lange nicht mehr gemacht. Wieso dann jetzt? Sie hat ihm nichts getan, ist freundlich und wunderschön anzusehen.

Oooh …, gerade fällt mir ein, woran es liegen kann. Kingas Schwester hat ein paar Dinge aus Dexters Jugendzeit angedeutet. Er ist eifersüchtig. Uuuuh, das wird lustig.

Die Stimmung am Tisch ist ziemlich angespannt und Kinga rutscht auf ihrem Stuhl hin und her. Sie sieht von einem zum anderen und bleibt wieder an mir hängen. Vorsichtig lächelt sie mich an und ich kann nicht anders, als zurückzulächeln.

Na gut, dann bin ich mal nicht so und mache ein bisschen Konversation.

„Wie kommt es, dass du das Haus deiner Schwester nicht kennst? Ich meine, spätestens vor der Haustür hätte dir doch auffallen müssen, dass du falsch bist."

„Ich besuche Catinka zum ersten Mal. Die beiden sind erst vor ein paar Wochen hergezogen. Die Entfernung von einhundert Metern habe ich wohl bei dem Nebel falsch eingeschätzt. Etwas komisch fand ich es schon. Catinka meinte zwar, dass sie es vielleicht ein bisschen mit der Weihnachtsdeko übertrieben hat, aber das hier … hmm, passt nicht wirklich zu ihr."

„Wie meinst du das? Gefällt es dir nicht?", provoziert Leander schon wieder.

„Leander! Hör jetzt auf. Krieg dich mal wieder ein, du benimmst dich wie ein beleidigtes Kind", grollt Dexter.

„Doch, es gefällt mir außerordentlich gut. Es ist eine ganz besondere, außergewöhnliche Deko. Insgesamt wirkt alles doch recht teuer. Da die beiden aber das Haus erst gekauft haben, ist das Budget wohl eher etwas knapp. Uuuund… Cat mag es bunter."

„Ich hab' davon gehört, dass Logan zurückgekommen ist. Was hat ihn dazu bewogen? So wie ich das mitbekommen habe, ist er in die nächstgrößere Stadt gezogen, weil die Jobangebote dort besser sind."

„Stimmt, er arbeitet immer noch für ein großes Unternehmen und pendelt oft. Logan und Cat meinen, dass ein Kind hier besser aufwachsen kann. Alles ist ein bisschen behüteter, gediegener."

„Nein! Sag bloß Logan wird Vater", ruft Dexter überrascht.

„Jap. Im Mai kommt das Baby. Damit der Umzug für Catinka nicht zu anstrengend wird, wenn sie hochschwanger ist, sind sie jetzt schon hergezogen. Außerdem ist es doch schön, die Weihnachtszeit im eigenen Haus zu genießen."

Kingas Augen leuchten bei der Erzählung und ihre Wangen sind leicht gerötet. Offensichtlich freut sie sich über das Glück ihrer Schwester.

„Weißt du was, ich werde dich später begleiten, dann kann ich kurz mit Logan sprechen. Mann, ist das lange her."

Leanders Miene verdüstert sich. Er ist unglaublich besitzergreifend und mag es überhaupt nicht, wenn Dexter an andere Männer denkt. Auch nicht, wenn es nur rein platonisch ist.

„Wie lange bleibst du?", möchte ich wissen.

Sie klatscht aufgeregt in die Hände.

„Oh, ich bleibe bis zum neuen Jahr. Cat und ich haben

uns wochenlang nicht gesehen und da Logan auf Geschäftsreise ist, haben wir viel Zeit füreinander. Mal sehen, was der Ort so zu bieten hat. Sie meint, zu dieser Zeit sind viele Touristen hier."

„Stimmt, momentan ist es recht voll."

„Bist du immer hiergeblieben, Dexter? Oder warst du auch nach der Highschool weg?"

„Es gibt kein College in der Nähe, also bin ich losgezogen und danach für eine Weile in der Stadt geblieben. Wir sind vor fünf Jahren zurückgekommen. Mir gefällt es besser hier und das Haus war das Zünglein an der Waage."

„Ach, dann wohnt ihr zu dritt hier? Ich hätte mir einen Männerhaushalt anders vorgestellt."

„Ach ja, wie denn? Versiffte Bude, keine Grenzen und ein Sodom und Gomorra?", giftet Leander.

„Reicht jetzt, lass sie in Ruhe. Kinga ist unser Gast und nicht unser Feind", weise ich meinen Bruder zurecht.

„Entschuldigung, so war das nicht gemeint", rechtfertigt Kinga sich leise.

„Wie dann?", fragt Dexter sie freundlich.

„Ich hätte nicht erwartet, dass die Einrichtung so unglaublich stylisch und aufeinander abgestimmt ist. Bei mir sieht es weitaus chaotischer aus."

„Das ist mein Werk. Leander ist nicht so der kreative Mensch …"

„… eher der launische?", bemerkt Kinga.

„So kann man es auch nennen. Raphael ist ebenfalls nur zu Besuch hier, vielleicht unternehmt ihr sogar Mal was zusammen. Leander und ich müssen noch ein paar Tage arbeiten, bis auch wir in den wohlverdienten Urlaub dürfen."

„Also ich brauche keinen Babysitter. Ich komme ganz gut alleine klar", stelle ich fest.

„Wenn man sich über den Weg läuft, dann vielleicht, aber ich möchte die Zeit mit Catinka nutzen."

Dexter sieht mich zweifelnd an. Ja, was? Ich bin nicht der Fremdenführer.

„Wer hat gekocht? Es schmeckt himmlisch."

„Dexter ist dafür zuständig. Er ist perfekt", betont Leander Dexters Vorzüge.

„Die Lasagne ist es auf jeden Fall."

Mir gefällt es, dass Kinga sich nicht von meinem Bruder einschüchtern lässt.

Böse sieht er seinen Partner an, der ihn nur überheblich angrinst.

„Was sind das für Geschichten, von denen meine Schwester geredet hat? Erzähl mal, Dexter. Mich interessiert sehr, was mein Schwager so getrieben hat. Vielleicht kann ich das irgendwann gegen ihn verwenden."

Sie sieht erwartungsvoll in die Runde und ich kann nicht umhin zuzugeben, wie sehr es mir gefällt, dass sie sich in der Tür geirrt hat.

„Hm, Logan war in meiner Stufe, wir haben zusammen Football gespielt und die Erwachsenenwelt erkundet. Wie das so ist in der Highschool. Es war …, sagen wir mal unsere heiße Phase."

„Mehr …, ich will mehr Einzelheiten. Das mit den wilden Zeiten haben wir alle erlebt. Mich interessiert vor allem der Würgereiz."

Dexter lacht laut, ich grinse und sogar Leander kann sich ein Lächeln nicht verkneifen.

„Das war wirklich etwas …, ähm ungewöhnlich. Logan hatte ein erstes Date mit Trisha. Nicht, weil er sie so toll fand oder sie besonders hübsch war, sondern…"

„…, weil sie offen für alles war?", redet Kinga dazwischen.

„Wohl eher offen für *alle*. Trisha hat sich damals schon auf Gebieten ausgekannt, von denen wir noch nicht mal was gehört hatten. Na ja, Logan hat sich nach dem Training mit ihr getroffen. Sie hat auf ihn gewartet und ist gleich zur Sache gekommen. Man muss dazusagen, dass Logan eher unerfahren war, das wollte er unbedingt ändern, bevor er sich seinem Schwarm nähern wollte."

„Ja, das hört sich nach meinem Schwager an. Er feilt an seinem Plan, bis er sicher ist, dass es passt.“

„Jap, hat er schon immer. Er hat Trisha also an die Wand des Holzschuppens getackert und sie hat sich sofort an ihn geklammert und geküsst. Schneller als Logan darauf eingehen konnte, hat sie ihm ihre Zunge bis in den Rachen gesteckt und dort wohl den Würgereiz ausgelöst. Zumindest hat er gesagt, dass es sich angefühlt hat, als hätte ein fetter, fleischiger Wurm in seinem Mund Saltos geschlagen.“

Ich kann nicht mehr. Bei der Vorstellung bricht ein Lachen aus mir, bis mir die Tränen kommen. Kinga reißt die Augen auf und schüttelt sich.

„Igitt, hört sich ekelig an. Wie hast du ihn gerettet?“

„Deine Schwester hat es schon gesagt. Ich kam als letzter aus der Umkleide. Als Logan gewürgt hat, als würde sich sein Magen nach außen stülpen, hat Trisha sich furchtbar aufgeregt und gedroht in der ganzen Schule zu erzählen, dass Logan einen Mikroschwanz und Mundgeruch hat.“

„Oh, nicht schön.“

„Ich hatte Logan davor gewarnt, dass sie eine falsche Schlange ist und ich es widerlich finden würde, auch nur irgendein Fitzel Haut von ihr zu berühren. Natürlich hat er nicht auf mich gehört.“

„Natürlich nicht. Die Einzige, auf die er hört, ist Catinka. Bei ihr ist er lammfromm.“

„Auf jeden Fall hat er sich hektisch umgesehen, ob ihn jemand gesehen hat. Und da stand ich, mit den Händen in den Hüften und hochgezogenen Augenbrauen. Er tat mir in dem Moment leid, also habe ich Trisha erzählt, dass Logan kurz vorher Fish and Chips gegessen hat, der wohl verdorben war.“

„Und das hat sie geglaubt? Ihr hattet Training, wann soll das gewesen sein?“, will ich wissen.

„Gut erkannt, Officer. Wir kamen vom Training und natürlich gab es dort kein Fast-Food. Trisha hat es geschluckt, wie fast alles …“

„Bäh, das will ich jetzt aber nicht wissen, Dexter", bemerkt Kinga angewidert.

„Dann muss sie aber wirklich blöde gewesen sein", kommt nun doch ein Kommentar von meinem Bruder.

„Sagen wir es so, Trisha war jemand, der auch die Mikrowelle vorgeheizt hat."

„Solche Leute soll es geben."

„Danke. Du kannst davon ausgehen, dass ich das in den nächsten Tagen gegen Logan verwenden werde. Irgendeine Gelegenheit wird es geben und ich freue mich darauf."

„Wieso, ist er so ein Arsch?", höre ich Leander.

Kinga sieht ihn an, legt ihren Kopf schief und überlegt offenbar, ob sie ihm antworten soll.

„Hmm, nein, das ist er ganz bestimmt nicht. Manchmal ist es dennoch hilfreich, wenn ich ein paar Hintergrundinformationen habe, um mich an ihm zu rächen, wenn er mal wieder den großen Bruder, den ich nicht habe, raushängen lässt. Logan ist in Ordnung und ich bin froh, dass Catinka ihn und nicht irgendeinen anderen Vollidioten geheiratet hat."

„Bestand denn die Möglichkeit?", möchte ich wissen.

So langsam wird es interessant und ich möchte mehr über Kinga und ihre Familie wissen. Ich glaube, in ihr steckt jemand, mit dem man viel Spaß haben kann. Vielleicht treffe ich mich doch mal mit ihr.

„Und ob. Cat hatte immer die freie Auswahl. Alle Jungs sind ihr hinterhergelaufen und manchmal hat sie mit ihrer Wahl ins Klo gegriffen. Oh Gott, wenn ich an einige von denen denke, kriege *ich* einen Brechreiz. Und ich habe keinen Fisch gegessen", zwinkert sie Dexter zu.

Wieder mustere ich sie und würde gerne wissen, wie sich ihre Zunge in meinem Mund anfühlt. Verdammt, was denke ich denn da?

„Inwiefern ins Klo gegriffen?", hake ich nach.

Sie windet sich. Wahrscheinlich bemerkt sie gerade, dass sie aus dem Nähkästchen plaudert, dann grinst sie unverschämt.

„Was soll's, Catinka würde auch einige Geschichten über mich erzählen, wenn sie die Gelegenheit dazu hätte. So what …"

„Welche Geschichten hast du erlebt?"

Jetzt ist meine Neugier endgültig geweckt.

„Die stehen hier nicht zur Debatte. Oder …, eine Geschichte von dir, gegen eine Geschichte von mir."

Kinga klimpert übertrieben mit den Wimpern, ich halte ihren Blick und checke die Situation ab. Ist es das wert? Nein, noch nicht.

„Bleiben wir bei deiner Schwester."

Sie sieht mich triumphierend an, als hätte sie gewusst, dass ich kneife. In ihren braunen Augen flackert Interesse auf, sie streicht sich die welligen Haare hinter das Ohr und befeuchtet ihre Lippen.

Scheiße, diese unschuldige Geste hat ganz und gar keine unschuldige Wirkung auf mich, denn sie sieht mich jetzt mit einem ganz deutlichen „ich-will-dich-vernaschen-Blick" an. Machen das nicht eigentlich nur Männer?

Ein reißender Strom Blut rauscht ungehemmt in Richtung meiner Rute und ich bin dankbar, dass der Tisch vor mir steht. Kingas Augen werden dunkel und ich kann nicht wegsehen. Um mich herum nehme ich nichts mehr wahr. Am liebsten würde ich über den Tisch hechten, sie besinnungslos küssen und sie mit nach oben nehmen.

Vermutlich kann man es mir am Gesicht ablesen, doch das ist mir egal. Schließlich denkt sie nichts anderes, da bin ich mir ganz sicher.

Ein Räuspern von der Seite unterbricht unseren Blickfick.

Wieso? Grätsche ich bei den beiden dazwischen? Nein, mach' ich nicht.

„Und? Dürfen wir auf Catinkas Fehlgriff hoffen oder sollen wir euch lieber alleine lassen?", fragt natürlich Leander.

Contenance ist ihm fremd. Zumindest manchmal.

Einen kurzen Augenblick verharren wir noch im Sog des anderen, dann schaut Kinga Leander an.

„Ich sollte gehen. Catinka wartet auf mich. Ihr allabendliches Telefonat mit ihrem Traumprinzen hat sie sicher schon geführt, also kann ich davon ausgehen, dass mir ihre ungeteilte Aufmerksamkeit gilt. Logan ist nämlich alles andere als ’ne Nullnummer. Er hat ihr Herz im Sturm erobert und für sie gibt es keinen anderen Mann auf der Welt, der ihr gefährlich werden kann."

„Schade, ich hätte gerne mehr erfahren. Aber du hast recht, es ist schon spät. Schauen wir, ob der Nebel sich verzogen hat."

Dexter steht auf und geht zur Tür. Wir drei bleiben wie angewurzelt sitzen.

„Kinga, ich muss dich enttäuschen. Mit dem Auto kannst du nicht fahren. Es ist eher schlimmer als besser geworden."

„Dann gehe ich zu Fuß. Auf keinen Fall bleibe ich hier. Wofür gibt es Google-Maps auch für Fußgänger."

„Raphael, geh du mit ihr. Ich spare mir einen Besuch, bis Logan wieder zurück ist. Sie kann unmöglich alleine gehen."

Sehe ich genauso. Vielleicht erzählt sie doch noch von ihrer Schwester.

„Ach, was. Ich schaffe das schon."

„Dann reißt Logan mir den Kopf ab. Nee, lass mal. Tu mir den Gefallen und lass Raphael mitgehen. Er wird ganz lieb sein. Ist doch so, oder Raphael?", säuselt Dexter.

Kopfschüttelnd stehe ich auf und gehe zur Garderobe. Kinga bedankt sich für das Essen und verabschiedet sich von Leander und Dexter.

Als sie zur Tür kommt, stehe ich schon in Jacke und Boots dort. Meine Mütze halte ich noch in der Hand.

Ich reiche ihr die Jacke, sie schlüpft hinein und mich umgibt eine Wolke ihres Dufts. Sehr feminin, blumig und doch irgendwie süß.

Als ich die Haustür öffne, kann man kaum die Beleuchtung im Vorgarten sehen.

„Bist du sicher, dass du nicht bleiben willst, Kinga?"

Selbstlos wie ich bin, würde ich ihr mein Bett anbieten, natürlich mit mir drin.

Raphael, du bist ein Arsch.

„Wirst du zurückfinden? Man kann kaum die Hand vor Augen sehen."

Niedlich, sie klingt besorgt und irgendwie fühlt sich das an wie eine Streicheleinheit.

„Wenn du mich nicht einlädst zu bleiben, muss ich wohl durch die Nacht schleichen."

„Du schaffst das schon. Du kannst eine Kerze auf dem Rückweg mitnehmen, die dir den rechten Weg weist."

„Ziemlich frech, Miss Tamasz. Gehen wir."

Zum Glück sind die Wege freigeräumt und wir können uns von Laterne zu Laterne hangeln. Als zusätzlich auch noch Wind aufkommt und wir uns dagegenstemmen, nehme ich ihre Hand in meine und verschränke unsere Finger miteinander. Kinga lässt es zu und drückt sich an meine Seite.

Sie hätte doch bleiben sollen, obwohl ich natürlich verstehe, dass sie das nicht will.

„Raphael?"

„Hm?"

„Vielleicht musst du bei uns bleiben, es wäre der Wahnsinn bei dem Wetter zurückzulaufen."

„Hast du etwa Angst um mich?"

Kinga schüttelt belustigt den Kopf und boxt gegen meinen Arm. Ich habe das Gefühl, als würde ich sie schon ewig kennen und nicht erst seit zwei Stunden.

„Vielleicht seid ihr aber zwei arme, irre Schwestern und foltert mich, sobald ich in euren Fängen bin."

„Man kann nie wissen."

Nein, das kann man nicht.

KINGA

Den Weg zu Catinka hätte ich nie gefunden, denn bei dem Nebel besteht gar keine Chance, sich zu orientieren. Raphael scheint sich gut auszukennen, obwohl er nicht hier wohnt.

„Bist du oft bei deinem Bruder?“

„Ja, doch. Wenn es meine Schichten zulassen, dann komme ich immer mal wieder für ein paar Tage her.“

„Was arbeitest du?“

Wir bleiben stehen, denn ich kann ihn durch den Wind fast gar nicht verstehen. Raphael nimmt mein Gesicht in seine Hände und antwortet dicht an meinem Ohr.

„Ich bin Feuerwehrmann.“

Wow, ein Firefighter. Das erklärt diesen himmlischen Körper.

„Das ist bestimmt aufregend.“

„Nicht nur das.“

„Was hast du gesagt? Shit, ich verstehe dich kaum. Ist es noch weit?“

Raphael antwortet nicht mehr, ist auch sinnlos, und zieht mich mit. Wir wandern noch ein paar Minuten die Straße entlang und bleiben dann vor einem Haus stehen, dass von einer Hecke umgeben ist, die in ein hell leuchtendes

Lichternetz eingehüllt ist.

Leider erkenne ich nur schemenhaft viele weitere, bunte Lichter. Catinkas farbenfrohe Dekoration verschwindet buchstäblich im Nebel. Wie schade, sie hat so davon geschwärmt.

„Da sind wir, Puppy"

Ich stelle mich dicht vor Raphael und sehe in seine blauen Augen.

„Puppy? Sind wir schon so weit?", frage ich erstaunt und ziehe die Augenbrauen hoch.

„Wahrscheinlich nicht, aber du erinnerst mich mit deinen großen, braunen Augen an einen süßen, kleinen Welpen."

„Aha, ein Welpe also?"

Das gefällt mir mal so gar nicht. Hundewelpen sind niedlich und tollpatschig, ich möchte eher das Gegenteil sein. Vor mir steht ein verdammt heißer Kerl, der mir eine wohlige Gänsehaut am ganzen Körper beschert und er denkt an Hundewelpen. Pah!

„Ich kann deine Gedanken fast hören, Kinga."

Raphael lässt meinen Namen verführerisch über seine Lippen rollen und grinst mich wissend an. Mist, wahrscheinlich kann man mir mal wieder alles vom Gesicht ablesen.

„Na, dann ... Also danke, dass du mich begleitet hast. Wir sehen uns vielleicht, wenn ich morgen mein Auto bei euch abhole."

„Möglich. Hab eine schöne Zeit mit deiner Schwester."

„Bye."

„Ja, bye. Man sieht sich irgendwo. So groß ist der Ort nicht."

Keiner von uns bewegt sich auch nur einen Zentimeter, unsere Finger sind immer noch ineinander verschränkt und ich spüre seine Berührung überdeutlich. Bevor er mich loslässt, fährt er mit dem Daumen über meinen Handrücken. Sein Blick wandert von meinen Augen zu meinen Lippen und zurück, als würde er überlegen, ob er nur gucken oder auch küssen will.

Ich nehme ihm die Entscheidung ab, indem ich einen Schritt rückwärtsgehe, meine Hand anhebe und mich dann umdrehe. Als ich das kleine Tor verschließe, sehe ich, dass er immer noch an Ort und Stelle steht. Jetzt geht er rückwärts und deutet mit den Fingern einen Gruß an, dann dreht er sich um und ist fast augenblicklich verschwunden.

Seufzend gehe ich durch den Vorgarten, in dem weitere Lichtquellen andeutungsweise zu erkennen sind. Vor den drei Stufen zur Veranda bleibe ich stehen und bewundere zumindest das, was ich unmittelbar vor mir sehe.

Das Geländer und die Holzstreben der Pergola sind mit Lichtschläuchen und Tannenzweigen umwickelt. Um die oberen Querbalken sind zusätzlich rote Perlenketten geschlungen, von denen bunte Weihnachtsbaumkugeln herabhängen. In jedem Fenster im Untergeschoss hängen Lichtervorhänge und verbreiten ein Gefühl von Wärme.

Direkt neben der Haustür sitzt ein übergroßer Elch aus Holz. An seinem Geweih und um seinen Hals hängt jeweils eine goldene Glocke an einem roten Band. Der dicke, weiße Bommel seiner roten Weihnachtsmannmütze verdeckt fast sein rechtes Ohr. Der leicht schielende Blick sieht lustig aus.

Neben ihm steht ein Korb mit Blättern, Baumrinden, Tannenzapfen und kleinen Zweigen und soll wohl sein Futter darstellen. Eine grüne Lichterkette gibt dem Ganzen den nötigen Touch.

Die Türzargen sind mit einer Tannengirlande, die mit weißen Christsternblüten und roten Beeren geschmückt ist, umgeben. Mittig auf dem Türblatt hängt ein passender Kranz.

Ja, das passt schon eher zu Cat und Logan. Ihr Haus ist nicht annähernd so groß wie Dexters, aber es sieht wunderschön aus.

Mein Klingeln hallt durch das Innere und Catinka öffnet sofort.

„Kinga!“

Sie schmeißt sich in meine Arme und wir genießen einen Moment lang die Nähe des anderen.

„Endlich bist du da. Komm rein."

Drinnen ist es herrlich warm und ich fühle mich sofort wohl. Schnell ziehe ich meine Jacke und meine Stiefel aus. Meine Schwester wartet geduldig, bis ich fertig bin und nimmt mich dann mit in die Küche.

Auf dem Weg dorthin bewundere ich das schön geschmückte Treppengeländer, das nach oben führt und die vielen Kleinigkeiten auf dem Sideboard.

Es duftet herrlich nach Zimt und Zucker.

„Willst du erst eine Führung oder sollen wir sofort ins Wohnzimmer?"

„Lass dich erst mal anschauen, Cat. Du hast ein kleines Bäuchlein bekommen."

Lächelnd gehe ich zu ihr und streiche darüber. Sie sieht glücklich aus und noch schöner als sonst. Während ich aussehe wie Dad, ist Catinka Mom wie aus dem Gesicht geschnitten. Ihr blondes, langes Haar glänzt und ihre grünen Augen strahlen mit den Sternen um die Wette.

„Ist das nicht unglaublich, was aus zwei winzigen Teilchen entsteht? Oh, Gott. Ich kann es immer noch nicht fassen und nicht abwarten, dass alle Welt meine Kugel sehen kann."

„Bleibst du denn nur zu Hause?"

Das würde so gar nicht zu ihr passen.

„Nein, natürlich nicht. Aber in dem dicken Mantel bemerkt niemand, dass ich schwanger bin."

„Du wirst noch genug Zeit haben, dich zu präsentieren."

„Ich könnte jetzt eine heiße Schokolade mit Marshmallows gebrauchen. Wie sieht es mit dir aus?"

„Oh, nein. Ich bin pappsatt. Dexter hat mich zum Essen eingeladen. Es gab Lasagne, da konnte ich unmöglich widerstehen."

„Wer könnte das? Dann mach' ich mir eine Schokolade und du erzählst mir alles von deiner Verwechslung."

Wartend sehe ich mich in der modernen Küche um. Mittig steht ein Tresen mit vier Stühlen, die Schrankwand ist aus hochpoliertem, weißem Material und stellenweise hat Catinka ein paar Farbtupfer in Form von bunten Tassen oder dem reich gefüllten Obstkorb verteilt.

„Mensch, Cat. Das macht bestimmt viel Arbeit. Vermutlich sieht man jeden Fingerabdruck auf den Oberflächen."

„Joa, geht so. Ich habe mich im Küchenstudio sofort in dieses Modell verliebt und taaadaaa … hier steht es."

Cat dreht sich im Kreis und ich bewundere nicht mehr die Küche, sondern meine Schwester, die unglaublich glücklich wirkt.

Die Mikrowelle bimmelt und wir gehen ins große Wohnzimmer, dass im Gegensatz zur Küche nicht stylisch, sondern sehr gemütlich eingerichtet ist. Eine graue, weiche Couchlandschaft dominiert den Raum. Bunte Kissen lockern das Bild auf. Überall sind Kerzen, Elche und andere weihnachtliche Dinge verteilt. Cat hat ganze Arbeit geleistet.

Über eine Stufe gelangt man zum großen Holzesstisch, an dem locker acht Personen Platz finden. Auch dort stehen große Elche in den Ecken und eine wunderschöne, glitzernde Duftlampe, umgeben von vielen, kleinen Teelichtern, prangt auf dem Tisch. Daher also der Duft von Zimt und Zucker.

„Schön habt ihr es hier. Du hast keine Chance dich nicht wohlzufühlen."

„Ja, nicht wahr? Das Haus ist ein Traum. Logan hatte recht, hier lebt es sich mit Kind angenehmer als in der Stadt. Was sagst du zu meiner Außendekoration?"

„Tja, leider habe ich nicht viel davon erkennen können. Es ist immer noch verdammt nebelig. Aber das, was ich gesehen habe, ist so zauberhaft und schön. Du hast dich selbst übertroffen. Hättet ihr gedacht, dass ihr euch so schnell auf das Kleinstadtleben einlasst?"

Wir lachen beide, denn Cat und Logan haben das

Stadtleben geliebt. Sie waren ständig mit Freunden unterwegs, keine Party war ihnen zu viel, doch das hat sich mit dem positiven Schwangerschaftstest abrupt geändert.

„Du bist doch nicht etwa mit dem Auto hergekommen?!"

„Nein, Dexter hat mich nicht fahren lassen und ehrlich gesagt bin ich froh darüber. Vielleicht wäre ich wieder verkehrt abgebogen und wahrscheinlich wäre ich dann nicht an einen ehemaligen Freund von Logan geraten."

„Ist er so gutaussehend, wie Logan behauptet hat?", grinst sie.

„Oh, ja! Nicht nur er, sondern auch die beiden Brüder, die bei ihm sind."

„Echt? Erzähl."

„Der eine hat mir die Tür geöffnet. Leander. Er ist ziemlich unhöflich und ziemlich hot. Ja, das trifft es am ehesten. Meine Güte, die stechend blauen Augen verschlingen einen geradezu. Sein muskulöser Körper lässt ein Weggucken nicht zu. Und die Tattoos erst ... bis zu den Fingerspitzen ist keine freie Stelle zu erkennen. Das blonde Haar ist kurz und lädt dazu ein, verstrubbelt zu werden", seufze ich.

„Kinga, du fängst leicht an zu sabbern."

Wir sitzen uns im Schneidersitz gegenüber und Cats Augen sind vor Begeisterung riesengroß.

Wir kichern beide, denn sie hat recht. Er hat mich regelrecht umgehauen, wie er so in der Tür gestanden hat.

„Dann kam Dexter zur Tür, er ist unglaublich nett und freundlich. Während Leander wohl der Albtraum aller Schwiegermütter ist, ist er der Traum. Cat, so einen formvollendeten Menschen habe ich bis jetzt noch nie gesehen. Logan hat ganz sicher nicht übertrieben, als er behauptet hat, dass jedes Mädchen bei seinem Anblick den Verstand verloren hat. Wahrscheinlich ist er so ein Fall von Mann, der mit jedem Jahr besser aussieht."

„Oha, den muss ich unbedingt kennenlernen."

„Vielleicht ist er morgen zu Hause, wenn ich mein Auto

abhole. Ansonsten finden wir sicher einen Grund, um ihn zu besuchen. Oder wir treffen ihn im Ortskern, beim Skifahren …"

„Mhm, schon möglich."

„Außerdem hat er gesagt, dass er gerne Logan treffen würde."

„Ha! Da haben wir es. Ich werde Logan selbstlos zur Seite stehen, wenn er seinen alten Highschool-Kumpel wieder trifft."

„Also, er sieht wirklich aus, wie der hipste Footballspieler ever. Er ist groß, breit und … schön. Sein dunkles Haar ist etwas länger und stylisch nach hinten frisiert, die Gesichtszüge unglaublich markant. Seine smaragdgrünen Augen wirken wach und intelligent."

„Das wird ja immer besser, Kinga. Ein ganzes Haus voller schöner Männer, wer könnte dazu schon nein sagen?", grinst sie frech.

„Oh ja, die drei Musketiere in Perfektion."

„Wie sieht der Dritte aus?"

„Raphael? Das kann ich dir ganz einfach und kurz sagen. Wie sein Bruder. Er ist exakt die jüngere Ausgabe von Leander, nur ohne sichtbare Tattoos. Und vielleicht auch eine Spur netter."

„Es hätte dich schlimmer treffen können, oder?"

„Mmh. Insgesamt gesehen, bin ich gut angekommen", lache ich.

„Wie hast du den Weg zu uns gefunden? Du kennst dich doch überhaupt nicht aus."

„Raphael hat mich zum Glück begleitet. Sonst wäre ich wohl nie angekommen."

„Raphael also?"

„Sag mal, Catinka …, kannst du noch an etwas anderes denken als an Männer?"

„Ehrlich gesagt, momentan nicht. Die Hormone haben sich offenbar entschlossen, meine Libido gänzlich zu beschäftigen. Logan ist begeistert, denn sobald er nach

Hause kommt, wird er mich nicht mehr los. Ich komme mir schon fast vor, wie eine rollige Katze."

Jetzt schaut sie etwas unglücklich zu mir.

„Das reguliert sich bestimmt wieder."

Catinka gähnt herzhaft und mir wird bewusst, dass es schon recht spät ist.

„Gehen wir schlafen, Cat. Zeig mir mein Zimmer, wir können morgen einen Serienmarathon einlegen oder was auch immer du möchtest."

Sie nickt zustimmend und erhebt sich.

„Morgen habe ich einen Termin beim Gynäkologen. Leider wird kein Ultraschall gemacht, also eher langweilig für dich."

„Macht doch nichts, dann sehe ich mir die umliegenden Geschäfte an. Oder gibt es keine?"

„Natürlich gibt es die. Du wirst dich wundern, der kleine Ort hat viel zu bieten."

„Ich bin gespannt. Wann müssen wir los?"

„Wir haben Zeit und können erst noch in Ruhe frühstücken."

„Super, ich freu' mich drauf."

Im Obergeschoss sind vier Räume und zwei Bäder. Das Schlafzimmer hat einen direkten Zugang zum größeren Badezimmer. Es ist hell und einladend. Ein großes Bett, ein offener Schrank über eine ganze Wand und ein kleiner Tisch mit zwei Sesseln runden das Bild ab.

Zwei Zimmer sind noch leer. Eins davon wird das Kinderzimmer und das andere soll ein Büro werden. Ich glaube allerdings, dass weitere Kinder geplant sind.

Cat hält mir die Tür zum Gästezimmer auf und ich bin erstaunt.

„Wow! Mir scheint, die Hormone beschäftigen nicht nur deine Libido, sondern stimulieren auch deine Kreativität. Cat, das ist einfach toll."

Herrschaftszeiten, sie hat sich viel Mühe gegeben. Von der Tür aus sehe ich mir das Zimmer genau an. Die Wände sind in warmen Cremetönen gestrichen. Die Möbel ganz in Weiß gehalten. Ein schönes großes Bett steht rechts von der Tür. Die darüberliegenden Regalbretter hat Cat mit Kiefernzweigen, einigen Kerzen, kleinen Kugeln und wieder mit Elchen verziert. Das scheinen momentan ihre Lieblingstiere zu sein.

Neben dem Bett stehen zwei Nachtschränke mit kleinen Lampen. Die Bettwäsche ist ebenfalls weiß, das Kissen ist mit unzähligen roten … genau, Elchen und die Decke mit roten Schneekristallen, bedruckt. Auf den zwei kleineren roten Kissen sind weiße Eiskristalle und ein Schriftzug zu erkennen. *Let it snow*.

An der gegenüberliegenden Wand steht eine große Kommode und darüber hängt ein Fernseher. In der linken Ecke steht ein kleiner Schminktisch mit Spiegel, ein Stück weiter der Kleiderschrank.

Die Vorhänge sind aus rot-weiß-grünem leichtem Stoff und im Fenster hängt ein großer, beleuchteter, roter Stern. Der ganze Raum ist viel schöner, als ich ihn mir je hätte vorstellen können. Catinka hat an jedes kleine Detail gedacht.

„Du hast Talent, Cat. Wenn das Kinderzimmer so liebevoll gestaltet wird, dann möchte ich gerne dein Kind sein."

Liebevoll nehme ich sie in den Arm und wir hängen unseren Gedanken nach.

„Cat, du wirst eine wundervolle Mutter."

„Glaubst du?", fragt sie unsicher.

„Selbstverständlich! Du und Logan, ihr seid füreinander geschaffen, diese kleine Bohne da in dir, ist nur die Krönung."

Catinka sieht mich mit Tränen in den Augen an. Ich glaube, ihre gesamte Gefühlswelt wird gerade wie in einer Zentrifuge durcheinander gewirbelt.

Schnell drücke ich ihr einen Kuss auf die Wange, um sie zu beruhigen.

„Dann wünsche ich dir eine gute Nacht. Oder willst du

bei mir schlafen? Jetzt, wo Logan nicht da ist?“

„Nee, lass mal. Das möchtest du nicht, ich stehe nachts drei- bis viermal auf. Du sollst Urlaub machen und dich erholen, das geht nicht, wenn ich ständig herumtigere. Schlaf gut, Kinga. Schön, dass du da bist. Morgen fangen wir mit der Erholung an.“

„Ganz bestimmt.“

Cat geht ins Schlafzimmer und ich lasse mich auf das Bett fallen. Ich freue mich so unglaublich für meine Schwester. Sie baut wirklich ein richtiges Nest für ihre kleine Familie und blüht dabei auf.

Mom und Granny werden sich gar nicht mehr einkriegen, wenn sie das Haus sehen.

Meine Augen fallen fast schon zu. Schnell ziehe ich mich aus, gehe ins kleine Bad, putze meine Zähne und schleiche dann leise zurück.

Ich freue mich auf die Zeit mit meiner Familie, insbesondere mit Cat. Mal sehen, was ich morgen so entdecke, denn natürlich habe ich noch keine Geschenke besorgt. Mir wird schon irgendetwas einfallen, zur Not gibt es Gutscheine.

Sobald ich mich ausgestreckt habe, bin ich eingeschlafen.

Was für ein Tag …

RAPHAEL

Beim Frühstück heute Morgen war die Stimmung ziemlich angespannt. Vermutlich haben Leander und Dexter sich gestritten. Davon unabhängig, habe ich es mir schmecken lassen.

Beide sind unterwegs. Dexter hat noch ein paar Anfragen und macht so was wie Hausbesuche, bevor er seinen eigenen Laden aufschließt und Leander muss noch Besorgungen machen. Er kommt am Nachmittag zurück.

Seine Schicht beginnt immer erst am Abend. Mittlerweile läuft das Geschäft so gut, dass er an manchen Abenden seine rechte Hand übernehmen lässt, damit Dexter und er nicht nur gegeneinander arbeiten.

Somit habe ich den Tag zur freien Verfügung und kann mich im Ort nach den Ausflugsangeboten erkundigen. Kingas Auto steht noch vor der Garage, das heißt, ich werde sie vermutlich nicht sehen, wenn sie es abholt.

Leider habe ich Butterbirne es verpasst, sie nach ihrer Handynummer zu fragen, doch praktischerweise kennt Dexter ihren Schwager Logan. Die Hürde sollte also gut zu nehmen sein, ohne gleich aufdringlich zu wirken.

Kinga ist eigentlich nicht mein Typ, aber irgendetwas

zieht mich magisch an, und zwar nicht nur der kleine Blickfick am Tisch, den sie ungefiltert mit mir geführt hat. Sie ist irgendwie anders als die Frauen, die ich sonst treffe.

Auf dem Weg ins Ortszentrum überlege ich mir, worauf ich die nächsten Tage Lust habe.

Jetzt am späten Vormittag sind einige Touristen unterwegs, wenn sie nicht schon auf den Pisten sind, bummeln sie an den Geschäften vorbei, denn das Wetter ist umgeschlagen, die Schneeverhältnisse perfekt und die Sonne lacht vom wolkenlosen Himmel.

Hier gibt es keine große Mall, nur kleine Geschäfte. Jedes Schaufenster ist eine neue Überraschung, alles glitzert und glänzt. Die Lokale und Cafés reihen sich nicht aneinander, sondern verstecken sich manchmal in kleinen Gassen.

Überall spürt man, dass es nur noch wenige Tage bis Weihnachten sind. Es liegt ein ganz besonderer Zauber in der Luft. Die Kinder sind aufgeregt, die Erwachsenen haben es oft eilig und dann wieder auch nicht. Manche unterhalten sich auf den Bürgersteigen, gehen zusammen einen Kaffee trinken. Das Ganze wirkt unglaublich entschleunigt.

Wenn ich so gestresst hier ankomme, kann ich Dexter und Leander verstehen, warum sie hergezogen sind. Allerdings glaube ich nicht, dass ich es das ganze Jahr aushalten würde.

Am Tourismusbüro ist mein erster Halt. Dort sehe ich mir die Aushänge an und überlege, welche Tour ich machen möchte und vor allem wann.

Gut gelaunt öffne ich die Tür und mein Kommen wird mit einer kleinen Glocke angekündigt. Jedes Mal, wenn ich in einen Laden gehe und ich das Geräusch höre, habe ich das Gefühl, dass ich bei den Ingalls in Walnut Grove gelandet bin. Wo gibt es das sonst noch?

„Guten Morgen“, begrüße ich die Dame hinter dem Tresen.

„Guten Morgen, Sir. Was kann ich für Sie tun? Sind Sie zum ersten Mal hier?“

„Nein, ich war schon ein paar Mal da. Ich möchte gerne eine Ski-Tour buchen. Was wird denn angeboten?“

„Sind Sie Anfänger oder Profi?“

„Hm, ich glaube, ich bin ganz gut.“

„Vielleicht fahren sie dann lieber in das nächstgelegene Skigebiet. Dort gibt es längere und schwierigere Pisten.“

„Eigentlich habe ich keine Lust auf den ganzen Trubel dort.“

„Auf unseren Pisten können Sie auch alleine fahren. Was natürlich nicht ganz ungefährlich ist.“

„Gibt es denn eine geführte Tour?“

„Bei entsprechender Wetterlage, ist für morgen eine Tour angesetzt. Allerdings wird das nur eine kleine Gruppe sein, die zunächst mit dem Auto in die Berge fährt und von dort aus eine wunderschöne Strecke runter ins Tal nimmt.“

„Klingt ganz nach meinem Geschmack. Können sie mich einbuchen?“

„Sicher. Nur sie alleine?“

„Jap. Wo ist der Treffpunkt?“

Wir klären noch die Einzelheiten, ich bezahle und trete dann wieder auf die Straße.

So langsam füllt es sich und mir kommt es vor, als hätten die Eisbären heute Wandertag. Ein dicker Kunstfellmantel mit Füßen nach dem anderen spaziert an mir vorbei.

Am Ende der Straße sehe ich eine kleine Person in einer orangefarbenen Jacke, die mir bekannt vorkommt. Ist das Kinga?

Zielstrebig gehe ich in ihre Richtung und bleibe neben ihr stehen.

„Hey. Hast du den Weg in die Ortsmitte ohne Umwege gefunden?“

Sie dreht ihren Kopf und wir sehen uns sekundenlang an. Ihr samtiger Blick und ihr gewinnendes Lächeln schicken mich auf eine emotionale Reise. Mein Herz verfällt in einen schnellen Trab und mein Mund fühlt sich trocken an, so, als wäre ich tagelang durch die Wüste gelaufen und sie wäre meine Oase.

„Hallo, Raphael. Ich habe einen guten Pfadfinder dabei", grinst sie.

„Aha, wo ist er?"

„Sie. Meine Schwester hat einen Termin bei ihrem Frauenarzt und ich sehe mich nach Weihnachtsgeschenken um."

Kinga seufzt tief.

„So schlimm? Ich dachte, Frauen lieben es durch jedes Geschäft zu rennen, nur um zu schauen, was es gibt. Habe ich noch nie verstanden. Meistens gibt es das, was es immer gibt."

„Uuuuh, bringt dich deine Freundin etwa zur Verzweiflung?"

Forschend sieht sie mich an. Will sie wissen, ob ich frei bin? Okay, dann lassen wir die Spiele beginnen, mal sehen, wohin uns das führt.

„Sehe ich aus, wie ein verzweifelter Mann?", antworte ich mit einer Gegenfrage.

Sie neigt den Kopf zur Seite und überlegt.

Heute trägt sie die passende Mütze und einen bunten Schal zu ihrem Mantel. Das lange, braune Haar blitzt unter dem Stoff hervor.

„Nein, eigentlich nicht. Hast du schon alle Geschenke beisammen?"

Shit, sie geht nicht weiter auf das Spiel ein und es würde blöd aussehen, wenn ich sie jetzt nach ihrem Freund frage. Das hast du super hinbekommen, Bates.

Ich war schon mal besser in diesen Dingen. Doch seit einiger Zeit investiere ich keine Zeit mehr in die Vorarbeiten, sondern komme möglichst schnell zum Punkt. Allerdings habe ich den Eindruck, dass ich mit der Masche bei Kinga überhaupt nicht punkten kann.

Will ich überhaupt punkten oder ist es nicht einfacher beim alten Muster zu bleiben? Schließlich wohnen wir beide nicht hier und werden uns höchstwahrscheinlich nie wieder sehen. Keine Ahnung, warum sich solche Gedanken in meinen Kopf schleichen.

„Keine Geschenke. Wir haben schon vor einigen Jahren beschlossen, dass wir uns zu Weihnachten nicht beschenken, das macht es gleich viel entspannter. Allerdings versuchen wir immer, ein paar Tage zusammen zu verbringen."

„Oh, das ist eine fantastische Idee. Vielleicht werde ich das dieses Jahr mal ansprechen. Für mich ist es immer eine Tortur, denn ich möchte eigentlich etwas verschenken, was zu der Person passt. Naja, in der Theorie jedenfalls."

„Und in der Praxis?"

„Werden es doch manchmal Gutscheine. Zu den Geburtstagen ist es recht einfach. Jede Frau freut sich über Blumen."

„Aber sollten sie die nicht eher von ihren Männern bekommen?"

„Zum Geburtstag? Wo lebst du? Zu jedem anderen Zeitpunkt, aber an diesem einen Tag? Nee, wundere dich nicht, wenn deine Freundin dir nicht mit Pauken und Trompeten um den Hals fällt."

Da ist sie wieder, die versteckte Frage nach der Freundin.

„Ich habe keine feste Freundin. Bisher bin ich noch nicht in die Bredouille gekommen."

„Dann frag dich mal warum", antwortet sie frech.

„Du verschenkst also Blumen und das ist in Ordnung, bei Männern aber nicht? Hört sich für mich nach unterschiedlichen Maßstäben an", erläutere ich ihr grinsend.

„Das ist etwas anderes. Ich bin Floristin, da darf ich das. Jedes Bukett, jeder Strauß ist einzigartig, auf den jeweiligen Menschen, den Anlass und die Jahreszeit abgestimmt."

Kingas Augen leuchten vor Begeisterung, sie redet mit Händen und Füßen und ohne sie näher zu kennen, weiß ich, dass sie ihren Beruf liebt.

„Aha, das ist natürlich was anderes. Hast du Lust auf einen Kaffee?"

Wieder trifft mich ihr glühender Blick. Ihre Augen

drücken ganz klar aus, dass sie in diesem Moment nicht an Kaffee denkt, sondern an … ja, woran? Vielleicht an einen Bodyshot?

Holy shit. Raphael Bates, du interpretierst Dinge in das Braun ihrer Augen, die du dort sehen willst.

„Gerade nicht. Catinka will nachher in ein Café, dort soll es die besten Kuchen und Kekse geben, die sie jemals gegessen hat. Dazu muss ich sagen, dass sie im Moment alles verschlingt, was auch nur einen Hauch von Zucker enthält."

„Okay, was machen wir dann?"

„Wer sagt, dass *wir* was machen? Du hattest doch sicher schon Pläne, sonst wärst du nicht hier."

Kinga ist sehr direkt, sowohl mit ihren Worten als auch in ihren Gesten.

„Keine Pläne. Ich habe mich nur für morgen zu einer Ski-Tour angemeldet und dich dann gesehen."

„Okay, wenn du Lust hast, dann hilf mir bei meinem Einkauf", entgegnet sie herausfordernd.

Hä, ich kenne ihre Verwandten nicht.

„Wenn du meinst, ich bin dir eine Hilfe, dann los."

Umgehend öffne ich die Tür zur Buchhandlung. Auch hier bimmelt ein Glöckchen und uns schlägt warme Luft entgegen.

„Wie niedlich. Bei uns wirst du mit Weihnachtsgedudel und lautem Gebrabbel begrüßt."

„Gut möglich, dass uns gleich Harriet Oleson bedient", schmunzele ich.

Kingas helles Lachen schallt durch den Raum und die Verkäuferin, die überhaupt gar nichts mit Mrs. Oleson gemeinsam hat, sieht zu uns herüber.

„Sorry, mein Freund, ist ein Witzbold", erklärt Kinga mein Verhalten.

Meine Augenbrauen schießen in die Höhe und ich laufe sie fast um, denn Kinga ist abrupt stehen geblieben. Sofort fasse ich sie an den Hüften, damit sie nicht fällt.

„Freund also, hm?", hauche ich leise in ihr Ohr.

„Übertreib nicht. Was hätte ich sonst sagen sollen? Der Typ, der mich auf der Straße angequatscht hat, bringt mich zum Lachen?“, flüstert sie.

„Wäre ’ne Möglichkeit.“

Es ist unglaublich warm hier drinnen und wir ziehen unsere Jacken aus. Ich stopfe meine Mütze in meine Jackentasche und genieße den Anblick von Kingas unglaublich sinnlicher Figur.

Meine Finger zucken und ich muss den Impuls unterdrücken, sie zu berühren, an ihren Seiten entlangzufahren, meine Hand in ihr Haar gleiten zu lassen und meine Lippen auf ihren perfekt geschwungenen Mund zu legen. Verdammt noch mal, diese Frau lässt meinen Verstand schrumpfen wie einen alten Apfel.

Vor meinem Gesicht schnipst es.

„Erde an Raphael! Fliegst du schon gen Himmel?“

„Kommst du denn mit?“

„Nein, ich muss mich konzentrieren.“

„Okay, für wen suchst du hier ein Geschenk?“

„Für alle?“

Ihrem angespannten Gesichtsausdruck nach zu urteilen, hat sie keine Lust auf Shoppen.

„Granny. Für Granny werde ich hier bestimmt was finden. Sie liest in jeder freien Minute. Auch wenn ich nicht schon wieder ein Buch kaufen wollte, so ist das doch etwas, worüber sie sich immer freut.“

„Und über Blumen“, erinnere ich sie.

„Keine Blumen, die gibt es nur aus meinem Laden. Da habe ich die Gewissheit, dass sie lange halten und nicht schon am nächsten Tag nur noch für den Kompost geeignet sind.“

„Welches Genre liest deine Granny gerne?“

„Hm, sie liest alles. Nein, das stimmt so nicht. Horror geht gar nicht, sagt sie. Danach kann sie nicht schlafen.“

„Okay, dann lass uns durch die Regale stöbern. Du links, ich rechts.“

Schon gehen wir in entgegengesetzte Richtungen. Shit,

hätte ich mal vorher geguckt. Ich bin in der Abteilung für Liebesromane oder so ähnlich gelandet.

Nach ein paar Minuten finde ich es gar nicht mehr so schlimm.

Wenn ich denn Zeit habe, dann lese ich Psychothriller, deren Cover, Titel und Inhalt so gar nichts mit diesen Büchern gemeinsam haben.

Doch die bunten, glitzernden Farben, die allesamt schönen Menschen darauf und die zuckersüßen Titel werden Kingas Granny sicher gefallen.

„Kinga, schau mal hier. Das ist bestimmt was."

Sie lugt hinter einem Regal hervor und sofort kommen mir wieder Gedanken in den Sinn, die nichts mit Weihnachtsstorys zu tun haben. Eher was mit der hintersten Ecke einer großen Unibibliothek, in der ich Kinga gegen die Regale presse, ihre Beine anhebe … Schluss jetzt, das ist ja nicht mehr auszuhalten!

„Dein Gesicht sagt mehr als tausend Worte, Raphael. Und dort lese ich nicht gerade den Klappentext von ‚Zuckersüß und Rosarot'. Es sei denn, du hast das Buch aus einer anderen Rubrik."

Sie steht jetzt ganz dicht vor mir und ihr süßer Duft lässt auch die letzten Gehirnzellen im Nebel verschwinden.

Vorsichtig hebe ich meine Hand, streiche mit meinem Daumen über ihre Wange und stecke eine Haarsträhne hinter ihr Ohr. Kingas Augenlider flattern und gleiten für Sekunden zu. Ich kann ihren rasenden Puls an ihrem Hals fühlen, eine wohlige Gänsehaut überzieht meinen Körper, mein Kopf ist wie leer gefegt und mir entkommt ein leises Keuchen.

Was bitte passiert hier gerade? Wann bin ich zu einem Keucher geworden? Ich meine, ich habe sie nur hauchzart berührt. Wir haben uns bisher nicht einmal geküsst und doch ist es, als hielte jemand ein Streichholz an einen Molotowcocktail. Durch meinen Körper rauscht ein Schwall an Emotionen, die mich schier überwältigen.

Als Kinga die Augen wieder öffnet, sind sie dunkel vor

Verlangen. Bin ich jemals einer Frau begegnet, die eine derartige Wirkung auf mich hat, die ihre Gefühle, ihre Wünsche in dieser Situation nicht versteckt? Nein, sicher noch nie.

Sie tritt einen Schritt zurück und löst unsere Verbindung. Ihr Mund ist leicht geöffnet und die Lippen glänzen, weil sie mit ihrer Zunge darüberfährt.

„Äähm, ja. Äh, ich meine, nein. Ach, keine Ahnung, was ich meine. Lass mich mal den Klappentext lesen. Hm, das könnte ihr gefallen. Gerade in der Weihnachtszeit möchte doch jeder, dass Liebe, Harmonie und Zusammenhalt eine ganz große Rolle spielen. Ja, das nehme ich. Wer träumt nicht von einem zuckersüßen, rosaroten Happy End?", zwinkert sie mir zu.

Auf dem Weg zur Kasse sieht sie sich noch flüchtig um und nimmt ein weiteres Buch von einem Verkaufstisch.

„Genau das Richtige für Cat. ‚Lass die Hormone tanzen'. Sie fühlt sich gerade rollig."

Meine Augenbrauen schießen schon wieder bis zum Haaransatz. Hat sie gerade rollig gesagt?

„Ups, ich meine wohlig. Jawohl, sie fühlt sich wohlig."

Kopfschüttelnd und leise murmelnd geht sie weiter, nur um sofort wieder stehenzubleiben. Auf einem Tisch sind verschiedene Spiele aufgebaut. Unter anderem auch ein Jenga-Spiel der anderen Art.

Ich gehe näher ran und sehe ihr über die Schulter. Sie dreht und wendet es.

„Oh, ein Spiel für Logan. Super, das läuft ja wie geschmiert mit dir. Du solltest öfter mit mir Geschenke kaufen gehen, Raphael."

„Stets zu Diensten, Ma'am."

Die Verkäuferin, die mit ihren vielen Piercings, Tattoos und dem kahl geschorenen Kopf, nicht im Geringsten an Mrs. Oleson oder ihre Tochter Nelly erinnert, scannt die Dinge ein und liest anschließend noch einmal laut vor, was auf dem Beleg steht:

„Zuckersüß und Rosarot‘, kann ich nur empfehlen, wenn der Leser sich auf eine zauberhafte Weihnachtswelt einlassen kann.“

„Haben Sie das Buch gelesen?“, fragt Kinga erstaunt. Auch für mich würde das nicht ins Bild passen.

„Selbstverständlich. Ich versuche so viele Bücher wie möglich zu lesen. Wie sonst sollte ich Empfehlungen abgeben? Und dieses hier ist ganz besonders süß.“

Sie kommt ins Schwärmen, denn ihre Augen glänzen.

„Lass die Hormone tanzen‘ … das habe ich in der Tat nicht gelesen. Da bin ich nicht die Zielgruppe und muss mich auf die Verlagsempfehlung verlassen und ‚Jenga für werdende Eltern‘. Na ja, da kommt ebenfalls eine andere Zielgruppe infrage, aber … eine Kollegin ist sehr angetan davon“, erläutert sie jedes Produkt augenzwinkernd und grinsend.

„Jaaa, das passt hervorragend zu den tanzenden Hormonen“, lächelt sie uns wissend an.

Kinga hält ihre Karte an das Lesegerät und die Verkäuferin verstaut alles in einem Beutel.

„Dann wünsche ich Ihnen alles Gute und viel Spaß damit.“

Hä? Ach so, sie denkt, wir wären …

Schnell lege ich meinen Arm um Kinga, ziehe sie dicht zu mir und hebe mit dem Zeigefinger ihr Kinn an.

„Danke, den werden wir bestimmt haben“, zwitschere ich.

Kinga kichert und das fährt mir durch alle Glieder. Durch alle!

KINGA

Wir sind wieder auf der Straße und ich muss mir eingestehen, dass sich der Tag anders entwickelt hat, als ich dachte. Mit Raphael im Buchladen zu sein und Geschenke auszusuchen, hat Spaß gemacht. Er ist witzig und heiß. Ja, ich weiß, habe ich schon gesagt, aber mir fällt gerade nichts anderes ein, was es auf den Punkt bringen würde.

Zwischen uns knistert es, wie Geschenkfolie, die man zusammendrückt. Es hat nicht viel gefehlt und ich hätte ihn geküsst. Mal sehen, wohin es führt, vielleicht ist es doch an der Zeit, sich mal wieder auf einen kleinen Flirt einzulassen. Obwohl … habe ich das nicht bereits?

Definitiv habe ich das. Na, vielleicht lasse ich es weiter laufen. Raphael ist auf jeden Fall jemand, der mir unter die Haut geht und das vom ersten Moment an. Eine kleine Urlaubsromanze ist nicht das Schlechteste, was mir passieren kann.

„Und für wen suchen wir nun ein Geschenk?"

Erwartungsvoll sieht er mich an, ganz offensichtlich will er noch nicht gehen.

„Keine Ahnung. Ich muss zunächst sehen, was im Angebot ist. Danke für deine Hilfe, Raphael."

„Du möchtest mich loswerden, verstehe."
„Nein, nicht loswerden, aber Catinka müsste gleich auftauchen …"
„Aha, du willst dich noch nicht mit mir in der Öffentlichkeit zeigen."
Mit den Händen in den Hosentaschen beugt er sich leicht vor und zurück und lässt mich nicht aus den Augen. Verspielt blitzt es in seinem Himmelblau auf.
„So ist es."
„Wie lange willst du uns noch verheimlichen?", geht es weiter.
„Solange, bis ich mir sicher sein kann, dass meine Schwester dich nicht gleich bespringt", lache ich.
Raphael reißt die Augen auf und er streicht sich durchs Haar, was mich neugierig macht, wie es sich wohl anfühlt.
„Oh ja …, was glaubst du warum ich dieses Buch gekauft habe?"
„Okay, wann sehen wir uns wieder?"
„Das sagte ich bereits."
„Kinga, jetzt mal im Ernst. Ich möchte dich treffen, du bist ein paar Tage hier, ich bin ein paar Tage hier. Was spricht also dagegen, dass wir was zusammen unternehmen?"
Will ich das?
„Gut, gib mir deine Telefonnummer, ich melde mich bei dir."
„Nee, so nicht. Komm morgen mit zum Skifahren."
„Ganz bestimmt nicht. Das letzte Mal, dass ich auf den Dingern gestanden habe, ist ungefähr einhundert Jahre her."
„Das verlernt man nicht. Ich kann die Tour absagen und wir fahren nur auf den kleineren Pisten hier", schlägt er vor.
„Nein, mach du deine Tour. Lass uns danach irgendwann telefonieren und dann weiter sehen."
Zerknirscht sieht er mich an, nickt aber. Ich reiche ihm mein Handy und er ruft sich selbst an.
„Dann bis morgen, Kinga. Das war ein netter Einkauf mit dir und ich freue mich aufs Jengaspiel."

Schmunzelnd stehe ich da. Wie von selbst tippt mein Zeigefinger an seine Stirn. Kleine Stromstöße schießen durch meinen Arm, bis in die Schulter und in meinen Bauch.

„Du bist kein werdender Vater."

„Das wissen die Jengasteine doch nicht", lacht er.

„Grüß Dexter von mir. Sag ihm, ich hole mein Auto ab, wenn Catinka und ich nach Hause fahren. Ich hoffe, dass geht in Ordnung."

„Dexter und Leander sind unterwegs. Also … klopf ruhig an, ich bin da."

„Bye, Raphael", erwidere ich nur.

Wie beim letzten Mal geht er ein paar Schritte rückwärts, als er plötzlich die Hand zu seinem Mund führt und mir einen Handkuss zu pustet. Reflexartig fange ich ihn auf und lege meine Fingerspitzen auf meine Lippen.

Wie schön ist das denn bitte? Dieser Mann weiß definitiv, was Frauen wollen. Ein bisschen Romantik hilft immer. Ich sehe ihm noch gedankenverloren nach, als mir jemand auf die Schulter tippt.

Erschrocken zucke ich zusammen und unmittelbar nach dem Tippen schiebt Cat ihre Hand in meine. Sie stopft unsere Hände in ihre Manteltasche, so wie wir es schon als Kinder getan haben, wenn uns kalt war.

„Wer war das, Kinga? Kaum lasse ich dich eine Stunde alleine durch die Straßen laufen, gabelst du sofort jemanden auf."

„Aufgabeln? Also ehrlich. Das ist Raphael. Er hat mich gestern begleitet und ich habe ihn hier getroffen."

Sie legt ihre Stirn in Falten.

„Und deshalb wirft er dir einen Handkuss zu?"

Mein Gott, ihr entgeht nichts.

„Jaaahaaa, ich stehe schon eine ganze Weile hier. Du magst ihn", flötet Cat zuckersüß.

„Mmhhmm, er ist witzig und na ja, nicht zu übersehen."

„Wann siehst du ihn wieder?"

„Wir telefonieren."

„Autsch. War ja klar, dass so ein Typ alles offen lässt."

„Nein, ich lasse alles offen. Er wollte, dass ich mit auf eine Skitour gehe."

„Oh, das lass lieber. Er sieht mir nicht wie ein Anfänger aus und du bist kein Skihäschen. Noch nicht."

„Catinka, bist du sicher, dass du schon reif genug für ein Kind bist?", frage ich meine ältere Schwester genervt.

„Das ist jetzt nicht nett, Süße."

„Sorry. Was hat der Arzt gesagt?"

„Alles bestens, ich soll die Zeit genießen und in zwei Wochen wiederkommen. Dann wird Logan dabei sein, denn das ist der nächste Ultraschalltermin", lächelt sie glücklich.

„Schön. Wisst ihr eigentlich schon, was es wird?"

„Nein, wir lassen uns überraschen. Zurückschicken können wir die kleine Bohne ohnehin nicht, da ist es doch egal, ob es ein Junge oder ein Mädchen wird."

Wo sie recht hat …

Wir haken uns unter und schlendern die Straße entlang. Hier ist es friedlich und wunderschön. Jedes Schaufenster ist ein kleines Erlebnis. Mal bunt, mal extravagant, mal detailverliebt, mal kitschig und manchmal sehr edel.

„Du hast nicht zu viel versprochen, Cat. Der Ort ist traumschön. Es ist, als wäre man als Statist in einem dieser Weihnachtsfilme gelandet. Alle sind glücklich und zufrieden, lächeln und freuen sich über jeden Stern und jedes Licht."

„Joa, aber glaub ja nicht, dass es wirklich so funktioniert. Genau, wie überall sonst auch, haben die Einwohner ihr Päckchen zu tragen. Nur ist es in den Tagen vor dem Fest vielleicht etwas weniger schwer."

„Musst du noch einkaufen, Kinga?"

„Sag bloß, du hast schon alle Geschenke?"

„Yes, Ma`am. Schließlich habe ich ziemlich viel Zeit."

„Hm, ich finde ja, dass es fast schwieriger ist, diese Kleinigkeiten zu finden, als ein großes Geschenk von irgendeiner endlosen Wunschliste."

„Es erfordert mehr Einfühlungsvermögen und wenn alle

Stricke reißen, gibt es noch Gutscheine."

Vermutlich sollte ich es nicht sagen, aber ich mag Gutscheine ganz gerne.

„Gehen wir in das Café, das du angepriesen hast wie geschnitten Brot."

Sofort strahlt Cat bis über beide Ohren. Wahrscheinlich hat sie schon die ganze Zeit darauf gewartet, dass ich was sage.

Sie führt mich in eine kleine Seitenstraße und schon von Weitem riechen wir den herrlichen Duft von Kaffee und Kuchen. Cat bleibt vor der Eingangstür stehen und wartet geduldig auf mich. Ich schaue neugierig durch die bodentiefen Fenster, hinter denen es einladend und gemütlich aussieht.

Sie öffnet die Tür und mich empfängt ein Gefühl von Zufriedenheit. Einige Tische sind besetzt, leise Gespräche sind zu hören und durchaus angenehme, moderne Weihnachtsmusik läuft.

Wir lassen unsere Jacken an der Garderobe und suchen uns einen Tisch am Fenster. Bewundernd überblicke ich den Raum, der zweifelsohne mit viel Liebe eingerichtet wurde.

Auf jedem runden Tisch steht ein breites Glas, auf dessen Boden Moos und eine kleine Lichterkette liegt. Darauf sind kleine Tannenzweige, einige Mini-Zimtsterne und -stangen drapiert. Auf dem Glasrand liegen zwei lange Vanillestangen an denen, an einem roten Band, jeweils eine gläserne, kleine Weihnachtskugel hängt. In den Kugeln befindet sich goldenes Engelshaar und eine winzige Figur.

Ausgesprochen kreativ. Einfach und doch effektvoll. Mehr Tischdekoration braucht es gar nicht.

Die gesamte Decke ist mit vielen gedrehten, verästelten Zweigen überzogen, von denen unterschiedlich große Kugeln in Gold und in den verschiedensten Grüntönen herabhängen. Mal an einem kurzen Schleifenband, mal an einem Langen. Zusätzlich glitzern Sternenlichter zwischen den Kugeln.

„Wow! Das ist der absolute Hammer. Hier war ein wahrer Meister am Werk“, schwärme ich.

„Ja, oder? Es wirkt so elegant und außergewöhnlich, obwohl nicht viel Aufwand betrieben wurde.“

„Du hast nicht zu viel versprochen, Cat.“

Das ist aber noch nicht alles. An der Längsseite steht eine gläserne Vitrine, in der die tollsten Torten zu sehen sind. Auf der gesamten Oberfläche stehen silberne, polierte, einfache Eimer mit Silberblatt gefüllt und jeweils drei Amaryllis, wie ich sie noch nie gesehen habe.

Die großen Blüten sind lindgrün mit feinen, weinroten Streifen, die zur Mitte hin breiter werden.

Schön, einfach nur wunderschön! Mir steht vor Staunen der Mund offen.

Die Bedienung kommt an unseren Tisch und holt mich aus meiner Weihnachtsträumerei zurück ins Café.

„Was darf ich Ihnen bringen?“, fragt die hübsche junge Frau.

Ihr blonder Pferdeschwanz wippt hin und her und sie sieht uns freundlich an.

„Hmm, was empfehlen Sie uns denn?“

„Möchten Sie Kuchen oder Plätzchen?“

„Also ich will unbedingt Torte!“, antwortet Cat enthusiastisch.

„Okay, möchten Sie vielleicht selbst schauen, worauf Sie Lust haben?“

Oh, oh. Bitte, jetzt keinen blöden Spruch. Cat legt den Kopf zur Seite und ich wünsche mir, dass sie nicht das sagt, was ich glaube, dass sie es sagt.

„Nein, ich lasse mich überraschen. Dazu nehme ich einen Spekulatius-Kaffee mit Sahne.“

Überrascht sehe ich meine Schwester an. Normalerweise achtet sie sehr auf ihre Ernährung. Sahne und Torte zusammen sind auf ihrer schwarzen Liste. Übrigens, nicht auf meiner.

„Ja, was? Wir wollen beide etwas davon haben“, lacht sie

und streichelt liebevoll über ihren kleinen Bauch.

„Ooookaay. Ich nehme das Gleiche."

Als die Kellnerin verschwunden ist, kommt Catinka sofort wieder auf Raphael zu sprechen.

„Und du sagst, sein Bruder sieht genauso aus? Mann, oh, Mann. Das muss ein Gespann der ganz besonderen Art sein."

„Joa, das ist es wohl. Du kannst dich doch mit Logan nun wirklich nicht beschweren."

Die beiden sind ein wunderschönes Paar und ihre Kinder werden ganz bestimmt jeden Schönheitswettbewerb gewinnen, sollten sie je an einem teilnehmen.

Wir unterhalten uns angeregt über das Baby, Cat zeigt mir die Ultraschallbilder, die bereits gemacht wurden und ich bin erstaunt, wie gut man schon erkennen kann, dass in ihrem Bäuchlein ein kleiner Mensch wächst. Mein Herz wird ganz weit und ich bin mir sicher, dass ich das Kind lieben werde.

„Voilà, zweimal Spekulatius-Kaffee mit Sahne, einmal einen White-Cake und einmal Himbeer-Marzipan-Nougat-Torte. Wer möchte welche?"

Uns beiden fällt die Kinnlade runter, denn das sieht nicht nach einem Stück Torte aus, sondern eher nach einem Viertel Torte. Mein Bauchspeck und mein Hüftgold tanzen gemeinsam Mambo und klatschen sich ab. Auf jeden Fall habe ich den Kalorienverbrauch der nächsten zwei Tage erledigt. Ganz egal welche Torte ich nehme.

„Oh, hätte ich gewusst, wie groß die Stücke sind, hätte ich die Sahne auf dem Kaffee weggelassen", grinst Cat.

„Ich nehme den White-Cake, du brauchst Vitamine, wegen des Babys, Cat."

Die Bedienung schüttelt lachend den Kopf und stellt den entsprechenden Teller vor uns ab.

Oh. Mein. Gott!

„Verdammt gut, was?"

Ich nicke nur, denn ich bin in einer Geschmacksexplosion gefangen.

Schweigend genießen wir den Kuchen, bis die erste Pause nötig ist. Ich schiebe meinen Teller etwas zur Seite und nehme einen Schluck vom köstlichen Kaffee.

„Weißt du, was ich mit diesem Sahneschnittchen machen würde?“, fragt Catinka mich.

„Äh … aufessen?“

„Ach, Mensch. Ich meine doch nicht die Torte, Kinga.“

„Was dann? Klär mich auf, scheinbar stehe ich auf dem Schlauch.“

„Na, dein Typ. So ein Sahneschnittchen nimmt man mit nach Hause und vernascht es Stück für Stück. So wie diesen Kuchen. Den gibt man nicht dem Bäcker zurück oder lässt ihn für andere in der Auslage stehen.“

„Boah, echt jetzt? Du nervst, Cat. Erstens ist er nicht *mein* Typ und zweitens habe ich ihn nicht in der Auslage liegen lassen, so wie du das nennst.“

„Du glaubst doch nicht ernsthaft, dass sich andere Frauen so einen Mann entgehen lassen. Wenn du dir ein bisschen Spaß gönnen möchtest, dann musst du am Ball bleiben.“

„Wer sagt, dass ich nur mit ihm oder einem Mann Spaß haben kann?“

„Kinga! Entschuldige, aber du hast mir nicht erzählt, dass du auch auf Frauen stehst. Nicht, dass mich das stören würde.“

Cats Augen sind riesig und sie legt ihre Hand auf meine.

„Es reicht jetzt echt, Cat. Krieg dich mal in den Griff. So gerne ich mit dir über Männer rede, aber du scheinst echt an nichts anderes mehr zu denken. Gibt’s da keine Tabletten oder so?“

Jetzt schaut sie mich bedröppelt an und mir tut es sofort leid, dass ich sie angeraunzt habe.

Vorsichtig hebe ich ihren Kopf an und streiche über ihr hübsches Gesicht.

„Mach dir keinen Kopf, Catinka. Mit dir ist alles in Ordnung und diese merkwürdigen Hormone brauchen auch irgendwann eine Pause.“

Sie seufzt herzergreifend und widmet sich wieder ihrer Torte.

„Was machen wir heute noch? Hast du schon Pläne für morgen?“, versuche ich, das Gespräch in andere Bahnen zu lenken.

„Wir holen unseren Filmabend nach“, bestimmt sie.

„Gute Idee. Wie wird denn der Weihnachtstag aussehen? Habt ihr schon alles geplant oder zählt nur deine Anwesenheit im Hause Elliot?“

„Tatsächlich kümmert sich Logans Mom um alles. Am liebsten würde sie mich in jeder Minute überwachen, damit ich mich nicht übernehme. Sie will, dass es mir gut geht und ich mich ganz und gar auf das Baby konzentrieren kann.“

„Hört sich super an.“

„Stimmt, Barbara und Ed sind die besten Schwiegereltern, die man sich wünschen kann. Sie werden ein wunderbares Weihnachtsfest für uns alle veranstalten.“

Das werden sie sicher. Die Elliots lieben nicht nur ihren Sohn, sondern auch ihre Schwiegertochter. Seit der Schwangerschaft noch mehr. Logan hat sich schon beschwert, dass er abgemeldet ist und nur noch das gemacht wird, was Catinka sich wünscht.

Ich freue mich wahnsinnig darauf, wenn unsere beiden Familien gemeinsam diese schönen Tage verbringen.

„Wir können morgen Plätzchen backen. Was hältst du davon, Kinga?“

„Viel. Davon halte ich viel. Wann haben wir das zuletzt gemacht? Das muss schon einige Jahre her sein.“

Sofort suchen wir im Internet nach geeigneten Rezepten, um im Anschluss die Einkäufe zu erledigen.

Als wir bezahlt haben und uns in unsere Jacken hüllen, öffnet sich die Tür und Dexter kommt herein. Er sieht sich um, erkennt mich und kommt mit einem strahlenden Lächeln auf uns zu.

„Kinga! Hast du dir ein Stück Torte im besten Café des Ortes gegönnt?“

„Hey, Dexter. Das haben wir. Darf ich dir meine Schwester Catinka vorstellen?“

Er dreht sich zu ihr und sieht sie bewundernd von oben bis unten an.

„Ja, du passt zu Logan. Wunderschön und mit Sicherheit kannst du ihm Paroli bieten. Oder braucht er das nicht mehr? Ist er handzahm geworden?“

„Du bist also der legendäre Dexter Williams. Schön, dass ich dich kennenlerne. Oh, doch. Ich halte Logan an der kurzen Leine, also direkt am Halsband“, lacht sie und wackelt mit den Augenbrauen.

„Dachte ich es mir doch. Wann kommt er zurück? Ich würde ihn gerne treffen.“

„Übermorgen ist er wieder da. Gib mir deine Telefonnummer, dann kann er dich anrufen.“

Die beiden tauschen ihre Nummern aus und unterhalten sich noch kurz über Logan. Ich stehe daneben und warte einfach ab. Keinesfalls unterbreche ich Catinka, denn gerade benimmt sie sich so, wie sie eigentlich ist. Lustig, redegewandt und absolut empathisch.

Erst jetzt bemerke ich, dass Dexter in Businesskleidung steckt. Zu einer dunklen Stoffhose trägt er einen passenden Rolli und ein Sakko, das ihm ausgezeichnet steht. Eine Hand ist in der Hosentasche, in der anderen hält er eine Aktentasche.

„Hast du Pause, Dexter? Der Kaffee ist absolute Spitzenklasse hier“, informiert ihn Cat.

„Ist das so? Das freut mich sehr. Hoffentlich ist das Personal ebenfalls gut.“

„Ist es, sehr zuvorkommend und über die Innenausstattung und Dekoration brauchen wir nicht zu reden. Selbst ein Mann muss erkennen, dass das Café mit Herz eingerichtet wurde.“

Schon wieder komme ich ins Schwärmen und wundere mich über Dexters Gesichtsausdruck. Na ja, wahrscheinlich kennt er den Laden bestens, denn er lebt schließlich in diesem Ort.

„Schön zu hören.“

Was ist das für eine Aussage? Fragend sehe ich ihn an und bevor ich etwas sagen kann, verabschiedet Dexter sich von uns.

„Ladys, ich muss weiter. Die Pflicht ruft. Einen schönen Tag noch und wir sehen uns sicher ganz bald.“

Mit seiner Tasche geht er in den hinteren Bereich. Wir zucken mit den Schultern und gehen raus in die Kälte.

„Brrr … Gut, dass mein Auto nicht weit weg geparkt ist.“

Auf dem Weg dorthin sehen wir einige Flyer, die uns auf die Aktionen der nächsten Tage aufmerksam machen. Am Schaukasten der kleinen Touristeninformation bleiben wir stehen.

„Sieh mal, Kinga. Übermorgen wird Eisstockschießen angeboten. Da machen wir mit.“

So ist meine Schwester. Ihr gefällt etwas und sie bestimmt einfach, dass wir da mitmachen. Es kommt ihr nicht in den Sinn, dass ich dazu vielleicht gar keine Lust habe.

„Hab' ich noch nie gemacht und weiß somit gar nicht, wie das geht.“

„Ist doch egal. Das wird spaßig werden und ich kann mitmachen. Schlitten-, Ski- oder Snowboardfahren kommt für mich momentan nicht infrage.“

„Ganz bestimmt nicht, Cat. Ja, das müsste gehen. Muss man sich anmelden?“

„Nö, steht nicht da. Gehen wir einfach hin. Wenn kein Platz mehr frei ist, werden wir schon eine andere Beschäftigung finden.“

Daran habe ich keinen Zweifel. Bisher ist uns nur selten langweilig geworden.

Nach dem Einkauf setzt Catinka mich vor Dexters Haus ab.

„Oh, Mann. Du hast recht. Das sieht unfassbar gut aus. Da hat jemand ein Händchen“, staunt Cat.

„Es sieht anders aus. Bei euch ist alles ein wenig

verspielter. Ich bin schon sehr gespannt, wie es gleich im Dunkeln daherkommt. Gestern war nur wenig zu erkennen und eine Beleuchtung kommt erst am Abend richtig zur Geltung."

„Mhm. Beide Arten der Dekoration haben was für sich."

Kurz bleiben wir noch stehen, dann fährt Cat ab und ich setze mich auch in mein Auto. Es ist dämmerig geworden und klar, da werde ich wohl mithilfe meines Navis den Weg finden.

RAPHAEL

Natürlich hat Kinga nicht angeschellt, als sie ihren Wagen abgeholt hat und sie hat auch nicht angerufen. Gestern Abend habe ich ständig auf mein Handy geschaut, um ja nichts zu verpassen. Leander hat sich schon lustig über mich gemacht.

Wir haben gemeinsam und ausgiebig gefrühstückt. Dexter hat uns erzählt, dass er Kinga mit ihrer Schwester im Café getroffen hat. Schade, dass sie nicht mit mir hingegangen ist.

Gerade hole ich meine Skihose und -jacke hervor. Den Helm und meine Skier habe ich schon im Auto verstaut. Ich freue mich auf die Tour, denn die Fahrten durch die Winterlandschaft entspannen mich.

Da ich bis zum späten Nachmittag unterwegs sein werde, sind Leander und Dexter schon zur Arbeit los, damit sie morgen mehr Zeit mit mir verbringen können. Dann ist es auch schon nicht mehr lange bis zum Weihnachtstag.

Die Fahrt zum Treffpunkt ist nur kurz und als ich aussteige, sehe ich die anderen Teilnehmer schon vor zwei großen Autos stehen.

„Hallo, bin ich der Letzte?“

Alle Köpfe wenden sich mir zu und jeder lächelt mich freundlich an.

„Kein Ding, wir verstauen gerade erst die Ausrüstungen. Danach teilen wir uns auf. Ich bin übrigens Connor, euer heutiger Vortänzer."

Connor ist mir sofort sympathisch. Ich stelle meine Skier ab, damit sie einen Platz finden.

„Mal herhören, Leute. Wir sind mit mir acht Fahrer. Unsere Route ist nicht ganz einfach. Wer also noch an seinen Fähigkeiten zweifelt, sollte das jetzt sagen, denn ein Zurück ist unterwegs kaum möglich."

Abwartend schaut er in die Runde, doch niemand meldet sich. Gut so, denn dann gibt es kein ‚Stop and Go', wenn die Fahrfähigkeiten zu unterschiedlich sind.

„Gut, dann mal los. Ich fahre im vorderen Wagen mit. Vier von euch im hinteren, der Rest bleibt bei mir. Sobald wir oben sind, klären wir noch die Einzelheiten. Unsere Tour endet nicht hier. Wie sollte das auch möglich sein? Wir sind mitten im Ort. Die Fahrer werden uns am Zielort wieder einsammeln. Alle einverstanden?"

Zustimmendes Gemurmel ist zu hören und schon bilden sich die Gruppen. Ich setze mich auf den Beifahrersitz, hinten sitzen zwei Männer und eine Frau. Im vorderen Wagen sind auf der Rückbank ebenfalls zwei Männer und eine Frau.

„Auf geht's", begrüßt uns der Fahrer.

Während ich aus dem Fenster sehe und die schneebedeckten Straßen an mir vorbeiziehen, fängt die Frau hinten bereits an zu plappern. Himmel, hoffentlich hält sie während der Abfahrt auch mal den Mund.

„Ich bin Julie. Wie lange bleibt ihr hier?"

„Wir bleiben bis Neujahr. Hat jemand eine Ahnung, ob irgendwo eine Silvesterparty stattfindet?"

Zunächst höre ich nur zu. Ich bin nicht der Typ, der unbedingt Anschluss sucht.

„Oh, das ist toll. Ich bleibe auch bis zum neuen Jahr.

Dann können wir zusammen auf eine Party."

Als ich zurücksehe, erkenne ich, dass die beiden nicht abgeneigt sind von Julie und ihrer Vorstellung davon, zusammen zu feiern. Sie sieht wirklich fantastisch aus.

Mir soll es egal sein, ich werde an Silvester nicht hier sein.

Nach etwa einer halben Stunde Fahrt kommen wir zu unserem Ausgangspunkt. Wir sammeln uns, während die beiden Fahrer unsere Skier in den Schnee stecken und auch die Helme gut sichern.

„So, es gibt ein paar Regeln, an die wir uns zwingend halten müssen. Ihr kennt sie alle, aber ich erinnere gerne daran. Oberstes Gebot: Wir bleiben immer und ich meine immer, zusammen. Ich fahre vor, niemand schert aus, nur weil er meint, es ist spannend im Tiefschnee neben der Piste zu fahren. Ist es, aber ich will nicht verantwortlich dafür sein, wenn ihr euch die Knochen brecht. Sollte jemand nicht mehr können oder sonst irgendwelche Schwierigkeiten haben, dann gibt er ein Zeichen."

„Wie soll das gehen? Wenn wir nicht nebeneinander fahren, dann hört doch keiner was", fragt einer der Männer.

„Jeder von euch bekommt gleich so etwas Ähnliches wie einen Pager, den ihr bitte an euren Jacken befestigt."

Connor hält ein kleines Gerät hoch, das mir nicht unbekannt ist.

„Ihr könnt euch denken, wofür der rote Knopf ist. Falsch machen könnt ihr gar nichts. Entweder drücken oder nicht. Bitte nur, wenn es notwendig ist und nicht, weil ihr mir die tolle Aussicht zeigen wollt. Die kenne ich nämlich."

Allen lachen zustimmend.

„Unsere heutige Tour ist ziemlich lang, deshalb werden wir einige Haltepunkte ansteuern. Dort könnt ihr kurz Pause machen oder die traumhafte Kulisse auf euch wirken lassen. Ich verspreche euch, bei dem Wetter wird das eine Megaabfahrt."

„Was ist, wenn wir zur Toilette müssen?", fragt Julie.

Wenn es nicht so klischeehaft wäre, dann könnte man fast

schon darüber lachen. Sie bedient einige Vorurteile, die sich viele Menschen beim Anblick einer schönen, jungen Blondine, gebildet haben. Sorry, ich bin sonst nicht so, aber leider animiert sie dazu. Es fängt bei der Tonlage an und endet bei den perfekt gezupften Augenbrauen.

„Sehr guter Hinweis, Julie"

Nicht wirklich, aber der Kunde ist König, also muss Connor gute Miene zum blöden Spiel machen.

„Etwa auf halber Strecke kommen wir an einer Skihütte vorbei. Dort kann jeder zur Toilette oder auch was trinken. Ich habe nichts gegen einen Drink, aber bitte nur einen!"

Gut, dass er darauf hinweist, denn es gibt immer ein paar Pistenrowdys, die sich morgens mit der Drahtbürste gekämmt haben und glauben, sie müssten noch schnell eine Hüttensause einschieben.

„Okay, ich brauche einen erfahrenen Läufer, der sich zutraut, die Nachhut zu übernehmen."

Connor sieht in die Runde und wartet auf Freiwillige. Julie meldet sich wie in der Schule.

„Ich kann das machen."

Skeptisch sehen wir sie an. Vielleicht urteilen wir vorschnell, aber ich kann mir nicht vorstellen, dass dieses kleine Persönchen, die Schlussfrau geben kann.

„Bist du sicher, Julie? Du musst schnell genug fahren können, denn der Vordermann gibt das Tempo an."

„Aber ist es nicht so, dass der Schlussfahrer möglichst auffällig gekleidet sein soll, damit der Frontmann ihn sehen kann? Meine Skijacke leuchtet von allen am meisten", hält sie mit piepsiger Stimme dagegen.

Herr, bitte schmeiß zielsicher Hirn vom Himmel!

Connor kratzt sich am Kopf und ringt sichtlich um Fassung. Die anderen verdrehen die Augen und Julie will schon wieder anfangen zu diskutieren.

„Äh …, das ist vielleicht ein gutes Argument, aber ich möchte niemanden aus der Gruppe verlieren. Besser ist es, wenn Raphael den Part übernimmt. Er ist erfahren, kräftig und bunt gekleidet. Sind alle einverstanden?"

Bevor Julie noch Einwände loswerden kann, stimmen alle Connor zu.

„Ist das okay für dich, Raphael?"

„Geht klar."

Etwas pikiert sieht Julie uns an, nickt dann aber doch.

„Wir sollten langsam los. Formiert euch, ihr kennt das ja. Am besten so, dass jeder genug Platz hat, um eine schwungvolle Abfahrt genießen zu können. Wir fahren natürlich nicht in einer Reihe, etwas Bewegungsfreiheit können wir uns unter erwachsenen und umsichtigen Skifahrern leisten."

Wir legen alle unsere Skier an, setzen die Helme auf, befestigen den Pager und sammeln uns.

„Alle startklar?"

Jeder hebt den Daumen und ab geht's. Direkt vor mir ist Julie. Sie fährt gut, ihre Bögen sind perfekt und sie steht sicher auf den Brettern. Trotzdem fühle ich mich besser, wenn ich als Letzter fahre. Liegt wahrscheinlich an meinem Job. Safety first und ich bin sicher geeigneter, wenn es darum geht, einem von uns zu helfen, falls er sich verletzt. Natürlich macht es auch Sinn, nicht gerade die Kleinste am Schluss fahren zu lassen.

Wie auch immer. Ich bin froh, dass ich mich für diese Tour angemeldet habe. Die Abfahrt ist abwechslungsreich, immer wieder geht es durch kleine Waldgebiete, dann kommen freie Flächen mit einer gigantischen Aussicht auf die gegenüberliegenden Hänge, ohne, dass unzählige Skifahrer vorbeisausen.

Die Sonne steht hoch am azurblauen Himmel und lässt die Schneedecken glitzern wie riesige Diamantenfelder. Nur durch das Gleiten über die Piste wird die Ruhe hier oben gestört. In mir breitet sich ein Gefühl von Seelenfrieden aus, den ich dringend benötige.

Mein ganzer Körper fährt runter, ohne natürlich die Spannung aufzugeben, die ich brauche, um sicher zu fahren.

Ich finde meine innere Ruhe und merke, wie sich die Zufriedenheit ihren Weg bahnt.

Jeder fährt für sich alleine und hat die Möglichkeit, die Stille und die Schönheit der Natur in sich aufzunehmen.

Der erste Aussichtspunkt naht, denn Connor fährt eine große Schleife und bleibt dicht am Abhang stehen.

„Wow! Was ein Bild!“, staunen wir alle.

Vor uns liegt eine unglaubliche Kulisse. Eine tiefe, schneebedeckte Schlucht trennt uns von der gegenüberliegenden Bergkette. Wenn man nach links blickt, kann man bis runter ins Tal sehen, nach rechts kämpfen die Sonne, der Himmel und die funkelnden Eiskristalle im Schnee um die Vorherrschaft der Schönheit.

Einige holen ihre Handys hervor, doch ich lasse das Ganze nur auf mich wirken. Gerade setzt Julie zum Sprechen an und schnell halte ich sie auf, indem ich meinen Zeigefinger auf meine Lippen lege.

„Schschsch …, versuch das einfach nur zu genießen“, flüstere ich.

Und siehe da, sie nickt.

„Fertig? Dann los zur nächsten Station.“

Connor variiert das Tempo je nach Gegebenheit. Manchmal deutet er auf ein Reh oder eine besonders schöne Stelle auf der anderen Seite.

Am nächsten Stopp erzählt er etwas über die Gegend, was ich sehr informativ und interessant finde. Es ist etwas ganz anderes, wenn ein Ortsansässiger über seine Heimat erzählt. Da finden immer wieder eigene Erlebnisse ihre Berechtigung, erwähnt zu werden.

„Connor, ist es noch weit? Ich muss dringend mal …“

Wie alt ist Julie eigentlich? Man sollte doch wohl meinen, dass eine erwachsene Frau dazu in der Lage ist, ihre Blase zu kontrollieren.

„Hunger, Pippi, Durst …, oder wie?“, motzt jemand aus der Gruppe.

„Ich bin kein Kind, du Blödmann“, zischt sie.

„Dann benimm dich auch nicht so!“

„Leute, beruhigt euch. Schau mal, Julie. Du kannst die Hütte schon sehen. Schaffst du das?“

„Muss ich ja wohl. Ich kann mich schlecht in die Büsche schlagen.“

„Sag Bescheid, wenn doch. Ich stehe dir hilfreich zur Seite“, zwinkert einer der Männer ihr zu.

Seufzend schiebe ich mir meine Skibrille wieder ins Gesicht und warte, dass wir weiterfahren.

Gerade habe ich keine Lust auf diese Plänkelei. Das ist nicht immer so, nur momentan brauche ich einfach meine Ruhe. Morgen sieht die Welt schon wieder anders aus. Es sei den anderen gegönnt, denn auch ein kleiner Flirt wirkt entspannend und schüttet Unmengen an Endorphinen aus.

An der Skihütte angekommen, schnallen wir unsere Skier ab und stecken sie in den Schnee. Anhand der vorhandenen Skier ist zu erkennen, dass die Bude rappelvoll ist.

„Wuhuu, das wird ein Spaß. Connor, wie lange haben wir Zeit?“, wollen die anderen wissen.

„Das Wetter ist ausgezeichnet, sodass wir uns meiner Meinung nach fünfundvierzig Minuten gönnen können.“

Was?! Eine dreiviertel Stunde? Mir ist das entschieden zu lange, als wir jedoch die Hütte betreten, verstehe ich Connors Vorschlag. Wer zur Toilette muss und etwas trinken möchte, der braucht definitiv Zeit.

„Lasst mich wissen, was ihr trinken möchtet, dann bestelle ich eine Runde, während ihr die Keramikabteilung besucht. Vielleicht finden wir sogar ein Plätzchen für uns.“

Da ich nicht pinkeln muss, steuere ich umgehend den Stehtisch in der Ecke an, der gerade frei wird.

„Bring mir bitte einen Apfelpunsch mit, Connor. Ich halte hinten in der Ecke die Stellung.“

Nach und nach trudelt meine Gruppe ein und dann kommen auch schon unsere Getränke. Nur Connor und ich haben alkoholfreie Getränke, der Rest genehmigt sich einen Glühwein mit zusätzlichem Schuss.

„Mensch, die Tour ist echt der Wahnsinn. Ich bin froh, dass uns jemand den Tipp gegeben hat, in den Nachbarort zu fahren. Wir sind drüben im großen Urlaubsort und die Ausflüge sind ausgebucht oder überteuert. Absoluter Massentourismus“, erzählt Sandra, die zweite Frau in unserer Gruppe.

„Stimmt, hoffentlich schwappt die Welle nicht in eure kleine Idylle über“, höre ich Sandras Partner.

„Das wäre nicht gut, aber der Reiz des Geldes ist groß. Warten wir es ab.“

Connor stellt sich offensichtlich gerade vor, wie Touristenschwärme in den Ort einfallen, denn sein Gesichtsausdruck verzieht sich leicht angewidert.

Wieder ist Julie neben mir und quatscht ununterbrochen. Sie fragt jeden aus, erzählt von sich und ist … nennen wir es recht kommunikativ.

„Was ist mit dir, Raphael? Du erzählst gar nichts.“

Ich zucke mit den Schultern

„Nichts Besonderes. Mein Bruder lebt hier im Ort, deshalb ist es für mich einfach herzukommen.“

„Oh, du Glückspilz.“

Langsam entsteht eine lockere Unterhaltung und auch ich beteilige mich. Die Truppe ist lustig, auch wenn mir Julie etwas zu viel redet. Aber das ist mein Problem, nicht ihres.

„Wir können heute Abend noch was zusammen unternehmen. Was haltet ihr davon?“, fragt Gabor, ein Charmeur allererster Güte.

Sein Vorschlag trifft auf Zustimmung.

„Connor, was schlägst du vor? Gibt es einen Club oder eine Bar, die du empfehlen kannst?“

„Die gibt es in der Tat. Zum einen wäre da eure Hotelbar. Die ist ziemlich gut. Zum anderen bei uns im Ort das ‚Up and Down‘. Kann ich nur empfehlen. Die Drinks sind erstklassig, die Musik gut und das Ambiente passt perfekt. In jedem Fall muss ein Teil von euch den Ort wechseln.“

„Ist denn da auch was los? Ich meine, ich habe keine Lust

erst herzufahren, um dann nur mit ein paar Leuten in einer Bar zu sein. Ein bisschen Remmidemmi gehört für mich dazu."

„Jap, da boxt der Papst im Kettenhemd. Ab donnerstags lohnt es sich immer, aber auch an den anderen Tagen herrscht keine gähnende Leere."

„Echt? Kann ich mir gar nicht vorstellen", meldet sich Sandra wieder zu Wort.

„Findet es heraus."

„Okay, wer ist dabei?"

Sechs Augenpaare sehen mich erwartungsvoll an. Mir ist das „Up and Down" bekannt. Es ist immer einen Besuch wert.

„Bin dabei. Wann sollen wir uns treffen?"

„Nicht zu früh. Vermutlich brauche ich etwas Erholung nach der Tour. Essen gehen will ich auch noch. Wie wäre es mit zweiundzwanzig Uhr?", schlägt Gabor vor.

„Das passt. Wir können uns zusammen ein Taxi nehmen."

„Gute Idee, Julie."

Besagte klimpert mit ihren unechten Wimpern und lächelt mich verführerisch an. Würde mir nicht ständig Kinga im Kopf herumspuken, dann könnte Julie vermutlich eine nette Abwechslung für mich bedeuten. In irgendeiner Situation wird sie wohl auch mal still sein.

„Julie, ich brauche kein Taxi, schon vergessen?", erkläre ich erneut.

„Natürlich nicht, aber vielleicht brauche ich zurück auch kein Taxi", lacht sie.

Connor schüttelt wissend den Kopf, Sandra verdreht die Augen und ich zwinkere ihr zu. Man kann nie wissen und sollte nicht alle Türen vorschnell zuschlagen.

„So, Leute. Ich denke, wir machen uns auf den Weg. Zunächst kommt ein ruhiges Stück, mit Postkartenmotiven. Wir können gelegentlich anhalten. Das letzte Stück kann jeder in seinem eigenen Tempo fahren. Seid ihr damit einverstanden?“

Und wie. Alle freuen sich darauf, Fotos zu machen und danach vielleicht sogar eine Schussfahrt hinzulegen. Jeder nach seiner Fasson.

Lautstark verabschieden wir uns von den übrigen Gästen, die den Gruß ebenfalls erwidern.

Connor hat nicht zu viel versprochen, die Aussicht ist außergewöhnlich schön. Kinga würde das bestimmt gefallen, kommt mir in den Sinn. Natürlich kann ich verstehen, dass sie sich dagegen entschieden hat, denn auch wenn sich der Tourverlauf ganz easy anhört, darf man die Zeit und die Anstrengung nicht unterschätzen.

Den letzten Abschnitt fahre ich zunächst in großen Bögen und dann in vollem Tempo. Rasant komme ich am Treffpunkt zum Stehen und wirbele eine Menge Schnee auf. Johlend und klatschend werde ich empfangen, denn die meisten sind sofort im Schuss runtergefahren.

„Du bist ein Profi, Raphael. Da wird man echt neidisch.“

„Ach, was. Die Übung macht es. Außerdem kommt es nicht darauf an, wie toll man unterwegs ist, sondern einzig und allein darauf, ob es dir selbst Spaß macht.“

„Gut, dann habt ihr es für heute geschafft. Ich hoffe, es hat euch gefallen und ihr gebt uns eine positive Bewertung im Internet. Jeder weiß … Viele Sternchen bedeuten viele Buchungen“, grinst Connor.

Wir klatschen und bedanken uns, denn der Tag war wirklich fantastisch. Connor als Führer ist angenehm und zu gleichen Teilen lustig und informativ.

„Connor, willst du nicht auch mit in die Bar kommen?“, fragt Julie.

„Danke, das ist sehr nett, aber ich habe heute schon etwas vor. Ich wünsche euch einen erlebnisreichen Abend. Ihr werdet es nicht bereuen, versprochen.“

„Dann sehen wir uns also im ‚Up and Down‘ wer zuerst da ist, versucht einen Tisch zu ergattern“, bestimmt Gabor.

Wir verteilen uns wieder auf die beiden Wagen, die schon

abfahrbereit auf uns warten. Im Auto wird nicht mehr viel geredet, jeder hängt seinen Gedanken nach oder ist einfach zu müde.

Erst jetzt hole ich mein Handy hervor, um zu sehen, ob Kinga sich gemeldet hat. Hat sie nicht.

Ob ich sie anrufen soll? Vielleicht hat sie Lust, mich heute Abend zu begleiten. Wir haben vereinbart, dass wir uns nach meiner Tour kurzschließen.

Das werde ich von zu Hause aus machen, schließlich muss nicht jeder mitbekommen, dass ich mich verabreden will.

Am Ausgangspunkt im Ort lässt uns der Fahrer raus und wir klatschen zufrieden ab.

„Bye, Raphael. Bis später dann."

Die drei wohnen im gleichen Hotel und sind zusammen hergekommen. Julie sieht mich erwartungsvoll an. Wieso? Hofft sie, dass ich sie fahre oder sogar mit zu mir nehme?

Nö, das mache ich nicht. So eng sind wir dann doch noch nicht. Wir haben nur einen Ausflug gemeinsam gemacht, mehr nicht.

„Man sieht sich …"

Ich drehe mich um und gehe zu meinem Auto, das ich nicht weit entfernt geparkt habe. In mir spüre ich ein leichtes Kribbeln, wenn ich daran denke, gleich mit Kinga zu telefonieren. Hoffentlich hat sie heute Abend Zeit.

KINGA

Wir sind in der Küche und holen alle Zutaten zusammen, die wir gestern noch besorgt haben. Da wir nicht die größten Bäckerinnen auf Erden sind, haben wir uns für drei seeeehr einfache Rezepte entschieden.

Alle Familienmitglieder mögen *Snicker-Doodles, Walnut-Rounds* und *Cinnamon-Rolls*. Das bekommen sogar Catinka und ich hin.

Cat klatscht in die Hände und reicht mir eine Schürze. Ein Ganzkörperanzug wäre wohl angebrachter, aber bitte … vorsorglich trage ich eine schlabbrige Jogginghose und ein altes Shirt.

„Bereit? Ich freue mich richtig darauf, Kinga. Mom und Granny werden staunen, wenn sie sehen, was wir zwei Experten ohne ihre Hilfe hinbekommen haben."

„Immer langsam mit den jungen Pferden, Cat. Noch haben wir gar nichts geschafft."

Cat hat ihren Laptop so in der Traumküche positioniert, dass wir das Rezept gut ablesen können. Im Hintergrund läuft aktuelle Musik, die der Moderator hin und wieder mit peppiger Weihnachtsmusik mischt.

„Womit fangen wir an?"

„Mit den Cinnamon-Rolls, der Teig braucht länger als die anderen. Außerdem können wir sie dann schon warm essen, während die anderen Plätzchen noch im Ofen sind."

Hand in Hand arbeiten wir und singen lautstark mit. Gerade steht nichts im Vordergrund, nur das Backen und das ist auch gut so.

Wir haben gestern noch bis tief in die Nacht geredet. Über alles, was uns beschäftigt, sorgt oder freut. Cat hat über ihre Schwangerschaft erzählt, ihre und Logans Vorstellungen, wie ihr Leben wohl verläuft, wenn das Kind erst da ist. Wie sehr sie Logan liebt und wie gut sie mit ihren Schwiegereltern zurechtkommt.

Ich kann behaupten, dass meine Schwester ihr Glück gefunden hat und das ist etwas, was nicht jeder von sich behaupten kann.

„Kinga, roll du den Teig und schneide die Scheiben, ich mag ihn nicht anfassen."

„Hä? Warum?"

Catinka zuckt mit den Schultern. Versteh mir einer die Schwangeren.

Die Zimtscheiben müssen ruhen und ich mische den Teig für die Snicker-Doodles, während Cat sich um die Walnut-Rounds kümmert.

Plötzlich lacht sie laut und wirft ihr langes, blondes Haar nach hinten.

„Kinga, ist dir aufgefallen, dass wir keine Kunstwerke erschaffen? Die Rezepte sind weder ausgefallen oder abwechslungsreich noch kreativ. Das kann jedes Kindergartenkind. Zwei von drei sind mit Zimt."

„Na, und? Jeder mag Zimt, passt also."

Die erste Ladung ist im Ofen und wir gönnen uns einen Cappuccino mit … Zimtsirup. Cat setzt sich an den bekleckerten Küchentresen und wischt die Spuren unserer Backsession einfach zur Seite. Dann klopft sie mit ihrer bemehlten Hand auf einen Hocker, auf dem daraufhin ihr Handabdruck zu sehen ist.

Macht nix, ich lasse mich erschöpft fallen. Wirklich, ich bin erschöpft. Vielleicht ist es der Schlafmangel, aber definitiv ist es auch auf das Backen zurückzuführen. Strenggenommen kann man es kaum als Session bezeichnen. Wir haben ein paar Zutaten vermischt, gewartet und in den Ofen geschoben. Wir sollten besser nicht auf die Idee kommen, ein Café zu eröffnen.

Trotzdem sind wir zufrieden. Jeder hat andere Talente, unsere liegen nicht im Backhandwerk. Kochen können wir beide einigermaßen und dekorieren … perfekt.

Hier drinnen glitzert und glänzt alles und aus jeder Ecke hüllen Duftkerzen oder Duftöle das Haus in eine Weihnachtswolke.

Cat stellt noch den Timer ein, damit wir keine Briketts fabrizieren.

„Granny wird sich totlachen, über unsere Auswahl."

„Nein, sie wird sie lieben und jeden Keks feiern, als wäre es ein Meisterwerk."

Wir sehen uns voller Geschwisterliebe über unsere Kaffeetassen hinweg an. Ein Leben ohne Catinka kann ich mir nicht vorstellen.

Gut, dass ich schon vor unseren Eltern angereist bin. So haben wir nur Zeit für uns. Bisher haben wir viel gelacht, geträumt, herumgealbert und unseren Schwesterntank aufgefüllt.

Die warmen Cinnamon-Rolls schmecken hervorragend zum Cappuccino. Cat stellt den Ofen aus, wir holen die Bleche raus und lassen alles abkühlen.

Noch immer sitzen wir am Küchentresen, die werdende Mommy braucht eine kleine Pause.

„Aufräumen können wir später, Kinga. Erzähl mir mehr von dir. Wie läuft es an der Blumenfront?"

Da hat sie meinen Lieblingspunkt getroffen. Sofort komme ich ins Schwärmen, denn ich liebe meinen Job und alles, was damit zu tun hat.

„Hervorragend. Wir bekommen viele Aufträge für

Hochzeiten, Geburtstage und Firmenfeiern. Viele Firmen möchten ihren Eingangsbereich schön gestalten. Was eignet sich da mehr als ein farbenfrohes, saisongerechtes Blumenarrangement?“

„Was ist mit Laufkundschaft?“

„Die kommt auch gelegentlich vorbei, doch ein ganz persönlich zusammengestellter Strauß ist teuer. Zumindest im Vergleich zu den Supermarktdingern. Na ja, die sind immer noch besser als gar keine Blumen, aber eben nicht zu vergleichen. Die Leute sparen verständlicherweise zuerst an solchen Dingen. Nur zu besonderen Anlässen, da mögen einige doch noch lieber einen individuell gestalteten Strauß. Du kennst das doch, Cat. Nichts hat sich in ein paar Wochen geändert.“

Es ist ja nicht so, als hätten wir jahrelang keinen Kontakt gehabt. Nein, wir telefonieren mindestens einmal in der Woche miteinander.

„Am meisten mag ich die Brautsträuße, das lasse ich mir nicht nehmen. Ansonsten bin ich meistens in der Werkstatt und kümmere mich um die ausgefallenen Kreationen und Gestecke für die Firmen.“

„Wie klappt es mit dem Homeoffice?“, frage ich sie.

Cat ist nicht die Kreative von uns, sie ist der Büromensch.

„Joa, das läuft relativ gut. Momentan fahre ich, wegen des Wetters, nicht ins Büro. Ansonsten versuche ich einmal in der Woche dort zu sein. Mal sehen, wie das in Zukunft klappt, denn eine Dauerlösung ist das natürlich nicht. Trotzdem bleibt mir viel Zeit, denn Logan ist oft unterwegs. Du weißt schon … er hat den Wunsch, uns alles ermöglichen.“

Stimmt, das will er. Cat soll es an nichts fehlen, er vergöttert sie. Irgendwann möchte ich das auch, aber dazu muss erst einmal der Ritter in der glänzenden Rüstung her.

Irgendwo im Haus höre ich mein Handy klingeln, doch ich habe keine Lust ranzugehen. Was soll schon groß passieren, was nicht auch noch warten kann.

„So, räumen wir den Dreckstall mal auf. Leg dich auf die Couch, Cat. Ich mach' das schon."

„Ich bin schwanger, nicht krank. Wir haben das Chaos gemeinsam veranstaltet, also machen wir den Mist auch gemeinsam weg."

Still säubern wir die Küche und ich höre immer wieder mein Handy.

„Möchtest du nicht nachsehen, wer versucht dich zu erreichen?"

„Nö. Mom weiß, wo ich bin. Wenn es dringend ist, kann sie dich anrufen. Der Laden läuft ohne mich auch weiter und sonst … Falls es brennt, komme ich sowieso zu spät."

„So kann man es auch sehen."

Als wir fertig sind, die Schürzen ablegen und ins Wohnzimmer gehen ist es schon dunkel draußen. Kein Wunder, in dieser Zeit geht die Sonne schon am Nachmittag unter.

„Ich gehe vor die Tür, Cat. Jetzt kann ich deine Außendekoration bewundern, es ist klar und richtig dunkel, nicht nur dämmerig"

Wir ziehen unsere dicken Jacken an und ich teste vorsichtig, ob die Stufen glatt sind, bevor meine Schwester einen Fuß darauf setzen kann.

Am Gartentor bleibe ich stehen und drehe mich zum Haus. Es ist zauberhaft. Ganz anders als bei Dexter, aber dennoch wunderschön.

Auf der linken Seite des Vorgartens steht ein buntgeschmückter Weihnachtsbaum mit einer Lichterkette in allen Farben. Davor ist ein fester Lichterbogen mit einem großen Stern in der Mitte. Darunter sitzt, aus beleuchtetem Draht, Maria und betet vor der Krippe, in der das Jesuskind liegt. Die Heiligen Drei Könige sind ebenfalls aus Draht und beleuchtet. Sie betrachten mit leicht gesenkten Köpfen das Wunder.

Mir kommen fast die Tränen, so gerührt bin ich von dem Anblick. Für mich sieht es perfekt aus.

An der rechten Hauswand ist eine bunt leuchtende Strickleiter, die an der Regenrinne in einer großen Glocke endet. Mittig steht Santa Claus mit einem Sack auf dem Rücken.

Auf dem gesamten Dach sind große, leuchtende Sterne verteilt.

Staunend sehe ich Catinka an. Das hätte ich ihr nicht zugetraut.

„Cat, wer hat dir geholfen?"

Sie zieht die Stirn kraus und stemmt ihre Hände in die Hüften.

„Willst du damit sagen, dass es mir an Talent fehlt?"

„Äh, du bist sonst nicht besonders einfallsreich. Also?"

„Ich habe viele Zeitschriften durchgeblättert und alles zusammengetragen, was mir gefallen hat. Logan hat dann mitgeholfen, die Dinge anzubringen."

„Die Schwangerschaft hat nicht nur einen hormonellen Einfluss, scheint mir."

„Sieht so aus. Gehen wir rein, mir ist kalt."

Gerade hängen wir unsere Jacken wieder an die Garderobe, als Cats Handy klingelt. Jetzt wird mir doch etwas mulmig, falls es Mom ist.

„Hallo? Oh, du bist es. Wie geht's dir?"

Es ist also nicht Mom und nicht Logan. Während Catinka telefoniert, gehe ich in mein Zimmer und sehe nach, wer mich versucht hat anzurufen.

Raphael. Ach, ja. Wir haben vereinbart heute zu telefonieren. Dann ist er also zurück von seiner Skitour. Ich werde ihn später zurückrufen.

„Kinga, hast du Lust heute noch rauszugehen? Ein paar Mädels treffen sich später auf einen Drink."

Vom oberen Treppenansatz sehe ich zu Catinka, die mich hoffnungsvoll ansieht. Offenbar möchte sie gehen.

„Wenn du willst, können wir mitgehen."

„Joyce, wir kommen mit. Wann und wo treffen wir uns?"

In Gedanken gehe ich meine Garderobe durch. Lieber

warte ich ab, wohin uns die Reise führen soll.

Cat kommt zu mir rauf.

„Wir treffen uns um neun Uhr in einer Bar. Joyce schickt mir die Adresse gleich."

„Okay, woher kennst du sie?"

„Oh, sie arbeitet in der gynäkologischen Praxis und ist supernett. Ihre Freundinnen auch, eine ist ebenfalls schwanger. Machen wir uns einen schönen Abend. Es passt perfekt, dass ich ein Baby bekomme, da sparen wir uns das Geld für ein Taxi", grinst Cat.

Wir verschwinden in unsere Zimmer und machen uns ausgehfein, denn noch immer stecke ich in den bemehlten, verschmierten Klamotten vom Nachmittag.

„Wohooo, Kinga. Du siehst zum Anbeißen aus."

Ja, ich habe mir Mühe gegeben. Mein langes, braunes Haar habe ich in große Locken gelegt. Auch beim Make-up habe ich etwas mehr aufgetragen als sonst. Meine Wimpern sind kräftig getuscht, ein Lidstrich betont meine braunen Augen und der Lippenstift passt zu meinem Outfit.

Die schwarze Jeans sitzt perfekt. Unter einem kurzen, roten, figurbetonten Blazer trage ich eine weiße, schlichte Bluse. Der breite Gürtel, dessen sternförmige große Schnalle am Hosenbund aufblitzt, rundet das Bild ab. Die Stiefeletten haben einen kleinen Absatz, nicht zu hoch, denn ich möchte nicht wie ein Storch im Salat durch den Schnee waten und womöglich vor der Tür zur Bar den Asphalt küssen.

Affektiert werfe ich meine Haare über die Schulter, drehe mich mit ausgebreiteten Armen im Kreis und bleibe vor Cat stehen.

„Du aber auch. Wie immer eine Augenweide. Wenn Logan dich sehen würde, würde er dich sofort wieder abschleppen."

„Ich habe ihm ein Bild geschickt und er hat verlangt, dass ich den ganzen Abend lang meine Kamera laufen lassen soll, damit er jede Sekunde mitbekommen kann", kichert sie.

Er sagt oft solche Sachen, allerdings braucht er sich gar

keine Sorgen zu machen. Cat interessiert sich für kein anderes männliches Wesen. Logan weiß das, aber er kann es immer noch nicht glauben, dass er die wilde, bildschöne Catinka Tamasz gebändigt hat.

Sie trägt ein schokoladenbraunes, enges Strickkleid, das ihr bis zur Mitte der Oberschenkel reicht. Ihr kleiner Bauch wird durch die anschmiegsame Wolle etwas hervorgehoben. So wie sie es will, denn jeder soll erkennen, dass sie schwanger ist. Darüber trägt sie eine rosafarbene, langärmelige Bolerojacke.

Die braunen Wildlederstiefel reichen bis zum Knie und vervollständigen das Bild einer sexy aussehenden, werdenden Mommy. Eng um ihren schlanken Hals liegt eine extrem breite, goldene Kette und lässt ihre leicht gebräunte Haut schimmern.

Sie wird sich vor Angeboten nicht retten können. Schwanger oder nicht.

Wir haken uns unter und gehen die Treppe runter. Cat strahlt und auch ich freue mich auf einen schönen Abend.

Dann rufe ich Raphael eben morgen an. Oder übermorgen oder gar nicht. Mein Ziel besteht nicht darin, jemanden aufzureißen, sondern eine schöne Zeit mit meiner Schwester und meiner Familie zu verbringen.

Die Straßen sind freigeräumt, sodass wir problemlos zur angegebenen Adresse kommen. Cat parkt in einer ruhigen Seitenstraße und wir laufen mithilfe von Google Maps die Straßen ab.

Der Himmel ist sternenklar, somit ist es auch unglaublich kalt.

„Cat, bist du sicher, dass du die richtige Adresse eingegeben hast. Ich habe das Gefühl, als wären wir gleich bei dem schönen Café von gestern."

„Ist mir auch schon aufgefallen. Es ist der gleiche Weg."

Sie holt ihr Handy aus der Tasche, und zeigt mir die Nachricht von Joyce, die wir mit der Eingabe bei Google vergleichen. Mhm, das stimmt. Wir nähern uns immer weiter dem Café und von allen Seiten strömen Menschen in die gleiche Richtung.

„Sie haben ihr Ziel erreicht“, erklingt die Stimme aus dem Handy.

„Hä? Wir stehen direkt vor dem Caféhaus.“

„Willst du deine Freundin anrufen? Irgendwas ist anders als gestern, Cat.“

Wir sehen an der Hauswand entlang. Jetzt hab’ ich es. Die bodentiefen Fenster sind verschwunden. Nein, nicht verschwunden, man kann nicht mehr durchsehen.

„Cat, lass uns gehen. Das ist merkwürdig.“

Unsicher stehen wir vor der Eingangstür, als eine Gruppe junger Männer an uns vorbei will.

„Na, ihr zwei Hübschen …, traut ihr euch nicht rein?“

„Kennst du den Laden?“, frage ich den, der direkt vor mir steht.

„Sicher, das! Das ‚Up and Down‘ ist die Bar schlechthin. Kommt mit rein, ihr werdet nicht mehr wegwollen“, versichert er uns.

„Sag mal, auch wenn du uns jetzt für komplett behämmert hältst …, ich bin mir sicher, dass das hier gestern noch ein Café war.“

Die Männer grinsen breit. Wieso denn das? Muss ja unglaublich lustig sein.

„Ich verrate dir was, du Schöne. Es ist ein Café …“

„Aber?“, hake ich nach.

„Überleg mal … ‚Up and Down‘. Klingelt da was?“

Sind wir hier in einer Quizshow?

„Nö, nix. Klär uns auf oder lass es!“, zickt Catinka.

„Ganz ruhig, Kleine.“

Abwehrend hält der Kerl die Hände nach oben, seine Kumpels bahnen sich ihren Weg und lassen uns vor der Tür stehen.

„Meine Güte, wie bist du denn drauf. Es ist arschkalt und ich werde jetzt reingehen. Kommt mit oder lasst es. Nur zur Info. Tagsüber ist es ein himmlisches Café und abends mutiert es zu einer verdammt guten Bar. *Up* wie oben, *Down* wie unten."

Cat und ich sehen uns an. Weil wir nicht wollen, dass der Typ gleich die Jungs mit den weißen, engen Jacken ruft, schließen wir uns ihm an.

Ich staune nicht schlecht. Wo gestern noch die Fensterfront war, ist nun eine Spiegelwand. Die Kuchentheke ist verschwunden und in der dahinter liegenden Wand ist eine geöffnete Tür. Vorsichtig gehe ich vor und halte Cats Hand. Was ich damit bezwecken will, ist mir noch nicht ganz klar. Vielleicht bietet sie mir Halt.

Jetzt stehe ich vor einer lila beleuchteten Treppe, die nach unten führt. Ein Wummern der Bässe ist zu hören, je tiefer wir kommen, desto lauter wird es. Der Laden muss voll sein, denn neben der Musik sind viele Stimmen zu hören.

Am Treppenende schiebt unser neuer Bekannter einen schweren Vorhang zur Seite und bittet uns übertrieben verbeugend herein.

Mit angehaltenem Atem stehe ich da und wundere mich. Kurz schaue ich über meine Schulter und habe das Gefühl, dass uns eine wundersame Treppe aus der harmonischen Weihnachtsidylle in das aufregende Kellergewölbe einer hippen Nachtwelt geführt hat. Mein Herz macht einen kleinen Satz und Vorfreude breitet sich in mir aus.

„Das gibt's doch nicht! Sieh dir das an, Cat."

Tatsächlich ist hier unten eine Bar, die ihresgleichen sucht. Ebenso wie oben ist das Ambiente außergewöhnlich. Stilvoll, ein bisschen geheimnisvoll und unglaublich exquisit. Man hat sofort Lust zu tanzen, sich zu unterhalten, sich an die Bar zu setzen, sich wohlzufühlen und vielleicht aufregende Dinge zu erleben. Hier wurde eine Szenerie erschaffen, die jeden in den Bann zieht und die tagtäglichen Sorgen oder Ängste für eine Nacht vergessen lässt.

Wir sind noch nicht ganz im Raum, da rauscht eine leicht untersetzte Schönheit mit kurzen, schwarzen Haaren auf uns zu.

„Da seid ihr ja. Ich bin Joyce. Du bist dann sicher Kinga, Cats Schwester“, begrüßt sie uns überschwänglich.

„Kommt mit, wir haben dort hinten einen Tisch ergattert. War gar nicht so einfach, aber wir sind zum Glück schon früh hier aufgetaucht. Warte ab, in einer Stunde bekommst du kein Bein mehr an die Erde.“

Wir schlängeln uns durch den großen Raum und setzen uns zu den anderen Mädels, die allesamt guter Stimmung sind.

„Mensch, Joyce, wir dachten schon, wir hätten uns verlaufen. Kinga und ich haben hier gestern noch den besten White Cake, den es gibt, gegessen. Ich wusste nicht, dass im Untergeschoss so was los ist.“

Cat breitet ihre Hände aus und dreht sich einmal im Kreis. Die Mädels lachen und gackern.

„Du bist zugezogen und schwanger, da interessierst du dich nicht mehr so für Bars und Clubs, was?“

Gerade höre ich nur zu und sehe mir weiter das Interieur an.

An einer Wand ist ein großer, halbrunder Tresen, dessen Verkleidung blau beleuchtet ist. Davor stehen einige Barhocker. Hinter dem Tresen erstreckt sich über die ganze Wand ein gläsernes Flaschenregal, das in Violett ausgeleuchtet ist, mit vermutlich eintausend Flaschen Alkohol.

Die Querwand zur Linken ist in kleine Nischen mit Rundbögen unterteilt, die mit indirektem, warmem Licht versehen sind.

Gegenüber der Theke stehen weitere einzelne Tische mit Ledersitzbänken und blau-violett leuchteten Glastischen. Zwischen den Tischen und der Bar ist die Tanzfläche. Einzelne Strahler tauchen den ganzen Raum in Farbe. Hauptsächlich in Blau und Violett. Ich hätte nicht gedacht, dass das so harmonieren würde. An der letzten Wand gibt es in ausreichendem Abstand Stehtische, die allesamt besetzt sind.

Insgesamt ist es eher dunkel, aber nicht *zu* dunkel. Ja, ich kann mir gut vorstellen, dass das ein Geheimtipp ist.

Wir bestellen die erste Runde und es wird gekichert und geredet. Schließlich kennen wir uns bisher noch nicht.

So langsam füllt sich die Bar, die Plätze werden rar, die Musik immer besser und der Geräuschpegel höher.

Die Jungs, die mit uns angekommen sind, sitzen am Tresen und checken die Lage.

„Das war 'ne gute Idee, Catinka. Mir gefällt es und wer hätte gedacht, dass es in eurem kleinen Kaff so etwas gibt."

„Hey, hältst du uns für Landeier?", fragt Joyce.

„Natürlich nicht. Nur hätte ich das hier nicht vermutet. Da kann sich mancher Club in größeren Städten was abgucken."

Die Drinks sind ausgezeichnet, der Barkeeper gleichzeitig ein Jongleur, Entertainer und ein Leckerbissen. Während er die Bestellungen äußerst aufwendig und mit einer großen Show abarbeitet, stehen noch zwei Frauen mit ihm hinter der Bar und ein paar Kellner und Kellnerinnen bedienen an den Tischen. Das gesamte Personal trägt eine dunkle Jeans, ein schwarzes Hemd oder Bluse und violette Hosenträger. Jeder von ihnen beeindruckt durch sein Auftreten und sein Aussehen.

Wir begeben uns auf die Tanzfläche, denn gerade wird unsere Lieblingsmusik gespielt, als ein weiterer Schwall Menschen hereinkommt.

Vier Männer und zwei Frauen betreten den Raum und sind sichtlich beeindruckt. Aufgeregt redet eine hübsche Blondine auf die anderen ein, die sich nach einer passenden Sitzgelegenheit umsehen.

Neben uns wird tatsächlich ein Tisch frei, denn die Frauen dort quetschen sich zu einer Clique an einem anderen Tisch.

Zielstrebig geht die Gruppe darauf zu und belagert ihn sofort. Lautstark bestellen sie ihre Getränke und scheinen sich zu freuen, hier zu sein.

Cats Freundinnen kommen zu uns getanzt und wir finden einen einheitlichen Rhythmus. Meine Schwester und ich fegen über die Tanzfläche wie ein eingespieltes Team.

Als ich über Catinkas Schulter hinwegsehe, teilt sich der Vorhang am Treppenaufgang und ich halte im selben Moment die Luft an.

Raphael kommt herein und zieht sofort alle Blicke auf sich. Es fühlt sich an, als würde der Raum erstrahlen und seine Präsenz ist greifbar. Völlig lässig schlendert er zur Bar und nickt dem Barkeeper zu, der ebenfalls nickt.

Joyce rempelt mich an, denn ich bin kurz aus dem Takt gekommen. Ich kann nirgendwo anders hinschauen. In meinem Bauch sammeln sich gerade alle Sektperlen meines Cocktails und kullern von links nach rechts, was sich anfühlt, als hätte ich ein paar Glühwürmchen mit Schluckauf verspeist. Mein Herzschlag ist schneller als ein Maschinengewehr und meine Hände werden feucht.

Er hat mich noch nicht bemerkt.

„Hey, Rapha. Was trinkst du?“, will eine der Bardamen wissen.

„Das weißt du doch“, ruft er ihr zu.

Er scheint oft hier zu sein, denn offensichtlich kennen die Angestellten seinen Geschmack.

Jetzt dreht er sich um und ich mich ebenfalls, sodass ich mit dem Rücken zum Tresen stehe. Ich will wissen, ob er verabredet ist.

„Kinga, was ist denn los? Du stolperst doch sonst nicht wie ein Trampeltier auf der Tanzfläche herum.“

Ich kann Cat gar nicht antworten, so sehr bin ich gefangen von Raphaels Anblick, als ich wiederholt über meine Schulter schaue. Seine breiten Schultern stecken heute in einem grauen Hemd, dessen Ärmel er bis zum Ellenbogen hochgekrempelt hat. Die Jeans sitzt unverschämt tief auf seinen Hüften und betont sowohl seinen knackigen Hintern als auch seine Beine.

So wie er sich zielstrebig durch den Raum bewegt, kennt

er sich aus und ist sich seiner Wirkung auf die Frauen sehr wohl bewusst.

Kurz sieht er zu den Tischen, schon springt die kleine Blonde auf und winkt wild mit den Armen.

„Raphael! Hier sind wir."

Ach, was. Das hätte er sicher nicht erkannt.

Er hebt die Hand und steuert die Gruppe am Tisch neben uns an. Meine Augen folgen ihm unaufgefordert. Raphael begrüßt alle, so als würden sie sich kennen.

Eigentlich ist der Tisch zu klein für so viele Leute, doch die Blonde, die ihn mit den Augen verschlingt, hat bereits eine Lösung parat.

Genau in dem Moment, in dem sich Raphael auf die Bank schiebt und sich Julie, ich habe gehört, wie die anderen sie so genannt haben, es sich auf seinem Schoß bequem macht, schweift sein Blick zur Tanzfläche.

Catinka folgt mir mit den Augen und wartet interessiert ab. Ich atme tief mit geschlossenen Augen ein und öffne sie wieder. Kurz erstarre ich, als sein Blick mich trifft und er mich überrascht ansieht. Kurz nehme ich, die durchaus intime Situation der beiden in mich auf, wende mich ab und tanze ausgelassen mit den Mädels weiter.

In meiner Brust zwickt es verdächtig und meine Hände zittern leicht. Seinen Blick spüre ich überdeutlich auf mir, meine Nackenhaare richten sich auf und so etwas wie Enttäuschung macht sich breit.

Wahrscheinlich hat es ihm zu lange gedauert, auf meinen Anruf zu warten. Schade, ich dachte, er wäre zumindest einen Flirt wert.

Scheiß drauf! Ich werfe meine Haare schwungvoll nach hinten und lege eine heiße, wirklich heiße, Sohle aufs Parkett. Einfach so, weil ich es gut kann und mit Cat noch mal gleich besser.

Von der Bar her ist ein Pfeifen zu hören und ich fühle mich verdammt gut.

RAPHAEL

FUCK!

Als ich mich mit Julie auf dem Schoß umsehe, schlägt Kinga die Augen auf und mein Blick strandet direkt in ihre schokoladenbraunen Augen. Einen Moment lang verhaken sich unsere Blicke und in ihrem flackert Enttäuschung auf.

Sie sieht von mir zu Julie und ich weiß, sie deutet die Situation falsch, denn Kinga dreht sich weg und tanzt sich die Seele aus dem Leib.

Ihre Bewegungen sind aufreizend und provokativ. Zusammen mit ihrer Schwester verschmilzt sie mit der Musik. Es wirkt, als würden sie nie etwas anderes tun.

Fasziniert sehe ich ihr zu, pures Verlangen kriecht durch meinen Körper und mein braver Soldat zuckt verdächtig. Nicht nur mir geht es so, denn die meisten Männer beobachten die Frauengruppe lüstern und das gefällt mir gar nicht.

Erst als ich eine warme, kleine Hand an meiner Wange spüre, registriere ich, dass Julie immer noch auf meinem Schoß sitzt.

„Hallo … hier spielt die Musik, Raphael“, schnurrt sie in einer Stimmlage, die wohl sexy sein soll.

Mich erinnert sie eher an eine Telefonhotline und mein Kopfkino springt an. Ich sehe eine ungepflegte Frau mit Zigarette im Mundwinkel, ein Baby auf der Hüfte, am Herd stehend und einen Telefonhörer zwischen Schulter und Kopf klemmend.

Sorry, ich kann nichts dafür. Die Bilder sind einfach da.

Neben mir höre ich Gabor lachen, der mich mit der Schulter anstößt.

„Wo bist du denn gerade, Raphael? Jedenfalls nicht bei unserer schönen Julie", flüstert er mir zu.

Ich schüttele meinen Kopf und sehe jetzt ganz dicht vor mir die kleine Blonde, die mir schon den ganzen Tag auf die Eier geht. Sie wird mich doch nicht etwa küssen! Das weiß ich zu verhindern, denn wenn das passiert, dann kann ich mir jegliche Annäherungsversuche bei Kinga sparen, falls es nicht jetzt schon aussichtslos geworden ist.

Beherzt packe ich Julie an den Hüften und ich spüre, dass sie sich mehr erhofft. Doch statt die kurze Distanz zu überbrücken, ihre Lippen zu berühren und sie an mich zu pressen, setzte ich sie einfach auf Gabors Schoß.

„Hier …, versuch dein Glück bei ihm."

Nicht nett, aber notwendig. Offenbar versteht Julie nur eine deutliche Sprache, denn wäre sie aufmerksam, hätte sie im Laufe des Tages gemerkt, dass ich kein Interesse an ihr habe. Die anderen Singlemänner aber schon.

Sie schnappt nach Luft und sieht mich entgeistert an. Gabor umschlingt sie sofort und sieht mich dankbar an.

Gern geschehen, antworte ich ihm wortlos.

„Du hast wohl die Kleine auf der Tanzfläche im Visier, Raphael. Wohuuu, die ist echt heiß. Wobei ihre Tanzpartnerin auch nicht von schlechten Eltern ist."

Nein, nicht von schlechten, sondern von denselben Eltern und schwanger. Das sage ich aber jetzt nicht, es geht ihn einfach nichts an.

„Ich glaube, ich mache mich mal an sie ran, sie scheint nicht in männlicher Begleitung zu sein. Heiliger Strohsack, meine Wünschelrute schlägt bereits aus“, erklärt uns Zeke, ein gutaussehender Latino.

Kinga würdigt mich keines Blickes mehr, dafür lächelt sie verführerisch allen anderen zu. Mein Herz donnert unbarmherzig vor sich hin, auch das ist mir gänzlich unbekannt. Normalerweise bleibe ich kontrolliert.

Mich bringt so schnell nichts aus der Fassung, das kann ich mir in meinem Job gar nicht leisten, aber diese Frau berührt etwas in mir, von dem ich nicht wusste, dass es berührt werden will. Dieser gut durchblutete, pumpende Muskel in meiner Brust, mein Herz, verlangt nach Aufmerksamkeit.

„Was ist? Du guckst, als hättest du ein Katzenbaby überfahren. Mensch, Raphael, wenn du hier nicht in gute Laune verfällst, dann ist dir nicht mehr zu helfen“, grölen die anderen am Tisch.

Debbie bringt unsere Getränke und stellt mir einen „Old Fashioned“ hin. Wir stoßen an, wobei mir Julie tief in die Augen sieht. Sie kapiert es einfach immer noch nicht oder ignoriert es.

Immer wieder wandert mein Blick zur Tanzfläche. Kinga hat Ausdauer, wohingegen ihre Schwester und die anderen Frauen ihrer Gruppe schon wieder auf ihren Plätzen sind. Wahrscheinlich will Catinka sich nicht zu viel zumuten. Sehr vernünftig.

Sie sitzen am Nebentisch, was bedeutet, dass auch Kinga irgendwann zurückkommen muss. Bei diesem Bewegungsdrang wird sie unweigerlich Durst bekommen. Darauf warte ich, dann ergreife ich meine Chance, um mit ihr zu reden und das Missverständnis aus der Welt zu schaffen.

Catinka nickt mir kurz lächelnd zu und ich hebe die Hand. Sie zieht eine Augenbraue hoch und wendet sich dann wieder ihrer Freundin zu.

Den Gesprächen an unserem Tisch kann ich kaum folgen. Eigentlich bin ich gar nicht anwesend und könnte auch gleich wieder gehen. Nicht gerade das, was sie von mir erwarten, aber nicht zu ändern.

Jetzt legt der DJ einen langsamen Song auf und nach und nach begeben sich die Tänzer entweder an ihre Plätze oder bilden Paare und wiegen eng umschlungen zur Melodie.

Kinga nicht. Sie schließt die Augen und verschmilzt mit der Musik, was nicht weniger erotisierend wirkt als ihr Hüftschwung. Scheinbar hat sie überhaupt kein Problem damit, alleine zu tanzen.

Wie hypnotisiert sehe ich ihr zu, als sich ganz langsam große Hände von hinten auf ihre Taille legen. Erstaunlicherweise hat es lange gedauert, bis sich einer der hungrigen Wölfe aufgerafft hat, sie anzutanzen. Wahrscheinlich hat er sich erst flüssigen Mut angetrunken.

Kinga lässt es geschehen und der Typ wagt sich etwas weiter vor. Er schmiegt sich eng an ihren Rücken und flüstert ihr etwas ins Ohr. Sie lächelt vielversprechend, hebt ihre Arme und legt sie dem Kerl nach hinten weg in den Nacken.

Meine Hände ballen sich zu Fäusten und ich würde liebend gern ein Mosaik aus seiner Brille machen.

Immer noch beobachten die meisten Männer interessiert, was auf der Tanzfläche passiert, wie viel Kinga zulassen wird.

„Da hast du wohl deinen Einsatz verpasst, Raphael“, quatscht mich Sandra an, die mich beobachtet.

„Willst du tanzen, Raphael? Dann los.“

Julie legt ihre Hand auf meinen Oberschenkel und streicht mit der anderen über meine Brust, obwohl sie noch auf Gabors Schoß sitzt. Wie dreist ist sie eigentlich? Gabor fährt mit seinen Händen an ihren Seiten entlang und grinst wölfisch. Mein Augenmerk bleibt fest auf Kinga, während ich meine Hand auf Julies lege, um sie wegzuschieben.

Wie der Teufel es will, öffnet Kinga genau in dem Moment die Augen und sieht mich zum ersten Mal nach der Schoßaktion wieder direkt an.

Das kann doch jetzt nicht wahr sein! Mich fuckt das total ab und ich knurre Julie an.

„Pfoten weg! Eins musst du mir erklären, Julie. Hast du deine Empfangsstation auf eine andere Frequenz als wir anderen eingestellt?“

Verdattert schaut sie zwischen meinen Augen hin und her. Die anderen am Tisch grinsen hinter vorgehaltener Hand oder verstecken sich hinter ihren Gläsern. Zum Lachen finde ich das gerade gar nicht, denn sie vermasselt mir die Tour, und zwar ganz gewaltig.

Auch Catinka sieht ziemlich angefressen zu mir rüber. Vielleicht hat sie ja meine kleine Ansprache mitgehört. Was ich allerdings bei der Lautstärke bezweifele. Sie dreht ihren Kopf zur Tanzfläche und kräuselt jetzt die Stirn. Wieso denn das?

Scheiße! Der Kerl nimmt Kingas Hand in seine und zieht sie mit zur Bar. Seine Freunde machen ihnen Platz und sie setzt sich zu den Männern. Sie lachen laut und Kinga beugt sich über den Tresen. Frank hört ihr aufmerksam zu und nickt eifrig. Es gibt nichts, was er nicht mixen könnte.

Mir reicht's. Keine Ahnung, was Kinga da bezweckt. Vielleicht ja gar nichts und ich habe unser Treffen gestern einfach falsch gedeutet. Sie gehört mir nicht, sie ist nicht meine Freundin und kann tun und lassen, was sie will. Ob es mir nun passt oder nicht.

Ich reiße mich von ihrem Anblick los und gehe zur Toilette. An den Pissoirs stehen bereits zwei Männer und unterhalten sich über … Kinga.

Sie hat mächtig Eindruck hinterlassen und selbst hier kann ich ihr nicht entkommen. Was mache ich jetzt? Gehe ich zu ihr oder lasse ich alles einfach so laufen, wie es ist und habe Spaß mit meiner Skitruppe?

Als ich die Tür öffne, steht Catinka im Gang. Sie scheint auf jemanden zu warten. Bekanntlich gehen Frauen ja mindestens zu zweit zur Toilette. Ob sie mit Kinga hier ist?

Nein, sie kommt direkt auf mich zu.

„Hallo, Raphael. Das ist ja ein Zufall, dass wir uns hier treffen“, säuselt sie zuckersüß.

„Eigentlich nicht. So viele Möglichkeiten, abends in einen Club oder eine Bar zu gehen, gibt's hier nicht."

„Vermutlich hast du recht. Bisher habe ich nicht mal gewusst, dass diese Bar existiert. Ganz bestimmt komme ich mit Logan wieder her."

„Mach das, Catinka. Sonst noch was? Es gibt bessere Orte als den Toilettengang, um sich zu unterhalten."

Sie legt den Kopf zur Seite und mustert mich von oben bis unten.

„Was ist das da mit der schönen Frau auf deinem Schoß? Kinga hat erzählt, dass ihr euch treffen wollt. Lass dir eins gesagt sein, Raphael … Kinga lässt sich ungern verarschen …"

„Wer lässt sich schon gerne verarschen? Du etwa?"

Catinka schnalzt mit der Zunge, bevor sie weiterspricht.

„Natürlich nicht. Lass meine Schwester in Ruhe und konzentriere dich auf deine Freundin. Wenn Kinga eins in ihrem Leben nicht gebrauchen kann, dann einen Mann, der flirtend und vögelnd durch die Welt spaziert."

„Ach ja? Und du weißt, dass ich so durch die Welt spaziere, weil wir uns so gut kennen", antworte ich genervt.

„Das weiß ich natürlich nicht. Aber ich habe Augen im Kopf und kenne meine Schwester. Sie mag dich, doch niemals wird sie sich auf dich einlassen, wenn sie das Gefühl hat, sie soll die zweite oder dritte Geige in deinem Orchester spielen."

„Es geht dich zwar gar nichts an, ob und wer in meinem Orchester spielt, aber …"

„Raphael, hast du einen dünnen Ulrich?", dröhnt Zekes Stimme durch den Gang.

Abrupt bleibt er stehen, als er Catinka entdeckt.

„Oh, sorry. Ich wusste nicht, dass du schon die Nächste am Wickel hast."

Catinka schnauft und schüttelt den Kopf.

Ja, danke auch. Genau das habe ich gebraucht, Zeke.

„Nur weil er gut aussieht, kann er nicht jede Frau f … äh,

um den Finger wickeln!"

Zeke lacht schallend.

„Der war gut, Kleines."

„Mein Name ist nicht Kleines", zischt sie.

„Okay, wie ist dein Name?"

Echt jetzt? Baggert er sie hier neben mir, im Gang zu den Toiletten, an?

„Reicht jetzt, Zeke. Geh deine Stange Wasser in die Ecke stellen und such dir dann ein anderes Opfer."

„Oh, ja. Das habe ich schon im Visier. Sie wird bestimmt gleich wieder über die Tanzfläche schweben, dann schwebe ich mit."

Übertrieben schwingt er seine Hüften und legt ein paar echt gute Moves hin, die Catinka und mir ein Lächeln entlocken.

„Übrigens, Julie wartet auf dich. Sie will auch schweben. Wenn du weißt, was ich meine", zwinkert er mir noch zu.

Boah, sind denn alle verrückt geworden? Gerade komme ich mir vor, wie in meiner Highschool-Clique.

„Nimm mit, was du kriegen kannst, Raphael. Das ist nicht verboten und auch nicht verwerflich. Nur bitte behandle meine kleine Schwester nicht, als würde sie auf einem ‚All you can eat buffet' für Männer liegen. Frauen bevorzugen eher die Vorspeise, das Hauptgericht und das Dessert zu sein. Am besten auch noch der Aperitif und der Digestif."

WAS?! Wäre die Situation nicht so merkwürdig, würde ich mich jetzt kringelig lachen. Den Spruch kenne ich nicht, werde ich mir aber unbedingt merken.

„Du kannst es dir vielleicht nicht vorstellen, aber es gibt tatsächlich Männer, die gehen nicht gerne zum Buffet."

Mir wird das jetzt echt zu blöd. Ich tippe mir an die Stirn und drehe mich weg.

„Wolltest du nicht zur Toilette? Du wirst bestimmt schon vermisst", werfe ich Catinka noch über die Schulter zu.

So ein verdammter Mist. Mit ordentlich Frust im Bauch gehe ich nicht wieder zurück zum Tisch, sondern steuere die

Bar an. Kinga steht immer noch zwischen den Männern und unterhält sich gut. Vom anderen Ende aus beobachte ich sie. Sie ist unglaublich schön, kein Wunder, dass die Männer sich alle ins Zeug legen.

Ungefragt stellt Debbie mir den nächsten Drink vor die Nase, den ich exe. Um Nachschub brauche ich mich nicht zu sorgen, solange ich nicht ablehne, wird nachgefüllt. Das haben wir irgendwann mal vereinbart.

Tatsächlich geht Kinga wieder tanzen und wird sofort umlagert. Ganz offensichtlich genießt sie die Aufmerksamkeit, ohne ein wirkliches Zeichen zu geben, dass sie zu mehr bereit ist. Wenn man aufmerksam ist, bemerkt man genau, dass sie zwar Körperkontakt zulässt, aber nur bis zu einem gewissen Grad.

Ich kann nicht leugnen, dass es mich anmacht, wie sie mit den Männern, die hechelnd um sie herumschleichen, spielt. Gerade, als ich meinen Fantasien freien Lauf lasse, drängt sich Julie an die Bar. Sie steht ganz dicht neben mir und ich mustere sie kopfschüttelnd. Sie ist lästiger als jede Scheißhausfliege.

Kinga kommt ganz außer Atem zurück und bestellt ein Wasser, das sie in einem Zug austrinkt. Ihre Brust hebt und senkt sich heftig und sie zieht ihren Blazer aus. Ein anerkennendes Pfeifen ertönt.

„Kommt mal runter, Jungs. Mehr wird es nicht geben", erklärt sie und ich grinse.

„Willst du mir nichts zu trinken bestellen, Raphael?"

„Nein, das kannst du doch selbst, Julie. Du bist eine erwachsene, emanzipierte Frau, oder?"

Zu allem Überfluss kommen jetzt auch noch mein Bruder und Dexter die Treppe runter. Sie überblicken den Raum und in ihren Gesichtern ist Zufriedenheit zu erkennen, die sich sofort verflüchtigt, als sie mich mit Julie an der Bar stehen sehen.

Leanders Lippen verziehen sich zu einem Strich, denn er hat Kinga ebenfalls entdeckt und es sieht für ihn nicht so aus, als wären wir gemeinsam hier.

Dexter bleibt bei Kinga stehen und begrüßt sie. Leander geht an mir vorbei. Nach ein paar Minuten ist er umgezogen und stellt sich vor Kinga.

„Hallo, Kinga. Schön, dass du hier bist", erklingt seine tiefe Stimme.

Ihre Kinnlade fällt runter, ihre Augen weiten sich und dann legt sich ein atemberaubendes Lächeln auf ihre Lippen.

„Leander! Das hätte ich nicht erwartet. Du bist Barkeeper?"

Selbstverständlich trägt er die gleiche Kleidung, wie alle Angestellten und er sieht perfekt darin aus. Er hat die Ärmel hochgekrempelt und seine komplett tätowierten Arme setzen dem Ganzen die Krone auf. Leander zieht ständig und überall die Blicke auf sich. Ihn umgibt etwas Dunkles, Wildes, was eine unfassbar große Anziehungskraft auf die meisten Menschen ausübt.

„Hmhm, jap. Kann ich dir und deinen Freunden etwas Gutes tun?"

Kinga zieht die Stirn kraus und lässt ein paar Sekunden vergehen.

„Das sind nicht meine Freunde. Sie haben Cat und mir nur offenbart, dass es unter dem bezaubernden Café eine absolut trendy Bar gibt. Meine Mädels sitzen da hinten."

„Aha, dann lass hören, was ihr trinken wollt. Debbie wird …"

„Was werde ich, Boss?"

„Boss? Dir gehört der Laden?", fragt Kinga überrascht.

„Sieht so aus. Dexter kümmert sich um die obere Etage, ich um den Keller."

„Nicht dein Ernst."

Entgeistert sieht sie zwischen Leander und Dexter hin und her und dann ganz kurz zu mir. Ich hebe mein Glas und proste ihr zu, was Leander dazu veranlasst, mir böse Blicke zuzuwerfen. Wieso denn das?

„Du siehst aus wie der Barkeeper, Raphael", bemerkt

Julie neben mir.

„Sag bloß. Kein Wunder, Julie. Er ist mein Bruder."

„Oh, cool … Hallo, Bruder von Raphael. Mir kannst du was mixen", ruft sie ihm von der Seite zu.

Ich verdrehe die Augen, Dexters Augenbrauen verschwinden fast im Haaransatz und Leanders Augen verengen sich. Oh, oh. Kein gutes Zeichen. Mein Bruder ist ziemlich explosiv, zumindest manchmal.

Der Witzbold gibt Eiswürfel in ein hohes Glas, gießt Apfelsaft und Soda ein, legt eine Apfelscheibe in Sternform und eine Cocktailkirsche, die auf einem Spieß steckt, auf den Glasrand und lässt einen Glasstrohhalm in die Flüssigkeit gleiten. Fertig ist seine Mixtur.

„Bitte schön, geht aufs Haus. Herzlich willkommen in meiner Bar. Würdest du vielleicht ein bisschen Platz machen? Dann haben die anderen, die sich nur schnell was zu trinken holen wollen, bevor sie wieder tanzen, die Möglichkeit dazu", bittet er Julie höflich zu gehen.

Ganz gefährlich, wenn Leander sich so gewählt ausdrückt und er mit seinen stechenden Augen sein Gegenüber fast aufspießt.

Dexter schüttelt missbilligend den Kopf, ein paar Gäste kichern, Kinga hält sich ihr Glas vor das Gesicht, sodass ich ihre Miene nicht sehen kann und ich weiß genau, warum mein Bruder Julie wegschickt.

„Oh, ja natürlich", checkt Julie überhaupt nicht die Lage und geht wieder zum Tisch.

„Bis gleich, Raphael", summt sie noch.

Leander stemmt seine Hände vor mir auf die Bar und fixiert mich.

„Was. Zur. Hölle. Soll. Das?", knurrt er.

„Was meinst du?", stelle ich mich dumm.

„Ich dachte, dir gefällt Kinga. Wieso zum Teufel steht sie dann zwischen Männern, die sie ansehen, als wäre sie ein passender Mitternachtssnack und an dir hängt ein blondes … äh, Mädchen, das ganz offensichtlich heute noch von dir geknattert werden will?!“

Immer so direkt, dieser Bruder.

Was er eigentlich sagen will, ist: Wieso baggerst du nicht Kinga an, sondern überlässt sie den gierigen Raubtieren zum Fraß.

„Leander, die Kleine hängt mir seit der Skitour heute Morgen am Arsch. Sie redet schon den ganzen Tag so viel, dass man schwarz wird und ich bin mittlerweile dunkelbraun. Egal wie nett oder wie abweisend ich zu ihr bin, sie kapiert nicht, dass ich nicht auf sie stehe“, antworte ich meinem Bruder gerade so laut, dass Kinga und alle in meiner unmittelbaren Nähe es hören können.

Ich spüre viele Blicke auf uns, ganz besonders Kingas, denn meine Haut kribbelt, als würden eine Million Nesselraupen darüber kriechen.

„Okay, ich hoffe, du hast das schon klargestellt.“

„Wieso?“, frage ich ihn leise.

„Das kann ich dir sagen, kleiner Bruder. So wie ich das sehe, denkt sie, dass du an Blondie interessiert bist.“

„Sie wird gehört haben, was ich gerade zu dir gesagt habe.“

„Hmh, vermutlich. Trotzdem musst du deutlicher werden, wenn du was von ihr willst. Ansonsten wird einer der sabbernden Vollidioten, die schon vor ihr im Sechzehner stehen, netzen. Verstehst du das?!“

„Ich bin nicht blöd, Leander.“

„Das nicht, aber in manchen Situationen auch nicht besonders clever.“

„Und du kennst dich jetzt mit den Gedanken der Frauen aus?“

„Ganz egal, ob Mann oder Frau. Es ist immer das Gleiche.“

Wann ist mein Bruder ein Beziehungsexperte geworden? Dexter nickt mir zu, Leander klopft auf meine Schulter und ich nehme Kinga ins Visier.

KINGA

Vom ersten Augenblick an ist mir Julie unsympathisch. Natürlich habe ich Raphaels Worte gehört, die mir runtergehen wie Öl.

Er kann tun und lassen, was er will, genau wie ich. Mein äußerst kindisches Verhalten, seitdem unsere Blicke sich getroffen haben, ist mir nun unangenehm. Ich hätte Raphael einfach ansprechen sollen, denn er ist offensichtlich nicht an ihr interessiert.

Jetzt hänge ich zwischen den Jungs fest und komme nicht so schnell wieder weg, ohne mich lächerlich zu machen. Also bleibe ich noch ein bisschen bei ihnen stehen, es ist ja nicht so, als wären sie unangenehm oder so. Eigentlich ist es mit ihnen ganz lustig.

Dass sowohl das Café als auch die Bar Leander und Dexter gehören, überrascht mich. Sie haben ein wunderbares Konzept gefunden, das offenbar aufgeht.

„Kinga, kann ich dich zu einem richtigen Drink überreden?“, fragt mich der attraktive Mann neben mir.

Er hängt schon die ganze Zeit an meiner Seite, beziehungsweise an meinem Rücken. Er hat mich vorhin gekonnt angetanzt. Gar nicht mal so übel.

„Nein, danke. Ich bleibe lieber bei Wasser."

Ein Blick über meine Schulter zeigt mir, dass Catinka sich amüsiert und mich nicht vermisst. Sie wirft mir einen vielsagenden Blick zu und informiert mich nur mit den Augen, dass ich mal nach links schauen soll.

Okay, was auch immer da passiert, es gefällt ihr, denn ihr schönes Lächeln lässt ihr ganzes Gesicht strahlen.

Ohne den Kopf großartig in diese Richtung zu bewegen, sehe ich, dass Raphael sich auf mich zubewegt. Geschmeidig wie ein Raubtier kommt er näher und seine glühenden Augen verbrennen meine Haut, wie das größte Osterfeuer, das ich je gesehen habe. Keine einzige Zelle in meinem Körper bleibt verschont und ein Funkenregen hüllt mich ein.

Fast ist er bei mir, mein Mund ist ausgetrocknet, wie Moms Topfblumen, weshalb ich mir mit der Zunge über die Lippen lecke. Unruhig lege ich mir die Haare über die Schulter und versuche, meinen beginnenden Bluthochdruck zu ignorieren.

Raphael registriert jede meiner Bewegungen, seine Pupillen weiten sich und sein Blick ist dunkel und vielversprechend. Keiner von uns sieht weg, unsere Augen halten uns gefangen und lassen uns hektisch atmen.

Nur noch wenige Sekunden, dann wird er bei mir sein. Dann …

Verdammt, was will die denn schon wieder?! Der Zauber ist unterbrochen und ich stöhne genervt auf. Irritiert schaut Raphael auf Julie runter, die ihre Hand in seine geschoben hat. Wie wenig Selbstachtung muss ein Mensch eigentlich haben, um sich nach mehreren Abfuhren noch derart an einen Kerl zu schmeißen?

„Das hat aber gedauert, bis du zum Tanzen kommst", schnurrt sie und zerrt ihn mit.

Wieso lässt er das geschehen?

Plötzlich höre ich eine leise Stimme an meinem Ohr.

„Er ist immer höflich und nett und hat sie mehr als einmal abgewiesen. Willst du ihm nicht aus dem Schlamassel helfen?“

Vorsichtig drehe ich mich um und blicke in Dexters schönes Gesicht. Unentschlossen sehe ich in die Runde, alle beobachten uns aufmerksam und nicken.

Meine Füße setzen sich in Bewegung und bleiben hinter Raphael stehen. Diesmal drehe ich den Spieß um und tanze ihn von hinten an. Normalerweise ist das eher der Part der Männer, aber wer sagt, dass eine Frau das nicht genauso gut kann.

Mit den Händen auf seinen Hüften steuere ich unsere Bewegungen in den Gleichtakt. Ich lasse sie nach oben wandern, streiche über seine Schulterblätter, lenke meine Tanzschritte um ihn herum und verschränke meine Finger in seinem Nacken. Das ist nur möglich, weil er bei der ersten Berührung sofort Julies Hand losgelassen hat.

Sein Duft flutet meine Sinne und seine Hände auf meinem unteren Rücken, die mich an ihn pressen, lassen keinen klaren Gedanken mehr zu.

Hinter mir höre ich Julie nach Luft schnappen und die Mädels kichern. Dann verstummt alles um mich herum.

Ich nehme nur noch Raphael und die Musik wahr. Das kleine, böse Männchen auf meiner Schulter brüllt mich an, ein weiteres Statement zu setzen, damit jede weitere Anwärterin in die Flucht geschlagen wird.

Die kleine Fee in meinem Inneren formuliert es anders und wispert …

„Hör auf dein Herz und deine Gefühle. Vielleicht kann er nicht bleiben, dieser magische Moment …, aber er kann dir ein wunderbares Bild in dein Herz zaubern. Lass deinen Emotionen freien Lauf!“

Mir gefällt die Vorstellung von einem zauberhaften Bild von Raphael, deshalb stelle ich mich auf Zehenspitzen, ziehe ihn zu mir und verharre unmittelbar vor seinen Lippen. Unser Atem vermischt sich, während ich auf seine Reaktion warte.

Seine Hände wandern an meiner Wirbelsäule entlang und

verursachen ein Beben in mir. Die eine Hand bleibt zwischen meinen Schulterblättern liegen, die andere wandert in mein Haar. Raphael schließt die Augen und endlich spüre ich seine formvollendeten, weichen Lippen auf meinen.

Der Kuss beginnt ganz sanft, mit nur wenig Druck, bis seine Zunge federleicht über meine Lippen streicht und um Einlass bittet. Automatisch öffne ich meinen Mund einen Spalt und Raphaels Zunge gleitet hinein. Er fordert mich zum Spielen auf, neckt mich, zieht sich zurück, nur um dann umso hungriger meinen Mund zu erobern.

Seufzend lasse ich mich fallen und überlasse meinen Empfindungen die Führung.

Mittlerweile sind wir stehen geblieben, ohne unseren Kuss zu unterbrechen. Ich wünsche mir, dass dieser Augenblick unendlich ist. Es fühlt sich so richtig an, so emotionsgeladen, so voller Lust, die kurz vor einer Detonation steht.

Noch nie hat mich ein einzelner Kuss derartig elektrisiert, so überwältigt. Raphael beherrscht dieses Spiel wie kein anderer je zuvor.

Irgendwer tippt mir auf die Schulter und nur unwillig verlangsame ich die Berührungen unserer Zungen, was ihn dazu motiviert, mich noch enger an sich zu ziehen.

Wieder konzentriere ich mich auf seinen Geschmack, der alleine schon überwältigend ist.

Jetzt versucht jemand, Raphaels Hand von meinem Rücken zu nehmen. Er knurrt in meinen Mund und unterbricht unseren Kuss, jedoch nicht unsere Nähe. Seine himmelblauen Augen sehen tief bis in meine Seele, bevor er vorsichtig seine Stirn an meine legt. Wir befinden uns in einem Vakuum, in dem für nichts und niemanden ein weiterer Platz existiert.

WOW!

„Äääähm, entschuldige, aber eigentlich …“ dringt eine piepsige Stimme von der Seite in mein Ohr.

Raphael bringt ein kleines bisschen Abstand zwischen

unsere Köpfe, nicht zwischen unsere Körper und hält mich weiterhin in einer festen Umarmung. Mit verklärtem Blick schaut er nach rechts. Dort steht Julie.

Herr Gott, ist sie wirklich so blöd?

Aus einigen Ecken höre ich genervtes Stöhnen und sehe jetzt, dass die Jungs nur mit den Köpfen schütteln.

„Julie …", spricht Raphael sie an.

„Das ist jetzt irgendwie komisch, findest du nicht, Raphael?"

Ein tiefes Lachen grollt durch seine Kehle, ich kann die Vibration in seiner Brust schon spüren, bevor es seine Lippen verlässt.

„Ja, Julie. Das ist komisch. Sieh dich um, die Auswahl an Männern ist fast unbegrenzt. Sicher wirst du jemanden finden, der unbedingt Zeit mit dir verbringen möchte. Dir dürfte nicht entgangen sein, dass ich es nicht bin. Sorry."

„Ein Versuch war es wert. Schade."

Durch ihr verschmitztes Grinsen erscheinen niedliche Fältchen um ihre Augen und lassen sie noch schöner aussehen. Vielleicht ist sie gar nicht so verkehrt. Wenn ich es recht bedenke, hätte ich an ihrer Stelle wahrscheinlich auch alles in die Waagschale gelegt, was ich habe, um Raphaels Aufmerksamkeit zu erlangen.

Tänzelnd geht sie zurück an den Tisch und der Mann, auf dessen Schoß Raphael sie vorhin gehoben hat, zieht sie auf seine Oberschenkel und flüstert ihr offensichtlich etwas Schönes ins Ohr.

„Danke, Kinga", raunt Raphael mir mit kehliger Stimme zu, sodass mir ein Schauer über den Rücken läuft.

„Gern geschehen, das war ja nicht mehr mit anzusehen, wie sie dich umgarnen wollte."

„Nein, das meine ich nicht. Ich wäre schon mit ihr klargekommen …"

Das kann ich mir vorstellen, wahrscheinlich passt sie zu normalen Zeiten genau in sein Beuteschema.

„Danke, für den heißesten Kuss aller Zeiten."

Oh, wow. Das habe ich jetzt nicht erwartet, denn ich glaube, er hat schon millionenfache Erfahrungen gesammelt.

„Wieso bist du mit ihr hergekommen, wenn du nichts von ihr willst?“, frage ich leicht irritiert.

„Sie alle waren heute mit auf der Skitour und hatten die Idee, den Abend ebenfalls gemeinsam zu verbringen. Der Tag war echt gut mit ihnen. Ich habe dich mehrmals angerufen, weil ich dich fragen wollte, ob du mich hier herbegleiten möchtest.“

„Oh …, stimmt. Catinka und ich haben Plätzchen gebacken und dann kam der Anruf ihrer Freundin.“

„Schon klar, du hast mich also eiskalt zur Seite geschoben“, spielt er den Empörten.

„So ungefähr. Du bist ja in guter Gesellschaft hier.“

„Bist du eifersüchtig?“

„Wie kommst du denn darauf? Du kannst dich verabreden, mit wem du willst.“

„Weil du mich ignoriert hast und ganz offensichtlich mit den anderen Männern geflirtet hast“, lächelt er.

Mein Gott ist mir das naive Verhalten peinlich, das kann nur daran liegen, dass ich vielleicht ein klitzekleines bisschen untervögelt bin.

„Ein Penny für deine Gedanken!“, ärgert er mich.

„Das war echt kindisch, tut mir leid.“

„Alles gut, ich habe am Ende doch bekommen, was ich wollte.“

Das habe ich auch.

Raphael nimmt meine Hand in seine und streichelt mit dem Daumen über meinen Handrücken.

„Ich sag’ es dir gleich, ich bin nicht so geübt in diesen Dingen.“

„Welchen Dingen?“

Im Küssen ist er auf jeden Fall sehr geübt.

„Na ja, normalerweise habe ich keine Dates oder so. In meinem Job bin ich ständig im Einsatz, da bleibt nicht viel Zeit für eine lange Aufwärmphase.“

„Wir haben doch gar kein Date, Raphael. Du bist mit deinen Freunden hier, ich mit meiner Schwester und ich habe dich lediglich vor dem Tod durch Gelaber gerettet."

Er legt seinen Kopf schief und mustert mich, während wir zum Tisch der Mädels gehen.

„Ist das so? Dann habe ich ja nochmal Glück gehabt."

Sein Zwinkern verwandelt meine Beine in zwei weich gekochte Spaghetti. Zum Glück macht Cat Platz für mich, doch Raphael ist schneller und setzt sich, mit mir auf dem Schoß, neben sie.

„Na, du wechselst ja schnell von einer zur anderen", bemerkt Joyce.

Abwehrend hebt er die Hände und legt sie dann auf meine Oberschenkel. Ich lehne mich an seinen muskulösen Brustkorb und genieße die Berührung.

Wir unterhalten uns angeregt, bis Cat mich anstößt.

„Alles in Ordnung?", frage ich sie besorgt.

„Natürlich, aber ich möchte gehen. Kommst du mit oder willst du noch bleiben?"

Was für eine Frage, wir sind zusammen gekommen, also gehen wir auch gemeinsam nach Hause. Außerdem ist es schon spät und mir reicht es ebenfalls für heute.

Vorsichtig löse ich Raphaels Hände von mir und stehe auf. Unsicher sieht er mich an. Ich hätte nicht gedacht, dass er in irgendeiner Situation unsicher ist. Er macht einen so selbstbewussten Eindruck.

„Was ist los? Habe ich was falsch gemacht?", will er wissen, sobald er auch aufgestanden ist, um Cat rauszulassen.

„Nein, hast du nicht. Wir gehen, Cat hat genug."

„Verstehe. Soll ich euch nach Hause bringen?"

Mit hochgezogener Augenbraue sehe ich erst ihn und dann sein Glas an.

„Besser nicht. Zu Fuß ist der Weg zu weit und mit dem Auto kannst du definitiv nicht mehr fahren."

„Genau, du sexy Firefighter. Es ist wahrscheinlicher, dass wir dich nach Hause bringen."

Oh, Mann. Offenbar drängen bei Cat die Hormone wieder an die Oberfläche.

„Sag nicht, du bist ein Feuerwehrmann. Wie geil ist das denn bitte?“, bemerkt Joyce.

„Hör nicht auf sie. Sie hat wahrscheinlich genauso viel getrunken wie du“, versuche ich die Bemerkungen der beiden abzuschwächen.

„Na und, Kinga. Morgen bin ich wieder nüchtern und er ist immer noch der heiße Lebensretter in meinen Träumen“, kontert sie.

Raphael nimmt es gelassen hin. Wahrscheinlich ist er solche Sprüche gewohnt oder er setzt Ähnliche ein, wenn er die Ladys von seinen Qualitäten überzeugen will.

„Manchmal ja, kleine Kinga“, flüstert er in mein Ohr, wobei sein warmer Atem meine Haut streift.

„Manchmal was?“

Er stupst mir mit dem Zeigefinger auf meine Nasenspitze.

„Ich kann dein Kopfkino fast mit ansehen. Also ja, es bringt manchmal einen gewissen Vorteil mit, wenn ich meinen Beruf erwähne.“

„Seid ihr dann fertig mit eurem Angeschmachte?“

Catinka ist müde, dann wird sie zickig. Schon im Normalzustand, als Schwangere scheinbar noch schneller.

„Sollen wir dich mitnehmen?“

Er sieht sich um und nickt.

Echt? Das hätte ich nicht gedacht, zumal sein Bruder und Dexter hier sind, die ihn sicher nach Hause bringen können.

„Wartet kurz, ich sage Leander Bescheid. Heute habe ich keine Lust, bis Ladenschluss zu bleiben.“

Zunächst verabschiedet er sich von seinen Leuten.

„Du Glückspilz, Rapha. Tu all das, was ich mir gerade mit ihr vorstelle“, grinst Zeke unverschämt.

Raphael sieht aus, als würde er ihm gleich an die Kehle gehen. Na, das nenne ich mal Interesse an mir. So schlimm wäre es nun auch nicht, die Nacht mit mir zu verbringen.

„Dann stell dir gleich auch vor, wie ich mit dir Backentennis spiele“, grollt Raphael.

Ach so. Cat kneift mich in die Seite.

„Denk nicht immer an das Schlechteste. Du bist ein Traum, den sich alle gerne erfüllen wollen.“

Wenn sie es sagt. Ich habe da so meine Zweifel. Das desaströse Ende meiner letzten Beziehung liefert mir keinen Grund, Männern mit einem derartigen Ego zu vertrauen. Das hat mir mein Ex redlich versaut.

Wir ziehen unsere Jacken an und warten auf ihn am Treppenaufgang. Dexter grinst schief und hält den Daumen hoch, Leander klopft Raphael auf die Schulter und gibt ihm die Faust.

„Wenn es noch lange mit der Verabschiedungszeremonie dauert, dann muss ich noch mal zur Toilette“, jammert meine Schwester.

Also schiebe ich sie die Treppen rauf und hoffe, dass Raphael den Wink mit dem Zaunpfahl versteht. Nur Sekunden später spüre ich ihn hinter mir.

Wir gehen still durch die Straßen zum Auto. Die Luft ist kalt und klar, weshalb wir uns die Jacken fest um unsere Körper wickeln. Ihm scheinen die Temperaturen gar nichts auszumachen, denn er hat nicht einmal seine Jacke geschlossen. Vielleicht liegt es aber auch einfach nur am Alkohol.

Catinka schließt den Wagen auf und ich nehme auf dem Rücksitz Platz, weil ich bezweifle, dass Raphael seine Beine so einklappen kann, dass er auf die Rückbank passt.

„Okay, dann mal los.“

Cat fährt uns sicher bis zu Dexters Haus. Sie ist so fertig, dass sie kein Wort über die Beleuchtung verliert. Raphael bemerkt das und steigt schnell aus. Er öffnet die hintere Tür und reicht mir die Hand, die ich gerne ergreife.

Als ich vor ihm stehe, streicht er mir eine Haarsträhne hinter das Ohr und streichelt mit den Fingerknöcheln über meine Wange. Anschließend fahren seine Finger an meiner

Kinnlinie entlang und er hebt es an.

Sein glühender Blick verrät mir, was er will.

„Kommst du mit rein, Kinga?"

„Geh ruhig, Kinga. Ich komme alleine klar."

Kommt gar nicht infrage. So bin ich nicht. Ein Kuss geht in Ordnung, aber sofort in die Kiste hüpfen nicht.

„Nein, heute nicht."

Enttäuschung huscht über seine Gesichtszüge.

„Wirklich nicht? Wir müssen nicht …, ich meine, wir können …"

„Nein, wirklich nicht. Ich melde mich bei dir."

Als ich mich wegdrehe und einsteigen will, hält er mich zurück.

„Aber diesmal nicht vergessen, okay?"

„Okay. Versprochen. Gute Nacht, Raphael", summe ich dicht vor seinen Lippen, denn er hat sich zu mir gebeugt.

Ganz behutsam haucht er einen Kuss auf meine Mundwinkel und fährt dann mit dem Daumen über meine Lippen. Kurz gleiten meine Augen zu, so intensiv fühle ich seine Berührung.

„Gute Nacht, Puppy."

Langsam setze ich mich neben Catinka und er lehnt sich erneut in den Wagen.

„Danke, Catinka. Sehr sympathisch, dass du mich mitgenommen hast. Ich hoffe, wir sehen uns bald."

Er richtet sich auf und klopft auf das Wagendach.

„Oh, da bin ich mir ganz sicher, Raphael."

Wieder zwinkert er uns zu und geht dann zum Haus. Wir sehen ihm noch nach und seufzen beide tief.

Ja, auch Klischees wollen bedient werden und ein Firefighter ist und bleibt nun mal im Kopf jeder Frau, die Männer mag.

RAPHAEL

Was ein verrückter Abend! Von Anfang an, war mir nicht wohl dabei, weil ich Kinga nicht erreicht habe und Julie echt an mir hing wie eine Klette.

Warum Kinga es sich doch anders überlegt hat, obwohl sie die Situation falsch eingeschätzt hat, weiß ich nicht. Ich bin einfach nur froh darüber. Länger hätte ich es ohnehin nicht ausgehalten, ich war ja schon auf dem Weg zu ihr.

Wie sie mich von Julie befreit hat, war allerdings die fantastischste Art, die es gibt.

Halleluja, der Kuss hatte es in sich. Er ging bis in meine Zehenspitzen, zurück bis in die Haarspitzen und mit doppeltem Looping und tausendfacher Geschwindigkeit rauf und wieder runter.

Ich kann behaupten, dass ich schon viele Frauen geküsst habe, aber soooo noch nie!

Jetzt stehe ich vor der Haustür und versuche das verdammt kleine und zappelnde Schlüsselloch zu treffen.

Kinga ist nicht bei mir, ich habe gehofft, dass sie mich begleitet, denn ganz offensichtlich hat ihr die kleine Kusseinlage ebenso gut gefallen, wie mir.

Was also hat sie zurückgehalten? Ihre Schwester wäre

damit einverstanden gewesen.

Hm, vielleicht geht es ihr zu schnell. Schon wieder hat sie mich vertröstet und ich kann nur hoffen, dass sie mich diesmal nicht vergisst.

Uns bleibt nicht ganz so viel Zeit, denn wir sind nur zu den Weihnachtstagen hier bei unseren Familien. Ich weiß nicht, ob wir uns wiedersehen können. Offen gestanden weiß ich nicht einmal, wo Kinga wohnt.

Endlich öffnet sich die Tür und ich denke sogar noch daran, die Beleuchtung einzuschalten, damit Leander und Dexter nachher nicht im Stockdunklen reintapern müssen.

Mein Weg führt mich nicht geradewegs in mein Zimmer, sondern erst noch ins Wohnzimmer, wo ich eine große Auswahl an Spirituosen finde. Auf meinen Bruder ist Verlass!

Die passenden Gläser finde ich auch. Ich schenke mir einen großzügigen Schluck eines alten Single-Malt-Whiskeys ein und suche nach Eis.

Ach ja, Eis … gibt es üblicherweise im Froster, Rapha. Stimmt ja.

Deshalb nehme ich mein Glas, wende mich zum Durchgang, kehre wieder um und nehme auch noch die Flasche mit in die Küche. Ich lasse einen Eiswürfel in den Tumbler gleiten, nehme einen Schluck und der absolut geniale Geschmack umspült meine Schleimhäute. Wenn Dexter das sehen würde, würde er einen Anfall bekommen. Whiskey mit Eis … brrr … Todsünde.

„Ahhhh, ist das gut."

Alleine hier zu sitzen, ist auch nicht das Gelbe vom Ei. Ich hatte mir mehr erhofft, wenn auch nicht gleich Sex, so doch noch ein paar Stunden mit Kinga.

Müde und definitiv schon ziemlich betrunken, genehmige ich mir noch weitere ein bis vier Gläser und fühle mich zufrieden mit der Entwicklung.

Voller Vorfreude auf morgen, wenn ich Kinga anrufe, wanke ich zur Treppe. Ja, ich rufe sie an. Wenn es sein muss, in Dauerschleife. Ich möchte mich mit ihr treffen, egal wo.

Oben angekommen werfe ich noch einen Blick auf mein Handy, natürlich hat sie mich nicht kontaktiert. Gut, dann schlafe ich erstmal 'ne Runde.

Ich werde mit einem merkwürdigen Gefühl im Bauch und im Kopf wach. Jemand scheint an mir ein Experiment auszuprobieren, denn mein Schädel wird mit einem Dolch oder ähnlichem durchbohrt. Vielleicht möchte derjenige testen, wie tief man eine Spitze durch die Schädeldecke drücken kann, wenn der Proband noch lebendig ist und sein Mageninhalt gerne den Rückwärtsgang einlegen will.

Mühsam öffne ich die Augen und bereue es sofort, denn die Rollläden sind hoch und die Sonnenstrahlen lasern sich auf meine Netzhaut.

Stöhnend lasse ich den Kopf wieder sinken und bedauere es, gestern Abend nicht sofort ins Bett gegangen zu sein. Definitiv hätten die Drinks im „Up an Down" gereicht. In meinem Zimmer weiterzutrinken war nicht gut … gar nicht gut!

Beschwerlich angele ich nach meinem Handy, um zu sehen, ob Kinga sich gemeldet hat.

Kinga … Gott, alleine der Name bringt meinen Körper zum Summen.

Keine Nachricht. Schade. Erst werde ich mir einen Kaffee oder besser einen doppelten Espresso gönnen, einen Toast und eine Dusche. Danach rufe ich sie an, diesmal lasse ich nicht locker.

Kurz gehe ich ins Bad und putze meine Zähne. Bei meinem Anblick im Spiegel erschrecke ich mich.

„Alter, du hast auch schon besser ausgesehen!", verspottet mich mein Spiegelbild.

Behutsam nehme ich den Weg nach unten und der Duft von frischem Kaffee kommt mir entgegen. Gott sei Dank ist jemand fit genug, um das Allheilmittel zuzubereiten, wenn jetzt auch noch ein paar Aspirin den Weg zu mir finden, bin ich ein glücklicher Mann.

Leander werkelt am Herd herum, er klappert mit den

Kochlöffeln, reißt die Besteckschublade auf und mir droht, bei dem ohrenbetäubenden Lärm, der Schädel zu platzen. In der Hoffnung auf Linderung massiere ich mit den Fingern meine Schläfen. Vergebens.

Schlurfend gehe ich zur Kaffeemaschine und fülle eine Tasse mit dem herrlichen Gesöff.

„Oh, guten Morgen“, brüllt Leander.

„Schrei doch nicht so! Beabsichtigst du mich umzubringen?“

Sein Grinsen verhöhnt mich, doch meine Frage beantwortet er nicht.

„Schläft Kinga noch?“

„Keine Ahnung.“

„Na, du musst doch wissen, ob sie tot oder lebendig neben dir liegt.“

„Alter, was laberst du da? Sie ist nicht hier.“

„Shit, dann hast du es wohl doch verkackt. Ich dachte, nach dem Trockensex auf der Tanzfläche, hättet ihr euer Ding zum Abschluss gebracht.“

„Das war kein Trockensex, das war ein Kuss. Ich weiß ja nicht, wem du zugesehen hast, aber nicht mir.“

„Wenn du meinst. Dexter sagt …“

„Was sagt Dexter?“, fragt Leanders Partner, der gerade, frisch, fromm, fröhlich und frei durch die Tür kommt.

Wie kann ein Mensch dermaßen fit sein, wenn er erst in den Morgenstunden nach Hause gekommen ist? Dann noch auszusehen, als wäre er einem Modejournal entsprungen, grenzt an Unverschämtheit.

Vielleicht liegt es daran, dass er praktisch nie Alkohol trinkt. Normalerweise halte ich mich auch zurück, aber gestern war ein besonderer Tag.

Erschöpft setze ich mich an den Küchentisch und schließe für einen Moment die Augen.

„Schön, dass ich dich noch treffe, bevor ich zur Arbeit gehe, Raphael. Kannst du bitte die Vorräte zum Blockhaus bringen, damit wir übermorgen nur die frischen Lebensmittel mitnehmen müssen? Alles andere haben wir schon fertig, der Baum steht, das Haus ist auf Hochglanz poliert und frische Laken sind aufgezogen."

Igitt, das mit den Laken hätte er sich sparen können.

„Dex, ich glaube, das ist heute keine so gute Idee. Raphael sollte nicht mit dem Schneemobil los. Wer weiß, wo er landet. Sieh ihn dir an, Babe", spottet mein Bruder.

Meine Augen sind mittlerweile wieder geöffnet, wenn auch nicht fokussiert. Ich wünsche mir einfach nur, dass die beiden still sind und mich in Ruhe lassen.

„Wieso? Wer abends saufen kann und so riecht er zumindest, der kann auch morgens arbeiten oder zumindest was erledigen", erklärt uns Dexter.

„Was ein Quatsch! Wer abends vögelt, kann morgens auch nicht fliegen", kann ich mir nicht verkneifen.

Dexters Lachen dröhnt in meinem Kopf, als würde ein Düsenjet durchrauschen.

„Da du nicht umherflatterst, gehe ich davon aus, dass du nicht gevögelt hast, Raphael."

„Hat er nicht. Kinga ist überhaupt nicht hier", antwortet Leander für mich.

„Kein Wunder, wer will schon eine Schnapsleiche poppen?"

„In der Bar war ich noch keine Schnapsleiche."

„Dann ist ihre Abfuhr der Grund dafür, dass du hier sitzt wie ein Häufchen Elend?"

„Nein …, ja ... Ach, ist doch egal. Es ist, wie es ist. Jedenfalls fahre ich heute nicht. Morgen ist auch noch ein Tag."

„Jetzt klingst du wie Scarlett O' Hara", grinst Dexter.

„Wie wer?"

Lieber Gott, bitte lass ihn endlich aufhören zu reden. Ich kann nicht denken und somit seine komischen Bemerkungen nicht deuten.

Beide winken ab und ich bin froh darüber.

„Gut, dann fahr halt morgen. Du kannst dann noch mehr

Kram mitnehmen, denn wir wollen ja sowieso ab übermorgen dort sein. Werd erstmal wieder nüchtern."

Aufmunternd klopft Dexter mir auf die Schulter und mein herzallerliebster Bruder kriegt sich nicht mehr ein.

Lustig, sehr, sehr lustig.

Dexter rauscht durch die Küche, trinkt seinen Espresso, schnappt sich einen Toast und ist schneller weg als Speedy Gonzales.

Leander stellt mir einen Teller mit Pancakes vor die Nase. Ein leichter Würgereiz macht sich bemerkbar, doch ich weiß, ich muss etwas essen. Kaffee alleine reicht nicht aus.

Als hätte er meine Gedanken gelesen, holt er eine Flasche Wasser und zwei Aspirin. Er weiß, was verkaterte Menschen brauchen. Nicht nur, weil ich sein Bruder bin, sondern weil er schon eine ziemlich wilde Zeit hinter sich hat. Mit Dexter allerdings ist er ruhiger geworden.

„Danke, Mann. Ich hätte einfach schlafen gehen sollen."

„Hättest du, bist du aber nicht. Mach dir keinen Kopf. Sorry, das war jetzt blöd. In ein paar Stunden wird es besser. Ich hoffe nur, es hat sich gelohnt."

Meine Schultern heben und senken sich. Hat es sich gelohnt? Eher nicht. Wann lohnt es sich schon, mit einem Brummschädel aufzuwachen? Fast nie.

„Sie ist nicht wie die anderen Mädels, die du sonst so anschleppst, Raphael. Sie mag dich, das ist nicht zu übersehen, aber sie wird nicht eine deiner Bettgeschichten werden. Zumindest glaube ich das. Also falls du nur eine schnelle Nummer brauchst, was völlig in Ordnung ist, solltest du dich lieber auf die andere Kleine stürzen."

Mich schüttelt es kurz, aber Leander hat recht. Kinga ist nicht der Typ, der mit jedem gleich ins Bett steigt. Sofern ich das überhaupt beurteilen kann.

„Definitiv möchte ich Zeit mit Kinga verbringen, wenn dabei mehr für mich herausspringt, umso besser. Aber macht es Sinn, etwas anzufangen, was schon von vornherein ein Ablaufdatum hat?"

Meinen Bruder das zu fragen ist irgendwie merkwürdig, aber er hat es auch geschafft, von lockeren Bekanntschaften in eine feste Beziehung zu wechseln.

„Das kann ich dir nicht sagen, Raphael. Vielleicht entwickelt sich etwas, vielleicht aber auch nicht. Du musst dir nur klar darüber sein, dass es möglicherweise zu nichts oder zu allem führt. Sieh dir Dexter und mich an. Niemand hätte vermutet, dass ich irgendwann in einem kleinen Ort mit Haus und Hund sesshaft werde. Jedenfalls nicht so schnell."

„Du hast keinen Hund", bemerke ich schmunzelnd.

„Noch nicht, Raphael. Noch nicht."

„Was willst du mir damit sagen? Ich weiß nicht mal, wo sie wohnt. Außer, dass sie ihren Beruf liebt und nicht gerne Geschenke aussucht, weiß ich gar nichts."

„Das ist doch schon eine Menge. Du hast ihr geholfen Geschenke zu finden. Dir hat es gefallen, hast du zumindest gesagt."

„Ja, es war lustig. Sie kann sehr witzig sein und sie ist wunderschön."

„Da weißt du ja noch mehr über sie", zwinkert er.

„Versuch es einfach, kleiner Bruder. Was soll schon passieren? Außer, dass du vielleicht keinen ‚Franco Foda' bekommst."

„Ernsthaft jetzt, Leander? Hier geht es doch nicht nur um Sex!"

Er sieht mich mit großen, wissenden Augen an und ich muss gestehen, dass für mich zum ersten Mal nicht der Sex mit der Frau, die ich unbedingt sehen möchte, im Vordergrund steht.

In meinem Zustand strengt mich das Gespräch an. Mir schwirrt der Kopf, ich muss dringend duschen.

„Geh duschen, Rapha. Dreh zwischendurch die Temperatur runter, das hilft gegen Kopfschmerzen und … öhm … auch gegen andere Kopfschmerzen."

„Du musst es ja wissen."

Wir stehen beide auf und ich gehe in Gedanken

versunken nach oben. Tatsächlich fühle ich mich nach der Wechseldusche fit genug, um Kinga anzurufen.

Ausgestreckt auf dem Bett liegend, wähle ich ihre Nummer und warte.

„Hey, geht's dir gut?"

Ihre Stimme zu hören, fühlt sich unfassbar gut an.

„Na ja, nach einer eiskalten Dusche und einem Koffeinschub ist es erträglich. Was machst du heute, Kinga?"

„Hui, kommst du immer so schnell zur Sache?", kichert sie.

„Wenn es sein muss, schon … Tschuldigung, ich bin wohl doch noch nicht ganz fit. Also noch mal von vorn. Guten Morgen, Kinga. Hast du gut geschlafen?"

„Ja, habe ich. Gerade verputze ich den einhundertsten Keks und trinke den vierten Cappuccino. Wundere dich also nicht, wenn ich gleich anfange, klingonisch zu reden."

Mir gefällt es, wie sie über sich selbst reden kann. Außerdem hat sie kein Problem damit, zu erzählen, dass sie schon zum Frühstück eine Dose Kekse verputzt. Endlich mal kein Genörgel über die vielen Kalorien, den Zucker, die Kohlenhydrate oder was sonst noch.

„Kein Ding. Ich antworte dir einfach auf Südseeinsulanisch", gehe ich auf ihre Plänkelei ein.

„Südsee-Was? Aaah, verstehe. Das wird ein nettes Gespräch Mr … Wie heißt du eigentlich?"

„Immer noch Raphael."

Kinga lacht herzlich, obwohl ich nicht gerade den besten Joke gerissen habe. Es ist ewig her, dass ich mit einer Frau am Telefon einfach nur so herumgeblödelt habe.

Normalerweise gibt es dafür keinen Raum, denn von vornherein ist klar, wohin eine Kontaktaufnahme führen soll. Für mich, aber auch für die Frau.

„Na, dann soll es ein Geheimnis bleiben, Mr. Raphael. Wir haben uns für Eisstockschießen entschieden. Catinka meint, dazu ist sie noch in der Lage. Am Abend kommen unsere Eltern mit unserer Granny. Logan wird auch zurückkommen."

Kurz überlege ich, ob ich einer sportlichen Aktivität gewachsen bin. Ich muss, denn sonst kann ich Kinga nicht sehen. Sicher will sie den Abend mit ihrer Familie verbringen.

„Eisstockschießen klingt gut. Treffen wir uns da, wir können ein Team bilden."

Kinga gluckst leise in den Hörer.

„Okay, wenn du bereit bist, dann sehen wir uns dort."

Oh ja, kleine Kinga. Ich bin sowas von bereit.

„Wann geht es los?"

„Um fünfzehn Uhr. Schaffst du das? Wir können dich auch abholen."

„Nee, braucht ihr nicht. Die Uhrzeit ist perfekt, dann kann ich im Garten noch üben. Schließlich will ich unser Team nach vorn bringen", scherze ich.

„Ich bin gespannt. Dann bis später, Raphael."

„Bye, zieh dich warm an, Kinga. Ich spiele immer, um zu gewinnen", säusele ich ins Telefon.

„Dazu musst du es in mein Team schaffen, denn ich belege vorzugsweise den ersten Platz."

„Die besten Voraussetzungen für einen siegreichen Nachmittag. Bye, Puppy."

„Genau. Bye, Raphi", schnurrt sie übertrieben.

„Oh, nein. Sehe ich aus wie ein Raphi?"

„Keine Ahnung, wie du heute aussiehst. Sag du es mir."

Keiner von uns möchte das Gespräch beenden, auch das ist vollkommen neu für mich.

„Besteht die Chance mit einem Raphi in deinem Team zu gewinnen?"

„Also siehst du heute wie einer aus. Aber ja, wir nehmen alles, was zwei Arme und zwei Beine hat."

„Lass dich überraschen, Kinga", bestätige ich ihre Annahme nicht.

Egal, wie ich aussehe und mich fühle, aber Raphi geht gar nicht. Ging noch nie, auch nicht im Kindergarten.

„Hoffentlich ist der Typ von gestern noch in der Stadt,

der …“

„Welcher Typ?“, knurre ich.

Will sie mich verarschen? Sie soll nicht auf die Kerle von gestern warten. Das gefällt mir überhaupt nicht.

„Na, der, den ich in einer äußerst halsbrecherischen Aktion aus den Fängen einer gefährlichen Zauberin gerettet habe.“

Kingas Stimme ist verführerisch und ich höre ihr Lächeln darin. Mir fallen Tonnen von Steinen vom Herz, weil sie mich meint. Nur der Gedanke an unseren Kuss jagt eine prickelnde Schockwelle durch meinen Körper.

„Mir ist zu Ohren gekommen, dass er noch ein paar Tage im Ort bleibt, weil er seiner Retterin noch für ihre Hilfe danken will.“

„Ach, echt? Wie denn?“

„Keine Ahnung, das hat er mir nicht verraten. Vielleicht findest du es heraus, wenn du ihm das nächste Mal begegnest, Kinga.“

Ganz bewusst lasse ich ihren Namen mit tiefer Stimme über meine Lippen rollen. Am anderen Ende höre ich, wie sich ihre Atmung beschleunigt, doch sie sagt nichts.

Vielleicht habe ich zu dick aufgetragen oder das kleine Spiel hat zu lange gedauert. Mist, ich mach’ so was sonst nicht, woher soll ich wissen, wann es gut ist?

„Das würde ich gerne, Raphael“, höre ich sie nur ganz leise.

„Okay, dann hoffe ich für dich, dass er heute auftaucht.“

„Schön üben, Mr …“

„Bates. Mein Name ist Raphael Bates.“

„Wuuhhh, wie Norman Bates.“

Vorbei ist die knisternde Stimmung. Schade.

„Jap. Ist das gut oder schlecht?“

„Vielleicht findest du es heraus, wenn du mir das nächste Mal begegnest“, nimmt sie meinen Spruch von vorher auf.

„Du musst dich auf den Sieg vorbereiten, Raphael. Dir bleibt nicht mehr viel Zeit. Bis dann.“

„Wird gemacht, Miss Tamasz."

Nachdem wir das Gespräch beendet haben, bleibe ich noch eine Weile auf meinem Bett liegen und lasse die letzte viertel Stunde Revue passieren.

Ein leicht schwummriges Gefühl macht sich in meinem Bauch breit und ich fühle mich irgendwie high. Wie nach einem kleinen Joint. Zumindest stelle ich es mir so vor, denn ich kann von mir behaupten, dass ich noch nie einen Joint geraucht habe.

Es klopft und noch bevor ich ein Wort sagen kann, steht Leander im Raum.

„Du kannst nicht einfach reinplatzen. Was wäre, wenn ich …"

„Warum solltest du? Kinga ist nicht hier und ich habe gehört, wie du in dein Telefon gesäuselt hast. Danach hast du dich nicht mehr bewegt."

„Sag mal, hast du an der Tür gelauscht? Geht's noch?"

„Nein, ich habe nicht gelauscht, du hast deine Tür nicht richtig zugemacht. Sie stand einen Spalt weit offen. Mach dir nicht ins Hemd. War nix Weltbewegendes, was du da von dir gegeben hast. Nur ungewohnt, daran musst du echt noch feilen. Das wird schon, kleiner Bruder."

Ich kann nur mit dem Kopf schütteln. So langsam wird mir Leander unheimlich.

„Wir gehen später zum Eisstockschießen, Leander."

Er zieht seine Augenbraue hoch, lehnt sich mit dem Rücken an die Kommode, verschränkt seine Arme vor der Brust und sieht mich kopfschüttelnd an.

„Tsss, dich hat es erwischt, Raphael."

„Sieht so aus. Um fünfzehn Uhr müssen wir einsatzbereit sein. Die Ladys erwarten uns."

„Falsch, Kinga erwartet dich."

„Ja, und du kommst mit, Leander."

„Stets zu Diensten. In Herzensangelegenheiten bin ich der beste Ansprechpartner."

Leander salutiert und grinst. Auf ihn kann ich mich

verlassen, er macht fast alles mit und offensichtlich gefällt ihm der Gedanke, mich auf den Weg der Tugend zu führen.

KINGA

Den ganzen Vormittag begleiten mich die Gedanken an das Telefonat mit Raphael. Es war gut, nein mehr als gut.

Was witzig begann, ging über in einen kleinen Flirt, um anschließend wieder lustig zu werden. Am Ende war seine Stimme rau und vielversprechend.

Jetzt sitze ich auf meinem Bett mit einer Tasse heißem Apfelpunsch und verpacke die Weihnachtsgeschenke für meine Familie. Die vielen Duftkerzen verströmen einen angenehmen Duft von Zimt und Vanille.

Catinka hat mir ihren Schrank gezeigt, in dem sie all diese wunderschönen Schleifenbänder, Perlen, Federn, Sterne, Karten und Geschenkpapier aufbewahrt. Überall im Zimmer sind die Dinge verteilt und ich gebe bei jedem Geschenk mein Bestes, denn ich selbst liebe wunderschöne Verpackungen.

Meistens freue ich mich genau so sehr wie derjenige, der auspackt. Damit ist das Ziel erreicht, wenn ich sehe, dass andere sich über meine Aufmerksamkeiten freuen, freue ich mich auch und das tut unglaublich gut.

Grannys Roman habe ich in dunkelrotes, mit Sternen bedrucktes Papier gewickelt und binde jetzt eine große grüngoldene Schleife darum. Mittig in die Schleife platziere ich einen kleinen betenden Engel und an die Enden binde ich kleine Sterne.

Catinkas Ratgeber schlage ich halb in rosa, halb in blaues Geschenkpapier ein und klebe unzählige silberne Elche, die ich zuvor ausgestanzt habe, auf das Papier. Anschließend umwickele ich es mit meterlangem, silbernem Schleifenband und klemme einen winzigen Stoffelch darunter, den ich noch besorgt habe.

Moms Geschenk dekoriere ich mit weißen Federn und glitzernden Perlen, Dads halte ich ganz in Grün, denn das ist seine Lieblingsfarbe. Ein Tannenzweig und eine Zimtstange vervollständigen das Bild.

Logans Spiel bekommt eine edle Verpackung. Er mag so etwas. Das schwarze, glänzende Papier verschönere ich, indem ich kleine Eiskristalle darauf verteile, eine Schleife aus schwarzem und silbernem Band darum wickele und ein silbernes Glöckchen darauf drapiere.

Logans Familie beschenke ich nicht, denn die Bescherung wird am ersten Weihnachtstag hier bei Cat stattfinden und nicht am Heiligen Abend, wenn wir bei den Elliots zu Gast sind. So haben wir es vereinbart. Dennoch werden wir eine gute Flasche Wein und wunderschöne Gläser mitnehmen, die Mom besorgt und eingepackt hat. Für uns ist das selbstverständlich, schließlich haben die Gastgeber eine Menge Arbeit.

Catinka und Logan werden einen weiteren Tag mit seinen Eltern verbringen und dann ihre Geschenke austauschen. Man muss sich irgendwie arrangieren, damit jede Familie eine schöne Zeit hat. Wir haben uns für diese Lösung entschieden und ich bin gespannt, ob es uns gefällt. Wenn nicht, gibt es im nächsten Jahr die Möglichkeit, es besser zu machen.

„Kann ich reinkommen, Kinga?“, ruft meine Schwester von der anderen Seite der Tür.

„Nein, noch nicht. Ich brauche nicht mehr lange, dann komme ich zu dir.“

„Okay, wir müssen uns so langsam auf den Weg machen, ich will nicht zu spät kommen und dann mit denen in einem Team sein, die keiner wählt. Verstehst du?“

„Verstehe, du meinst wie in der Schule im Sportunterricht.“

„Genau, besser ist das, wenn wir noch auswählen können.“

„Cat, ich bin gleich so weit. Wir müssen uns nicht durch die Tür anschreien.“

„Aber du bist schon so lange da drin. Ich bin neugierig.“

„Erzähl mir was Neues.“

Zügig lege ich die Geschenke in meinen Schrank, lege meine Pullis davor und öffne dann die Tür.

„Komm rein, du gibst ja eh keine Ruhe.“

Grinsend sieht sie sich in meinem Chaos um. Überall fliegen Papierschnipsel, Federn, Glitzerstaub herum. Alle möglichen Bastelutensilien sind auf dem Bett und dem Boden verstreut.

„Oh, du hast dich ausgetobt.“

„Jap. Bin fertig. Möchtest du noch einen Apfelpunsch, bevor wir losziehen?“

Vorsorglich habe ich die Kanne, die nun auf einem Stövchen steht, mit in mein Zimmer genommen, damit ich nicht für jede Tasse runterlaufen muss.

Ich halte ihr einen Becher vor die Nase und Cat nimmt ihn dankbar an.

„Bist du sicher, dass du mitmachen kannst?“

„Absolut, was soll schon passieren? Außerdem haben wir einen Fachmann im Team. Hast du doch gesagt.“

„Nein, ich habe gesagt, dass Raphael auch zum Eisstockschießen kommt. Und er ist kein Gynäkologe, sondern Feuerwehrmann.“

„Stimmt, aber jeder Firefighter ist auch ein Rettungssanitäter. Falls ich also ausrutsche oder so, dann ist er zu Stelle.“

Seufzend sehe ich sie an. Cat wird sich nicht davon

abbringen lassen mitzumachen und wahrscheinlich hat sie recht, was soll schon passieren.

„Ich glaube, wir sollten uns wirklich auf den Weg machen. Obwohl man wahrscheinlich nicht wie in der Schule gewählt wird, kurz ausloten, mit wem wir in einem Team sind, können wir schon.“

Catinka lacht ihr strahlendes Lachen und springt vom Bett.

„Sag' ich doch. Mal sehen, ob ich noch in meine Schneehose passe.“

Weg ist sie. Natürlich passt sie noch in die Hose, sie ist verstellbar. Es ist schön zu sehen, wie enthusiastisch sie ist.

Wahrscheinlicher ist es, dass ich nicht mehr in die Hose passe, denn ich habe so viele Plätzchen in mich reingestopft, dass ich Sorge habe, gleich zu platzen.

Wir fahren mit dem Auto, weil nicht abzusehen ist, wie lange es dauern wird. Je nachdem, wie viele Spieler sich einfinden. Falls es für Catinka zu anstrengend oder zu kalt wird, kann sie zurückfahren. Ich komme schon irgendwie nach Hause.

Als wir am Treffpunkt ankommen, sind schon einige Leute da. Es gibt einen Imbissstand, einen Getränkestand, ein Häuschen für die Utensilien und die Mitarbeiter und natürlich die Bahn.

Die Stimmung scheint gut zu sein, denn wir sehen die Leute lachen, sich unterhalten und jeder ist gut gelaunt. Die Musik läuft im Hintergrund und es liegt ein Hauch von Weihnachten und Winterzauber in der Luft.

Cat hakt sich bei mir unter und wir gehen zunächst zum Häuschen, um uns anzumelden. Der junge Mann hinter der Theke sieht uns freundlich an.

„Hallo, ich bin Kinga und das ist Catinka. Wir möchten gerne mitmachen.“

„Hallo und herzlich willkommen. Schön, dass ihr da seid. Ich bin Pascal. Wir warten noch ein paar Minuten ab, ob sich noch jemand zu uns gesellt, dann geht es auch schon los.

Habt ihr das schon mal gemacht?“

„Nein, noch nie. Ist das ein Problem?“

„Ach was, wir halten das ganz locker. Ich habe schon mal anhand der Anmeldeliste und der Wünsche der Teilnehmer die Teams zusammengestellt. Hoffentlich ziemlich ausgeglichen. Sobald alle da sind, erkläre ich kurz, was zu tun ist. Vielleicht holt ihr euch was zu trinken und dann geht es auch gleich schon los.“

„Möchtest du was, Cat?“

„Nee, besser nicht. Sonst muss ich nur wieder zur Toilette.“

Sie sieht so hinreißend aus. Ihre rote Schneehose sitzt natürlich perfekt und die dicke rosa Skijacke passt hervorragend dazu. Sie hat den Schal bis zur Nase hochgezogen und ihre Hände in dicke Fellhandschuhe gesteckt. Die rote Mütze mit dem puscheligen Bommel steht ihr ausgezeichnet.

Ich sehe mich um, kann Raphael allerdings nirgendwo entdecken. Dafür aber Julie und die Truppe aus der Bar. Na toll, das habe ich mir gewünscht.

„Kinga, ist das nicht die Blonde aus der Bar, die sich fast an Raphael gekettet hat?“

„Ist sie. Hoffentlich sind wir nicht in einem Team, da habe ich gerade keinen Bock drauf.“

Jetzt kommt Pascal auf uns zu und pfeift einmal ziemlich laut. Alle wenden sich ihm zu.

„So, Leute. Es sieht so aus, als wären wir komplett.“

Unruhig sehe ich mich um, denn eigentlich wollte Raphael doch kommen.

„Ich habe versucht, die Teams möglichst gleichmäßig zusammenzustellen. Wir sind achtzehn Teilnehmer, wobei einer noch fehlt. Wenn er nicht auftaucht, spiele ich mit gebremstem Schaum mit, sodass wir zwei Teams mit vier Leuten und zwei Teams mit fünf Leuten haben.“

Belustigtes Pfeifen und Johlen ist zu hören und jeder will natürlich Pascal als Teammitglied für sich gewinnen.

„Das Prinzip ist ganz einfach. Team Rot spielt gegen Team Blau. Team Grün gegen Team Orange. Anschließend die Gewinner und die Verlierer gegeneinander. Somit dürfte es nicht zu lange dauern, denn die Temperaturen sind schon arg tief. Sollte jemand aufhören wollen, ist das kein Problem. In erster Linie wollen wir Spaß haben und keinen Olympiawettbewerb veranstalten."

Alle lachen und schnattern wild durcheinander, wobei mir Julies hohe Stimme bereits jetzt auf den Senkel geht. Cat verdreht die Augen und hält sich die Hände vor die Ohren. Sehr erwachsen, Mrs. Elliot.

Pascal liest die Namen vor. Catinka und ich sind in einem Viererteam. Zum Glück nicht mit Julie zusammen, die ist in einem Fünferteam, in dem noch der letzte Teilnehmer fehlt. Aber die Gruppe meint, er würde definitiv noch auftauchen. Na, dann warten wir noch ein paar Minuten.

Wir tapern zur Bahn und Pascal verteilt Eisstöcke in den entsprechenden Farben, wir haben die „Orangenen". Julie ist in der grünen Gruppe.

Sie funkelt mich leicht irritiert an, denn sie will offensichtlich nicht wieder gegen mich verlieren.

Gerade, als Pascal erklärt, wie einfach das Spiel läuft, höre ich hinter uns stampfende Schritte. Alle Augen richten sich auf die Ankömmlinge und Catinka verschluckt sich fast an der eigenen Spucke.

„Sorry, wir haben zu Fuß doch etwas länger gebraucht als gedacht", erklärt Raphael sein Zuspätkommen.

„Kein Problem, ich bin gerade dabei zu erklären, wie es läuft. Bist du angemeldet? Wir warten nämlich noch auf einen Teilnehmer."

„Nee, bin ich nicht. Ich bin Raphael und das ist mein Bruder Leander."

„Jou, der bin ich."

„Oh, du bist der, der fehlt, Raphael. Team Grün wartet bereits auf dich. Leander geh du zu Team Orange und ich gehe zum blauen Team, sodass wir alle zu fünft spielen."

„Hä? Wieso bin ich schon eingeteilt?", will Raphael wissen.

„Wir haben dich mit angemeldet, Raphael", meldet sich einer der Skifahrer zu Wort.

Leander grinst über alle Backen, denn es ist offensichtlich, dass sein Bruder nicht in einem Team mit Julie sein möchte. Schließlich hat er sich heute Morgen mit mir verabredet.

„Fuck!", flucht Raphael leise und sieht mich bedauernd und Hilfe suchend an.

Ich zucke mit den Schultern und wende mich Leander zu, der von Catinka eingehend abgecheckt wird. Wie peinlich. Tatsächlich muss ich zugeben, dass er genau wie bei unserer ersten Begegnung faszinierend aussieht.

In seinen durchdringend blauen Augen blitzt es verdächtig, die blonden kurzen Haare sind perfekt gestylt, seine muskulösen Beine stecken in schwarzen Skihosen und die schwarz-weiße Jacke kann den breiten Oberkörper kaum verstecken. Die schwarze Mütze und die Handschuhe hält er noch in der Hand, weshalb man die Tattoos, die auch seine Finger zieren, bestens betrachten kann. Um seine vollen Lippen liegt ein anzügliches Grinsen, das er Cat schenkt.

Vor Staunen steht ihr der Mund offen und sie sieht immer wieder zwischen den Brüdern hin und her. Raphael ist auch heute exakt die jüngere, untätowierte Ausgabe seines Bruders. Allerdings trägt er eine royalblaue Jacke, die die Farbe seiner Augen noch intensiviert.

Die beiden Männer stechen wegen ihrer Ähnlichkeit hervor.

Ich stupse meine Schwester an und sie zuckt zusammen.

„Geht es dir gut, Cat?"

„Du hast nicht übertrieben, Kinga. Im Hellen ist die Ähnlichkeit noch deutlicher. Scheiß der Hund was drauf, zusammen sind sie eine Sünde wert."

„CAT!"

„Ja, was? Du hast das so ähnlich auch gesagt. Gott, Logan

muss sofort kommen, sonst werde ich noch wegen öffentlichen Ärgernisses verhaftet."

Tiefes Lachen grollt durch Leanders Kehle und alle drehen sich zu uns um. Raphael diskutiert immer noch mit Pascal, damit er die Teams ändert. Der weigert sich jedoch, damit es nicht noch länger dauert, bis wir endlich loslegen können.

„Hey, kann ich dir irgendwie behilflich sein?" spricht Leander Catinka an.

„Vergiss einfach, was sie gesagt hat. Die Hormone lassen sie im Dreieck ticken", gehe ich dazwischen.

„Wie du meinst, Kinga. Dann zeigen wir den anderen Mal, wo der Frosch die Locken hat. Seid ihr bereit?"

Wir nicken, denn ich glaube, es bedarf keiner weiteren Erläuterungen, wie das Spiel ablaufen soll.

Den Eisstock über die Bahn schieben, hoffen, dass er so nah wie möglich an der Daube zum Stehen kommt und fertig. Das sollte möglich sein.

Als ich hochsehe, treffe ich auf Raphaels Blick und eine Stepptanzgruppe beginnt mit ihrem Training in meinem Bauch. Langsam kommt er auf mich zu und bleibt dich vor mir stehen.

„Hallo, Puppy. Hoffentlich glaubst du mir, dass das so nicht geplant war. Eigentlich wollte ich mit dir zusammen in einen Siegestaumel fallen", zwinkert er mir zu.

„Wirklich? Tja, daraus wird nix. In diesem Spiel kann es nur einen Gewinner geben und der bin ich", fordere ich ihn heraus.

„Genau, Rapha. Außerdem bin ich in Team Orange und du weißt, ich verliere nie."

„Du nimmst den Mund ziemlich voll, Leander."

Pascal bläst zum Angriff und wir sehen Team Rot und Blau zu, wie sie ihre Stöcke über das Eis gleiten lassen. Die Stimmung ist ausgelassen und ich freue mich jedes Mal, wenn ein anderes Teammitglied es schafft, den Stock des Gegners aus der Bahn zu kicken.

Ich bin mit Feuereifer dabei und sporne alle Teilnehmer laut klatschend an.

Leander hat uns heiße Getränke geholt und sorgt sich rührend um Catinkas Wohlergehen. Ständig fragt er sie, ob es warm genug für sie und das Baby ist, ob sie sich setzen will oder ob er sie tragen soll. Cat genießt das und lässt sich tatsächlich von ihm Huckepack nehmen.

„Kinga, man nimmt, was man kriegt. Dieser Kerl hier bietet mir Sitzgelegenheit und Wärme, also nehme ich das an. Solange, bis Logan zurückkommt."

„Dann bin ich nur ein billiger Ersatz für dich, Catinka?"

„Billig würde ich nicht gerade sagen, aber ja, Ersatz schon. Sorry, so läuft das nun mal mit verheirateten Frauen, Leander."

Die beiden verstehen sich ausgezeichnet. Wer hätte das gedacht? Leanders Aussehen steht ganz im Gegensatz zu seinem fürsorglichen Verhalten.

Raphael steht neben mir und beobachtet seinen Bruder ganz genau.

„Er war nicht immer so, Kinga. Dexter hat ihn sozusagen aus dem Sumpf geholt und dafür bin ich ihm lebenslang dankbar."

Ich kann mir gar nicht vorstellen, was er damit meint. Wenn ich Leander so sehe, dann ist er für mich ein absolut heißer, geheimnisvoller Mann, dem niemand widerstehen kann.

Team Blau hat gewonnen und tanzt ausgiebig um die vier Tonnen, in denen Pascal vorhin wärmende Feuer entfacht hat. Nie zuvor habe ich eine brennende Mülltonne als schön oder stimmungsvoll bezeichnet, doch hier sieht es gut aus. Sie stehen am Anfang und am Ende der Eisbahn und spenden zusätzlich etwas Licht, da es mittlerweile schon dämmert.

Wir sind an der Reihe und müssen gegen Raphael und sein Team antreten. Er und sein Bruder klatschen ab, Cat wärmt sich noch kurz an den Feuern auf und ich geselle mich zu meinen Teammitgliedern.

Die Eisstöcke leuchten in den vorgegebenen Farben, was das Spiel noch schöner macht. Mir gefällt das gedämpfte Licht und die zauberhafte Atmosphäre, die herrscht.

Leander legt vor und kommt dem Ziel schon ziemlich nah. Julie ist die Erste aus dem grünen Team, die ihren Stock ins Spiel bringt. Ohne den nötigen Schwung bleibt er weit hinter Leanders stehen.

„Yeah!“, jubeln wir fünf.

Catinka ist die Nächste. Gekonnt schlittert ihr Eisstock an Julies vorbei und meine Schwester tanzt, bevor ihr Eisstock stehen bleibt. Genau zwischen Julies und Leanders.

Die anderen Teilnehmer sind nacheinander dran. Raphael und ich bilden die Schlusslichter. Leander redet auf mich ein, wie ich ihn am besten schlagen kann, doch ich konzentriere mich voll und ganz auf meinen Wurf. Zunächst warte ich Raphaels Einsatz ab. Sein Eisstock schiebt sich lässig an den anderen vorbei, drängt einige zur Seite und bleibt dicht neben Leanders liegen.

„Nicht schlecht kleiner Bruder, aber wir legen nach und ich habe Kinga an meiner Seite.“

Triumphierend sieht Julie zu uns, denn falls ich in die Nähe der beiden Eisstöcke komme, ist es möglich, dass ich Leander ganz aus dem Spiel dränge und über das Ziel hinausschieße.

„Du schaffst das, Kinga“, flüstert mir Catinka zu.

Raphael sieht mich lächelnd an. Ob er es nicht für möglich hält, dass wir noch gewinnen? Warte ab.

Ich atme tief ein, schwinge den Eisstock ein paar Mal hin und her und lege meine ganze Kraft und Konzentration in meinen Wurf. Mit angehaltenem Atem verfolge ich die Schlitterpartie. Es herrscht eine merkwürdige Stille, so als wäre es enorm wichtig und von elementarer Bedeutung, wie das Spiel endet.

Der Eisstock gleitet in Richtung Daube, kickt Raphaels zur Seite, der Leanders Stock leicht berührt und mitten in der

Daube zum Stehen bringt. Mein Eisstock schießt bis ans Ende der Bahn. Fernab von jeder Konkurrenz.

Jubel bricht in meiner Gruppe aus, Cat springt in Leanders Arme, wir klatschen alle ab und ich recke die Faust in die Luft. Wir befinden uns im Siegesrausch, als hätten wir gerade eine Schlacht gewonnen.

Plötzlich spüre ich kräftige Arme um mich, Raphael hebt mich hoch und wirbelt mich herum.

„Du hast mich um den Sieg gebracht, Kinga. Findest du das fair?"

Nickend sehe ich zu ihm runter und versinke im Blau seiner Augen. Ganz langsam lässt er mich an seinem Körper entlanggleiten, bis unsere Lippen dicht voreinander verharren. Sein warmer Atem lässt mich erschaudern, meine Augenlider schließen sich und ich recke mich ihm in Erwartung eins Kusses entgegen.

Nichts passiert. Hä? Wieso das?

Erst jetzt merke ich, dass jemand an meiner Schulter zerrt.

„Dein Wurf gilt nicht. Du bist zu weit auf die Bahn gelaufen", nörgelt Julie.

„Ist das dein Ernst?", knurrt Raphael.

„Mein voller Ernst. Jungs, ihr habt das doch auch gesehen, oder? Pascal, sag du es ihr. Wir haben gewonnen."

„Krieg dich mal ein, Mädchen. Zweiter zu sein ist keine Schande. Du benimmst dich wie ein Kind, dem der Trostpreis nicht gefällt. Oder liegt es eher daran, dass du schon wieder bei meinem Bruder das Nachsehen hast?", stichelt Leander.

Sie schnappt nach Luft und stampft davon.

„Lächerlich! Es ist ein Spiel, kein Wettkampf."

„Okay, dann haben wir noch die letzten zwei Runden. Braucht jemand vorher eine kurze Pause?", fragt Pascal.

„Ich möchte aussteigen, Pascal."

Alarmiert sehen Raphael, Leander und ich zu Catinka.

„Stimmt etwas nicht, Cat? Wir fahren sofort nach

Hause."

Fahrig suche ich nach unseren Taschen, aber meine Schwester hält mich auf.

„Bleib ruhig, Kinga. Mir ist einfach nur kalt und ich denke, eine Runde reicht für mich. Während du unsere Ehre verteidigst, esse ich einen bis fünf Crêpes."

Mir fällt ein ganzer Berg vom Herzen, so erleichtert bin ich. Ich hätte nicht gedacht, dass mich eine so simple Aussage derart aus der Fassung bringt.

Besorgt legt Raphael seinen Arm um Cat und mustert sie eingehend.

„Ist wirklich alles in Ordnung?"

Unauffällig auffällig tastet er nach ihrem Puls am Hals.

„Scheint gut zu sein. Setz dich doch kurz hin, Leander holt dir deinen Crêpe und du feuerst Kinga mit Leibeskräften an."

„Jawohl, Sir. Es ist alles in Ordnung mit dem Baby. Mir geht es gut. Ansonsten wäre ich schon längst weg."

„Seid ihr dann mal langsam bereit oder braucht ihr noch länger für eure Unterhaltung", mosert Team Grün.

„Ihr könnt es wohl gar nicht erwarten erneut zu verlieren, was?", kontert Leander und streckt ihnen den Mittelfinger entgegen.

„Vielleicht war es doch keine so gute Idee herzukommen, Kinga. Irgendwie habe ich mir das weniger angespannt vorgestellt", bemerkt Catinka.

Ich winke ab, wünsche Raphael viel Glück und stelle mich zu Leander und den anderen. Das Spiel hat irgendwie seinen Reiz verloren, doch Pascal gibt sein Bestes, um die Stimmung wieder hochzubekommen.

Auch er nimmt nicht an der letzten Runde teil, damit das Kräfteverhältnis wieder ausgeglichen ist.

Wir gewinnen auch das zweite Spiel, so wie Raphael das zweite ebenfalls verliert. Ist wohl nicht sein Tag. Pascal bedankt sich fürs Kommen, schmeißt eine Runde Glühwein und Apfelpunsch und wünscht uns einen schönen Abend.

Wir bleiben noch etwas, denn Catinka hat mir versichert, dass es ihr in der Nähe der Feuertonnen warm genug ist. Kurz gehen wir die Spielergebnisse durch, nicht ohne uns über Raphaels Niederlagen zu amüsieren und genießen die Zeit mit den Teilnehmern unserer Gruppe, zu denen sich Raphael gesellt hat.

„Wir machen uns auf den Weg. Raphael kommst du mit in einen Pub im Nachbarort?“, will der Typ wissen, auf dessen Schoß Julie ebenfalls in der Bar gesessen hat.

„Nein, ich bleibe hier.“

„Schade, dort ist heute Ladys-Night. Da geht was.“

Leander schnauft und runzelt die Stirn.

„Ziemlich pubertär, wenn ihr mich fragt. Aber bitte, jeder so wie es ihm gefällt.“

„Na, dann halt dich ran, Gabor. Ach … und bitte plant mich bei keinen weiteren Aktivitäten mehr ein. Ich bestimme ganz gerne selbst über meine Zeit.“

Raphaels Stimme ist nicht mehr ganz so nett wie vorher.

„Sorry, das war nicht böse gemeint. Wir dachten nur, dass du Bock darauf hast.“

„Schon okay. Ich will meinen Urlaub mit meiner Familie verbringen. Vielleicht sehen wir uns ein anderes Mal. Bye, Leute.“

Damit wendet er sich wieder uns zu, legt mir seine warme, schwere Hand auf den unteren Rücken und lässt mich spüren, dass er meine Gesellschaft sehr wohl in Anspruch nehmen möchte.

Wir stehen im Kreis um das Feuer, als Cat Anstalten macht zu gehen. Sie kramt in ihrer Tasche nach den Autoschlüsseln.

„Kinga, ich fahre nach Hause. Logan wird gleich da sein und Mom und Dad auch. Bleib du ruhig noch hier.“

„Kommt nicht infrage, ich lasse dich nicht alleine nach Hause fahren. Bin ich verrückt? So wie Logan dich in Watte packt, wird er mich in der Luft zerreißen, wenn er davon Wind bekommt.“

„Hör auf zu spinnen, Kinga."

„Ich fahre mit dir zurück, wenn das in Ordnung ist. Dann kann ich mich locker umziehen, bevor ich in den Club muss. Zu Fuß braucht es doch etwas, wie man vorhin gesehen hat."

„Gute Idee, Leander. Ich brauche nämlich unbedingt noch ein Stündchen mit Logan, bis das Haus voll ist."

Catinka wackelt mit den Augenbrauen, damit ich verstehe, was sie meint. Jeder versteht es mittlerweile, denn sie hat klar und deutlich formuliert, wie es um sie steht. So ist meine Schwester … frei von der Leber weg.

Alle lachen wissend und Raphael legt seinen Arm um meine Schultern.

„Dann darf ich dich ja schon wieder nach Hause begleiten, Puppy."

„Sieht so aus. Ganz offensichtlich bin ich gerade ausgebootet worden."

Leander und Catinka dackeln ab und wir bleiben noch auf einen weiteren Drink hier. Im Schein der knisternden Feuer, dem Duft nach Crêpes, Bratwurst und Glühwein und mit meinen Teamkollegen fühle ich mich ausgesprochen wohl in Raphaels Gegenwart.

Der Gedanke an einen Spaziergang durch die zauberhafte Winterwelt des kleinen Ortes mit ihm, beschert den kleinen Glühwürmchen, die unter meiner Haut krabbeln, seitdem ich Raphaels Hand auf mir spüre, erneut einen heftigen Schluckauf.

RAPHAEL

Ein Hoch auf Catinka und meinen Bruder. Als hätte er es geahnt, dass ich gerne noch mit Kinga alleine sein möchte, hat er sich heroisch ins Feld geworfen und ihre Schwester begleitet. Kinga hätte sie nicht alleine fahren lassen. Ihr liegt unglaublich viel an ihrer Familie, das merkt man bei jeder Handlung, jeder Aussage.

Nach einem weiteren alkoholfreien Punsch, heute könnte ich nichts anderes über den Knorpel bringen, machen wir uns auf den Weg zurück.

„Es ist ein ganzes Stück, Kinga. Soll ich doch lieber ein Taxi rufen?“

„Hältst du mich für so ein Püppchen, dass ich das nicht aushalte? Sofern wir nicht den Mount Everest erklimmen müssen oder eine andere kleine Anhöhe, schaffe ich das schon“, erklärt sie mir voller Inbrunst.

„Anhöhe? Nein, keine Steigung, alles nur ebene Straßen.“

„Puh, Glück gehabt. Ich bin nicht gerade sportlich, musst du wissen.“

„Bist du nicht? Das sah beim Eisstockschießen aber ganz anders aus. Du hast mich eiskalt rausgeschossen.“

„Das ist doch kein Sport, Raphael. Hat es dir gefallen zu

verlieren?“, fragt sie mich mit klimpernden Wimpern, die wie ein dichter Kranz um ihre espressodunklen Augen liegen.

„Nur, weil du die Gewinnerin bist. Du siehst unfassbar schön aus, wenn du vor Freude in die Luft springst. Das war es wert.“

Da wir gerade unter einer dieser altmodischen Laternen hergehen, sehe ich, dass sie rot wird. Vorsichtig greife ich nach ihrer Hand und freue mich, dass sie es zulässt.

Nicht nur das, sie verschränkt ihre eiskalten, kleinen Finger mit meinen und schiebt unsere Hände in meine Jackentasche. Sofort flutet mich pures Verlangen nach mehr Nähe und ich schlucke schwer.

„Wie werdet ihr den Heiligen Abend und den Weihnachtstag verbringen, Raphael? Kommen eure Eltern auch?“

Kurz überlege ich, ob ich ihr von meinen Eltern erzähle und entscheide mich dafür. An ihrer Entscheidung ist nichts Verwerfliches, Leander und ich sind schließlich erwachsen.

„Nein, sie erfüllen sich ihren Traum und befinden sich irgendwo in der hintersten Ecke der Welt.“

„Oh, findest du das gut oder eher nicht?“

„Hm, ich verstehe sie. Sie waren immer für uns da und jetzt nehmen sie sich Zeit für ihre Wünsche. Das es gerade zu Weihnachten sein muss … na ja, letztendlich sind es einfach nur ein paar emotionale Tage, die ich mit meinem Bruder und Dexter verbringe.“

„Für uns ist es das erste Mal, dass wir mit anderen die Zeit verbringen. Logan war natürlich schon dabei, aber ansonsten immer nur Mom, Dad und Granny. Ich bin gespannt, wie das mit den Elliots wird. Sie sind nett und unglaublich gastfreundlich, sodass es vermutlich schön werden wird.“

„Bleibt ihr zu Hause?“, fragt sie neugierig weiter.

„Nein. Dexter besitzt neben dem Haus und dem ‚Up and Down‘ noch ein Blockhaus in den Bergen. Wir fahren übermorgen rauf und bleiben bis zum Sechsundzwanzigsten oben.“

„Mit Dexters Familie? Klingt romantisch."

„Dexter hat keine Familie mehr, seine Eltern sind bei einem Zugunglück ums Leben gekommen. Also bleiben nur wir drei Männer, der Schnee und die Abgeschiedenheit. Ich würde das nicht so gerne romantisch nennen, aber ja … aus deiner Sicht ist es das wohl."

„Das ist ja furchtbar für Dexter."

„Das ist es. Er hat dem Ganzen hier lange den Rücken zugekehrt, bis er Leander kennengelernt hat. Man glaubt es nicht, aber die beiden ergänzen sich hervorragend. Es funktioniert, sie sind glücklich."

„Ende gut, alles gut?"

Ich drehe Kinga zu mir, lege meine Hand an ihre Wange und streiche mit dem Daumen darüber. Ihre Haut ist weich wie Watte und ich möchte jeden Zentimeter davon berühren. Das dunkle Braun ihrer Augen saugt mich völlig ein, sodass ich glaube, einen Blick auf ihr Herz erhaschen zu können.

„Ja, vielleicht", raune ich mit heiserer Stimme.

Wir gehen weiter durch die Kälte, als mir eine Idee kommt.

„Hast du morgen schon was vor, Kinga?"

„Außer mit der Familie frühstücken noch nichts."

„Ich fahre morgen mit dem Schneemobil zum Blockhaus, um die letzten Vorräte hinzubringen, damit wir nicht so viel Gepäck auf einmal verstauen müssen. Sonst ist schon alles vorbereitet. Hast du Lust, mich zu begleiten?"

Kinga hüpft ein kleines Stückchen hoch.

„Ihr besitzt ein Schneemobil?", fragt sie mich mit leuchtenden Augen.

„Äh …, eigentlich sogar zwei."

Sie bleibt stehen, ihre Augen weiten sich bis aufs Äußerste, sie legt beide Hände an ihr Gesicht und ihr Mund bildet ein perfektes „O". Sofort fallen mir tausend Dinge ein, die ich mit diesem „O" gerne anstellen möchte.

„Halleluja, was haben Dexter und Leander eigentlich nicht …?"

„Einen Hund", grinse ich.

„Na, mit dem wäre es schwierig auf dem Schneemobil", sinniert sie.

„Nö, der käme in den Anhänger, so wie das Gepäck."

Kinga ist beeindruckt und zieht die Luft geräuschvoll ein. Ja, es wirkt auf andere ziemlich extravagant, aber mein Bruder und Leander leben hier und wollen auch hier bleiben. Da bietet sich so etwas für den Winter an. Außerdem muss ich zugeben, verdienen sie einen großen Haufen Geld, von dem ich nur träumen kann.

„Du steckst mich aber nicht in den Anhänger?"

Mein Lachen schallt durch die menschenleere Straße.

„Sicher nicht. Hinter mir ist noch ein Plätzchen frei. Wenn wir alles abgeliefert haben, können wir noch eine Tour durch die Wälder machen. Was meinst du dazu?"

„Oh mein Gott, das wird mir zu Hause niemand glauben", freut sie sich.

„Dann kommst du also mit?"

„Aber hallo … ich habe zwar Probleme mit Bauch, Beine, Po, aber ganz sicher nicht mit dem Kopf! Da müsste ich ja vollkommen neben der Spur sein, wenn ich das Angebot ablehnen würde."

Das lasse ich jetzt mal so stehen, denn sie hat ganz bestimmt keine Probleme, weder mit dem einen noch mit dem anderen.

Wir sind an dem hübsch geschmückten Haus ihrer Schwester angekommen und bleiben vor der Hecke stehen, die in einem Meer aus Lichtern untergeht.

Kingas Gesicht wird vom warmen Schein umhüllt und ist so hübsch, dass ich es nicht in Worte fassen kann. Wir stehen dich voreinander, sie geht auf Zehenspitzen und reckt sich mir entgegen. Magnetisch angezogen nähern sich unsere Münder und meine Lippen senken sich auf ihre.

Sie drängt ihre Zunge zwischen meine Lippen und mein Verstand verabschiedet sich klammheimlich zwischen irgendwelchen Hirnwindungen. Meine Hände liegen auf ihren Hüften, ich presse sie an meinen Körper und möchte sie am liebsten über meine Schulter werfen und mich sofort auf den Weg in die Abgeschiedenheit der Berge machen.

Der elastische Stoff meiner Skihose wird eng und ich stöhne in ihren Mund. Immer fordernder spielt ihre Zunge mit meiner, plündert meinen Mund voller Verlangen und steigert meine Lust auf sie. Gerade als meine Hände über ihren Po streicheln und ich sie anheben will, damit sie mir noch näher sein kann, hupt es laut.

Erschrocken springt Kinga zurück und ich bleibe frustriert in der Luft hängen.

Wer zerstört zum fucking unpassendsten Zeitpunkt, diesen Wahnsinnsmoment?!

Meine Stirn legt sich in Falten und ich sehe verärgert zum dunklen, großen Wagen, der an der Bordsteinkante hält. Zunächst sieht Kinga noch genervt aus, doch dann erhellt ein bezauberndes Lächeln ihr Gesicht.

What the hell? Wem lächelt sie so zu, obwohl sie mich gerade schwindelig geküsst hat?

Die Beifahrertür öffnet sich und ganz langsam steigt eine kleine, alte Dame mit grauen Locken aus. In Jeans, einer dicken Strickjacke und einem verschmitzten Grinsen sieht sie nicht aus wie eine typische Oma.

„Granny!"

Kinga wirft sich in ihre Arme und küsst ihre Wange.

„Mäuschen, was treibst du denn hier auf der Straße?", tadelt sie ihre Enkelin mit ernster Stimme.

„Oh, das ist Raphael. Er …, wir … ähm waren zusammen Eisstockschießen."

„Na, wenn das Eisstockschießen ist, dann will ich mitmachen. Meine Güte, wo hast du dieses Zuckerstück aufgetrieben, Kinga?"

Wie bitte? Was ist das für eine Granny?

Kinga kichert und mittlerweile ist der Fahrer auch ausgestiegen.

„Mom! Kannst du dich bitte mal benehmen wie eine

normale, ältere Frau und nicht wie eine deiner Romanheldinnen?", meckert offensichtlich ihr Sohn.

Sie winkt nur ab und schaut mich mit den gleichen dunklen Augen wie Kingas, durchdringend an.

„Papperlapapp! Wer so aussieht wie er, der muss damit klarkommen. Junger Mann, sind sie vielleicht ein Schauspieler? In meinem aktuellen Roman verwandelt sich der Protagonist gerade von einem armen Schlucker in einen erfolgreichen, heißen, Helden", erklärt sie mir.

„Nein, Ma`am ich bin nur ein Feuerwehrmann. Tut mir leid."

Ihre Augen blitzen voller Freude. Da bin ich gespannt, was jetzt kommt und versuche mein Grinsen zu verbergen.

„Ooooooh, das ist mindestens genauso gut. Die bringen immer unheimlich viel Spice in eine Story!"

Kinga sieht mich besorgt an, ihr Vater verdreht die Augen und die Frau, die vom Rücksitz klettert, schüttelt nur mit dem Kopf.

„Na, wenn das so ist."

„Ist es! Kinga, ich sage dir nur eins … langweilig wird es mit ihm nicht."

„Granny, … vielleicht läuft es im wirklichen Leben anders."

„Oder eben nicht. Ich bin Hanna, hoffentlich sehen wir uns öfter. Kinga ist schon viel zu lange allein, da kann ruhig mal wieder ein kleiner Flächenbrand entfacht werden, den Sie dann fachmännisch löschen können. Sie scheinen geeignet zu sein. Sah zumindest so aus."

Hanna gefällt mir, sie sagt, was sie denkt. Wahrscheinlich darf man das in ihrem Alter. Kinga ist es peinlich, denn sie zieht ihre Unterlippe zwischen die Zähne, was mich schier verrückt macht.

Lächelnd reiche ich Hanna die Hand.

„Schön Sie kennenzulernen. Mein Name ist Raphael."

„Ein Erzengel. Perfekt, dann sind sie ein Anführer. Kinga, das wird spannend!"

„Warten wir es ab, Granny. Wie war die Fahrt?“, lenkt Kinga das Gespräch in eine andere Richtung.

Ihre Eltern sind schon an der Haustür und Catinka fällt ihrem Dad in die Arme. Lautstark höre ich ihre Begrüßung, scheinbar freuen sich hier alle auf jeden. Hanna beobachtet uns immer noch eingehend und macht keine Anstalten zu ihrer anderen Enkelin zu gehen.

„Geh schon vor, Granny. Es ist kalt. Ich bin in ein paar Minuten bei euch. Cat wartet schon sehnsüchtig, genauso wie sie auf Logan gewartet hat.“

„Oh, das kann ich mir denken, dass sie es nicht abwarten konnte bis Logan zurückgekommen ist. Sie war vor ein paar Tagen am Telefon so …“

„Ist gut, Granny. Lass uns gleich weiterreden“, grätscht Kinga dazwischen.

Hanna legt den Kopf schief und lächelt mich verschmitzt an.

„Bis demnächst, Raphael. Hoffentlich machen Sie Ihrem Berufsstand alle Ehre. In meinen Romanen kommt jedenfalls niemand an den Firefightern vorbei.“

„Boah, Granny!“

„Schon gut, Mäuschen. Sieh zu, dass dir nicht kalt wird“, zwinkert sie uns zu.

„Sorry, Raphael. Granny ist manchmal ein wenig merkwürdig. Sie meint es nicht so, aber sie liebt ihre Bücher und stellt gerne Verbindungen her. Sie ist nicht durcheinander, oh nein … ganz bestimmt nicht.“

„Das habe ich auch nicht vermutet. Mir gefällt sie“, beruhige ich Kinga.

Wir stehen wieder dicht voreinander, doch irgendwie fühlt es sich nicht mehr so an wie vorher.

„Dann hole ich dich gegen zwölf Uhr ab. Passt dir das?“

Kurz überlegt sie und stimmt dann zu.

„Ich freue mich darauf. Dir wird es ganz bestimmt gefallen. Jetzt geh rein zu deiner Familie, sonst verrenkt sich deine Granny noch den Nacken.“

„Hä? Wieso?“

„Sie steht hinter der Gardine und versucht über die Hecke zu schauen. In Anbetracht ihrer Größe muss sie sich ordentlich ins Zeug legen“, erkläre ich lachend.

Kinga brummt irgendwas Unverständliches.

„Sie wird sich nicht mehr ändern, will sie auch gar nicht.“

„Das ist auch nicht nötig. Sie will, dass es euch allen gut geht und zeigt das auf ihre Weise. Ist doch schön so, Kinga. Genieß die Zeit mit ihr.“

„Du hast recht. Wir sehen uns also morgen. Mann, was bin ich aufgeregt. Catinka wird gleich ihre Schwangerschaft leugnen, nur um mitzukommen.“

Jetzt lacht sie wieder ihr faszinierendes Lachen und bringt alles in mir zum Schwingen. Noch einmal streiche ich sanft über ihren Handrücken und ertrinke in flüssiger Schokolade, dann drehe ich mich um und mache mich auf den Weg nach Hause.

Als ich über meine Schulter sehe, erkenne ich, dass sie immer noch an der gleichen Stelle steht und mir nachsieht, deshalb hebe ich meine Hand und winke ihr zu. Kingas Kichern schwebt durch die Luft und sie geht ins Haus.

Auf dem Weg zurück lasse ich mir die Ereignisse des Tages durch den Kopf gehen. So beschissen er auch angefangen hat, von Stunde zu Stunde ist er besser geworden. Bis ich letztendlich eine Verabredung mit Kinga herausgeschlagen habe, und zwar nur mit ihr und keine Gruppenveranstaltung.

Schon lange habe ich mich nicht mehr so gut mit einer Frau unterhalten, ohne sexuelle Hintergedanken. Nein, das stimmt so nicht. Ich habe mich noch nie tiefergehend für eine Frau interessiert, denn Sinn und Zweck einer Unterhaltung war bisher, sie am Ende des Tages in meinem Bett zu haben.

Kinga möchte ich auch in meinem Bett wissen, aber nicht nur. Dieses umeinander Herumschleichen mit ein paar Küssen, aber nicht mehr, gefällt mir. Ebenso gefällt es mir, mehr über sie und ihre Familie, ihre Interessen zu erfahren. Absolutes Neuland für mich. Was nicht bedeuten soll, dass ich oberflächlich bin. Nein, nur war mir das bisher einfach nicht wichtig. Den Frauen habe ich immer sofort klargemacht, dass es mit mir keine feste Beziehung geben wird. Ein paar Treffen, Sex und das war es.

Im Nu stehe ich vor unserer Haustür und heute finde ich auf Anhieb das Türschloss. Mich empfangen eine wohlige Wärme, der Duft von Kaffee und etwas Süßem. Noch bevor ich meine Jacke aufgehängt und meine Schuhe ausgezogen habe, kommt Leander aus der Küche.

„Schon zurück? Dich habe ich noch nicht erwartet. Rapha, irgendetwas machst du verkehrt, sonst wärst du jetzt entweder gar nicht hier oder Kinga stünde hinter dir."

„Nur, weil du dir wünschst, dass ich sie abschleppe, lege ich sie noch lange nicht direkt hinter dem nächsten Busch flach", kontere ich.

„Zum Glück nicht. Sonst hättet ihr bereits Frostbeulen."

„Du nervst, Leander. Geh zur Arbeit, ich komme alleine klar."

Mein Bruder seufzt und klopft mir auf die Schulter.

„Kommst du mit?"

„Nö, ich bleibe zu Hause. Der Tag war gut und ich will nicht schon wieder die halbe Nacht unterwegs sein. Morgen habe ich wertvolle Fracht an Bord."

„Wenn du die Steaks, das Gemüse und den Kram meinst, dann ja."

Breit grinsend gehe ich hinter ihm her und lasse mich auf das Sofa fallen.

„Ja, das auch. Schließlich braucht der Mensch ein gutes Essen und … Geschenke. Du hast doch daran gedacht, Leander?"

Er winkt ab und setzt sich mir gegenüber.

„Du guckst irgendwie komisch, Raphael."

„Hmmh, kann schon sein", lasse ich ihn zappeln, denn natürlich kann er mich lesen wie ein Buch und spürt, dass noch was kommen muss.

„Du hast doch mit ihr geschlafen."

„Nein, hab' ich nicht."

„Rostest du langsam ein? Wo ist mein Bruder, vor dem keine vorzeigbare Frau sicher ist?"

Ich zeige ihm den Mittelfinger und Leander wirft mit einem Tannenzapfen nach mir, den er aus einer Dekoschale auf dem Beistelltisch gefischt hat.

Gekonnt fange ich ihn ab und lache herzlich.

„Kinga fährt morgen mit, wenn ich den ganzen Kram zum Blockhaus bringe."

So, jetzt ist er von seiner Neugier erlöst und ich koste den Moment aus, bis meine Worte in seinen Gehirnsträngen den richtigen Weg finden.

„Echt? Nur du und Kinga? Alter, die Idee ist genial. Wenn du sie da nicht rumbekommst, dann kannst du es vergessen."

„Mensch, Leander. Darum geht es überhaupt nicht. Na ja, nicht nur. Ich meine, ich würde nicht nein sagen, aber wenn wir nur einen schönen Tag zusammen verbringen, dann bin ich zufrieden."

Leander schüttelt schmunzelnd den Kopf und seine blauen Augen leuchten.

„Merkst du selbst, oder? Sie hat dich am Haken."

Er klatscht sich auf die Oberschenkel und lehnt sich zufrieden zurück.

„Bleibt ihr über Nacht oben? Dexter und ich können mit dem zweiten Schneemobil zusammen raufkommen. Ach nee, geht ja nicht, du musst sie zurück zu ihrer Familie bringen. Sie wird bestimmt mit ihnen an Heiligabend zusammen sein wollen. Dann lass aber den Anhänger stehen, den brauchen wir, um alles wieder mit zurückzubringen. Wahrscheinlich müssen wir ohnehin zweimal fahren …"

„Halt mal die Luft an, Leander. Wir werden übermorgen zusammen zum Blockhaus fahren."

Allerdings finde ich gerade Gefallen an dem Gedanken, mit Kinga dort zu übernachten. Vielleicht rufe ich sie gleich an. Das sage ich meinem Bruder jetzt nicht, sonst kriegt er sich gar nicht mehr ein.

„Ich muss so langsam mal los. Dexter ist noch im Büro, er wird also erst später kommen. Mrs. Sawyer hat heute einen Auflauf gemacht, der im Kühlschrank steht. Du weißt, wie die Mikrowelle funktioniert. Vorheizen brauchst du sie nicht, kleiner Bruder."

„Arsch! Falls du es vergessen haben solltest … Ich bin derjenige, der alleine wohnt. Ohne Haushaltshilfe, die sich nebenbei auch noch ums Kochen kümmert. Dem Himmel sei Dank für Mrs. Sawyer."

„Jap, sie ist ein Segen. Allerdings auch ein kalorienreicher Segen. Wenn wir nicht einen Fitnessraum im Keller hätten, würden wir aussehen wie Kugelfische bei dem, was wir essen."

Das bezweifele ich, denn Leander hat immer schon auf seine Figur geachtet. Wenn er zu viel isst, dann trainiert er eben mehr. So einfach ist das. Dexter kann essen, was er will, er sieht immer aus, als käme er direkt vom Footballtraining. Und ich … na ja, ein runder Feuerwehrmann ist nicht unbedingt hilfreich, wenn wir in Sekundenschnelle hundert Treppen ins Dachgeschoss überwinden müssen. Also … figurtechnisch würde ich mich bei einer Neun einordnen. Kein Grund zur Sorge und somit bereit für den Auflauf.

„Bis morgen dann, Raphael."

Weg ist er. Der Duft seines teuren Aftershaves hängt in der Luft, als ich mich auf den Weg in die Küche mache. Die Idee mit der Übernachtung nimmt während des Essens Gestalt an. Nachdem ich aufgeräumt habe, gehe ich zurück ins Wohnzimmer, zappe durch die Programme und finde nichts, was mich wirklich interessiert.

Dann eben Musik. Die beiden haben eine wirklich gute Anlage, die sich sehen lassen kann. Schnell verbinde ich mich damit und lasse meine Playlist laufen. Nur im Schein der Weihnachtsbaumbeleuchtung liege ich ganz entspannt auf dem Sofa und scrolle durch mein Handy.

Bei Kingas Namen komme ich ins Stocken. Soll ich sie anrufen oder galoppiere ich dann wieder zu schnell? Seit wann bin ich so unsicher im Umgang mit einer Frau?

Scheiß drauf, ich tippe auf den Button und der Ruf geht durch.

„Hallo? Wenn du für morgen absagen willst, dann solltest du dir ganz genau überlegen, ob du es dir mit Granny verderben willst. Sie hat dir gerade die Rolle des Hauptprotagonisten zugeteilt."

„Was? Schreibt sie denn selbst?"

„Was? … Ja, das ist er, Granny … Warte kurz, Raphael. Granny quatscht dazwischen."

Ein Grinsen schleicht sich auf meine Lippen bei der Vorstellung, wie die alte Dame alle im Griff hat, denn im Hintergrund höre ich laute Stimmen, die sicher von einem angeregten Gespräch herrühren. Kingas Vater, glaube ich zumindest, ermahnt seine Mutter.

„Nein, Granny … keine Ahnung, er kann ja nichts sagen, weil du …", höre ich Kinga wieder.

Geduldig warte ich, bis ich wieder an der Reihe bin. Das scheint eine lustige Familie zu sein.

„Raphael? Granny lässt ausrichten, dass du nur absagen kannst, wenn du als unbezähmbarer Bad Boy bereust und zurückgekrochen kommst."

Mein Lachen lässt sich nicht mehr zurückdrängen, ich schmettere es ungefiltert in den Hörer. Hanna ist göttlich.

„Sag ihr, ich möchte gar nicht absagen."

„Puh, Gott sei Dank. Ich habe mich schon damit gebrüstet, dass ich morgen mit dir im Schneemobil unterwegs sein werde und Cat will in den Anhänger."

Ihre Stimme ist weich und ich höre sie lächeln.

„Bist du auf Lautsprecher oder kann ich reden?"

„Sag, was immer du zu sagen hast", ermuntert sie mich und ich bin mir immer sicherer, dass ich noch viel, viel mehr Zeit mit ihr verbringen will.

Ich hole tief Luft und sammele allen Mut zusammen.

„Was hältst du davon, wenn wir im Blockhaus übernachten? Selbstverständlich bringe ich dich pünktlich am Heiligabend wieder nach Hause."

Stille.

Sie sagt gar nichts und ich höre nur die anderen im Hintergrund reden. Ich habe es verbockt, jetzt ist es amtlich. Raphael Bates bekommt zum ersten Mal nicht die Frau, die er unbedingt will. Wow, das ist eine Premiere.

Aber was habe ich erwartet? Kinga kennt mich gar nicht. Ich könnte sie dort oben abmurksen und in einer Gletscherspalte einfrieren wie in einem Tiefkühler. Oder im Schnee verbuddeln. Einsperren und nie wieder rauslassen, nicht in Dexters Blockhaus, sondern in einem verlassenen, heruntergekommenen Verschlag. Ohne Essen und Trinken, keine Decken …

„Raphael?! Geht's dir gut? Soll ich den Notruf wählen? Scheiße, Dad … komm schnell. Er atmet ganz komisch. DAD!", schreit Kinga mir ins Ohr, sodass es nur so schrillt.

Verdammt, was geht denn hier ab?

„Hallo? Cat, ruf die neun, eins, eins", höre ich jetzt eine männliche Stimme.

Shit, nein! Ich muss sofort aufwachen und was sagen!

„HALT! Kinga, mir geht's gut. Entschuldigung!"

„Hier, er ist in Ordnung, Süße. Wahrscheinlich hat er einen Kurzschluss in seiner Umlaufbahn. Du machst ihn schon jetzt wahnsinnig, Kinga", erklärt die männliche Stimme seiner Tochter meine Unpässlichkeit.

„Bist du alleine? Soll ich im ‚Up and Down' anrufen und deinem Bruder Bescheid geben?", will Kinga mit zittriger Stimme wissen.

„Nein, das brauchst du nicht. Sorry, keine Ahnung was los war."

Das stimmt nicht ganz. Ich habe mich einfach in meinen Vorstellungen verloren. Meine Fresse, ist das peinlich. Ha, ich muss wohl noch viel mit ihr zum ersten Mal erleben. Das wird aufregender als gedacht.

„Kommen wir an den Punkt zurück, als ich dich etwas gefragt habe. Du schuldest mir eine Antwort."

„Raphael, du hast nicht mehr zugehört."

Habe ich wirklich ihre Antwort verpasst? Gedanklich schlage ich mir vor die Stirn.

„Ähm, du bist dir nicht sicher, weil du mich nicht kennst und deine Granny sagt, ich könnte dich mit Haut und Haaren auffressen?", versuche ich mein Glück.

„So ungefähr. Wenn Granny davon erfährt, packt sie eigenhändig meine Sachen und schiebt mich vor die Tür, damit ich auch bloß keinen Rückzieher mache."

Ja, so in etwa kann ich mir das vorstellen.

„Jetzt mal im Ernst. Ich weiß nicht so recht, Raphael. Wir kennen uns tatsächlich noch nicht gut und dann alleine in den Bergen …"

„Kinga, wenn ich dir was antun will, dann kann ich das auch schon auf dem Weg dorthin, aber ich verstehe, was du sagen willst. War auch nur so eine Idee."

Wenn auch nicht meine, aber das spielt jetzt keine Rolle.

„Pass auf, nimm doch einfach mit, was du brauchen würdest, wenn wir dort bleiben würden. Wir haben den Anhänger dabei. Dann kannst du morgen entscheiden."

„Ja, ich denke, das ist eine gute Idee. Warten wir ab, wie der Tag sich entwickelt und sehen dann weiter. Bleibt es bei zwölf Uhr?"

„Unbedingt. Gute Nacht, Kinga. Ich freue mich auf dich", flöte ich ihr ins Ohr.

„Ich mich auch auf dich", wispert sie und jedes einzelne Haar an meinem Körper richtet sich auf.

Halleluja …, allein ihre geflüsterten Worte bescheren mir Muskelverkrampfungen, als hätte ich Kontakt zu einem Zitteraal gehabt.

Leander hat recht, ich hänge am Haken und wenn ich nicht aufpasse, dann wird unter Umständen mein bisheriges Leben in seine einzelnen Bestandteile zerfetzt.

KINGA

Wie gerädert werde ich wach. Lange konnte ich nicht einschlafen und als es endlich geklappt hat, bin ich jede Stunde aufgewacht, nur um die Zeit nicht zu verpassen. Wie bescheuert ist das denn?

Einen Wecker brauche ich jedenfalls nicht. Da meine Eltern und Granny im Hotel übernachten, müssen sie zunächst herkommen, damit wir gemeinsam frühstücken können. Ganz bestimmt machen sie sich nicht um sechs Uhr morgens auf den Weg.

Somit habe ich genügend Zeit, mir zu überlegen, was ich einpacken muss … oder will. Ist es überhaupt klug, mit einem fast Fremden in einer einsamen Berghütte zu übernachten?

Allerdings hat Raphael recht, was macht es für einen Unterschied, ob ich nun Stunden mit ihm in der Einsamkeit unterwegs bin oder dort bleibe. Wenn er mich kalt machen will, dann ist es egal, ob er ein paar Stunden mehr oder weniger Zeit hat.

Meine Gedanken drehen sich im Kreis, was auch meiner Familie nicht entgeht, die mittlerweile eingetroffen ist. Wir sitzen um den großen Esszimmertisch, der unter der Last der ganzen Köstlichkeiten fast zusammenbricht. Catinka hat sämtliche Kerzen und Lichterketten angezündet, der Weihnachtsbaum bietet einen zauberhaften Anblick und alle wirken zufrieden und glücklich. Die leise, stimmungsvolle Weihnachtsmusik passt gut zu einem vorweihnachtlichen Frühstück.

Cat hat sogar unsere selbstgebackenen Plätzchen kunstvoll auf einer silbernen großen Platte drapiert und natürlich fehlen auf dem gesamten Tisch die kleinen Elche nicht.

„Und die habt wirklich ihr zwei gebacken?“, fragt Logan zweifelnd.

„Hey, was soll denn die Frage? Du zweifelst doch wohl nicht an mir?“, ist Catinka empört.

„Baby, wie könnte ich je an dir zweifeln?“, flüstert er ihr zu und küsst sie vielversprechend.

Granny seufzt, Dad isst einfach weiter und Mom räuspert sich.

„Kinga, du bist ganz still. Ich dachte, du freust dich so unglaublich auf die Fahrt mit dem Schneemobil.“

„Da freue ich mich auch riesig drauf, Logan. Bist du schon Mal mit einem gefahren? Wusstest du, dass Dexter so eine Mörderkohle hat?“

„Na ja, seine Eltern hatten ein großes Unternehmen, an dem Dexter nie interessiert war. Er hat alles geerbt und ist selbst ein sehr erfolgreicher Innenarchitekt.“

„Ach, echt? Das erklärt die außergewöhnlich gute und abgestimmte Einrichtung sowohl in seinem Haus als auch im ‚Up and Down‘.“

„Vermutlich schon. Tatsächlich habe ich nicht gewusst, dass ihm und seinem Freund der Laden gehört. Passt aber eigentlich zu ihm. Dexter hat schon immer voller Ideen gesteckt“, schwärmt Logan.

„Was beschäftigt dich dann?“, fragt jetzt auch noch Mom.

„Kinder, die Plätzchen sind gut geworden. Ihr hättet das schon früher mal versuchen sollen, dann sähen sie jetzt nicht so … öhm, unförmig aus.“

„Unförmig? Granny, es hat uns Stunden gekostet. Schließlich haben wir drei verschiedene Sorten gebacken“, beschwert Cat sich.

„Reg dich ab, Kätzchen. Bisher ist noch kein Meister vom Himmel gefallen. Hauptsache sie schmecken“, grinst Granny.

„Wenn du doch keine Lust mehr hast, mit dem Feuerwehrmann loszuziehen, Kinga, dann springe ich gerne für dich ein“, lässt Catinka mich wissen.

„Ganz bestimmt nicht, Baby. Das weiß ich zu verhindern“, mischt Logan sich wieder ein und legt seine Hand auf Cats Oberschenkel. Sofort beginnt sie zu schnurren wie eine kleine Katze. Himmel Herr Gott, sind alle Schwangeren so?

„Dann fahre ich mit ihm, Kinga. Das wird ein Spaß.“

Granny klatscht in die Hände wie ein Teenager. Oh ja, sie würde Spaß haben und Raphael vielleicht auch.

„Jetzt rück schon raus mit der Sprache“, höre ich Dad genervt fragen.

„Hm, Raphael hat gefragt, ob wir bis morgen dort oben bleiben sollen.“

„Wuuuhuuu … Kinga, schlag zu!“, kräht meine Schwester und auch Granny ist hellauf begeistert.

Dad, Mom und Logan runzeln die Stirn und mustern mich.

„Tja, du bist erwachsen, Kinga. Wenn du Zweifel hast, dann bleib lieber gleich hier.“

Eigentlich habe ich keine Zweifel, aber irgendwie geht das alles ziemlich schnell.

„Kinga, er hat dich nicht gefragt, ob du ihn heiraten willst.“

„Logan, das hilft mir gerade gar nicht.“

„Wobei? Sei einfach ehrlich zu dir selbst. Du hast dich doch längst entschieden, denn ich habe deinen Rucksack schon an der Tür stehen sehen.“

„Jaahaa. Aber …“

„Nix aber. *‚Wir wissen, wo sein Haus wohnt‘*. Sobald er ohne dich zurückkommt, lasse ich ihn über die Klinge springen!“, ereifert sich Granny.

Sie ist echt der Knaller und schafft es immer wieder jede Situation aufzulockern. Vermutlich kennt sie mehr coole Sprüche als wir alle zusammen.

Meine Eltern sehen nicht gerade begeistert aus, aber wie Logan bereits festgestellt hat…

Ich bin erwachsen und treffe meine eigenen Entscheidungen.

In dem Moment, in dem ich den Gedanken zu Ende geführt habe, fühle ich mich besser. Der Kaffee schmeckt intensiver, die Plätzchen sehen schöner aus, das Brötchen ist knuspriger und die Blubberblasen in meinem Bauch erwachen wieder.

Sofort macht sich der Hunger bemerkbar und ich greife beherzt zu. Wer weiß schon, wann ich die nächste Mahlzeit bekomme? Mit Sicherheit gibt es unterwegs keinen Schnellimbiss.

Alle sind satt und wir sind noch mitten in der Unterhaltung, als es schellt. Ein Blick auf meine Armbanduhr bestätigt mir, dass ich die Zeit vollkommen vergessen habe. Ruckartig schiebe ich den Stuhl zurück und renne fast zur Tür.

Tatsächlich kichert Catinka mit Granny um die Wette und ich höre, wie sie sich über mich amüsieren.

„Allem Anschein nach, wird das nichts mit deiner Fahrt, Hanna. Der Firefighter hat eine andere Begleitung.“

„Fuck ...!“

„Mutter! Jetzt reiß dich mal zusammen. Du kannst so viele von diesen New-irgendwas lesen, wie du willst, du wirst keine zwanzig mehr werden. Auch nicht, wenn du redest, wie die Leute in den Storys“, ereifert sich Dad.

„Reg dich ab, Bence. Du hast überhaupt keine Ahnung, was ich lese“, tadelt sie leise ihren Sohn.

„Wie schade, Cat. Wusste ich doch, dass sich Kinga dieses Abenteuer nicht entgehen lässt."

„Granny, wer würde sich das entgehen lassen. Sogar Logan würde mit ihm fahren. Oder, Babe?"

„Klar."

Ich reiße förmlich die Tür auf und vor mir steht ein Bild von Mann. Egal, was er trägt, er sieht immer phänomenal aus. Seine Augen, die jedem klaren Winterhimmel Konkurrenz machen, sehen mich an, als wäre ich sein Frühstücksei, auf das er sich schon die ganze Woche gefreut hat.

Genießerisch leckt er sich über die Lippen, was meine Körpertemperatur um einige Grade erhöht.

„Bist du so weit, Kinga?", fragt er mich mit seiner heiseren Stimme, die klingt, als hätte er die Stimmbänder mit Schmirgelpapier bearbeitet.

„Noch nicht ganz, Raphael. Irgendwie habe ich mich verquatscht. Komm rein. Möchtest du einen Kaffee trinken?"

Kurz überlegt er und tritt dann über die Schwelle. Ohne zu überlegen, zieht er seine Boots aus, hängt seine Jacke an den Haken und lächelt ein süßes, jungenhaftes Lächeln, dass sicher jedes Herz schmelzen lässt.

Mit klopfendem Herzen gehe ich voraus und alle Augen blicken uns entgegen.

„Guten Morgen, zusammen. Ich hoffe, ich störe nicht."

„Quatsch, setzt dich, Raphael."

Granny ergreift sofort das Wort und klopft auf den freien Stuhl neben sich, der eigentlich meiner war. Sie gießt ihm eine Tasse Kaffee ein und stellt einen Teller vor ihm ab. Fehlt nur noch, dass sie ihm ein Brötchen schmiert.

„Milch? Zucker?"

„Weder noch, danke Hanna."

Grannys Wangen röten sich und sie lächelt zufrieden, während die anderen Raphael begutachten.

„Hast du die Niederlage gut verpackt, Raphael?"

Er lacht kurz und nickt nur.

„Jou, Mann. Ich habe davon gehört, dass die Frauen dich abgezogen haben. Ich bin übrigens Logan."

„Raphael. Na ja, sie hatten tatkräftige Unterstützung durch Leander", ärgert er uns.

„Hey, das hätten wir auch ohne ihn geschafft", regt Cat sich auf.

„Ihr wollt also mit dem Schneemobil in die Berge. Junger Mann, können Sie mit dem Ding überhaupt umgehen?"

Catinka holt tief Luft, Granny lacht laut und Logan grinst mit Raphael um die Wette. Dad merkt überhaupt nicht, wie merkwürdig sich seine Frage anhört.

„Bence, sag mal …, was ist denn in dich gefahren? Was Kinga und er sich für den Tag vorgenommen haben, geht uns nichts an", versucht Mom ihn darauf hinzuweisen.

Verwirrt sieht er sich um.

„Hä? Wieso? Es ist doch wohl normal, dass ich mich erkundige, ob er meine Tochter tot oder lebendig zurückbringt."

„Ich gehe davon aus, dass Raphael das Ding im Griff hat", legt jetzt auch noch Logan nach.

Raphael muss denken, er wäre mitten in einen Haufen Verrückter gelandet. Jetzt dämmert es Dad.

„Verdammt …, entschuldige. Meine Mutter macht mich wahnsinnig mit ihrer neuesten Leidenschaft für diese Dingsda-Bücher, offensichtlich färbt die Ausdrucksweise ab."

„Ist schon in Ordnung, Mr. Tamasz. Natürlich verstehe ich Ihre Sorge um Kinga. Ich verspreche sie in einem Stück zurückzubringen. Es ist nicht meine erste Fahrt mit dem Schneemobil."

„Gut, hätten wir das auch geklärt. Nenn mich ruhig Bence, das ist meine Frau Nora."

Mom mustert Raphael interessiert und hält ihm eine silberne Platte hin.

„Kekse? Haben Kinga und Catinka gebacken."

Leck die Wand an. Was ist mit ihnen los? Es ist nicht das erste Mal, dass ich jemanden mit nach Hause bringe. Sie benehmen sich, als wäre er ein Anwärter für den nächsten Platz im Kreise der Familie Tamasz.

„So, gut jetzt. Wir müssen los. Wartet nicht auf mich“, möchte ich dem lächerlichen Aufeinandertreffen ein Ende bereiten.

„Ähm, ja. Danke für den Kaffee und Logan, ich soll von Dexter ausrichten, dass du ihn anrufen sollst, sobald du Zeit hast.“

„Wird gemacht. Danke, Mann.“

Meine Familie nickt mit den Köpfen wie Wackeldackel.

„Kinga, hast du andere Kleidung dabei? Auf der Fahrt solltest du schneefeste Sachen tragen. Es spritzt manchmal ganz gewaltig.“

Logan prustet los und ich schlage mir vor die Stirn. Geht’s noch? Hat Granny ihm was in den Kaffee getan?

„Oh, ich kenne zwar Ihre Bücher nicht, Hanna, aber so war es jetzt nicht gemeint.“

Sie grinst ihn zauberhaft an und sagt kein Wort.

Luzifer, öffne deine Tore und lass mich zu dir heruntersteigen. Ich muss unbedingt hier raus.

„Du kannst im Auto warten, Raphael. Ich hole schnell noch ein paar Sachen. Nimm bitte schon meinen Rucksack mit.“

Er versteht meinen Wink mit dem Zaunpfahl und zwinkert mir zu. Im Vorbeigehen streift er meinen Arm und beugt sich minimal zu mir.

„Sie sind nicht so schlimm, wie du glaubst, Puppy“, flüstert er so leise, dass nur ich ihn hören kann.

Ich drehe mich weg und verschwinde nach oben.

„Bis zum nächsten Mal. Hat mich gefreut, Sie …“

„EUCH“, tönt der Chor meiner skurrilen Familie.

„Okay, war nett euch kennenzulernen.“

Da ich an der oberen Treppe stehen geblieben bin, habe ich mitgehört und sehe nun Raphael in der Diele auftauchen.

Er sieht zu mir hoch und kurz hoffe ich, dass er mir entgegenkommt. Doch wozu? Es sähe wohl ziemlich blöd aus, wenn wir in meinem Zimmer verschwinden würden, statt uns auf den Weg zu machen.

„Bin gleich so weit"

„Schön, ich heize schon Mal ein."

Das Lachen, das meinen Hals hochkriecht, kann ich nicht unterdrücken und lasse es raus. Ja, ich glaube, Raphael hätte keine Schwierigkeiten sich bei uns einzufügen.

Was denke ich denn da? Wir verbringen ein bisschen Zeit miteinander, mehr nicht. Bleib mal auf dem Teppich, Kinga Tamasz.

Schnell suche ich meinen Schneeanzug, die Schneestiefel und was ich sonst noch benötige, zusammen. Meine anderen Übernachtungssachen sind schon im Rucksack.

Als ich zum Auto komme, öffnet Raphael den Kofferraum und ich lege meine Sachen ab.

Im Innenraum ist es angenehm warm und die Sitzheizung hat ganze Arbeit geleistet.

„Wo ist deine Schneekleidung? Deine Jeans wird durchnässt sein, wenn wir, wo auch immer ankommen."

„Jeder von uns hat eine kleine Auswahl in der Garage, in der die Schneemobile und der Anhänger stehen. So brauchen wir nicht ständig alles hin und her zu schleppen und ziehen uns erst dort um. Ich schmore nicht so gerne bei Niedergartemperatur."

„Macht Sinn."

Der Tag ist perfekt für einen Ausflug. Vom blauen, glasklaren Himmel strahlt die Sonne, weshalb sich die Minusgrade nicht so kalt anfühlen.

In angenehmes Schweigen gehüllt, fahren wir durch die Straßen, bis es etwas ruhiger wird. Eine Weile führt uns eine geschwungene Straße durch eine fast unberührte Schneelandschaft. Die Äste der Bäume hängen durch die Last bis fast auf die Erde und alles erscheint still und friedlich.

Raphael biegt an einer kleineren Straße ab und kurz danach stehen wir vor einem großen Haus mit einem noch größeren Parkplatz. Einige Autos, nicht gerade aus dem unteren Preissegment, stehen hier schon und ein paar Leute laufen zwischen dem Haus, den Autos und einigen kleinen Häuschen hin und her.

Wir parken ebenfalls und Raphael betätigt, während er aussteigt, eine Fernbedienung. Hinter mir öffnet sich eins der kleinen Häuschen.

„Gerade wollte ich fragen, was sich in den ganzen kleinen Häusern befindet."

„Hier ist der perfekte Ausgangspunkt, um in die Berge zu gelangen. Entweder mit dem Schneemobil, auf Skiern, zu Fuß oder sogar mit dem Schlitten. Der Hausherr ordert auf Wunsch die Schlittenhunde."

„Oh, wow. Das nenne ich mal dekadent."

Wir bleiben vor dem Kofferraum stehen und Raphael dreht sich zu mir.

„Nun ja, wer das nötige Geld hat, der gibt manchmal auch was davon aus. Vermutlich arbeiten die meisten Leute hier täglich mehr als zwölf Stunden. Wieso sollten sie sich dann nicht gelegentlich etwas von ihrem schwer verdienten Geld gönnen?"

„Weil …, weil es verschwenderisch ist."

Nicht gerade das geeignete Thema, um in Ausflugsstimmung zu kommen. Raphaels Augenbrauen bilden fast eine durchgehende Linie, gleichzeitig runzelt er die Stirn. Ich hätte nicht gedacht, dass das anatomisch möglich ist.

„Kinga, nicht alle, die viel Geld verdienen, sind verschwenderisch. Auch sie brauchen mal eine Pause. Vielleicht haben sie nur den einen Nachmittag, um mit ihrer Familie zusammen zu sein, vielleicht auch nicht. Ich kenne sie nicht und möchte nicht urteilen, nur weil sie mehr besitzen als ich."

Irgendwie hört es sich so an, als würde er aus Erfahrung

sprechen, ich weiß, dass man als Feuerwehrmann nicht schlecht verdient, aber sicher nicht so viel, um sich das hier leisten zu können.

„Möchtest du nach Hause, Kinga? Kein Problem, ich kann später alleine hochfahren."

Er sieht mir intensiv in die Augen und forscht darin nach einer passenden Antwort. Ich möchte das hier nicht ruinieren, bevor es überhaupt angefangen hat. Wir sind nicht hergekommen, um uns über sozialpolitische Themen zu unterhalten, sondern um einen schönen Tag zu haben.

„Nein, ich möchte nicht nach Hause. Entschuldige, das war blöd von mir."

„War es nicht, Kinga."

Raphael drückt mir meinen Rucksack in die Hand und ich krame meine Schneesachen aus dem Kofferraum. Er trägt Kiste für Kiste zum Anhänger, der offenbar viel Stauraum bietet.

„Sagtest du nicht, ihr wollt nur zwei Tage dort oben bleiben? Eure Vorräte reichen bestimmt für zwei Wochen", lächele ich und versuche die Stimmung wieder aufzulockern.

„Dexter mag es überhaupt nicht, wenn auch nur die kleinste Kleinigkeit fehlt, denn mal eben was besorgen ist da oben nicht möglich. Also schleppen wir alles mit."

„Wo sind deine persönlichen Sachen? Oder sind die auch schon hier?"

„Für die eine Nacht habe ich meine Tasche noch im Auto. Tatsächlich ist immer Kleidung im Blockhaus."

„Ein Notfall-Kit also."

„Ja, so ähnlich. Für ein paar Tage reicht es schon aus. Wie gesagt, Dexter …"

„Mag es nicht, wenn etwas fehlt", beende ich seinen Satz.

„Wir verstehen uns", lacht er.

Es dauert eine ganze Zeit, bis Raphael alles umgeladen hat. Dann zeigt er auf eine Tür im hinteren Bereich.

„Dort kannst du dich umziehen, Kinga. Ich wechsele dann hier meine Klamotten."

„Okay, soll ich meine Kleidung hier lassen? Oder ins Auto legen?“

„Wie du möchtest. Du kannst sie auch mitnehmen. Im Anhänger ist noch Platz für eine Briefmarke.“

„Was ist mit dem Auto?“

„Das fahre ich gleich hier rein. Das Häuschen ist groß genug für ein Schneemobil und das Auto. Falls es dir bei deiner Entscheidung hilft … ich nehme alles mit. Sicher ist sicher.“

Was immer das bedeuten soll, es hilft mir. Während ich mich umziehe, fährt er das Schneemobil samt Hänger raus und parkt das Auto ein.

In dem kleinen Raum, in dem ich mir meine schwarze Schneehose, meine Stiefel und meine orangefarbene Jacke anziehe, ist es angenehm warm. Ein kleiner Kleiderschrank, zwei Stühle und ein Tischen stehen ebenfalls hier drinnen.

Es klopft, als ich meine Mütze und die schwarzen Handschuhe überziehe. Mit meiner Kleidung über dem Arm trete ich in den großen Raum. Raphael ist ebenfalls umgezogen und begutachtet mich.

„Du siehst gut aus, Kinga. Auf jeden Fall bist du nicht zu übersehen.“

„Sagt der, der ebenfalls eine seeeehr farbintensive Jacke trägt.“

Er reicht mir seine behandschuhte Hand und führt mich nach draußen. Leichte Schneeflocken fallen vom Himmel, die aussehen, als würde jemand kleine Wolken aus Watte auf die Erde rieseln lassen.

Wir verstauen den Rest, Raphael schwingt sich auf den Sitz, klopft hinter sich und ich steige ebenfalls auf. Mein Herz rast vor Aufregung und das Dauergrinsen, das seit ein paar Minuten mein Gesicht ziert, wird noch breiter.

Er lässt den Motor aufheulen und reicht mir eine Skibrille, eine Sturmhaube und einen Helm.

„Setz das auf, Puppy. Der Schnee fegt dir gleich wirklich um die Ohren.“

Nickend folge ich seinen Anweisungen und stopfe meine eigene Mütze unter meine Jacke.

„Fertig?“

„Jap, kann losgehen.“

Nichts passiert. Seine Hände liegen am Lenker, der Motor brummt und wir … stehen. Warum?

Raphael dreht seinen Kopf nach hinten, schiebt kurz die Brille hoch und zieht die Sturmhaube bis an sein Kinn.

„Was ist los? Haben wir was vergessen?“

„Bist du schon mal Motorrad gefahren?“

Was soll die Frage denn jetzt? In seinen Augen blitzt es verdächtig.

„Irgendwann mal. Ist das wichtig?“

„Wenn du nicht im hohen Bogen im Schnee landen willst, schon. Das Ding hat ein paar PS unter der Haube. Mit dem Hänger sind wir etwas langsamer, trotzdem musst du dich an mir festhalten.“

Oh. Na, klar. Daran habe ich vor lauter Vorfreude gar nicht gedacht.

„Natürlich.“

Er dreht sich wieder um, richtet seine Kleidung, ich lege meine Arme um seine Hüften und klammere mich an ihm fest. Ich könnte schwören, dass ich ein leises Knurren höre, allerdings könnte es auch das Motorgeräusch sein. Als ich Raphaels Hand an meiner spüre, die mich noch näher an sich zieht, durchfährt mich ein Zittern und ich bin mir sicher, dass es ihm ebenso ergeht.

RAPHAEL

Niemals würde ich es mir verzeihen, wenn ihr etwas zustoßen würde. Schließlich habe ich versprochen, sie heile zurückzubringen.

Jetzt ihre Hände an mir zu spüren, ist ein unglaubliches Gefühl. Noch schöner wäre es natürlich, wenn nicht die ganzen Stofflagen zwischen uns wären.

Zunächst nehmen wir den direkten Weg zum Blockhaus, um den Anhänger loszuwerden. Doch kurz nach der Abfahrt bleibe ich stehen. Von hier aus hat man einen herrlichen Blick auf den Ort, der schon ziemlich weit weg ist.

Wir steigen kurz ab und ich führe Kinga zur Aussichtsstelle.

„Das muss ich dir unbedingt zeigen. Die Sicht ist klar und man kann bis in den Ort schauen."

Fasziniert sieht sie sich um.

„Gibt es hier auch Stellen, an denen es nicht schön ist? So langsam beginne ich, Logan und Catinka zu verstehen. Jetzt im Winter ist es wundervoll und im Sommer wird es bestimmt noch schöner werden."

„Joa, der Sommer hat auch was für sich, wenn man wandern mag. Ansonsten bietet sich hier nicht viel. Eine große Shoppingtour wirst du nicht starten können. Du hast bereits den ganzen Ort ausgekundschaftet."

„Wie lange fahren wir noch?"

„Ich würde gerne erst die Vorräte abladen und dann nur mit dem Mobil eine Tour machen, wenn es dir recht ist. Wir können nicht einfach geradeaus fahren, sondern müssen uns an den vorgegebenen Weg halten. Es sei denn, du möchtest ein Iglu bauen und darin übernachten."

„Nee, lass mal."

„Okay, dann lass uns weiterfahren, damit es nicht zu spät wird, denn im Dunkeln macht es zwar Spaß, ist aber nicht ganz ungefährlich. Außerdem möchte ich die Abfahrt in den Ort gerne im Hellen machen."

Kinga stimmt mir einfach zu. Was soll sie auch sonst tun, sie kennt sich nicht aus.

Wir sind etwa eine halbe Stunde unterwegs, bis wir ankommen. Ich fahre direkt zum Hintereingang der Blockhütte, denn dort kann ich schnell ins Haus und die Lebensmittel in den Kühlschrank stellen.

Kinga ist beeindruckt, vermutlich hat sie sich ein kleines Häuschen vorgestellt. Nun ja, es ist nicht ganz so.

An der Vorderseite und an den Seitenwänden verläuft rundherum eine große Veranda, die man über ein paar Treppenstufen erreicht. Wegen der fantastischen Aussicht gibt es unglaublich viel Fensterfläche.

Die gesamte Rückseite besteht aus Holz, genauso wie der Unterstellplatz für das Schneemobil und die Lagerstelle für das Kaminholz. Durch eine Tür gelangt man in einen großen Vorraum des Hauses. Dort können wir auch die nasse Kleidung zum Trocknen ablegen.

„Möchtest du mit reinkommen? Vielleicht hast du Durst oder musst zur Toilette."

„Brauchst du lange? Kann ich dir helfen?"

„Nein, es dauert nicht lange. Ich packe nur das Nötigste aus. Der Rest kann bis morgen hier lagern."

„Gut, dann warte ich lieber. Wenn wir uns erst mal aus

den Sachen geschält haben, wird es vermutlich nichts mehr mit dem Ausflug."

Ich lege den Kopf zur Seite und betrachte die wunderschöne Frau, mit der ich gerne die Nacht hier oben verbringen möchte.

„Vermutlich hast du recht. Wir müssen die Abfahrt im Blick halten. Lass uns eine kleine Tour hier oben machen und den Rückweg etwas ausdehnen."

Sie will etwas sagen, aber dann bleiben ihre vollen Lippen doch geschlossen.

Ruckzuck habe ich alles verstaut, den Anhänger abgekuppelt und wir schwingen uns wieder auf den Sitz. Schwungvoll fahren wir durch die Landschaft, mal ganz gemächlich, mal rasant. Ich zeige ihr die wundervollen Bergketten, die Täler und Wälder.

Wir genießen die Stille, die nur durch das Motorengeräusch durchbrochen wird. Der aufgewirbelte Schnee leuchtet durch die Sonne wie helle Prismen und Kingas Augen leuchten schöner als jeder Sternenhimmel.

Zuletzt fahre ich mit ihr über das schier endlose, unberührte Schneefeld bis zum hoch gelegenen Bergsee, der an einigen Stellen zugefroren ist. Zwischen den einzelnen Eisschollen schimmert das Wasser dunkelblau und das Sonnenlicht bricht auf der Wasseroberfläche.

Ergriffen sitzen wir auf dem Schneemobil und lassen die Schönheit der Natur auf uns wirken. Genau wie ich hat Kinga den Helm, die Skibrille und die Sturmhaube abgenommen und in ihren Augen liegt pure Faszination.

„Das ist wunderschön, Raphael. So habe ich mir das nicht vorgestellt. Es übertrifft jede Beschreibung, die ich bisher über eine schneebedeckte Berglandschaft gehört habe. Danke für diese Erfahrung", flüstert sie ehrfürchtig.

Vorsichtig legt sie ihren Kopf an meine Schulter und sie schickt mich damit auf eine emotionale Reise, die ich so bislang nicht erlebt habe.

Einen Moment bleiben wir einfach nur still, anschließend

hebt Kinga den Kopf und sieht mit ihren rehbraunen Augen bis tief in meine Seele. Ganz langsam beugt sie sich vor und ihre Lippen berühren meine unfassbar zart. Sofort rauscht pures Verlangen durch meinen Körper, das ich kaum steuern kann. Automatisch lege ich meine Hand in ihren Nacken und halte sie an Ort und Stelle. Ohne den Kuss zu vertiefen, liegen meine Lippen sanft auf ihren. Unser Atem vermischt sich und ich inhaliere ihren süßen Duft, der mir die Sinne vernebelt. Dann lege ich meine Stirn an ihre und schließe die Augen, um sie noch deutlicher zu spüren.

„Du bist atemberaubend und etwas ganz Besonderes, Kinga", flüstere ich.

Sie schmiegt sich an mich und ich hülle sie in eine schützende Umarmung, denn das ist es, was ich mir von tiefsten Herzen wünsche … sie zu beschützen. Ein mir völlig fremder Gedanke und doch beschreibt er meine Gefühle für Kinga allumfassend.

Eigentlich möchte ich mich nicht von ihr lösen, allerdings wird es Zeit.

„Wir müssen weiter, Kinga. Bevor wir zurückfahren, möchtest du bestimmt noch etwas trinken und zur Toilette. Oder dir das Haus ansehen, denn wer weiß, wann du wieder mit mir herkommen kannst."

„Okay …"

Ich schlucke schwer, weil ich sie nicht gehen lassen will, aber da sie nichts Gegenteiliges sagt, neigt sich unser Ausflug wohl dem Ende zu.

„Möchtest du fahren?"

Unsicher sieht sie erst das Schneemobil und dann mich an.

„Besser nicht. Beim nächsten Mal vielleicht."

Mein Herz macht einen Satz, nur um sofort wieder in ein tiefes Loch zu fallen. Keine Ahnung, wann wir uns nach den Weihnachtstagen wiedersehen werden.

Diesmal fahre ich keine Schleifen, sondern direkt zum Blockhaus. Wieder ist sie begeistert vom Anblick und ich halte vor dem Haupteingang, weil es sich nicht lohnt, das Mobil unterzustellen, da wir nicht lange bleiben können.

„Müssen wir nicht erst unsere Sachen ausziehen? Nicht, dass wir drinnen alles versauen.“

„Passt schon. Wir kommen auch hier erst in einen kleinen Vorraum, um uns zu entblättern.“

Ich schließe die Tür auf und Kinga kommt herein. Zunächst ziehen wir unsere dicken Sachen aus, stellen die Schuhe auf eine Ablage und dann erst öffne ich die Verbindungstür, weil ich weiß, wie eindrucksvoll der erste Besuch hier ist. Dexter hat ganze Arbeit geleistet.

Wir gelangen in einen großen, offenen Raum, dessen gegenüberliegende Seite komplett aus Glas besteht. Der riesige, holzverkleidete Kamin beherrscht den Raum. Am gesamten Sims entlang schlängelt sich eine Tannengirlande mit roten Sternen und Lichterketten. Auf der Sitzbank zu beiden Seiten stehen Vasen mit roten und weißen Amaryllis.

Ein fellbezogener Bock, auf dem eine Schale mit Tannenzweigen und roten Windlichtern dekoriert ist, steht auf den dunklen Holzdielen.

Vor dem Kamin befindet sich eine gemütliche, sandfarbene Sofalandschaft mit vielen farblich abgestimmten Kissen. Der kleine Beistelltisch ist aus dunklem, grobem Holz und fügt sich in das gesamte Bild ein.

Zur anderen Seite steht ein schwerer Esstisch mit sechs Stühlen, auf denen braun-weiß gefleckte Kunstfelle liegen. Unter dem Weihnachtsbaum, der komplett mit braunen, cremefarbenen und hellgrünen Kugeln und Schleifen geschmückt ist, stehen viele unterschiedlich große Geschenkpakete.

„WOW! Ich weiß nicht, was ich erwartet habe. Aber ganz sicher nicht das. Das ist … das ist …“

„Einzigartig? Das ist es wirklich. Warte, bis ich dir die anderen Zimmer gezeigt habe“, verkünde ich nicht ohne Stolz.

Es ist zwar nicht mein Verdienst, dass es hier so aussieht,

aber es macht mich zufrieden zu wissen, dass Leander sein Glück mit Dexter gefunden hat.

„Was soll mich da noch überraschen?“

Kingas Augen sind riesig groß und sie geht langsam zum Fenster. Die Aussicht ist gigantisch.

Behutsam nehme ich ihre kleine Hand in meine und führe sie um die Ecke in die Küche. Das Haus wird ausschließlich mit Holz geheizt. In jedem Zimmer ist ein Kamin. In der Küche gibt es einen Gasherd, das gesamte Mobiliar besteht aus Holz und wirkt unglaublich gemütlich.

„Nicht schlecht.“

Wir gehen weiter in das nächste Zimmer. Wieder bleibt sie in der Tür stehen und bewundert den Raum. Auf einer kleinen Anhöhe steht ein Kingsize-Bett vor der Fensterfront. Das Holz ist insgesamt heller gehalten, am Bett befinden sich kleine Nachtlichter und ebenfalls vor dem bodentiefen Fenster steht eine Sitzgruppe mit gemütlichen Sesseln.

Auch hier ziert den Tisch ein großes Windlicht mit mehreren Kerzen. Eine silberne Vase mit einem Strauß aus Schneerosen und Mistelzweigen hübscht das Ganze auf.

„Wann hat er das gemacht?“

„Oh, Dexter kommt oft her und in dieser Zeit sogar ziemlich oft. Er liebt Weihnachten und das Blockhaus. Hier ist immer alles tippitoppi, denn falls er sich kurzfristig überlegt für eine Nacht oder so raufzukommen muss alles perfekt sein. Denn Dexter …“

„Mag es nicht, wenn etwas fehlt“, grinst Kinga.

Jetzt führe ich sie am großzügigen Bad vorbei, in das wir nur einen flüchtigen Blick werfen. Allerdings sticht die altmodische Badewanne, die auf Füßen steht, auch von der Tür aus ins Auge.

Wir gehen gemeinsam die Treppe hoch und bleiben am Ansatz stehen. Die gesamte Etage ist offen, einzig zur Toilette gibt es eine Abtrennung. Selbst die Dusche ist im Zimmer integriert, was ziemlich extravagant ist.

Kinga steht der Mund offen und ich sehe sie

schmunzelnd an. Mit meinem Zeigefinger schiebe ich ihr Kinn wieder nach oben und sie sieht mich irritiert an.

„Ein wahrer Meister war am Werk. So etwas habe ich noch nie gesehen, Raphael. Das hat so gar nichts mit einem Blockhaus in den Bergen zu tun."

„Zugegeben, das hat es nicht ganz. Was will man erwarten? Dexter hat ein Auge fürs Detail."

Selbstverständlich ist auch dieser Raum, wie alles andere im Haus, aus Holz. Die Wände sind mit groben Balken verkleidet, in denen Leuchten eingebaut sind. Wieder ist das Bett, das in eine Nische gebaut ist, erhöht, nur diesmal sind viele Kissen in Braun und Weiß darauf verteilt. Eine ultragroße Felldecke liegt ausgebreitet darauf und in offenen Regalwänden liegen einige Hosen und Pullis.

Dem Bett gegenüber sind Spiegel in die Holzwände eingelassen und der Giebel ist komplett aus Glas. Davor stehen zwei Sessel und ein kleiner Tisch mit einer Schale, in der viele goldene und rote Kugeln, um eine dicke goldene Kerze, liegen.

Neben der Dusche, deren Glaswände das Holz vor Wasserspritzern schützt, ist ein Waschtisch im Retrodesign und ein, in die versiegelte Holzwand, eingelassener Spiegel. In einem Regal türmen sich flauschige Handtücher ebenfalls in Braun und Weiß.

Als ich das erste Mal hergekommen bin, war ich stundenlang geflasht und ich sehe, dass es Kinga nicht anders geht.

„Es muss traumhaft sein hier aufzuwachen. Nicht ein Haus oder sonst etwas versperrt die Sicht. Weit und breit nur Schneefelder, Tannen und Berge."

„Das erste Mal ist überwältigend, Kinga. Man kann sowohl den Sonnenaufgang als auch den Sonnenuntergang beobachten. Je nachdem in welchem Zimmer man sich befindet."

„Hat Dexter das vorher bedacht?"

„Nein, das Haus haben seine Eltern bauen lassen. Dexter

hat es, als er mit Leander hergezogen ist, modernisieren lassen.“

„Mit Erfolg, würde ich behaupten.“

Ein Blick auf die Uhr sagt mir, dass wir losmüssen, sonst wird es zu dunkel.

„Ich schätze, meine Zeit ist um“, bemerkt Kinga meine Unruhe.

„Du kennst mein Angebot und du entscheidest, Kinga. Alles ist möglich, nur wenn du zurückmöchtest, dann müssen wir uns auf den Weg machen.“

„Mmhm, was, wenn ich bleiben möchte?“

„Dann freue ich mich und biete dir noch eine einzigartige Show.“

Anzüglich wackele ich mit den Augenbrauen, dabei denke ich gar nicht an Sex.

Kingas Lachen erfüllt das Haus, sie wirft ihren Kopf zurück und ihre braunen Locken reichen bis tief auf ihren Rücken.

„Also los, zeig mir, wo die Toilette ist und lass uns sehen, was du mir zu essen anbieten kannst. Ich bin hungrig.“

Zur Bestätigung knurrt ihr Magen laut.

„Hier oben ist die Toilette nicht zu verfehlen und unten sind wir ebenfalls schon am Bad vorbeigelaufen. Du hast die freie Auswahl.“

Blitzschnell dreht sie sich um und verschwindet hinter der Wand. Ich gehe schon nach unten und sehe nach, was der Kühlschrank zu bieten hat.

Yes! Yes! Yes!

Sie will bleiben und ich werde ihr einen unvergesslichen Tag bereiten und mir natürlich auch.

Ich höre schon ihre Schritte auf der Treppe, während ich noch mit dem Kopf im Kühlschrank stecke.

„Und …? Hat Dexter hier auch schon vorgesorgt?“

„Hat er, da ich heute schon raufgefahren bin, habe ich auch die frischen Dinge mitgenommen. Ich kann also den Anhänger stehen lassen, wenn ich dich morgen zurückbringe."

„Gut, ich möchte auf jeden Fall morgen Abend bei meiner Familie sein."

„Passt. Dexter, Leander und ich wollen morgen Abend auch hier oben sein. Da fällt mir ein, dass du deinen Eltern vielleicht kurz schreiben solltest, dass wir hier übernachten. Nicht, dass sie denken, ich hätte uns in irgendeinen Graben befördert."

„Gute Idee, obwohl ich mich nicht abmelden muss."

Mir ist es lieber, wenn sie sich noch bei ihrer Familie meldet. Manchmal ist der Empfang schlecht und ich möchte vermeiden, dass sie sich Sorgen machen.

Kinga tippt auf ihrem Handy rum und kurz danach brummt es auch schon. Sie zieht die Stirn kraus und schüttelt den Kopf.

„Sie haben uns die Erlaubnis erteilt. Nicht zu fassen."

„Na, so ein Glück. Sollen wir erst essen oder erst die restlichen Dinge aus dem Hänger holen?"

Kinga reibt sich die Hände und ich Idiot bemerke, dass ich noch gar kein Feuer gemacht habe.

„Verdammt, dir ist kalt."

Im Vorbeigehen reibe ich kurz über ihre Schultern und ihren Rücken, um sie etwas zu wärmen.

„Zuerst schmeiße ich den Kamin an. In den anderen Zimmern kann ich das später machen. Guck du schon mal, was du zu essen findest."

Gekonnt werkele ich rum und in Windeseile prasselt das Feuer. Aus Erfahrung weiß ich, dass es nicht lange dauert, bis eine Bullenhitze herrscht.

„Magst du Spaghetti, Raphael?"

„Wer mag die nicht? Ehrlich gesagt habe ich auch keine Lust großartig zu kochen. Du?"

„Nicht unbedingt. Die nächsten Tage wird geschlemmt und ich habe keine Lust, das neue Jahr sofort mit einer Diät zu starten."

Wozu auch? Ihr Körper ist perfekt. Sie trägt noch die

Skiunterwäsche, dicke Wollsocken und einen flauschigen, orangefarbenen Pulli, der ihr bis über den Hintern reicht. Darin sieht sie verflucht heiß aus.

„Gut, dann Spaghetti mit Tomatensoße. Das kann ich. Dexter hat es mir gezeigt und es dauert nicht lange."

„Gibt es etwas, was Dexter nicht kann?"

„Nicht dass ich wüsste."

Wir arbeiten Hand in Hand. Ich schneide die Zwiebeln, häute die frischen Tomaten und reibe den Parmesankäse. Kinga zupft das Basilikum und deckt den Tisch. Außerdem öffnet sie eine Flasche gut gekühlten Rosè und gießt uns schon ein Glas ein.

„Ich mag keinen Rotwein, davon bekomme ich Gummibeine und einen ausgesprochenen Brummschädel."

„Für mich braucht es auch keinen Rotwein, meine Zunge fühlt sich danach an, als hätte ich einen Sandkasten ausgeleckt."

Wir grinsen beide und nehmen einen Schluck Wein. Kinga lehnt am Kühlschrank, ich neben dem Herd, denn ich möchte den genauen Zeitpunkt abpassen, damit die Nudeln bissfest sind. Ein kleines bisschen pedantisch bin ich dann doch.

Sie sieht mich immer wieder mit einem Glänzen in den Augen an, das mich ganz kribbelig macht. Es fühlt sich gut an, mit ihr hier in der Küche zu stehen. Fast so, als wären wir ein richtiges Paar. Sind wir aber nicht …

KINGA

Das sogenannte Blockhaus ist der absolute Hammer. So was hat die Welt noch nicht gesehen. Zumindest meine Welt nicht.

Das gesamte Interieur ist unglaublich warm, behaglich, voll und ganz aufeinander abgestimmt. Sogar die weihnachtliche Dekoration fügt sich in das Gesamtbild ein.

Für mich stand schon vorher fest, dass ich hier übernachten möchte, das Haus war nicht ausschlaggebend.

Der bisherige Tag ist unfassbar schön. Raphael zeigt wieder eine andere Seite von sich, nämlich naturverbunden, mit einer großen Liebe zur Landschaft und auch Ruhe. Er braucht offenbar nicht jeden Tag Ramba-Zamba.

Die Fahrt mit dem Schneemobil hat nicht nur Spaß gemacht, sondern war wirklich beeindruckend. Raphael hat viele schöne Punkte angesteuert und mich auf Dinge aufmerksam gemacht, die ich möglicherweise übersehen hätte.

Sein Gesichtsausdruck, als ich gesagt habe, dass ich bleiben möchte, hat mich umgehauen, hat jede einzelne meiner Nervenzellen in Bereitschaftsdienst geschickt. Das wilde Flackern in seinen polar blauen Augen hat mir eine

Gänsehaut der ganz besonderen Art verpasst.

Die Entscheidung hierzubleiben, fühlt sich richtig an. Wir sitzen uns am schweren Holztisch gegenüber, essen einfache Spaghetti mit Tomatensoße, die himmlisch schmecken und unterhalten uns über Gott und die Welt.

Raphael sieht immer wieder aus dem Fenster, als würde er erwarten, dass gleich ein Axtmörder auftaucht. Dann steht er auf und streckt mir seine Hand entgegen. Als er mich hochzieht, sehe ich ihn fragend an. Wortlos dirigiert er mich mit seiner Hand auf meinem unteren Rücken zur Fensterfront.

Dicht hinter mir bleibt er stehen, legt eine Hand auf meine Hüfte, die andere unter mein Kinn und dreht mein Gesicht zum Fenster.

Mir stockt der Atem, als ich hinaussehe.

„Sieh dir das an, Puppy!", wispert er heiser in mein Ohr, wobei sein warmer Atem meine Haut streift.

Der Himmel über den Bergen brennt! Von Korallenrot, über Orange, bis hin zu rosa leuchtet es über dem Bergkamm. Ein gleißender Feuerball taucht zwischen den Wipfeln unter und verwandelt die Welt in ein magisches Zentrum der Farben.

Kurz drehe ich mich um und in Raphaels Augen spiegelt sich das Phänomen wider.

„Nicht wegschauen. Genieß den Anblick dieser Zauberwelt, es dauert nur wenige Minuten. Das ist die Show, die ich dir versprochen habe. Einzigartig und exzeptionell wechselt der Tag in die Nacht zwischen der unberührten, zerklüfteten Berglandschaft."

Ich hole nur ganz flach Luft, so ergriffen bin ich. Kann das Leben noch fantastischer sein? Es gibt nicht viele Dinge, die noch schöner sind, als vor dieser märchenhaften Kulisse den Sonnenuntergang hautnah mitzuerleben. Ich komme mir so unbedeutend und klein vor. Alle vermeintlichen Probleme schrumpfen zur Bedeutungslosigkeit und einzig der Moment zählt.

Die Sonne sinkt immer tiefer und der Himmel verändert seine Farbe zum gefühlt hundertsten Mal. Die Glut verblasst und macht Platz für die blaue Stunde, die dann in die Schwärze der Nacht übergeht. Es fehlt nur noch der Sterntalerregen. Falsch, … es fehlt gar nichts!

Wir bleiben vor dem Fenster stehen und sehen uns im Spiegelbild an. Eine einzelne Träne läuft an meiner Wange entlang, die Raphael mit den Fingern auffängt, da seine Hand noch immer an meinem Kinn liegt.

Ich bin so gerührt, dass mein Herz donnert wie ein Kanonenschlag. Eine solche Dämmerung, ein solch intensives Farbspiel am Himmel, habe ich noch nie gesehen.

Zittrig atme ich ein und lehne mich an Raphaels festen Körper. Sein Herz galoppiert ebenfalls, was ich überdeutlich an meinem Rücken spüre.

„Oh, mein Gott. Um nichts in der Welt hätte ich das verpassen wollen. Warum hast du nichts davon gesagt?“

„Weil man das nicht in Worte fassen kann, Puppy. Entweder erlebst du es mit jeder Faser deines Seins oder du kannst nicht verstehen, wovon geredet wird.“

Sein Kinn liegt auf meinem Kopf und seine Augen sind jetzt geschlossen. Auf seinem Gesicht sind tausend Emotionen abzulesen und ich verschränke unsere Hände miteinander. Raphael taucht seine Nase in mein Haar und atmet ein paar Mal tief ein und aus.

Jetzt bin ich es, die die Augen schließt und seine Nähe genießt. Meine Gefühle spielen verrückt. Mein Verstand rät mir Abstand zu halten, mein Herz verlangt das Gegenteil.

Kann ich damit umgehen, dass sich mir hier nur eine kurze Urlaubsliebelei bietet und ich Raphael womöglich nie wieder sehen werde?

Ich weiß es ehrlich gesagt nicht. Wahrscheinlicher ist es, dass ich es nicht gut verkraften würde, wenn er mein Herz zersplittert und zerrissen zurücklässt.

Leider eigne ich mich nicht zum One-Night-Stand. Versucht habe ich es schon, doch ich bin kein Mensch, der seine Gefühle an- und ausknipsen kann wie einen Lichtschalter.

Ich drehe mich in seinen Armen um und lege meinen Kopf an seine Brust. Sofort fühle ich mich geborgen und behütet. Raphael streichelt zärtlich über meinen Rücken und lässt seine Hand in meinem Haar liegen. Dieser Moment ist so unglaublich, allumfassend, tief und sinnlich, dass ich es nicht verstehen kann, was gerade passiert.

„Nicht so viel denken, Puppy. Kosten wir einfach den Moment aus."

Meine Hände wandern auf seinen Rücken und ich presse meinen Körper dichter an seine stahlharte Brust. Sein herber, männlicher Duft steigt mir in die Nase und ich danke dem Herrn, dass er so wunderbar männliche Wesen erschaffen hat, wie Raphael.

Ich habe nicht erwartet, dass mir so ein Exemplar begegnen würde. Bisher war meine Männerauswahl eher dürftig und gelinde gesagt ziemlich schlecht.

Wir kappen unsere körperliche Nähe, dringen durch unsere Augen in die Tiefen des anderen und dann ist der innige Moment vorbei.

„Sooo …, mein Vorschlag wäre, dass du aufräumst und ich das Schneemobil in den Schuppen bringe. Das steht nämlich immer noch abfahrbereit vor der Tür. Danach machen wir es uns gemütlich. Einverstanden?"

„Habe ich denn eine Wahl?"

„Vermutlich nicht. Den Abwasch können wir gleich zusammen machen. Es gibt nämlich einen einzigen Makel an dieser Butze."

„Ach, ja?"

„Hhhmmhh, die Spülmaschine hat Dexter nicht einbauen lassen."

Das hätte ich jetzt nicht erwartet, aber es gibt Schlimmeres.

Raphael geht raus und ich bringe unser Geschirr in die Küche, putze den Herd und die Oberflächen und beginne dann mit dem Abwaschen.

Als Raphael zurückkommt, bin ich mit allem fertig. Auch 'ne gute Taktik.

„Warst du noch kurz beim Nachbarn?"

„Sorry, aber ich habe noch Holz reingeholt. Ich habe keine Lust morgen in aller Herrgottsfrühe rauszulaufen."

Das ist ein Argument.

Ich zünde alle Kerzen im Raum an und stelle unsere Gläser und die Weinflasche auf den Tisch neben der Sofalandschaft.

„In welchem Zimmer möchtest du schlafen, Kinga?"

„Äh … gibt es da eine Ordnung? Haben Dexter und Leander ein bestimmtes Zimmer?"

„Normalerweise schlafe ich oben und die beiden hier unten, aber heute sind nur wir zwei hier", zwinkert er mir zu.

„Wo kann man den Sonnenaufgang am besten sehen?"

„Definitiv oben."

„Gut, dann gehen wir nach oben."

Ihm fällt die Kinnlade runter, wahrscheinlich hat er nicht damit gerechnet, dass ich ein *wir* in diesem Zusammenhang verwende.

„Oookaay. Wie du meinst."

„Ja, meine ich. Sonst musst du noch die Bettwäsche wechseln, bevor wir losfahren und in beiden Zimmern den Kamin anschmeißen."

Wortlos geht er die Treppe rauf und ich höre, wie er Holz stapelt. Kurz darauf kommt er nur in einem T-Shirt wieder runter. Es ist wirklich sehr warm geworden und ich fange leicht an zu transpirieren. Vielleicht sollte ich meinen dicken Pulli ausziehen.

Genau, Kinga. Veranstalte einen Striptease, das wird ihm gefallen. Ich zupfe am Kragen, um zu prüfen, was ich darunter trage. Himmel, immer noch die Skiunterwäsche. Kein Wunder, das ich öle wie eine Sardine in der Dose.

„Hier, nimm mein Sweatshirt, das ist nicht ganz so warm wie dein Wollpulli."

Kann er Gedanken lesen?

„Du hast echt rote Wangen, Puppy. Und ein offenes Feuer entwickelt andere Temperaturen als eine Heizung. Das kann ich dir versichern."

Ich schnappe mir das Teil und verschwinde im Bad. Wer bin ich? Die Jungfrau von Orleans? Mein Gott, es ist ja nicht so, als wäre ich das erste Mal mit einem Mann zusammen und Raphael hat sich auch nicht für mich aufgespart.

Trotzdem ziehe ich mich hier um und lege meinen Pulli und das Skiuntershirt auf die Treppenstufen. Die Hose lasse ich an, sie muss als Leggings fungieren.

Wir legen uns völlig entspannt auf die Couch und sehen ins Feuer.

„Erzähl mal, Raphael. Was macht ihr so, wenn ihr hier oben seid? Ich sehe weder einen Fernseher noch sonst irgendwelche Konsolen."

Natürlich habe ich mich umgesehen und bin überrascht, keine Männerelektronik zu sehen. Oder … eigentlich nicht. Wir sind hoch oben in den Bergen. Vermutlich ist es da mit dem Internet und sonstigen Verbindungen eher mau.

„Tja, also wir haben ein Radio und sonst keine weitere Unterhaltungselektronik. Abgesehen davon, dass sich das nur schwer bewerkstelligen lassen würde, hat Dexter bewusst darauf verzichtet."

„Klingt sehr sympathisch. Denn die Natur ist wirklich berauschend. Weder Skifahren noch Wandern kommt hier vermutlich zu kurz. Dennoch frage ich mich, was ihr am Abend macht."

Raphael lacht leise, lehnt sich zurück und zieht mich zu sich. Ich schmiege mich an ihn, lege meinen Kopf auf seine Brust und sofort legt er einen Arm um mich. Es fühlt sich alles so selbstverständlich an, dass es fast schon beängstigend ist.

Die Flammen lodern im Kamin und sind irgendwie beruhigend. Automatisch schlinge ich meinen Arm um seinen Körper und lege mein Bein über Raphaels.

„Nun, du wirst es nicht glauben, aber auch wir unterhalten uns manchmal oder spielen Karten. Brettspiele sind auch hoch im Kurs. Die Abende sind entschleunigt, das brauchen wir alle. Leander ist fast jede Nacht im ‚Up and Down'. Nebenbei müssen Bestellungen erledigt werden. Der Bürokram macht sich auch nicht von selbst. Dexter kümmert sich um das Café und viele andere Dinge rund um die beiden Lokalitäten und hat noch seinen Job als Innenarchitekt. Meiner Wenigkeit tut es auch ganz gut, mal zu entspannen. Der Job verlangt viel von mir. Körperlich wie seelisch. Ich muss ständig von null auf Hundert und einsatzfähig sein. Niemand aus meinem Team kann sich einen Fehler leisten, das könnte unter Umständen Leben kosten."

So habe ich das bisher noch nicht gesehen. Wie jeder andere Mensch auch, sehe ich den coolen Job als Feuerwehrmann, aber was da dran hängt, ist noch so viel bedeutender.

„Mir gefällt die Vorstellung, wie ihr drei zur Ruhe kommt. Wie wird euer Tag morgen aussehen?"

„Wenn ich dich zu Hause abgesetzt habe, werde ich mich mit Leander und Dexter treffen. Wir fahren dann gemeinsam hier her. Vielleicht machen wir noch eine Tour, aber vielleicht bleiben wir auch einfach im Haus, bis wir unseren Akku aufgetankt haben. Am Abend werden wir gemeinsam etwas Schönes kochen und ausgiebig schlemmen. Mit allem Drum und Dran. Ich mag es, wie harmonisch es zugeht. Wie verbringt ihr den Abend?"

„Wie gesagt, dieses Jahr sind wir das erste Mal mit den Elliots zusammen. Wir werden uns mit Sicherheit ein großartiges Menü einverleiben, reden, lustig sein, eben alles, was zu einem schönen Familientreffen dazugehört. Glaube ich zumindest. Meine Eltern und Granny werden dann irgendwann ins Hotel fahren und ich übernachte bei Catinka und Logan. Insgesamt also ganz ähnlich."

„Nee, glaube ich nicht, denn wir werden noch ordentlich zocken. Also Karten zocken, meine ich. Wir werden laut, haben echt viel Spaß, geben alles, um zu gewinnen und ich liebe es."

„Das würde ich gerne sehen. Gibt es auch Geschenke?"

„Am ersten Weihnachtstag liegen neben den Dekogeschenken auch die Kleinigkeiten, die Santa Claus nachts durch den Schornstein gebracht hat. Wir sitzen unter dem Baum, meistens ungeduscht und noch in Schlafklamotten, bei einem Kaffee oder auch Tee und packen nacheinander aus. Wobei jeder sich bei jedem Geschenk freut. Egal, ob es für Leander, Dexter oder mich ist. Manchmal kommen da die seltsamsten Dinge zum Vorschein. Eigentlich beschenken wir uns nicht, aber diese Kleinigkeiten haben sich doch irgendwie wieder eingeschlichen."

„Ihr seid ein eingespieltes Team, Raphael. Für mich hört sich das nach einem perfekten Weihnachtstag an."

„Mhm, wie geht's bei euch weiter? Wenn deine Eltern im Hotel sind, wird das nicht so einfach, oder?"

„Das hat wirklich zu Diskussionen geführt. Mom und Dad wollen nicht bei Cat und Logan übernachten, weil sie Angst haben, dass es zu viel für sie wird. Granny ist ganz wild bei Cat zu sein …"

„Verständlich, das erste Urenkelkind muss unfassbar aufregend sein."

„Du hast sie kennengelernt. Was Granny sich in den Kopf gesetzt hat, das drückt sie durch. Sie ist nicht immer so drauf wie heute Morgen."

„Daran habe ich keinen Zweifel. Niemand ist immer nur lustig und spielt den Pausenclown."

„Sie ist die beste Grandma, die es gibt. Also müssen Mom und Dad sich mit ihr schon früh auf den Weg machen, um mit Catinka, Logan und mir am Weihnachtsmorgen in einem Wust aus Geschenkpapier, Kerzenschein, Plätzchenessen, Teetrinken und jeder Menge Sentimentalitäten, zu ertrinken. Ganz genau so will ich es haben. Für mich ist es ein Muss, mit meiner Familie zusammen zu sein."

„Das verstehe ich. Dieses Jahr sind meine Eltern nicht dabei, sie wandeln auf dem Pfad der Selbstfindung, was ich absolut nicht abwerten will. Sie sind immer für uns da gewesen und möchten jetzt einfach nur das tun, was sie sich schon immer erträumt haben. Das ist legitim und ich gönne es ihnen von Herzen, auch wenn ich es gerne anders hätte.“

Kurz hängen wir beide unseren Gedanken nach. Raphael lässt seine Hand an meiner Wirbelsäule entlangwandern, bis er eine Haarsträhne in seinen Fingern hält und gedankenverloren damit spielt.

„Möchtest du noch Wein?“, fragt er.

„Nein, du?“

„Eher nicht. Soll ich uns einen Tee kochen?“

Schon erhebt er sich und mir fehlt sofort die Wärme seines Körpers. Kurze Zeit später kommt er mit einer Teekanne und einem Stövchen zurück. Wenn ich erzähle, wie feinfühlig er ist, wird mir das kein Mensch glauben. Zumindest nicht, wenn sie ein Foto von Raphael sehen.

Wir nehmen wieder unsere Position ein und diese Kuschelei fühlt sich unglaublich gut an. Einige Zeit unterhalten wir uns noch ausführlich über unsere Vorlieben, Lieblingsfarben, Lieblingsessen und all den Dingen, die man fragt, wenn man sich näher kennenlernen möchte.

Der Tee schmeckt ausgezeichnet. Eine Mischung aus Zimt, Nelken, Anis, Kardamom und schwarzem Tee, in den er Honig gegeben hat. Der Duft ist weihnachtlich und erfüllt den ganzen Raum. Ich bin so zufrieden, dass mir hin und wieder die Augen zufallen. Auch Raphael hat schon das ein oder andere Mal gegähnt.

„Sollen wir rauf gehen? Du bist müde, Raphael.“

Keine Antwort. Nanu, bisher hat er immer eine Antwort parat gehabt. Vorsichtig hebe ich den Kopf und stütze mich leicht ab.

Mich durchströmt eine Welle der Zuneigung, als ich in sein friedliches Gesicht sehe. Die dichten, langen Wimpern, für die jede Frau morden würde, liegen auf seinen

Wangenknochen. Seine Gesichtszüge sind vollkommen entspannt und sein Atem geht gleichmäßig. Sein blondes Haar ist ein wenig durcheinander und die Wangen zieren einen leichten Bartschatten. Noch immer liegt sein Arm schwer um meinen Körper.

Behutsam fahre ich mit meinen Fingern seine Konturen nach, ohne ihn zu wecken. Seine perfekten Lippen kräuseln sich leicht und laden zum Küssen ein. Mutig beuge ich mich vor und verteile hauchzarte Küsse auf seinem Gesicht und seine Mundwinkel. Gerade als ich meinen Mund auf seinen senken will, seufzt er leise und seine Umarmung wird fester, besitzergreifender.

Sekundenlang warte ich ab, ob er erwacht, doch er bleibt im Land der Träume. Ein letztes Mal fahre ich vorsichtig mit meiner Zunge über seine Lippen und er öffnet sie einen Spalt weit. Automatisch gleitet meine Zunge in seinen Mund und ich lasse mich von dem unglaublichen Gefühl überrollen, das die Berührung seiner Zunge auslöst.

Ich spüre, wie sich seine Atmung beschleunigt und seine Finger sich in meine Haut graben. Mit pochendem Herzen ziehe ich mich zurück und bette meinen Kopf auf seine Brust und lege meine Hand direkt auf sein Herz.

Ein zufriedenes Lächeln bildet sich auf meinen Lippen und ich gleite ins winterliche Traumland mit Raphael.

RAPHAEL

Etwas Schweres liegt auf mir und mein Nacken schmerzt. Heilige Scheiße, ich habe mich doch wohl nicht schon wieder abgeschossen?

Meine Augenlider lassen sich nur schwer öffnen und eine bleierne Müdigkeit hält mich gefangen. Ich brauche ein paar Minuten, um zu realisieren, wo ich bin.

Als ich meinen Kopf anhebe, bemerke ich, dass sich die Nackenschmerzen bereits jetzt ausbreiten. Doch beim Anblick von Kingas Körper auf meinem, verfliegt jeder Schmerz und jedes Unwohlsein.

Ihr Kopf liegt auf meiner Brust, ihre Hand hat sie in mein Shirt gekrallt. Der wunderbare Duft von Vanille und irgendetwas Blumigem strömt aus ihrem welligen Haar und lässt mich von Dingen träumen, in denen definitiv langes Haar vorkommt.

Kinga hat ihr Bein über meine gelegt und ihr gesamter Körper ist auf Tuchfühlung mit mir. Mir wird heiß, und zwar nicht vom Kaminfeuer, das schon ziemlich heruntergebrannt ist.

Meine Güte, wie lange haben wir denn geschlafen? Bisher ist mir das nur selten passiert, eigentlich nie, dass ich neben einer hübschen Frau eingeschlafen bin, ohne vorher die Federn durcheinander gewirbelt zu haben.

Bei Kinga empfinde ich anders. Nicht, dass ich nicht mit ihr schlafen will. Oh, doch! Das will ich unbedingt. Mir gefällt es allerdings genauso gut, mich nur mit ihr zu unterhalten, mehr von ihr zu erfahren oder eben einfach hier mit ihr auf dem Sofa vor dem Panoramafenster einzuschlafen.

Keine Ahnung, ob ich beim Skifahren auf den Kopf gefallen bin oder mich beim Eisstockschießen verletzt habe, aber meine Handlungsweise in Bezug auf Kinga ist definitiv nicht die, die ich üblicherweise an den Tag lege.

Vorsichtig versuche ich, mich unter ihr wegzudrehen, ohne sie zu wecken. Gar nicht so einfach, denn ich muss ihre Finger und ihr Bein regelrecht von mir abtrennen. So, als wären wir zusammengeschweißt.

Zunächst decke ich sie zu und gehe nach oben, um zu sehen, ob es dort warm genug ist. Nachdem ich mich versichert habe, dass die restliche Glut ausreicht, ziehe ich meine Jeans aus und gehe nur in Shirt und Boxershorts zurück.

Kinga hat sich keinen Millimeter bewegt. Sie sieht im Schlaf bezaubernd aus und ihr braunes, welliges Haar liegt ausgebreitet auf den Polstern.

Kann ich es wagen, ihr die Skiunterhose auszuziehen? Nee, lieber nicht. Nicht, dass sie auf den Gedanken kommt, ich würde sie im Schlaf überwältigen wollen. Mir gefällt es, dass sie mein Sweatshirt trägt, und mein Kollege bereitet sich zum Angriff vor, was ich mit aller Kraft versuche zu unterbinden.

Langsam schiebe ich meine Arme unter ihre Knie und ihre Achseln und hebe sie vorsichtig hoch. Unbewusst legt sie ihre Arme um meinen Nacken und ein wohliges Geräusch verlässt ihre Lippen.

Sie hat für mich nicht ein einziges Gramm zu viel auf den Rippen und ich trage sie die Treppen hoch in mein Zimmer. Dort lege ich sie auf das große Bett, wo sie sich sofort auf die

Seite legt und in eine embryonale Stellung eindreht. Kurz bleibe ich noch stehen, doch dann lege ich mich hinter sie, decke uns zu und ziehe sie in meine Arme. Meine Nase vergrabe ich in ihrem Haar und schlafe umgehend, umhüllt mit dem zauberhaftesten Duft der Welt, in Löffelchenstellung, ein.

Niemand würde mir das glauben. Raphael Bates verbringt die Nacht nicht mit einem heißen Geschoss in Löffelchenstellung. Schon gar nicht, ohne sie vorher gevögelt zu haben!

Kinga ist für mich allerdings keine der Frauen, die mich mal eben vom Unwetter im Kessel erlösen sollen. Nein, sie ist viel mehr und das macht mir ein bisschen Angst.

Als ich wach werde, ist es bereits hell und ich taste auf der leeren Matratze herum. Sofort bin ich hellwach und richte mich auf.

Wo zum Teufel ist sie und wieso habe ich nicht gemerkt, dass sie aufgestanden ist?

Schnell drehe ich mich um und da sehe ich sie …

Kinga steht nur in meinem Pulli vor dem Fenster und betrachtet die Landschaft.

„Guten Morgen, Puppy. Bist du schon lange wach?“

Sie dreht sich um und in ihren braunen Augen liegt ein warmer Ausdruck. Lächelnd schüttelt sie den Kopf.

„Nein, den Sonnenaufgang haben wir verschlafen. Du wirst mich wohl oder übel nochmal mitnehmen müssen.“

Ihre Worte bahnen sich einen direkten Weg in meine Wünschelrute und ich versuche mich so zu drehen, dass sie meinen Zustand nicht sofort erkennt. Verdammt noch mal, ich muss aufhören, bei jeder Gelegenheit an Sex mit Kinga zu denken, auch wenn es nur mein Unterbewusstsein tut.

„Kein Problem. Morgen vielleicht?“, scherze ich.

„Raphael! Natürlich nicht morgen.“

Sie kommt geschmeidig auf mich zu und ich kann einfach nirgendwo anders hinsehen als auf ihre nackten, wohlgeformten Beine. Automatisch hebe ich die Decke an und Kinga schlüpft darunter. Will sie mich eigentlich killen?

„Kannst du das Feuer wieder anmachen? Ich habe es nicht hinbekommen, wahrscheinlich, weil ich noch nie in meinem Leben ein Kaminfeuer angezündet habe."

Erst jetzt bemerke ich ihre Gänsehaut, die sie nicht wegen meiner Anwesenheit hat, sondern weil ihr kalt ist. Was bin ich für ein eingebildeter Gonzo?

„Klar, mach' ich sofort. Roll dich in die Decke ein. Es dauert nur ein paar Minuten und der Ofen heizt ein."

„Aha, na dann, nur zu", zwinkert sie.

Himmel, mein Sprachzentrum scheint in ihrer Nähe zu verkümmern. Was rede ich denn da für einen Quatsch? Pfff … „Ofen heizt ein" Sonst mag ich meine lockeren, manchmal zweideutigen Sprüche, aber jetzt gerade nicht.

Schnell schichte ich das Holz und nur ein paar Minuten später verwandelt das lodernde Feuer den Raum in einen Brutkasten.

Ich lege mich auf die Decke und beobachte die Flammen. Feuer ist mein Element egal in welcher Form.

„Hast du gut geschlafen, Kinga?"

„Himmlisch. Solange ich neben dir gelegen habe, brauchte ich kein Kaminfeuer. Hossa, du strahlst eine Hitze aus, als würde man direkt neben der Sonne sitzen."

Ob das so ist, kann ich nicht beurteilen. Bisher hat mir das noch niemand gesagt. Vielleicht liegt es einfach an ihr.

„Sollen wir frühstücken? Oder möchtest du erst duschen?"

„Wann fahren wir denn los, Raphael?"

„Hm, ich habe mir ehrlich gesagt noch keine Gedanken darüber gemacht. Vermutlich reicht es, wenn wir mittags zurückfahren. Wir sind ohne Anhänger schneller unterwegs und nehmen den direkten Weg."

„Gut, dann würde ich gerne erst frühstücken und danach duschen."

„Dein Wunsch ist mir Befehl. Willst du warten, bis ich den Kamin unten angeworfen habe?"

„Gerne."

Also gehe ich allein runter, entfache das Feuer, damit es schnell warm wird, falte die Decke, lege sie auf die Sofalandschaft und nehme die Gläser und Tassen von gestern Abend mit in die Küche. Dort stelle ich erst mal die kleine Espressokanne auf den Herd.

„Kinga, bring mir bitte eine Jogginghose mit runter", rufe ich laut.

Kurz darauf steht sie neben mir. Noch immer nur in meinem Pulli und dicken Socken. In der Hand hält sie meine Jogginghose, die ich dankbar entgegennehme. Meine Boxershorts bieten keinen ausreichenden Schutz.

„Es ist unglaublich, wie schnell es warm wird. Normalerweise kann ich nicht nur im Pulli rumlaufen, deshalb wundert es mich, dass du nach einer Hose verlangst …"

„Hhhm"

„Oooh, wundert mich doch nicht mehr. Soll ich mir was überziehen?", kichert sie.

„Passt schon. Ich bin erwachsen, da sollte ich in der Lage sein, das zu regulieren."

Ich schütte uns den Kaffee ein und wir überlegen gemeinsam, worauf wir Lust haben.

„Bist du der süße Typ oder eher der herzhafte Typ?"

„Beides. Wir könnten von jedem etwas machen, wenn genug Vorräte da sind."

„Kinga …, was habe ich gesagt? Dexter …"

„Mag es nicht, wenn etwas fehlt."

„Genau. Tob dich aus. Ich mache uns Rührei und Speck. Das kann ich."

„Dann kümmere ich mich um die süßen Sachen. Pancakes, Obstsalat mit Joghurt und Nüssen und … heiße Milch mit Honig."

„Echt? Bei der Milch mit Honig bin ich raus. Ansonsten hört sich das gut an."

Wie schon am Abend zuvor ergänzen wir uns gut in der

Küche. Wir bereiten unsere Dinge schweigend zu, ohne dass es unangenehm wird. Der Tisch ist für zwei Personen reichlich gedeckt und wir lassen uns, im Schein des Feuers und der vielen Kerzen, die Kinga angezündet hat, das Frühstück schmecken.

Vollkommen gesättigt lehne ich mich zurück und strecke mich. Auch Kinga reibt sich über ihren Bauch.

„Das war dann wohl nichts mit dem Darben vor dem großen Festmahl heute Abend."

„Hast du doch gar nicht nötig. An den richtigen Stellen sitzt alles perfekt, Kinga."

Sie sieht mich mit schief gelegtem Kopf und verheißungsvollem Blick an. Sofort fängt es an zu knistern.

„Wenn du meinst. Aber *Frau* ist nie zufrieden mit der Figur."

„*Mann* auch nicht. Das kannst du mir glauben. Wir stehen ständig unter Druck. Die Frauen erwarten einen durchtrainierten, wohlgeformten Körper, der zu Höchstleistungen fähig ist", erwidere ich.

„Ich denke nicht, dass jede Frau das erwartet. Natürlich sehe ich mir schöne Männerkörper verdammt gerne an, aber mir ist klar, dass das viel Arbeit ist. Ich bin nicht bereit, jeden Tag ins Fitnessstudio zu rennen, mich abzustrampeln oder rumzuzappeln, nur damit ich mehr Chancen habe. No way.

Mir reicht es schon, dass ich meistens auf meine Ernährung achte. Mehr schaffe ich nicht. Wem es nicht gefällt, der darf gerne wegsehen."

Wow, es ist mutig von ihr, das so vor mir zu sagen. Die meisten Frauen reden nicht darüber, dass es ihnen schwerfällt, sich in Form zu halten oder dass sie eigentlich keine Lust dazu haben.

„Vielleicht hast du recht, dass es auch Frauen gibt, denen die Muskeln an einem Mann nicht wichtig sind, aber … bevor man an die inneren Werte gelangt, muss man an den äußeren vorbei. Ganz egal, was die Leute behaupten, wenn du aussiehst wie eine Pommestonne, wird es schwieriger zum zweiten Schritt zu gelangen."

Nachdenklich sieht sie mich an. Shit …, hält sie mich jetzt für einen Mann, der nur auf Äußerlichkeiten achtet?

„Na ja, egal. Du hast auf jeden Fall einen heißen Körper und brauchst dir keine Sorgen machen, Raphael."

„Du aber auch nicht."

Sie sagt nichts mehr dazu. Nachdem wir das Frühstück beendet haben, teilen wir uns auf. Kinga geht nach oben, ich bleibe hier unten im Bad.

Ich dusche ausgiebig und bemerke, als ich aus der Kabine komme, dass meine gesamte saubere Kleidung oben ist.

Boah, wie blöd bin ich eigentlich?

Was bleibt mir übrig? Mit einem Handtuch um die Hüften gehe ich langsam die Treppen hoch und gelange in mein Zimmer.

Kinga steht unter der Dusche, deren Glaswand nur unzureichend ihren Körper bedeckt. Wie angewurzelt bleibe ich stehen und scanne jeden Zentimeter ihrer makellosen Haut, die sich mir bietet.

Jede Kurve, jeder Muskel ist klar definiert und sitzt an der richtigen Stelle. Mir ist schleierhaft, warum sie denkt, dass sie nicht perfekt ist. Ich jedenfalls kann meinen Blick nicht von ihr abwenden.

Mir fällt das Schlucken schwer, so als hätte ich Stacheldraht verschlungen und ich fürchte, ich fange gleich an zu hecheln. Also hole ich mir aus der Kommode meine Unterwäsche, möglichst ohne meinen Kopf in ihre Richtung zu drehen. Noch bevor ich wieder verschwinden kann, dreht Kinga sich um und verschlingt mich mit ihren Espressoaugen.

Was soll ich tun? Keinesfalls möchte ich den Eindruck erwecken, ein notgeiler Spanner zu sein, doch ich kann meinen Blick einfach nicht abwenden.

Damit die Situation nicht eskaliert, steuere ich auf die Regale zu und nehme mir ein Longsleeve und eine Jeans heraus. Bevor ich mir meine Sachen übergezogen habe, kommt Kinga mit einem Handtuch um ihren Körper aus der Dusche.

Heilige Jungfrau Maria … Es kostet mich all meine Kraft, sie nicht gleich hier auf dem Bett zu nehmen.

„Alles okay, Raphael? Du guckst irgendwie angestrengt."

„Sag bloß?", presse ich hervor.

Gott sei Dank brummt mein Handy und meine Hände haben etwas zu tun. Eine Nachricht von Leander kommt herein.

Oh, nein. Er wird wieder irgendeinen Scheiß schreiben, den ich jetzt gerade gar nicht gebrauchen kann. Trotzdem sehe ich nach, was er will.

Echt? Das darf nicht wahr sein. Sofort gehe ich zum bodentiefen Fenster und sehe seine Information bestätigt.

Wild tanzen die Schneeflocken vor dem Fenster und der sonst so phänomenale Blick ist durch Nebel getrübt.

Nicht gut, gar nicht gut.

Hier oben ändert sich das Wetter genauso schnell wie an der See. In einem Moment ist es noch traumschön und klar, im nächsten zieht eine Front aus Nebel und Schnee auf.

Wie bringe ich Kinga behutsam bei, dass wir vermutlich noch einen weiteren Tag bleiben müssen? Es sei denn, wir fahren sofort los.

„Kinga …, wie schnell kannst du abfahrbereit sein?"

„Ähm, keine Ahnung. Muss ich mich beeilen?"

„Vermutlich schon. Das Wetter ist umgeschlagen. Wenn du rechtzeitig bei deiner Familie sein möchtest, dann müssen wir sofort fahren."

Sie stellt sich neben mich. Der Duft ihres Duschgels und die Feuchtigkeit, die von ihrem Körper tropft, wabert zwischen uns.

Kinga sieht fasziniert aus dem Fenster.

„Aber Holla! Vor dem Duschen war das Wetter noch herrlich. Jetzt gleicht es einer trüben Suppe."

„Du sagst es. Wenn wir noch länger warten, dann wird es zu spät für die Heimfahrt. Wahrscheinlich löst sich der Nebel in ein paar Stunden auf, aber dann kommt bald die Dunkelheit."

Fragend sehe ich sie an.

Ihre Augen huschen zwischen dem Fenster und mir hin und her, so, als hätte ich es in der Hand, das Wetter zu beeinflussen. Kingas Augen füllen sich mit Tränen.

Mein Herz zieht sich schmerzhaft zusammen, denn ich weiß, wie sehr sie sich auf den Abend mit ihrer Familie freut. Jetzt mache ich mir Vorwürfe, sie hierher eingeladen zu haben.

„Es tut mir leid, Kinga. Vielleicht schaffen wir es noch rechtzeitig."

Unschlüssig sieht sie wieder zu mir und aus dem Fenster. Die Schneeflocken wirbeln immer heftiger durch die Luft und der Nebel umgibt die Landschaft. Man kann kaum noch die traumhafte Bergreihe gegenüber erahnen.

„Das sieht nicht danach aus, Raphael. Meinst du, ich werde Catinka erreichen können?"

„Versuch es. Manchmal hat man noch einen Restfunken Glück. Leander oder Dexter werden auf jeden Fall deiner Familie Bescheid geben. Logan ist hier aufgewachsen, er wird wissen, wie schnell sich die Wetterverhältnisse ändern."

„Mmmh, wahrscheinlich hast du recht. Dann würde ich sagen, wir haben jede Menge Zeit. Meinst du, es besteht die Möglichkeit, dass wir am Nachmittag noch ins Tal fahren können."

„Die Möglichkeit besteht immer. Hören wir uns die Nachrichten an, sofern wir sie empfangen können."

Kinga wühlt bereits in ihrem Rucksack herum und holt frische Sachen hervor. Auf jeden Fall macht sie kein Drama daraus, denn niemand kann etwas dafür, dass das Wetter nicht mitspielt.

Kurz drehe ich am Regler des Radios, der neben dem Bett ist und wir können ein beständiges Rauschen hören. Zwischendurch verstehen wir ein paar Worte, wie … Nebel …, Schneefall …, Tiefsttemperaturen …, die nächsten Tage.

Oha, hoffen wir, dass die Zusammenhänge sich anders verhalten, als wir sie uns zusammenreimen.

„Sieht so aus, als müsstest du noch mehr Zeit mit mir verbringen, Kinga. Gut, dass wir sämtliche Lebensmittelvorräte mitgenommen haben. Hungern brauchen wir jedenfalls nicht."

Kinga grinst und stemmt die Hände in die Hüften.

„Ich bin gespannt, wie lange diese merkwürdige Wetterfront hält. Dann legen wir mal los. Wie steht es mit deinen Würfelkünsten?"

„Würfelkünsten?"

„Ja, ‚*Schocken*' wir ein bisschen. Schließlich haben wir jetzt unendlich viel Zeit."

Diese Frau verwundert mich immer wieder. Bisher bin ich keiner Frau begegnet, die dieses Spiel überhaupt kennt.

Wir gehen gemeinsam nach unten und ich suche die Schubladen nach einem Würfelbecher und dem entsprechenden Equipment ab.

Kinga hingegen sitzt schon am Tisch und sieht nach draußen. Sobald ich alles gefunden habe, setze ich mich ihr gegenüber.

„Kommst du klar, Kinga?"

„Natürlich. Mom und Dad würden dich kastrieren, wenn du versuchen würdest, bei diesem Wetter die Abfahrt zu machen. Also ja, ich komme klar. Und mal ehrlich, es gibt Schlimmeres, als mit dir in einer einsamen Hütte eingeschlossen zu sein."

Ich genieße den Brausepulvermoment, denn ihre Worte gehen runter wie Öl.

Zum Glück habe ich genügend Holz reingeholt, denn so langsam artet der Schneefall in einen Schneesturm aus. Nichts erinnert mehr an den phänomenalen Sonnenuntergang von gestern.

Kinga hat eine Glückssträhne und gewinnt haushoch gegen mich. Wir wechseln über zu einigen Kartenspielen und lassen uns noch ein paar Brettspiele für später. Die Zeit ist verflogen, sodass wir unsere Plätze wechseln, um auf dem Sofa zu liegen. Das Handy hat sich mittlerweile verabschiedet, es gibt also nur noch uns zwei und gelegentlich einen Laut aus dem Radio.

Ich lege mich so hin, dass ich aus dem Fenster sehen kann, denn ich finde den Schneefall nicht bedrohlich, sondern eher beruhigend. Mit dem Rücken lehne ich an eine Armlehne und die Beine habe ich lang ausgestreckt. Kinga steht unschlüssig mit zwei Teetassen vor mir. Sie reicht mir meine Tasse und ich öffne meine Beine.

Ohne sich weiter Gedanken zu machen, setzt sie sich dazwischen und lehnt sich mit dem Rücken an meine Brust. Es fühlt sich so an, als hätten wir noch nie etwas anderes getan.

„Erzähl mir von deinem Job, Raphael. Für mich hört es sich so abenteuerlich an."

„Abenteuerlich? Ja, in gewisser Form ist es das, doch meistens ist es eher deprimierend. Nicht die Arbeit selbst, die ist alles andere als das, denn wir versuchen zu retten, was zu retten ist. Nicht unbedingt immer Leben, aber dennoch das Hab und Gut der Menschen. Man steht derart unter Strom, dass nichts anderes mehr zählt."

„Kannst du damit gut umgehen, wenn ihr es nicht schafft alles zu retten?"

„Man kann nie alles retten, Kinga. Ja, für mich ist es okay, wenn ich alles gegeben habe, alles versucht habe. Wir sind im Team unschlagbar und meine Kollegen sind, jeder für sich, spezialisiert. Was mich verrückt macht, sind die Mickey-Mouse-Anrufe. Da könnte ich schier ausflippen."

„Mickey-Mouse-Anrufe? Was ist das?"

„Na ja, wir sind für Brände und Notfälle zuständig, die ganze Maschinerie wird hochgefahren, sobald wir einen Notruf erhalten. Wenn wir dann vor Ort sind und feststellen, dass wir Nachbars Katze vom Baum holen sollen, dann ist das echt frustrierend. Notwendige Kapazitäten werden da verschwendet. Eine Katze schafft es in der Regel alleine wieder runter."

„Dann meinst du, Tierrettung ist nicht wichtig?"

„Das habe ich nicht gesagt. Nur muss nicht gleich ein Mannschaftswagen samt Löschzug raus, um das zu erledigen."

Kinga zieht ihre Nase kraus und überlegt. Niemand macht sich jemals Gedanken darüber, wann es sich um einen wirklichen Notfall handelt, bei dem der Einsatz der Feuerwehr unumgänglich ist.

„Wie sieht es bei dir aus? Magst du deine Arbeit?", möchte ich von ihr wissen.

Meine Hände liegen mittlerweile auf ihren Oberschenkeln und fahren rauf und runter. Kinga scheint nichts dagegen zu haben. Ganz im Gegenteil, sie rutscht etwas tiefer in meine Umarmung und lehnt sich nun seitlich an mich.

Meinetwegen kann es noch wochenlang schneien, wir werden kaum verhungern. Was mich noch vor einer Woche hätte weglaufen lassen, wirkt inzwischen geradezu verlockend auf mich.

Gespannt warte ich auf ihre Antwort, denn ich möchte wirklich mehr von ihr und ihrem Leben erfahren.

Kinga malt kleine Muster auf meinem Unterarm und meine Härchen richten sich auf. Ihr Lächeln spüre ich ganz genau, doch sie sagt nicht einen Ton dazu. Dennoch glaube ich, dass ihr unser Zusammensein ebenso sehr gefällt wie mir. Mit keinem Wort erwähnt sie, dass wir so schnell wie möglich das Blockhaus verlassen sollen.

Wie auch? Tatsächlich sieht man noch nicht mal mehr ein paar Meter weit. Was uns bleibt, sind nur wir zwei.

Raphael … der Nebel ebnet dir den Weg. Nutze deine Chance, Cowboy …

KINGA

Der Tag hat gut angefangen. Raphael hat wie ein Baby geschlafen und ich habe ganz ruhig zugesehen. Die Stimmung beim Frühstück war gelöst und zugleich ein bisschen aufgeheizt.

Schneller als gedacht, verbringen wir noch weitere Zeit miteinander. Zunächst hat mich die Nachricht schockiert, schließlich ist dies das erste Weihnachtsfest mit Catinkas Schwiegereltern und nun bin ich zumindest bis morgen mit Raphael hier eingesperrt.

Er nimmt es nicht schwer und wir machen das Beste daraus. Es ist unheimlich entschleunigend, mal nicht jede freie Minute am Handy zu daddeln oder eine Serie nach der anderen zu suchten.

Gerade liegen wir zusammen auf der Sofalandschaft und er hat mir von seinem Job als Feuerwehrmann erzählt. Da ist es nur fair, wenn ich ebenfalls von mir erzähle.

„Du weißt ja bereits, dass ich Floristin bin. Meistens stehe ich nicht mehr im Laden, sondern bin für die großen Aufträge zuständig."

„Was sind das für Aufträge? Ich dachte, ich kaufe zehntausend rote Rosen im Ausgleich zu meinem schlechten Gewissen und beschere dem Blumenladen damit einen ordentlichen Gewinn."

Das Glucksen, das sich seinen Weg nach draußen sucht, lässt sich nicht mehr zurückdrängen. Die meisten Menschen haben ein ähnliches Bild von meinem Beruf, wie Raphael.

„Joa, das kann man natürlich so machen. Nur ist das eher die Seltenheit. Wir verkaufen in der Tat noch ziemlich viele Blumensträuße im Geschäft, doch die Haupteinnahmequelle sind die Firmenaufträge oder die Brautsträuße samt Tischdekorationen. Dafür bin ich zuständig und ich liebe es."

Ich richte mich auf und wie immer, wenn ich davon erzähle, fuchtele ich mit den Armen herum. Ich kann dabei einfach nicht stillsitzen bleiben.

„Klär mich auf. Was bestellen die großen Firmen."

„Na ja, sie brauchen Sträuße für die Empfangstresen, für die Besprechungsräume oder riesige Gestecke für den Eingangsbereich. Zu den üblichen Feiertagen und Geburtstagen brauchen die Chefs natürlich auch Blumen. Und dann die Hochzeiten … Himmel, ist das schön. Die Kunden sind so voller Hoffnung und Glückseligkeit, sodass ich mich austoben kann. Meine eigenen Ideen an die Frau bringen kann, denn im Gegensatz zu vielen anderen Händlern stimmen wir alles auf den Kunden ab. Dazu muss ich mir ein Bild von der Person machen, sie kennenlernen, ihre Wünsche und Vorlieben herausfinden. Das Gleiche gilt natürlich auch für die Firmen."

„Hört sich so an, als hättest du deinen Traumjob gefunden."

„Ja, das habe ich definitiv. In gewisser Weise kann man es mit Dexters Arbeit vergleichen. Du erkennst sowohl hier als auch in seinem Haus und dem ‚Up and Down', seine Handschrift. Jedes kleinste Detail hat seinen Platz, jede Farbe harmoniert mit der anderen."

Begeistert sehe ich Raphael an, dessen Augen klar und blau wie ein Winterhimmel sind.

Er legt seine Hand an meine Wange und streichelt mit dem Daumen darüber. Ich schmiege mich in die Berührung und schließe die Augen. Tief atme ich seinen ganz eigenen

Duft ein und lecke mir über die Lippen.

Verdammt noch mal, lange nicht hat mich ein Typ derart aus den Socken geschossen. Am liebsten würde ich mich auf ihn schmeißen und ihn für mich beanspruchen.

Mache ich natürlich nicht … Wieso eigentlich nicht? Es ist nicht zu erwarten, dass Raphael sich wehren würde.

„Du bist zauberhaft, wenn du über etwas redest, was dir gefällt, Kinga."

Ich schlage die Augen auf und sehe direkt in seine. Die Pupillen sind groß wie UFOs und verschlingen fast die gesamte Farbe seiner Augen.

Wie ich auf seinen Schoß gekommen bin, ist mir ein Rätsel, doch ich sitze rittlings auf ihm und spüre seine wachsende Lust an mir. Unruhig rutsche ich hin und her.

„Hör lieber auf damit, Puppy. Lange kann ich das nicht aushalten."

„Hhmm"

Mehr bringe ich nicht raus. Meine Mitte zieht sich sehnsuchtsvoll zusammen und mein Herz droht zu platzen.

Ja, nein, ja, nein …?

Raphael spürt mein Zögern und zieht sich zurück. Sofort fühle ich mich unwohl und rutsche wieder ein Stück höher auf seinen Schoß.

„Kinga …", knurrt er.

Auf einmal piepst mein Handy.

Fuck! Was soll das denn jetzt? Ich dachte, wir haben keinen Empfang.

Mühsam hangele ich nach dem Ding und falle fast vom Sofa. Wir lachen beide und sehen gespannt auf das Display. Dad ruft an.

„Ki … a … Trübe … uppe … Ander … zusmn …"

„Dad …, Dad, ich kann dich nicht verstehen. Es geht mir gut, falls du mich hörst, mach dir keine Sorgen", versuche ich ihn zu beruhigen.

„Bleib da … Si … hei … hab di … lb …"

Ich schlucke den Kloß, der sich in meinem Hals gebildet

hat, mühsam runter, denn natürlich hat Dad recht. Es gibt Wichtigeres als ein Abendessen. Durch den Anruf wird noch einmal deutlich, wie sehr ich mich auf das Zusammensein mit meiner Familie gefreut habe. In meiner Brust pikst es wie eine Stricknadel im Trommelfell und ich seufze mutlos.

„Oha, das hört sich nicht gut an. Komm, lass uns nachsehen, wie es draußen aussieht“, schlägt Raphael vor.

Vorsichtig öffnet er die Haustür und sofort fegen Millionen von Schneeflocken ins Haus. Man kann kaum bis zur Treppe sehen und mein flüchtiger Gedanke an einen Winterspaziergang erscheint mir derart bescheuert, dass ich es kaum in Worte fassen kann.

Raphael schließt schnell die Tür und lehnt sich dagegen.

„So, dann hätten wir das auch geklärt, Puppy. Nur du und ich und der Schnee“, grinst er.

„Genau. Da sind wir dann wohl selbst für das Weihnachtsessen zuständig. Gut, dass Dexter schon den Baum aufgestellt und geschmückt hat. Somit fehlt es nicht an Weihnachtsstimmung“, überspiele ich meine Traurigkeit.

„So ungefähr. Sehen wir mal nach, was wir heute Abend essen können.“

Er legt mir die Hand zwischen die Schulterblätter und führt uns in die Küche, wo wir zum wiederholten Mal den Inhalt des Kühlschranks inspizieren. Raphael sieht in der Speisekammer nach und wir überlegen, inwieweit unsere Kochfähigkeiten ausreichen, um ein schönes Menü zu kreieren.

Ich setze mich auf die Arbeitsfläche und lasse meine Beine baumeln. Raphael kommt mit glühendem Blick raubtierhaft auf mich zu. Automatisch öffne ich meine Beine und er stellt sich dazwischen. Vielleicht sollten wir aufhören, um uns herumzuschleichen und einfach nach oben gehen. Aber vielleicht macht es das auch gerade so interessant.

Seine Hände platziert er links und rechts neben meine Oberschenkel und stützt sich ab.

„Soooo, kleine Kinga. Was hast du zu bieten?“

Mit hochgezogener Augenbraue mustert er mich und ich ziehe meine Unterlippe zwischen meine Zähne. Sein Blick bleibt daran hängen. Jetzt beuge ich mich nach hinten und stütze meine Hände ab. Mein Kopf fällt in meinen Nacken und ich sehe an die Decke, als würde sich dort die Lösung all meiner Probleme ablesen lassen.

„Stehen die Rezepte dort oben?“, lacht er.

Mein Kopf schnellt zurück und ich schlage ihm mit der flachen Hand auf die Schulter.

„Ja, klar. Hast du das bisher nicht bemerkt?“

Kopfschüttelnd sieht er mich amüsiert an und streicht mir eine Haarsträhne hinter das Ohr.

„Also, im Kühlschrank ist kein Truthahn …“

„Puh, so ein Glück. Den könnte ich nicht zubereiten. Du?“

„Nö. Abgesehen davon, können wir den nicht aufessen. Obwohl … wer weiß schon, wie lange wir hier festsitzen.“

Raphael zuckt mit den Schultern und wartet darauf, dass ich ihm berichte.

„Okay, um etwas aus dem Froster zu nehmen, dürfte es zu spät sein. Es sei denn, du willst um Mitternacht essen.“

„Was?! Nein, das geht nicht. Ab Mitternacht macht sich Santa Claus auf den Weg, da müssen wir uns längst nach oben verdrückt haben“, erklärt er ernst.

Daran habe ich noch gar nicht gedacht. Wenn wir noch eine Nacht bleiben, dann bin ich auch am Weihnachtsmorgen zur Bescherung nicht zu Hause. Offenbar bemerkt Raphael meinen erneuten Stimmungswechsel, denn er streichelt zärtlich über meine Oberschenkel.

„Hey, wir bekommen das hin. Deine Granny freut sich auch am Nachmittag über dein Geschenk und Catinka bleibt noch länger schwanger. Wir hängen einfach unsere ‚Christmas Stockings‘ an den Kamin und hoffen, dass Santa Claus uns nicht vergisst“, flüstert er mir zu.

Zittrig nicke ich, während sich eine Träne ihren Weg

bahnt und langsam an meiner Wange entlang rollt. Ehe ich sie wegwischen kann, spüre ich Raphaels Zunge auf meiner Haut, mit der er die Träne einfach ableckt.

Überrascht sehe ich ihn an, während die Spur seiner Zunge heiß auf meiner Haut brennt.

„Entschuldige, war nur so ein Reflex."

Bittend sieht er mich an, denn natürlich kommt mir sofort der Gedanke, dass er das bei jeder Frau macht. Ein Reflex dieser Art entwickelt sich nur, bei häufiger Wiederholung.

„Nein, ich lecke nicht jede Frau ab, auch wenn es sich jetzt so angehört hat", versichert er mir.

Meine Finger tasten meine Haut ab und plötzlich kann ich mich nicht mehr zurückhalten. Mein Kopf schießt nach vorne und mein Mund kracht auf seinen.

Besitzergreifend küsse ich ihn, erforsche seinen Mund, beiße in seine Unterlippe und lecke anschließend direkt darüber. Meine Hände vergrabe ich in seinem Haar und Raphael umfasst meinen Hintern, um mich näher an die Kante zu ziehen.

Stöhnend gebe ich mich dem Rausch hin. Immer wilder, immer fordernder wird der Kuss und unsere Hände gehen auf Wanderschaft. Ich zerre an seinem Shirt und lasse meine Finger an seinem Sixpack entlanggleiten, was ihm ein wohliges Knurren entlockt.

Ich möchte ihn noch näher spüren, deshalb lege ich meine Beine um seine Mitte und verschränke die Knöchel hinter ihm. Meine Konzentration liegt auf seinen Händen, die ebenfalls unter mein Shirt gleiten, auf seiner Zunge, die Meine lockend umkreist und auf seinen Lippen, die meine stürmische einsaugen.

Mir wird schwindelig und schließlich lösen wir uns schwer atmend voneinander.

„Holy shit. Verdammt noch mal, Kinga, der Kuss im ‚Up and Down' hat mir schon das Hirn weggepustet, aber das jetzt … hier alleine mit dir … Scheiße, das reicht nicht aus …"

Nein, das reicht nicht. Also treffen unsere Lippen wieder hart aufeinander und ich wimmere leise vor Verlangen. Die Zeit steht still, vergessen ist das Essen, der Schnee, Santa Claus und alles andere. Was zählt, sind einzig wir zwei.

Raphaels Hände sind rau und zugleich unglaublich zärtlich. Mit den Daumen streicht er über den Stoff meines Spitzen-BHs und wandert dann weiter nach unten. Behutsam schiebt er seine Finger in meinen Hosenbund, wobei er mich um Erlaubnis bittend, ansieht.

Ich zerre abermals an seinem Shirt und mit nur einer einzigen, fließenden Bewegung zieht er es sich über den Kopf und schmeißt es einfach hinter sich. Nun befreit er mich von meinem Shirt und meiner Jeans, sodass ich nur noch in BH und Slip vor ihm sitze.

Bewundernd lässt er seinen Blick über meinen Körper gleiten und hebt meinen Hintern an. Schnell streife ich mein Höschen ab, denn keiner von uns möchte noch warten. Ein Hunger wütet in mir, den ich so schnell wie möglich stillen möchte. Auch Raphaels Atem wird abgehackt, seine Bewegungen fahrig und wild.

Ungeduldig schiebe ich meine Hand in seine Hose und umfasse seine startbereite Härte, mit der er sicher hervorragend in der Lage ist, Lust und Liebe zu schenken.

„Aaargh, wie oft habe ich mir das vorgestellt und es ist noch viel besser als in meinen Träumen, Puppy."

Mich ergreift eine wahnsinnig erregende Entschlossenheit, die ich so nicht an mir kenne. Mir geht das alles nicht schnell genug, deshalb hilft Raphael mit und schiebt seine Hose samt Boxershorts runter.

Ruckartig zieht er mich wieder zu sich, sodass ich mich nur noch mit den Händen auf der Arbeitsplatte abstützen kann, doch ich habe keine Angst zu fallen, denn seine starken Hände halten mich fest. Sein aufgerichteter Schwanz bringt sich in Position und er führt ihn direkt an meinen Eingang. Stöhnend lasse ich meinen Kopf nach hinten fallen, als er zunächst nur ein paar Zentimeter in mich eindringt, um mir die Gelegenheit zu geben, mich an ihn zu gewöhnen. Das ist nicht genug und ich stoße mein Becken kraftvoll nach vorne, sodass Raphael sich bis zum Anschlag in mich versenkt.

Unser Stöhnen und das Geräusch, wenn Haut auf Haut trifft, erfüllt den Raum. Immer schneller peitschen wir uns gegenseitig dem schwindelerregenden Orgasmus entgegen und ich gleite in eine Parallelwelt von Lust und Begierde.

Ich verändere den Winkel etwas, um Raphaels Stöße tiefer zu fühlen und spüre bereits die ersten kleinen Wellen heranrollen. Seine Hände graben sich tief in meine Hüften und der kleine Schmerz in Verbindung mit dem Rauschen in meinen Ohren, dem Flimmern vor den Augen und dem finalen Stoß, mit dem Raphael mich zerspringen lässt, katapultieren mich mit der Wucht eines Tsunamis in den Himmel.

Er verlängert meinen Höhenflug mit weiteren gekonnten, kreisenden Bewegungen und kommt schließlich laut stöhnend und völlig außer Atem. Deutlich spüre ich das Pulsieren in mir, mit dem er sich in mir ergießt.

Keiner von uns bewegt sich, beide genießen wir das Gefühl der unbeschreiblichen Befriedigung. Mühsam öffne ich die Augen und betrachte Raphaels entspanntes Gesicht. Seine Augen sind geschlossen, seine Brust hebt und senkt sich schnell, als er seinen Kopf nach vorne fallen lässt und die Stirn an meine Halsbeuge legt.

„Wow! Du hast mich überrollt, wie eine Lawine, Kinga."

Seine federleichten Küsse, die er auf meinem Schlüsselbein verteilt, lassen mich erschaudern und wohlig summen. Noch immer sind wir miteinander verbunden und ich merke, dass ich mich schon wieder nach mehr sehne.

Vorsichtig bewege ich mich hin und her und Raphael lacht dicht an meiner Haut.

„Gib mir ein paar Minuten, Baby. Einmal kurz durchatmen und dann … dann will ich jeden Zentimeter von dir berühren. Das hier war nötiger als essen und trinken, aber beim nächsten Mal lassen wir uns mehr Zeit."

„Okay."

Langsam rutsche ich ein Stück auf die Arbeitsplatte zurück und mit einem leisen Plopp sind wir getrennt.

Wenn ich könnte, würde ich die Verbindung am liebsten sofort wieder herstellen, doch es stimmt … wir haben alle Zeit der Welt.

Wir suchen grinsend unsere Kleidung zusammen, wobei Raphael sich sein Shirt überzieht und mir mein Höschen in seiner geöffneten Hand hinhält.

„Orange ist deine Lieblingsfarbe, Puppy."

„Wie kommst du darauf?"

„Na ja, deine Jacke ist orange, deine … Unterwäsche und vermutlich auch noch das ein oder andere Teil in deinem Kleiderschrank."

„Vermutlich. Wo waren wir stehen geblieben? Raphael …"

„Was ist los? Geht's dir gut? Falls dir schwindelig ist, trink einen Schluck."

„Nein, das ist es nicht. Im Eifer des Gefechts haben wir was Wichtiges vergessen!"

„Hä? Hilf mir, ich stehe gerade auf dem Schlauch."

Mit der letzten Silbe dämmert es ihm, denn seine Augen werden riesig groß und er rauft sich das Haar.

„Woooaaaah! Das ist mir noch nie passiert. Kinga, das musst du mir glauben. Ich habe nie Sex ohne Kondom. Wirklich nie!"

Ich verkrampfe mich und sehe ihn durchdringend an.

„Das ist nicht unser einziges Problem, oder?"

„Leider nein. Ich bin schon seit Ewigkeiten Single und nehme die Pille nicht mehr. War bisher nicht nötig. Du brauchst dir über Krankheiten also keine Gedanken machen, aber … ich verlasse mich momentan nur auf meinen Zykluskalender."

„Was? Das kann doch jetzt nicht wahr sein. Wir haben nicht mal die Möglichkeit zur Apotheke zu fahren. Es tut mir leid, Kinga. Wirklich! Ich …, ich … ich weiß gar nicht, was ich sagen soll. Verdammt noch mal, meine letzten funktionsfähigen Hirnzellen haben nur Engelschöre singen hören."

Er tigert in der Küche auf und ab und ist der Verzweiflung ziemlich nahe. Dafür, dass er in seinem Job stets einen kühlen Kopf bewahren muss, ist er jetzt ziemlich durch den Wind.

Ich kann nicht behaupten, dass mich die Situation kaltlässt, aber ändern kann ich sie im Moment auch nicht. Weil er mir den Rücken zudreht, lege ich meine Hand zwischen seine Schulterblätter und seine Muskeln entspannen sich ein wenig.

„Sorry, Raphael. Da waren wir wohl emotional in ungeahnten Dimensionen unterwegs. Du trägst nicht die alleinige Schuld. Ich hätte daran denken müssen! Falls all diese Berechnungen, die ich anwende, zumindest halbwegs zuverlässig sind, dann ist es äußerst unwahrscheinlich, dass ich schwanger werde."

Er dreht sich zu mir um und hüllt mich in eine tröstende Umarmung.

„Egal, was passiert, Kinga. Ich bereue nichts. Gerade eben hat uns das Leben kurz gefickt und durchdrehen hilft nichts. Warten wir ab, ob das Leben in den nächsten Wochen noch mit uns kuscheln will."

„Wo hast du denn das jetzt her?", grinse ich.

Raphael zuckt mit den Schultern und sieht ziemlich unglücklich aus.

„Beim nächsten Mal sind wir vorbereitet. Oder…, fuck Raphael, sag jetzt bitte nicht, dass es in diesem Haus keine Kondome gibt!"

Seine Mundwinkel zucken verdächtig und ein anzügliches Grinsen erscheint in seinem schönen Gesicht. Dann legt er seine Stirn an meine.

„Doch, Baby. Ich habe vorsorglich welche eingepackt, leider sind sie gut verstaut in meinem Zimmer."

„Gut, machen wir uns nicht verrückt. Wird schon

schiefgehen. Über alles andere möchte ich nicht nachdenken."

„Du kannst auf mich zählen, Kinga. Wahrscheinlich werde ich nicht immer bei dir sein, aber ich werde immer für dich da sein. Egal, was kommt."

Eine ganze Weile bleiben wir noch so stehen, dann hole ich tief Luft, stelle mich auf Zehenspitzen und hauche ihm einen Kuss aufs Kinn. Sein unfassbar schönes, männliches Lächeln zieht mir den Boden unter den Füßen weg. Jede Sekunde war es wert und ich glaube einfach daran, dass das Leben gnädig mit uns umgeht. Es muss einfach …

RAPHAEL

Fuck, fuck, fuck …

Das ist mir noch nie passiert! Aber Kinga hat mich überrascht wie der Ausbruch eines Vulkans.

Natürlich hatte ich im Vorfeld gehofft, dass wir miteinander schlafen, doch, dass sie die Initiative ergreift und es ihr dann nicht schnell genug gehen kann, das habe ich nicht erwartet.

Kinga ist feurig, hungrig und so was von einnehmend, wie ich es noch bei keiner Frau erlebt habe. Sie nimmt sich, was sie braucht. Gerade brauchte sie einfach Sex. Wilden, heißen Sex.

Ich bin mir sicher, dass sie beim nächsten Mal ebenso einfühlsam und vor allem zärtlich sein wird. Sie ist wie eine bunte Überraschungstüte. Explosiv und lecker.

Für alle Fälle hatte ich eine Großpackung Kondome eingepackt, man kann ja nie wissen. Nur um dann meinen Einsatz „*für alle Fälle*“ zu verpassen!

Nicht jede Frau würde so gefasst mit der Situation umgehen, allerdings ist Kinga auch nicht jede Frau.

Die Frauen, mit denen ich normalerweise zu tun habe, nehmen ausnahmslos die Pille. Mir ist noch nie in den Sinn gekommen, dass eine junge, absolut umwerfende Frau nur mit einer so unsicheren Methode verhütet. Hat sie echt gesagt, dass sie in letzter Zeit keine Notwendigkeit gesehen hat, es anders zu machen?

Merkwürdig. Ich hätte meine Hand dafür ins Feuer gelegt, dass sie sich vor Angeboten nicht retten kann. Na ja, sie hat nicht gesagt, dass es keine Angebote gibt. Man muss nicht alle annehmen. Aber ganz ohne Sex? Nee, kann ich mir nicht vorstellen. Wahrscheinlich ticken Männer da anders als Frauen.

Ein wenig mulmig ist mir schon zumute, auch wenn Kinga versichert, dass nichts passiert sein kann. Kann … bedeutet nicht, dass …

Scheiße, in meinem Kopf herrscht das reinste Chaos. Wie werde ich damit umgehen, falls ich sie bei unserem ersten Mal geschwängert habe? Ich will eigentlich noch keine Kinder. Logisch, sonst hätte ich eine feste Partnerin.

Kinga macht mir auch nicht den Eindruck, als wäre sie erpicht darauf, möglichst schnell Mutter zu werden.

„Hör auf zu denken, Raphael. Wir können jetzt nichts unternehmen. Wie du schon sagtest, es gibt keine Möglichkeit in den Ort zu fahren. Wir können weder eine Apotheke noch einen Arzt aufsuchen. Ich bin nicht stolz darauf, so kopflos gehandelt zu haben. Nein, ganz bestimmt nicht, trotzdem versuche ich ruhig zu bleiben. Was bleibt uns sonst übrig? Wir sitzen hier fest.“

Wo sie recht hat …

Nickend lehne ich mich an den Schrank und verschränke meine Arme vor der Brust.

„Okay, dann kümmern wir uns darum, wenn es so weit ist.“

Laut seufzend, hängen wir beide unseren Gedanken nach. Zu allem Übel mit dem verpatzten Weihnachtsfest, jetzt auch noch das.

Kinga kommt zu mir und legt ihre kleinen Hände an meine Wange. Kurz schließe ich die Augen und schiebe meine Bedenken beiseite.

„Hey, so viele unvernünftige Menschen haben Glück, wieso sollte das bei uns anders sein?“, flüstert sie.

Meine Hände legen sich wie von selbst um ihre Taille, während wir uns lange und tief in die Augen sehen.

„Machen wir das Beste draus. Also … Weihnachtsdinner aussuchen?“

„Jap, Weihnachtsdinner. Truthahn fällt aus.“

„Auf jeden Fall.“

Die Stimmung lockert sich wieder auf, als wir zum wiederholten Mal im Kühlschrank wühlen und in der Vorratskammer nachsehen, aus welchen Zutaten wir in der Lage sind etwas Anständiges zu kochen.

„Ich bin nicht der große Koch, Kinga. Eigentlich kümmert sich Dexter immer um das Essen. Die Auswahl an Vorräten ist ziemlich groß, aber alles, was ich daraus zaubern kann, ist ein… Mischmasch aus allem“, grinse ich sie an.

„Mhm … ich kann auch nicht so gut kochen. Einfache Gerichte bekomme ich hin. Sonst kocht meine Mom oder Granny. Oh, mein Gott … sie kann aus nichts einfach alles hervorbringen.“

„Das heißt dann jetzt was?“

„Ich sag’ es mal so wie es ist, Raphael. Ein mehrgängiges Festmenü schließe ich für uns aus. Es wird einfach …“

„Einfach köstlich. Gut, da wir keine Möglichkeit haben uns im Internet nach Rezepten umzusehen und ich bisher noch kein Kochbuch entdeckt habe, müssen wir improvisieren. Dexter hat uns mal was mit Avocado und Lachs im Glas serviert. Magst du Avocado?“

„Joa, ist nicht meine Lieblingsspeise, aber passt schon. Avocado ist da, Lachs habe ich auch gesehen. Kannst du dich erinnern, was noch dabei war?“

Angestrengt überlege ich. Es hat verdammt gut geschmeckt. Das kann doch nicht so schwer sein. Beherzt nehme ich die Avocado, die Garnelenschwänze, den Räucherlachs, den Frischkäse, Sahne und Schnittlauch aus dem Kühlschrank.

„Daraus müsste sich doch was machen lassen, oder was meinst du, Kinga?“

Ihre Stirn legt sich in Falten, als müssten wir einen Schrank aus gefühlt einer Million Teilen nach einer Bauanleitung eines bekannten schwedischen Möbelhauses, zusammenbauen.

Unsicher nickt sie und ich muss laut lachen.

„Da haben sich die richtigen Experten zusammengetan. Ich übernehme das. Hast du eine Idee für den Hauptgang?“

Ihr Gesicht hellt sich auf und das Strahlen ihrer Augen haut mich um. Schnell hauche ich ihr einen sanften Kuss auf die Nasenspitze.

„Lass mich wissen, woran du denkst, Puppy.“

„Kennst du ‚Csirke Paprikàs‘?“

„Äh, nee. Was soll das sein?“

Kinga lacht, dann klärt sie mich auf.

„Das ist ein Gericht, das selbst ich zustande bringe. Ungarisches Paprikahuhn. Geht schnell, zumindest meine Version, und schmeckt gut. Man isst es traditionell mit Nokedli. Dazu …“

„Was sind Nokli?“

„Nokedli. So in etwa wie Spätzle.“

„Oh, die kannst du selbst machen?“

„Nö, wir können einfach Nudeln oder Reis dazu essen. Einen Salat bekomme ich auch noch hin. Granny wird begeistert sein, wenn ich dir was Ungarisches serviere.“

„Okay, was brauchst du?“

„Hähnchenfilet, das geht einfacher als ein ganzes Huhn. Paprika, Tomaten … ach, lass mich einfach machen. Vermutlich sind solche banalen Zutaten sowieso vorhanden, denn Dexter …“

„Mag es nicht, wenn etwas fehlt“, ergänze ich den Satz.

So langsam entwickelt sich das zum Running-Gag.

„Dann noch das Dessert …“

„Das steht vor mir“, murmele ich vor mich hin.

Kinga schmunzelt, sagt aber nichts.

„Ich habe mit Catinka Plätzchen gebacken, vielleicht können wir das auch machen?"

„Ich bezweifele, dass die Zutaten dafür vorhanden sind. Schließlich wollen wir drei Männer normalerweise hier eine schöne Zeit verbringen und nicht den Backwettbewerb der Hausfrauenschaft gewinnen."

„Auch wieder wahr. Hm, was dann? Warte … ich habe eine Idee. Im Kühlschrank sind jede Menge Früchte. Schokolade ist in rauen Mengen vorhanden. Wer futtert die eigentlich?"

„Leander. Er ist der Süße von uns."

„Ist nicht wahr?! Leander? Von ihm hätte ich das zuletzt erwartet. Na ja, was hältst du von Schokoladenfondue?"

Kurz denke ich darüber nach. Bei flüssiger Schokolade und Früchten fällt mir spontan was anderes ein, sage ich aber nicht. Mal sehen, wie sich der Abend entwickelt.

„Klingt verlockend. Dann steht unser Weihnachtsessen also?"

„Ja, steht. Was machen wir jetzt?"

„Brauchst du lange für dein Gericht? Ich werde die Vorspeise schon mal vorbereiten. Vielleicht schmeckt es besser, wenn sie eine Zeit lang zieht?"

Ach, verdammt. Ich habe so wenig Ahnung vom Kochen, wie Leander vom Häkeln.

„Fangen wir einfach an. Das Huhn werde ich für eine Stunde einlegen. Die Zubereitung selbst dauert nicht lange. Den Salat bereite ich frisch zu."

Mit diesem unvollständigen Plan machen wir uns an die Arbeit. Ich widme mich den Avocados, versuche eine Frischkäsecreme zu würzen und schichte alles in die Gläser. Danach nehme ich mir die Früchte vor. Waschen, kleinschneiden und schön auf einem Teller anrichten ist nicht allzu schwer.

Es macht Spaß, mit Kinga in der Küche zu stehen. Tatsächlich kann ich mir vorstellen, das öfter zu machen.

Immer alleine essen oder was bestellen ist nicht zu vergleichen mit der gemeinsamen Zeit in der Küche. Kingas Handgriffe sehen gar nicht so unbeholfen aus. Vermutlich hat sie ihre Fähigkeiten heruntergespielt, denn falls es nicht schmeckt, dann kann sie es auf mangelnde Übung schieben. Genauso wie ich.

„Kommen deine Eltern aus Ungarn, Kinga? Bist du auch dort geboren?"

„Meine Großeltern stammen aus Ungarn. Sie sind hierher ausgewandert."

„Was war der Grund? Die Liebe oder die Arbeit?"

„Hab' ich doch schon an meinem Ankunftstag erzählt. Leander war meine Ausführung zu detailliert. Du erinnerst dich vielleicht?"

„Erzähl es mir trotzdem nochmal."

„Okay. Die Arbeit war der ausschlaggebende Punkt. Grandpa hat in einer angesehenen Firma als Ingenieur gearbeitet und die Möglichkeit erhalten, für fünf Jahre in einer Niederlassung hier zu arbeiten. Er wollte Granny nicht in Ungarn lassen, also hat er sie einfach mitgenommen. Als mein Dad Bence geboren wurde, hat Grandpa seinen Vertrag hier verlängert und dann nochmal und nochmal. Bis sie irgendwann so fest verwurzelt waren, dass sie nicht mehr zurückwollten. Dad hat Mom kennengelernt, als sie mit ihrer Familie zu Besuch gekommen ist. Es war Liebe auf den ersten Blick und Mom ist gar nicht mehr mit ihren Eltern zurück nach Ungarn gefahren."

„Hört sich an wie im Märchen."

„Ja, das stimmt. Catinka und ich sind natürlich hier geboren. Unsere Heimat ist hier. Granny und meine Eltern haben allerdings immer darauf bestanden, dass wir nicht vergessen, woher wir stammen. Wir haben die Sprache gelernt, wenn auch nicht perfekt, so doch ausreichend und Granny erzählt viel aus ihrer Heimat. Die ungarische Küche ist ihr Steckenpferd, ich liebe es, wenn sie kocht."

„Da bin ich gespannt auf dein Tzirke …, irgendwas."

Kinga lacht und dieses Geräusch erfüllt den Raum mit der schönsten Melodie, die es gibt.

„Bist du schon fertig, Raphael?“

„Jap, möchtest du etwas trinken?“

„Gerne, eine Coke wäre gut. Ich habe echt Durst.“

„Kommt sofort.“

Ich gieße unsere Getränke ein und wir erzählen uns mehr über unsere Familien.

„Was ist mit deiner Familie? Mit Leander? Du bist ihm wie aus dem Gesicht geschnitten. Nur die Tattoos fehlen. Oder hast du die versteckt?“

„Hast du welche entdeckt?“, zwinkere ich ihr zu.

„Nein, ich habe kein Tattoo. Hat sich bisher irgendwie nicht ergeben. Leander hat genug für uns beide.“

„Mhm, äußerlich seid ihr euch sehr ähnlich, ansonsten auch?“

„Eigentlich schon. Sagen wir mal, ich habe mich etwas mehr im Griff. Leander hat lange Zeit seine Phasen ausgelebt. Er hat mit Gott und der Welt gehadert und die ein oder andere Entscheidung gefällt, die ihm das Leben schwer gemacht hat. Für ein paar Jahre hatten wir wenig Kontakt, auch meine Eltern nicht. Leander musste seinen Weg erst finden. Dass der mitunter sehr steinig ist, hat ihn aus dem Ruder laufen lassen. Zum Glück hat Dexter ihn dann gefunden. Mit ihm wurde Leander ruhiger, hat wieder an sich und auch an unsere Familie geglaubt.“

„Ui, das muss schwer gewesen sein. Ist er deshalb so unfreundlich zu mir gewesen?“

„Leander ist anfangs immer unnahbar. Er vertraut niemandem sofort. Manchmal macht das Leben merkwürdige Dinge mit uns und hinterlässt Spuren und Narben, die man nicht mehr loswird. Hast du ihn einmal als Freund, dann ist er immer für dich da. Dexter ist ein Segen für uns alle. Was nicht bedeutet, dass bei den beiden immer Friede, Freude, Eierkuchen herrscht. Oh, nein. Das wäre ihnen viiiiel zu langweilig.“

Kinga kichert. Wahrscheinlich stellt sie sich die beiden gerade vor, wie sie sich streiten. Aber ich kann versichern, dass niemand sich das nicht vorstellen kann. Wenn es bei denen scheppert, dann bringt man sich besser aus der Schusslinie.

„Langweilig ist nicht das, was mir bei Leanders Anblick einfällt. Bei Dexter übrigens auch nicht."

Am Glänzen ihrer Augen erkenne ich, dass sie Dexter sehr gerne überzeugen würde, wie fantastisch es ist, eine Frau zu lieben oder auch nur zu vögeln. Gleiches gilt wohl auch für Leander. Jede Frau wird unruhig, wenn die beiden den Saal betreten.

„Vergiss es, Kinga. Daran haben sich schon etliche Frauen die Zähne ausgebissen."

„Für mich sieht das nach verschwendeten Ressourcen aus. Tut mir leid, aber sowohl Dexter als auch dein Bruder sind eine glatte Zehn. Oh, Mann …, wäre ich nicht so verwirrt gewesen, als ich vor eurer Tür stand, dann hätte ich sicher hyperventiliert bei ihrem Anblick. Der jeweils andere ist das perfekte Pendant."

„Hey, was ist mit mir? Du hast gesagt, ich sehe aus wie Leander, was gleichbedeutend mit einer Zehn ist", lache ich.

Kinga mustert mich eingehend. Liebend gerne möchte ich ihre Gedanken lesen können.

„Na ja, fast. Dir fehlen die Tattoos."

„Sooo? Das sah vorhin aber ganz anders aus."

„Man nimmt, was man kriegen kann … oder so."

Dabei klimpert sie übertrieben mit ihren langen, dichten Wimpern und kommt auf mich zu. Ihr Duft dringt mir in die Nase und ich glaube, ich habe noch nie etwas so Liebliches gerochen. Mit in den Nacken gelegten Kopf sieht sie zu mir auf.

„Du hast dich gut geschlagen, Raphael Bates", wispert sie.

Unsere Lippen berühren sich fast, uns trennen nur noch wenige Millimeter und ich überbrücke den Zwischenraum.

Gott, fühlen sich ihre Lippen weich an! Behäbig

umkreisen sich unsere Zungen und dehnen diesen sinnlichen Kuss aus. Ich könnte sie stundenlang einfach nur küssen. Es ist wie atmen. Einmal begonnen, kann ich nicht mehr aufhören, selbst wenn ich wollte. Ihr leises Seufzen schießt mir direkt in die Lenden und spornt mich an, einen Gang hochzuschalten.

Nach Luft ringend, lösen wir uns voneinander, Kinga lehnt ihre Stirn an meine Brust und umschlingt mich mit ihren Armen. Wir bleiben so stehen und ich gebe mich dem schönen Gefühl der Geborgenheit hin.

Plötzlich fällt mir etwas ein, was ich unbedingt machen möchte. Nur kann ich Kinga dabei nicht gebrauchen.

„Was ist los?", bemerkt sie mein Zögern, mit ihr nach oben zu gehen.

„Lass mich erst noch sehen, ob alles fest verstaut ist und wir genügend Holz haben. Wer weiß schon, mit welchen Schneemassen wir noch zu rechnen haben?", versuche ich mein Verhalten zu erklären.

Kinga zieht eine Augenbraue hoch und sieht mich forschend an. Deshalb streiche ich mit den Fingerknöcheln über ihre Wange und schiebe ihr das lange Haar über die Schulter. Anschließend lege ich meine Lippen an die zarte Haut an ihrem Hals, küsse mich bis zu ihrem Ohr und verharre dort. Ganz deutlich spüre ich ihr leichtes Zittern.

„Du willst mich doch nicht später noch mal bei diesem Wetter rausschicken, oder?"

„Natürlich nicht", krächzt sie.

Dabei überstreckt sie ihren Hals, damit ich besseren Zugang habe und ich fahre mit der Zunge über die Haut bis zu ihrem Kehlkopf, der aufgeregt auf und ab hüpft.

„Gut, dann mach es dir gemütlich. Es dauert ein bisschen, bis ich alles überprüft habe."

„Okay, pass auf dich auf. Ohne dich bin ich verloren."

„Mach' ich. Sieh doch mal in der Kammer nach, da müssen eigentlich die ‚Christmas Stockings' sein. Die fehlen noch am Kamin, sonst ist es nicht richtig Weihnachten.

Findest du nicht auch?“

„Hhhm“, nuschelt sie.

Ihr Blick ist verhangen und nur ungern löst sie sich von mir. Grinsend sehe ich sie an und hebe ihr Kinn mit meinen Fingern an.

„Puppy, du bist mein schönstes Weihnachtsgeschenk und ich kann dir schon verraten, dass ich nicht bis morgen warten werde, dich auszupacken.“

„Gut zu wissen, Raphael. Jetzt sieh zu, dass Dexter damit zufrieden ist, wie wir uns um sein Hab und Gut gekümmert haben.“

Kinga zwinkert mir zu und dreht sich um. Zielstrebig steuert sie auf die Kammer zu, die als Abstellraum fungiert.

Zum Glück bewahrt Dexter seine heiligen Utensilien wie Weihnachtsschmuck und was weiß ich noch für einen Kram nicht im Vorraum auf. Dort wird das Holz gelagert und auch sonstiges Werkzeug ist da zu finden.

So kann ich ungestört meiner Idee freien Lauf lassen.

KINGA

Mit Raphael hier zu sein, ist noch schöner als erwartet. Damit meine ich nicht den Sex. Ja, der ist … mitreißend, wie ich bemerkt habe.

Nein, es ist seine ganze Art. Er interessiert sich für mich und mein Leben. Ich habe ihm in der kurzen Zeit bereits mehr über meine Familie und mich erzählt, als meinem letzten Freund, mit dem ich ein paar Monate zusammen war.

Raphael berührt etwas in mir, was alles ändern könnte. Zumindest fühlt es sich so an. Allerdings sollte ich mir schleunigst vor Augen halten, dass das hier nicht für die Ewigkeit gemacht ist. Wir verbringen eine wundervolle Zeit miteinander und das war es dann. Denke ich zumindest.

Als er die „Christmas Stockings" zum ersten Mal erwähnt hat, hat er über das ganze Gesicht gestrahlt. Wie ein kleiner Junge hat er darauf bestanden, dass wir die Kaminsocken nicht vergessen dürfen, da sonst Santa Claus nicht kommt.

Irgendwie ist es schön, wenn man solche kleinen Dinge beibehält, die einen als Kind einfach glücklich gemacht haben. Wer bestimmt, dass man als Erwachsener die kindlichen Traditionen nicht mögen darf?

Schnell habe ich die Socken gefunden, denn auch hier

herrscht die „dextersche Ordnung“. Alles hat seinen Platz, sodass jeder auf Anhieb die Dinge findet, nach denen er sucht.

Als ich vorsorglich auch Socken für Leander und Dexter hervorkrame, kommt mir in den Sinn, dass wir morgen gar keine Geschenke erwarten können. Selbst wenn Santa Claus uns nicht vergisst. Was soll er in die Strümpfe stopfen?

Wenn wir schon hier festsitzen, dann soll Raphael auch noch etwas anderes bekommen als mich. Lächelnd denke ich an seine Worte und in mir steigt eine Hitze auf, mit der man locker das Teewasser zum Kochen bringen kann.

Ich freue mich auf den Abend, das gemeinsame Essen und auch auf den Weihnachtsmorgen. Es muss nicht trostlos sein, wenn nur wir zwei in den Weihnachtstag starten. Das klappt bei vielen Paaren, warum also nicht bei uns?

Miss Tamasz …, weil wir kein Paar sind. So einfach ist das.

Sind wir nicht und dennoch möchte ich, dass dieses Weihnachtsfest schön wird und immer in unserer Erinnerung bleibt. Das dürfte nicht allzu schwer werden, denn wenn mich nicht alles täuscht, werde ich sicher nicht so schnell wieder in einem Blockhaus im Schneesturm feststecken.

Neugierig stöbere ich weiter in den Schränken und Schubladen und bin erstaunt darüber, welche Schätze Dexter hier lagert. Er ist ein kreativer Mensch, genau wie ich, deshalb nimmt ein Gedanke mehr und mehr Gestalt an.

In einer Schublade finde ich Schleifenband in vielen Farben. Eine Schere liegt direkt daneben, sodass ich dünne Streifen von der braunen, cremefarbenen und blauen Rolle abschneide. Das Blau erinnert mich an Raphaels Augen, die mal himmelblau, mal saphirblau, mal ultramarinblau erscheinen.

Ich erinnere mich an eine Flechttechnik, die wir als Kinder mal gelernt haben. Wie hieß die noch gleich? Catinka und ich haben Hunderte von Bändern damit gebastelt.

Schlüsselanhänger, Freundschaftsbänder, Fußketten und all so 'n Zeug. Ja, genau … Scoobidoo oder so ähnlich. Man hat viele verschiedene Muster anfertigen können. Mal sehen, ob ich es noch hinbekomme.

In der Ecke steht eine Trittleiter, die ich ausklappe und mich darauf setze. Ein paar Anläufe brauche ich, aber dann bin ich wieder drin. Mich packt der Ehrgeiz und ich vergesse alles um mich herum, genau wie bei meiner Arbeit. Da habe ich auch die jeweiligen Kunden vor Augen, lasse mich von meinen Eindrücken inspirieren und versuche meine Kreationen auf sie abzustimmen.

Jetzt denke ich an Raphael, an seine kräftigen, sehnigen Arme, seine wunderschönen Augen und stelle mir vor, wie sich das Freundschaftsband um sein Handgelenk schmiegt. Auch wenn er es nicht tragen möchte, so ist es doch ein schönes persönliches Geschenk, das er morgen in seinem Weihnachtssocken finden wird.

Die drei Farben harmonieren gut miteinander, doch irgendetwas fehlt noch. Suchend sehe ich mich um, kann aber nichts finden, was ich verwenden möchte. Dann kommt mir ein Gedanke. Blitzschnell gehe ich wieder in die Küche und rufe laut.

„Raphael! Raphael, darf ich an deinen Kleiderschrank?"

„Was?! Was hast du gesagt?", höre ich ihn gedämpft.

Wo ist er denn? Na, egal.

„DARF ICH AN DEINEN KLEIDERSCHRANK?", schreie ich.

„Willst du dich schick machen?"

Er steckt seinen Kopf durch den Türspalt und lächelt süffisant.

„Findest du, ich bin nicht angemessen gekleidet?"

„Weniger ist mehr. Den Spruch kennst du doch."

„Pppff. Also?"

„Meinetwegen. Nimm dir, was du brauchst. Falls die Auswahl nicht reicht, haben Dexter und Leander sicher nichts dagegen, wenn du dir etwas von ihnen ausleihst."

„Okay, danke.“

Weg bin ich. Tatsächlich hängen in seinem Kleiderschrank auch Hemden. Wofür?

Geschickt trenne ich den Ersatzknopf und den untersten Knopf von einem dunklen Hemd ab. Mehr geht nicht, sonst kann er es nicht mehr tragen.

Ob ich wirklich an Dexters Sachen gehen darf? Nee, das kommt mir irgendwie nicht richtig vor.

Gerade als ich mich mit den beiden Knöpfen zufriedengeben will, sehe ich aus den Augenwinkeln Raphaels hellblaues Shirt auf dem Bett liegen. Am Hals ist eine kleine Knopfleiste.

Bingo!

Schnell trenne ich den obersten Knopf ab und halte nun die zwei dunklen und den einen blauen Knopf wie eine Trophäe in der Hand. Falls er sauer darüber sein sollte, dann nähe ich ihn morgen wieder an. Schließlich soll es nur eine kleine Aufmerksamkeit sein, die er ganz sicher nicht bis zu seinem Lebensende tragen muss. Vielleicht ein paar Stunden, das wäre schön.

Mein gebasteltes Kunstwerk aus den Schleifenbändern habe ich zum Glück mit nach oben genommen, sodass ich es vervollständigen kann. Die Flechttechnik geht mir immer besser von der Hand und am Ende habe ich die drei Knöpfe gekonnt mittig eingearbeitet.

Mir gefällt es. Es sieht wirklich wie die Freundschaftsbänder aus, die wir früher ausgetauscht haben. Mit dem Unterschied, dass dieses hier mit ein paar Hemdknöpfen aufgemöbelt wurde. Auf Raphaels Gesichtsausdruck bin ich schon jetzt gespannt.

Schnell stecke ich das Armband in den Socken, gehe wieder nach unten und hänge vier Socken am Kamin auf. Gott sei Dank, sind sie aus dicker Wolle, denn man kann nicht erkennen, dass in einem Socken schon ein Geschenk steckt.

Jetzt muss ich noch kennzeichnen, wem welcher Socken

gehört. Wieder gehe ich zurück in die traumhafte Fundgrube und suche nach Geschenkpapier. Das ist mit Sicherheit auch hier irgendwo. Und zack … habe ich noch was Besseres gefunden. Eine Art Glitzerklebefolie liegt tief in der hintersten Schublade. Wozu brauchen die Männer die denn?

Mit einer kleinen Schere schneide ich die Anfangsbuchstaben unserer Namen aus und klebe sie jeweils auf einen Strumpf.

Fertig! Santa Claus kann meinetwegen kommen.

Mit etwas Abstand betrachte ich den Kamin und bin zufrieden. Das Feuer knistert, alle Kerzen brennen, der Baum leuchtet, es sieht einfach zauberhaft aus und im Haus duftet es nach Weihnachten.

Hinter mir höre ich Raphael zurückkommen.

„Na, hast du alles erledigt?"

„Jap. Alles fertig. Oh, du bist fündig geworden und hast alles vorbereitet. Sieht hübsch aus mit den Buchstaben. Nicht, dass Leander mir noch mein Geschenk wegnimmt."

Zwinkernd sieht er mich an und ich hoffe nur, dass er nicht auf die Idee kommt, irgendetwas zu ändern oder gar die Socken abzutasten. Aber wieso sollte er?

Langsam gehe ich zum Fenster, doch außer Schneegestöber ist nichts zu erkennen.

„Bist du bereit für eine weitere Runde Scrabble?", flüstert Raphael mir ins Ohr.

„Und ob ich das bin. Mr. Bates. Mein Hirn läuft bereits auf Hochtouren und du hast nicht den Hauch einer Chance."

„Man wird sehen. Du ahnst gar nicht, was für ein Wortjongleur ich bin, Kinga."

„Ha! Diesmal sind deine Eigenkreationen nicht erlaubt, mein Lieber."

„Haben sie dir nicht gefallen?", spöttisch hebt er eine Augenbraue und nur einen Mundwinkel, während seine Augen verdächtig blitzen.

Selbstverständlich haben sie mir gefallen, doch sie entsprachen in keiner Weise den Regeln. Meine Wangen fangen an zu glühen und Raphael lacht spitzbübisch.

„Neues Spiel, neue Regeln. Was hältst du davon?"

„Meine oder deine Regeln?"

„Hm, du darfst aussuchen, Puppy."

„Lass uns anfangen und sehen, wohin es uns führt. Dann kann ich die Regeln ausdehnen, wie ich will."

„Das ist nicht gerade fair. Aber ich bin ein Gentleman und überlasse es dir, die Reißleine zu ziehen."

Mir wäre nie in den Sinn gekommen, dass ein Ausflug mit ihm so entspannt und zugleich aufgeladen sein kann. Einerseits machen wir ganz normale Dinge, wie kochen, unterhalten und Spiele spielen und andererseits surrt die Luft zwischen uns, als würde jemand an einer Gitarrensaite zupfen.

Die Zeit vergeht wie im Flug, wir lachen, bis wir uns an unserer eigenen Spucke verschlucken und sind albern wie Kinder. Schon lange habe ich nicht mehr so viel Spaß gehabt. Zwischendurch küssen wir uns und das Spiel nimmt eine andere Wendung an. Ich gehe dazu über, kleine Wünsche und Aufgaben in Worte zu legen und auch Raphael ist sehr erfinderisch.

Sofern er kann, erfüllt er die Aufgaben sofort. Wobei er die körperlichen Wünsche schneller erfüllt als die anderen und er interpretiert meine Worte so, wie es ihm gefällt.

Als ich das Wort Zucker lege, geht er in die Küche, holt Zucker, schüttet ihn in meine Hand und leckt ihn dann in Zeitlupe ab. Wobei er mit seiner Zunge an der Innenseite meines Handgelenks hochgewandert und meinem schnellen Puls an dieser Stelle besonders viel Aufmerksamkeit zukommen lässt.

Dabei bohrt er seinen Blick in meinen, sodass sich alles in meiner Mitte sehnsüchtig zusammenzieht und ich ein wohliges Seufzen nicht unterdrücken kann.

Andererseits ist er bei eindeutigen Worten zurückhaltend. Jetzt allerdings liegt das Wort *Schicksal* auf dem Tisch. Keine Ahnung, wie ich darauf gekommen bin. Wahrscheinlich, weil dieses Spiel mittlerweile andere Formen angenommen hat als ursprünglich geplant.

Wir sehen uns an und ich rutsche unruhig auf dem Stuhl herum.

„Hören wir auf, ich habe Hunger“, möchte ich die auf einmal merkwürdige Stimmung unterbrechen.

Raphael nickt und packt alles zusammen.

Etwas enttäuscht öffne ich den Kühlschrank, hole das eingelegte Huhn und die Vorspeise raus und stelle sie zunächst auf den Schrank links neben mir. Wahrscheinlich ist es besser, wenn die Avocado mit den anderen Schichten nicht eiskalt serviert wird.

Als ich die Kühlschranktür schließe, erschrecke ich mich, denn Raphael steht direkt dahinter.

„Schicksal ist, wenn du etwas findest, was du nie gesucht hast und feststellst, dass es dir gefällt“, nimmt er mit kehliger Stimme den Faden wieder auf.

Sprachlos stehe ich da und höre meinen eigenen Herzschlag so laut donnern, dass ich Angst habe, taub zu werden.

Raphaels Arme hängen neben seinem Körper herab und die Hände sind zu Fäusten geballt. Seine blauen Augen verschlingen mich gänzlich, während keiner von uns ein Wort sagt.

Meine Augen brennen, doch ich versuche krampfhaft, die aufsteigenden Tränen zurückzudrängen.

„Habe ich etwas falsch gemacht, Puppy? Warum bist du so traurig?“

Meine Unterlippe bebt und ich finde nicht die richtigen Worte. Ein kleines Männchen in mir hat beschlossen einen großen Looping auf einer emotionalen Achterbahn durch meine Adern zu fahren.

Schon rollt ungewollt die erste Träne und ich werfe mich in Raphaels Arme, der mich sofort zärtlich umhüllt.

„Nein, du hast nichts falsch gemacht …“

„Ist es, weil wir das Kondom vergessen haben?“

„Nein, doch … irgendwie."

Stotternd versuche ich meine Gedanken zu ordnen, um ihm nicht das Gefühl zu geben, dass ich am liebsten weit weg wäre, denn das möchte ich nicht.

Vermutlich ist gerade alles ein bisschen zu viel für mich.

„Ich weiß nicht, ob ich das kann, Raphael."

„Was kannst du nicht, Kinga?"

„Na, das hier. Versteh mich bitte nicht falsch, denn eigentlich bin ich nicht der Typ für lockere Bekanntschaften. Es entspricht einfach nicht meinen Vorstellungen, von einer Beziehung. Damit möchte ich nicht andeuten, dass wir eine Beziehung haben."

Raphael sieht mich ruhig an und wartet mein Gestotter ab. Scheiße, was denkt er denn jetzt von mir? Erst schmeiße ich mich ihm an den Hals und jetzt mache ich einen auf Mauerblümchen.

„Es ist einfach so, dass ich dich mag. Sehr sogar, sonst wäre ich jetzt nicht hier. Mir ist klar, dass wir ein paar schöne Tage zusammen verbringen, aber was passiert dann?"

„Das weiß ich nicht, Kinga. Wie wäre es, wenn wir es einfach auf uns zukommen lassen? Für mich ist das zwischen uns anders als sonst. Ob mehr daraus wird, bleibt abzuwarten. Vielleicht genießen wir einfach die Gegenwart, das Hier und Jetzt, dann können wir in der Zukunft über unsere epische, gemeinsame Vergangenheit reden."

Skeptisch sehe ich ihn an. Bin ich bereit dafür? Welche Alternative habe ich?

„Zu schmalzig?", grinst Raphael.

Meine Schultern zucken unkontrolliert und ich muss kichern. Vielleicht sollte ich mal probieren nicht immer alles zu analysieren, mal etwas lockerer bleiben.

Was kann schon passieren, außer dass er mein Herz zerfetzt? Ich spüre bereits jetzt, das ich mich mit jeder Minute mehr in Raphael verliebe und dass ist etwas, was ich ganz und gar nicht eingeplant habe.

Wie schaffen die anderen das bloß? Einige meiner

Freundinnen haben ständig neue Begleiter und sind glücklich. Wieso mache ich so ein Riesending daraus?

„Ein wenig schon."

„Hör auf zu grübeln, Puppy. Ich überlasse es dir, wie wir weitermachen. Mir gefällt es gut mit dir. Natürlich noch besser, wenn ich mit dir schlafen darf. Aber wenn das für dich nicht geht, weil du Sicherheit oder eine Perspektive brauchst, ist das für mich in Ordnung. Das werde ich akzeptieren, wenn auch nur schwer. Dann feiern wir einfach Weihnachten zu zweit. Nur du und ich und vielleicht ein bisschen kuscheln."

Bin ich jemals einem Mann begegnet, der so verständnisvoll ist, obwohl er an jedem Finger zehn Bewerberinnen haben kann. Keine von ihnen würde sich so mimosenhaft anstellen wie ich. Was stimmt denn nicht mit mir?

Mutig schiebe ich meine trüben Gedanken zur Seite und beschließe, mir nicht selbst im Weg zu stehen.

„Du fährst also die Schiene wie im Swingerclub …"

Raphael reißt ungläubig die Augen auf.

„Wie bitte?!"

„Alles kann …, nichts muss ... Sag bloß du hast das bisher nicht ausprobiert?", lächele ich unsicher.

„Du etwa? Hast du mir nicht gerade erklärt, dass du auf sexueller Ebene nicht ohne Gefühle agieren kannst?"

Es sieht einfach zu komisch aus, wie er mich ungläubig anstarrt.

„Quatsch, hab' ich noch nicht. Will ich auch nicht."

„Puh, jetzt hast du mich aber auf dem falschen Fuß erwischt."

Grinsend sehen wir uns an und sofort fühle ich mich wieder wohl. Was ein Wirrwarr an Gefühlen!

„Ist alles klar zwischen uns, Puppy? Meinst du, wir kriegen die Zeit gemeinsam um? Ich kann auch in Leanders und Dexters Zimmer schlafen, wenn dir das lieber ist."

Kurz denke ich darüber nach, doch das ist albern. Ich

straffe mich und wirbele herum, nur um direkt wieder an seiner Brust zu landen.

„Ups … alles gut. Da hatte ich wohl gerade eine kleine Depriphase. Deck du den Tisch, ich schiebe das Huhn ins Rohr."

Ohne Worte kümmert er sich darum, dass wir einen schön gedeckten Tisch bekommen, ich widme mich der Hauptspeise und sporadisch gebe ich Anweisungen, was noch zu tun ist. Eigentlich gar nichts.

„Was möchtest du trinken, Kinga?"

„Oh … keine Ahnung. Und du?"

„Dexter hat für heute Abend Champagner eingekauft. Wir können den öffnen, wenn du magst."

Mit gerunzelter Stirn überlege ich.

„Nee, ich glaube, mir schmeckt das nicht."

„Gott sei Dank, mir nämlich auch nicht. Coke? Bier?"

„Ich nehme ein Bier."

Raphael stellt die Flaschen neben unsere Teller und wir sitzen uns gegenüber.

„Na, dann … mal sehen, wie es geworden ist."

Der erste Löffel der Vorspeise ist köstlich. Der feine Geschmack der Riesengarnelen mit dem geräucherten Lachs harmoniert fantastisch mit der Frischkäsecreme. Die Avocadostückchen passen hervorragend dazu. Alles ist kräftig gewürzt und der Schnittlauch bringt die nötige Frische dazu.

„Echt lecker, Raphael. Du hast behauptet, dass du keine Ahnung vom Kochen hast."

„Kochen würde ich das nicht nennen, sondern einfach alles zusammenmischen und würzen. Trotzdem schmeckt es mir auch gut."

Genießerisch schließe ich die Augen und lecke mir über die Lippen, als ich meine Augen wieder öffne, beobachtet Raphael mich und schluckt hörbar.

„Du machst es mir echt nicht leicht, Puppy", flüstert er mit rauer Stimme.

Mein Gefühl sagt mir, dass ich es nicht nur ihm, sondern auch mir schwer mache, indem ich die Messlatte so hochlege.

„Ich gelobe Besserung!"

„Brauchst du meinetwegen nicht. So … wie sieht es mit deinem Csirske-Irgendwas aus? Heilige Scheiße, wenn Dexter mitbekommen würde, wie wenig wir unser Weihnachtsessen würdigen … ich glaube, er würde an meinem Verstand zweifeln."

„Das kann ich mir nicht vorstellen."

„Puppy, Dexter ist nicht immer nur lieb und zuvorkommend, er kann auch ganz anders."

„Wer kann das nicht?"

Wir sind mittlerweile wieder in der Küche und ich versuche das „Csirske Paprikàs" möglichst authentisch hinzubekommen. Raphael kümmert sich um die Nudeln und ich bereite noch kurz die Salatsoße zu.

Wieder sitzen wir uns gegenüber am Tisch und nehmen den ersten Bissen. Zum Glück schmeckt es für mich einigermaßen so, wie es Granny zubereitet.

„Hmmm, lecker. Das ist wirklich gut geworden. Du hast auch untertrieben, Kinga."

„Vielleicht liegt es auch einfach nur daran, dass wir nicht sonderlich viel von unseren selbst gekochten Mahlzeiten erwarten."

„Kann sein …, trotzdem ist das verdammt lecker."

Schweigend genießen wir das Essen und lassen unsere Gedanken schweifen.

„Kinga, ich glaube, wir sollten einfach den Tag genießen. Ist doch egal, wie es weitergeht. Wir haben uns beide auf ein paar Tage mit unseren Familien gefreut. Nun ist es anders gekommen und ich glaube, dass unsere Leute sich für uns ein schönes Weihnachtsfest wünschen. Sie werden es haben und ich bin sicher, wir schaffen das auch."

Er hat recht. Was bringt es rumzujallern? Nichts! Deshalb nicke ich zustimmend und räume unsere Teller zusammen.

„Willst du schon das Dessert oder sollen wir noch

warten?“, frage ich ihn.

Raphaels Mundwinkel schießen nach oben und seine Augenbrauen nehmen ein Eigenleben auf.

„Ich bin pappsatt. Meinetwegen können wir noch warten.“

Also räume ich alles in die Spüle, die wir später gemeinsam in Ordnung bringen werden und stelle die Kaffeemaschine an. Während die Tassen volllaufen, überlege ich, was ich mir von diesem Abend erträume.

Wenn ich ehrlich zu mir bin, dann erträume ich mir alles!

Catinkas Worte hallen überlaut in meinen Ohren und ich möchte ihr allzu gerne zustimmen. Ich lebe nur einmal und wahrscheinlich begegne ich nur einmal in meinem Leben einem absolut heißen Feuerwehrmann, der mich will!

Und dass er mich will, steht außer Frage!

Herr Gott noch mal, sonst verabscheue ich diese unentschlossenen Wesen, doch auf einmal kann ich sie verstehen.

Wie selbstverständlich gieße ich Milch in seinen Kaffee und gebe zwei Löffel Zucker dazu. Ich trinke meinen Kaffee einfach nur mit einem Schluck Milch.

Mit den Tassen in den Händen gehe ich zurück und sehe, dass Raphael es sich auf dem Sofa vor dem Kamin gemütlich gemacht hat.

Er klopft auf den Platz neben sich und hält die Decke hoch. Umgehend schlüpfe ich darunter und wir sehen schweigend in die Flammen.

Ohne, dass ich mir groß Gedanken darüber gemacht habe, liege ich dicht an Raphael geschmiegt und inhaliere seinen wunderbaren Duft.

Er spielt mit meinem Haar und fährt mit seiner Hand an meinem Arm rauf und runter.

„Was macht ihr an Silvester, Raphael?“

Kurz spannt er seinen Körper an, doch dann ist alles wieder normal.

„Ich werde wieder zu Hause sein, Puppy. Mein

Dienstbeginn ist am achtundzwanzigsten Dezember. An Silvester und Neujahr habe ich zum ersten Mal, seit dem Eintritt in meinen Zug, frei. Meine Kollegen und zugleich meine Freunde veranstalten eine große Party, an der ich endlich mal teilnehmen kann. Und du?"

„Oh, bei uns wird es weniger spektakulär. Wie du bereits weißt, bleibe ich bis ins neue Jahr bei Catinka. Meine Familie ebenfalls. Da Mom, Dad und Granny im Hotel übernachten, werden wir am Silvesterball dort teilnehmen. Das wird einc ruhige Veranstaltung, denke ich."

„Ui, das denke ich auch. Vermutlich wird es ein fantastisches Buffet oder Menü geben, ein Streichquartett und ähnliche, langweilige Musik. Wieso geht ihr nicht ins ‚Up and Down'? Leander und Dexter veranstalten eine Silvesterparty."

„Hmmm, Cat möchte gerne mit unseren Eltern feiern. Sie sehen sich nicht mehr so oft und ich vermute, die Schwangerschaft macht sie emotionaler. Eigentlich sind sie und Logan eher die fetzigen Typen, aber im Moment ist wohl alles irgendwie anders."

„Kann sein, ich habe davon keine Ahnung. Möglicherweise verändert man sich bei der Vorstellung, für einen Menschen verantwortlich zu sein."

Da ich unbewusst meinen Körper auf Raphaels geschoben habe, kann ich nur eingeschränkt nicken.

Sein Körper fühlt sich unfassbar gut unter mir an. Sein Duft ist betörend und seine Stimme streichelt meine Seele.

Lange Zeit liegen wir einfach nur so da und starren ins Feuer. Als die Flammen weniger werden, schiebt Raphael mich von sich und stochert mit dem Schürhaken in der Glut herum, um das Feuer erneut zu entfachen.

Diese ganz einfachen Gesten lassen meinen Herzschlag in ungesunde Höhen schießen und in mir tobt eine Symphonie der Gefühle.

Raphael verkörpert all das, was ich mir von einem Mann wünsche, und dennoch zögere ich, weil ich weiß, dass wir keine Zukunft haben werden.

Die Entfernung zwischen unseren Wohnorten ist zu weit. Jeder normale Mensch weiß, dass eine Fernbeziehung auf Dauer nicht funktioniert. Und offen gestanden, will ich das auch nicht. Wenn ich mich auf einen Mann einlasse, dann möchte ich zumindest die Möglichkeit haben in mehrmals in der Woche zu sehen. Wann immer ich Lust dazu habe.

Das wird bei uns nicht möglich sein, trotzdem fühle ich mich dermaßen zu ihm hingezogen, dass ich meine Bedenken einfach zur Seite schieben möchte.

„Wie sieht es aus, Puppy? Lust auf was Süßes?“

Aber hallo …, nicht nur auf Süßes, etwas Heißes nehme ich auch gerne.

„Klar, bring die flüssige Schokolade mit.“

Er knurrt irgendwas Unverständliches und verschwindet aus meinem Blickfeld. Das nutze ich und richte uns ein Lager aus Fellen und Decken vor dem Kaminfeuer.

Wennschon, dennschon …

Da wir in einer Blockhütte festsitzen, können wir auch alle Klischees erfüllen.

Die Flammen lodern und der orangefarbene Schein erhellt, neben den unzähligen Kerzen und der Weihnachtsbaumbeleuchtung, den gesamten Wohnbereich.

Noch bevor Raphael neben mir Platz nimmt, spüre ich ihn hinter mir, deshalb wende ich meinen Kopf und sehe zu ihm auf. In den Händen hält er den Teller mit den Früchten und eine weitere Schüssel.

„Ich weiß leider nicht, wie ich die Schokolade zum Schmelzen bringe“, lässt er mich entschuldigend wissen.

Er legt sich neben mich, stellt die Früchte vor uns ab und stützt sich auf dem Ellenbogen ab.

Die Schale mit der Schokolade hält er in der Hand und sieht mich herausfordernd an.

Ohne ein Wort erhebe ich mich, nehme die Schokolade und gehe in die Küche.

Es dauert tatsächlich einige Minuten, bis sich die Schoki

auf dem Gasherd verflüssigt. Dann krame ich aus dem Karton einen kleinen Ofen hervor, der mit einem Teelicht geheizt wird.

Vor dem Kamin gehe ich in die Knie und stelle ihn vor Raphael auf. Die Schokolade riecht fantastisch und ich lege mich schnell auf eins der Felle.

„Bitte, fang an. Was magst du am liebsten?“

„Dich …“, antwortet er wie aus der Pistole geschossen.

„Ich meine, welche Frucht du am liebsten magst.“

Zwischen meinen Fingern halte ich eine Erdbeere, tauche sie in die Schokolade und beiße das untere Stück ab.

Köstlich.

Raphael beobachtet mich intensiv und mir wird heiß. Er nimmt ein Stück von der Honigmelone in seine Hand und taucht sie komplett in die Schokolade ein.

Seine Augen haben eine andere Farbnuance angenommen und er steckt sich die Schokomelone zwischen die Zähne. Niemals zuvor habe ich es erotisch gefunden, zu essen.

Sein Blick lässt mich nicht los. Auch nicht, als er sich nach vorne beugt. Ganz automatisch beuge ich mich ihm entgegen und stoppe erst, als ich die Schokolade an meinen Lippen spüre.

Ich öffne den Mund und beiße in die Frucht. Unsere Münder berühren sich fast. Nur Millimeter trennen uns. Wir nehmen beide die Schokomelone weiter auf, nur damit wir uns noch näher sind.

Als mich seine weichen, perfekten Lippen treffen, verabschiedet sich mein Verstand.

Scheiß auf die Zeit danach, scheiß auf den Herzschmerz und scheiß auf den Anstand. Es lebe die Lust und das absolute Verlangen nach diesem Mann!

Die Süße der Schokolade vermischt sich mit dem fruchtigen Geschmack der Melone und dem wunderbaren Gefühl von Raphaels Zunge in meinem Mund.

Halleluja! Jeder hat schon vom Phänomen der Begierde,

Liebe und Schokolade gehört, aber ich würde meine Hand dafür ins Feuer legen, dass noch keine meiner Freundinnen so einen sinnlichen Moment, vor einem Kaminfeuer, auf einem Fell, mit einem so verdammt heißen Mann, erlebt hat.

Mich durchfluten eine Vielzahl von Gefühlen, die unbeschreiblich sind. Unmittelbar, als sich unsere Zungen berühren, jagt ein Schauer über meinen Körper und vertreibt jeden einzelnen, unwichtigen Gedanken aus meinem Hirn. Er schafft Platz für einen einzigen, großen und wichtigen Gedanken … für ihn …, Raphael.

Fuck, ich bin verloren. Mit jedem weiteren Moment, den ich mit ihm verbringe, verliebe ich mich etwas mehr und das ist mehr als nur gefährlich!

Nach einer Unendlichkeit lassen wir unseren tiefen, innigen Kuss enden und ich lege meine Stirn an seine.

„Auch das kann ich nicht, Raphael."

„Was?", fragt er atemlos.

„Auf dich verzichten. Mir bleibt also nur die Wahl zwischen einem unfassbar guten Tag mit dir oder mit dem Wissen, was ich verpasst habe."

„Und wofür entscheidest du dich, Puppy?", haucht er an meinen Lippen.

„Du fragst nicht wirklich, oder?"

„Nein, nicht wirklich. Wir wissen doch beide schon seit unserer Abfahrt, wohin uns dieser Weg führt."

Stimmt, es war von vornherein klar, wie dieser Ausflug enden würde, nur der Weg stand noch nicht fest.

Raphael drängt mich mit seinem Körper auf den Rücken und ist sofort über mir. Mit den Unterarmen stützt er sich neben mir ab und streicht mit seinen Händen meine Haare aus meinem Gesicht. Seine himmelblauen Augen leuchten mir entgegen und lassen mich in einem Meer aus Gefühlen versinken.

Hauchzart berühren sich unsere Lippen und ich schmelze dahin, wie die Schokolade.

Leise lacht Raphael und schiebt mein Shirt nach oben.

Wie von selbst hebe ich meine Arme und er streift es mir über den Kopf. Ein warmer Luftzug streift über meine nackte Haut und eine Gänsehaut überzieht meinen gesamten Körper.

Mit den Händen wandere ich über seine wohldefinierten Schultern an seinen Armen entlang und schiebe sie unter sein Shirt. Die Muskeln darunter erzittern.

Jeder Kuss, jede Berührung lässt mich fliegen. Um mich herum ist nichts mehr außer dem Feuer und Raphael. Im Schein der Flammen sehe ich seine Haut schimmern, denn mittlerweile hat er ebenfalls sein Shirt ausgezogen.

Keine Ahnung, wann ich meine Hose verloren habe, ist mir auch egal, denn die Reibung, die seine Jeans an meiner Mitte erzeugt, ist so intensiv und bringt mich fast an den Rand der Verzweiflung.

Grinsend erkundet Raphaels Mund meinen Körper und ich wünsche mir, dass dieser Moment nie vergeht. In mir lodert ein ebenso großes Feuer, wie im Kamin. Ich kann es nicht abwarten, ihn endlich in mir zu spüren, doch noch lässt er mich zappeln.

Weil ich so ungeduldig bin und mich unentwegt unter ihm winde, dreht er uns um und ich sitze auf ihm. Meine Hände stütze ich auf seinem Oberkörper ab, während Raphaels Hände meine Brüste behutsam kneten.

Unsere Blicke sind ineinander verschlungen und keiner von uns möchte loslassen. Gekonnt greift er noch einmal an seine Jeans und zieht ein Kondom aus der hinteren Tasche.

Fuck, das hätte ich schon wieder vergessen. Was macht er nur mit mir, dass ich jegliche Vorsicht über Bord werfe und an nichts anderes mehr denken kann als an den wahnsinnig guten Sex, den wir gleich haben werden.

Vorsichtig steige ich wieder von ihm ab, Raphael zieht seine Jeans aus, streift sich das Kondom über und legt sich wieder zurück.

Erst dann lässt er es zu, dass ich mich auf ihn niedersinken lasse. Zentimeter für Zentimeter nehme ich ihn in mich auf und fühle mich unglaublich gut und ausgefüllt.

Behutsam beginne ich mich zu bewegen und bestimme den Takt. Mein Kopf fällt in den Nacken und meine Haare berühren Raphaels Oberschenkel. Seine Hände wandern an meinem Körper entlang, bis er sich aufsetzt.

Durch die veränderte Stellung dringt er noch tiefer in mich ein und er küsst sich an meinem Hals entlang.

„Verdammt, Kinga! Es gibt nichts, was ich jetzt lieber täte. Du bist so unglaublich eng und fühlst dich wie der Himmel auf Erden an“, keucht er dicht an meiner Haut.

Seine Härte berührt Stellen in mir, von denen ich bisher nichts geahnt habe. Die Geschichten, die meine Freundinnen und auch Cat erzählt haben, in denen sie von dem magischen Punkt geschwärmt haben, habe ich nie geglaubt.

Wenn ich mich ganz genau konzentriere, dann spüre ich, dass Raphael gerade ein Meer von magischen Punkten erforscht. Jedes Mal, wenn er mir entgegenkommt, sehe ich kleine Sterne vor den Augen tanzen, tausend Nadelstiche streifen meine Haut und fast vergesse ich zu atmen, so sehr reagiere ich auf ihn.

Immer schneller reite ich meinem Höhepunkt entgegen und Raphael scheint genau zu wissen, was ich brauche. Seine Hände bleiben nicht eine Sekunde still, seine Lippen liebkosen jeden Millimeter meiner Haut, den er erreichen kann und sein Schwanz steckt so tief in mir, dass ich schon befürchte, dass es eine direkte Verbindung zu meiner Gebärmutter gibt.

Wenn es nach mir ginge, würde unsere Verbindung noch längst nicht aufhören, doch mein Körper ist nur noch bedingt steuerbar.

Zeit und Raum stehen still, nur unsere Körper sprechen die Jahrhunderte alte Sprache der Zuneigung und Lust. Mein Herz rast und auch Raphaels Brust scheint gleich auseinanderzubrechen. Noch versuche ich den unvermeidbaren Höhenflug zurückzudrängen, denn ich will mehr, viel mehr.

Raphael krallt seine Finger in meine Haut, hält meine Hüften fest umfangen und stößt so tief in mich, dass ich glaube, gleich in zwei Teile zu zerspringen. Ein lang gezogenes, heiseres Stöhnen kommt von seinen Lippen und ich fühle das willkommene Zucken tief in mir. Er drückt mich fester auf sein Becken und kreist leicht mit den Hüften, was dazu führt, dass in mir ein Inferno entfacht.

Völlig losgelöst keuche ich seinen Namen, bewege mich immer noch hektisch auf ihm und drücke dann mein Zentrum fest auf ihn. In mir zuckt es, mir fehlt die Luft zum Atmen und ein süßes Prickeln durchfährt meinen gesamten Körper von den Haarspitzen bis zu den Zehen.

Ich bin zu keinem klaren Gedanken fähig. Meine Brust zieht sich schmerzhaft zusammen und ich möchte, dass dieser überwältigende Moment für immer in mir verankert bleibt.

Noch nie hat mich ein Orgasmus so abgeschossen, mich alles vergessen lassen.

Mühsam komme ich zurück auf diese Welt und stelle fest, dass Raphael mich genau beobachtet.

„Hey, alles in Ordnung?“, flüstert er.

Wie lange hat mein Höhenflug denn gedauert?

Ich fühle mich müde und erschöpft und sacke auf ihm zusammen. Sofort umhüllen mich seine starken Arme und er küsst mich zärtlich auf meinen Scheitel.

Ohne unsere Verbindung zu kappen, bleibe ich auf ihm liegen. Überwältigt von der Vielzahl der Empfindungen schließe ich meine Augen und horche seinem trommelnden Herzschlag.

Raphaels Fingerspitzen tanzen über meinen Rücken und ich schmiege mich dicht an ihn.

Vernünftigerweise hebt er mich von sich, streift das Kondom ab, verknotet es und schiebt es beiseite.

Wir bleiben auf dem Fell vor dem Kamin liegen und er breitet eine Decke über uns aus, die uns in einen warmen Kokon hüllt. Es bedarf keiner Worte, unsere Körper haben bereits alles gesagt, was wir wissen wollen.

RAPHAEL

WOW!

WAS WAR DAS?!

Ich kann mit Sicherheit behaupten, nicht unerfahren zu sein, aber derartigen Sex habe ich bisher noch nie erlebt. Kinga ist explosiv, sinnlich, einnehmend, hocherotisch.

Sie zu ihrem Höhepunkt zu treiben, ist unbeschreiblich. Mir ist es immer wichtig, dass auch die Frauen auf ihre Kosten kommen, doch zum ersten Mal war es mir wichtiger, dass nicht ich, sondern sie loslassen kann und einen Orgasmus erlebt, der sie in ihren Grundfesten erschüttert.

Es sieht so aus, als wäre mir das gelungen. Nicht nur das, ich selbst bin derart überwältigt, dass ich mich erstmal sammeln muss.

Kinga fordert alles von mir, allerdings gibt sie auch alles von sich. Ihr zuzusehen, wie sie sich auf mich einlässt, sich ganz fallen lässt, ist das Schönste, was ich bisher gesehen habe.

Obwohl sie mir gesagt hat, dass sie sich nicht sicher ist, ob sie sich einer kurzen Liaison hingeben kann, hat sie den Sprung gewagt und offenbar nicht bereut.

Ihrem Gesichtsausdruck nach ist sie mehr als zufrieden.

Sie kuschelt sich an mich, ihr Kopf liegt auf meiner Brust und ich spiele mit ihren langen Haaren.

Im Feuerschein leuchtet ihre Haut rötlich und so kitschig es sich anhört, so befriedigend ist es, hier vor dem Kamin Sex gehabt zu haben.

Nein …, das war kein einfacher, explosiver Sex. Das hier geht tiefer, ist inniger. Leider kann ich es nicht in passendere Worte fassen.

Kingas Finger malen Muster auf meine Haut und ihr warmer Atem streift mich. Das Schweigen zwischen uns ist der Erschöpfung geschuldet und keinesfalls unangenehm.

Ein süßes Seufzen kommt über ihre Lippen und schon spüre ich einen zarten Kuss auf meiner Brust.

„Wenn ich Catinka das erzähle, dann lässt sie mich nicht mehr in Ruhe, bis sie jedes noch so kleine Detail aus mir herausgekitzelt hat.“

In ihrer Stimme ist ein Schmunzeln zu hören.

„Was?! Du erzählst deiner Schwester von deinen sexuellen Erlebnissen? Oh, Mann … da kann ich nur hoffen, gut abgeschnitten zu haben.“

Kinga hebt ihren Kopf und streicht mit ihren Fingern an meinem Kinn entlang. Ein freches Grinsen umspielt ihren Mund.

„Keine Angst, ich dosiere meine Erzählungen sehr genau. Sie muss schließlich nicht wissen, wie schnell du aus der Puste kommst.“

„Ich? Wer liegt denn hier völlig saft- und kraftlos neben mir, hm?“

Sie schiebt schon wieder ihr Bein über mich und sofort fließt sämtliches Blut in Richtung Süden.

„Nichts da, Mr. Bates. Zuerst kommt die Arbeit, dann das Vergnügen.“

„Ist das so? Dann bezeichnest du die letzte Stunde als Arbeit?“

Kinga hebt eine Augenbraue und ich ahne, dass sie eine passende Antwort parat hat.

„Stunde? Du bist sehr von dir überzeugt, Raphael. Sagen wir, wir haben unsere Anpassungsfähigkeit getestet."

Laut lachend, setze ich mich auf und ziehe sie an mich.

„Wie du meinst, Puppy. Ich finde, wir müssen noch etwas mehr üben. Gehen wir rauf", knurre ich.

Mein Blick schweift durch den Raum und ich stelle fest, dass doch noch Arbeit auf uns wartet.

Kinga steht bereits und streift sich ihre Kleidung über. Sie legt die Decke zusammen und geht mit dem Geschirr und der Schoki in die Küche.

„Diesmal hilfst du beim Abwasch, mein Freund", ruft sie mir zu.

„Klar, aber zuerst lösche ich das Kaminfeuer und die Kerzen. Oder möchtest du nachher noch unten bleiben?"

„Nein. Du?"

Auf keinen Fall! Ich will mit ihr in meinem Zimmer all die Dinge anstellen, die ich mir seit unserem ersten Aufeinandertreffen vorstelle. Das sage ich besser nicht.

Routiniert kümmere ich mich um den Kamin, die Kerzen und den Weihnachtsbaum, bis der Wohnraum im Dunkeln liegt. Nur das Weiß des Schneesturms bringt etwas Licht durch das Fenster.

In der Küche summt Kinga leise ein allseits bekanntes Weihnachtslied und ich stelle mich hinter sie, um mitzusingen. Sie legt ihren Kopf an meine Schulter und gemeinsam singen wir „White Christmas".

„Wie passend, oder Raphael?"

„Auf jeden Fall. Wenn das keine weiße Weihnacht ist, dann weiß ich auch nicht mehr weiter."

„Hört ihr überhaupt Weihnachtslieder, wenn ihr drei hier oben seid?"

„Na, klar. Das gehört doch dazu, natürlich nicht ausschließlich. Nach ein paar Liedern wird es Leander meistens zu viel, dann legt er was anderes auf. Das ist okay. Wie sieht es bei euch aus?"

„Bei meinen Eltern und Granny läuft während der

Vorweihnachtszeit fast den ganzen Tag Weihnachtsmusik. Das nervt schon manchmal. Granny liebt die Zeit, also lassen wir das alle über uns ergehen und ehrlich gesagt hat es auch was Beruhigendes. Mir persönlich gefallen die moderneren Lieder besser, aber am Weihnachtstag müssen es auch traditionelle Lieder sein."

Hand in Hand verrichten wir die Arbeiten in der Küche, bis sie wieder blitzt und blinkt, denn ich habe keine Lust morgen früh noch ein Schlachtfeld aufzuräumen, dann lieber jetzt.

Kinga dreht sich einmal im Kreis und funkelt mich aus ihren samtigen, braunen Augen an.

„So, alles wieder wie neu. Vielleicht kommen wir noch mal wieder her, Raphael."

„Wann immer du willst, Puppy."

„Vorsicht …, mach keine Versprechen, die du nicht bereit bist zu halten."

„Wer sagt, dass ich meine Versprechen nicht halten will?"

Geschmeidig gehe ich auf sie zu und verschränke unsere Finger miteinander. Ich möchte keine traurige Stimmung aufkommen lassen, denn sie hat mehr als deutlich gesagt, dass ihr ein lockeres Arrangement schwerfällt. Irgendwie gefällt mir die Vorstellung davon auch nicht mehr besonders gut.

„Nehmen wir uns noch was zu trinken mit hoch. Ich will nicht mitten in der Nacht die Treppen runterstapfen."

Im Vorbeigehen schnappe ich mir zwei Flaschen Wasser und schiebe Kinga vor mich her zur Treppe.

Sofort, als wir die obere Etage betreten, sieht Kinga sich suchend um. Hält sie nach Bären Ausschau?

Sie zieht die Schubladen des Nachtschränkchens auf und lächelt breit. Was zur Hölle? Soweit ich mich erinnere, bunkere ich hier keine Kondome oder anderes Spielzeug.

„Ha! Das hätte mich auch gewundert, wenn du kein Feuerzeug hier hättest."

„Na, wie sonst soll ich den Kamin an bekommen? Die

Zeit mit dem Feuerstein ist längst vorbei. Wahrscheinlich wären wir erfroren, bevor ich ein Feuer entfacht hätte."

Kinga läuft hin und her und zündet jede Kerze im Zimmer an, die den Raum in ein bezauberndes Licht tauchen.

Was haben Frauen bloß immer mit den Kerzen? Ja, sie sind schön, manchmal romantisch, aber immer und überall?

Ich schäle mich aus meinen Klamotten und lege mich auf das Bett. Endlich kommt auch Kinga zu mir. Sie trägt nur noch mein Shirt und der Höhlenmensch in mir möchte sich am liebsten auf die Brust trommeln. Echt?

Wieder liegen wir dicht an dicht und lauschen einfach nur dem Atem des anderen.

Kingas Duft nach Schokolade und was Fruchtigem steigt mir in die Nase, doch das ist nicht der einzige Duft, der mir auffällt. Suchend sehe ich mich um und entdecke eine ziemlich große Kerze in einem Glas, die offensichtlich den Raum in einen Duft von Zimt und Zucker hüllt.

Schnuppernd halte ich die Nase in die Luft.

„Magst du Zimt und Zucker nicht, Raphael?"

„Hm, ich bin mir nicht sicher, ob ich das die ganze Nacht aushalte. Ansonsten mag ich sehr gerne French-Toast. Die riechen genauso", antworte ich lachend.

Kinga kichert und dieses Geräusch erzeugt eine wohlige Wärme in mir. Fest ziehe ich sie an mich, lege meinen Kopf auf ihren und entspanne mich augenblicklich.

Ihr Atem wird ruhig und gleichmäßig, ihre Finger liegen locker auf meinem Bauch und ich genieße ihre Nähe. Kinga fühlt sich weich und warm an, sie passt perfekt in meine Armbeuge. Ein kleines Schnaufen verlässt ihre leicht geöffneten Lippen und ich weiß, dass sie bereits eingeschlafen ist.

Möglichst vorsichtig bewege ich mich unter ihr weg, um die Kerzen zu löschen und schiebe mich wieder dicht an sie. Die Decke lege ich über uns und nach nur wenigen Minuten, in denen ich einfach nur ihren Duft inhaliere und ihrem

Atem lausche, dämmere ich ebenfalls weg.

Etwas kitzelt mich, sodass ich versuche danach zu greifen. Meine Hand landet auf Kingas Kopf, der auf meinem Arm liegt. Er fühlt sich ganz taub an, deshalb bewege ich meine Finger und es kribbelt wie ein ganzes Ameisenheer von meiner Schulter bis zu den Fingerspitzen.

Unsere Beine sind ineinander verschlungen und meine andere Hand wandert nun zu Kingas Hüfte. Sanft streichele ich über ihre zarte Haut und beobachte genau, wie sie langsam wach wird. Die Augenlider fangen an zu zucken, sie wackelt leicht mit den Zehen und ihre Finger wandern von meiner Brust Richtung Bauch.

Ich halte sie auf und hebe ihre Finger an meinen Mund. Jede einzelne Fingerkuppe küsse ich und endlich öffnet sie ihre Augen. Der Blick aus den braunen Iriden trifft mich bis ins Mark.

„Guten Morgen, Puppy", flüstere ich mit rauer Stimme.

Sie streckt sich in meinen Armen, reibt sich über das Gesicht und streicht ihre langen Haare nach hinten.

„Morgen. Gott, habe ich tief geschlafen. Du solltest öfter neben mir liegen."

Nichts lieber als das. Mir ist nur weiterhin nicht eingefallen, wie wir das hinbekommen können. Diesmal möchte ich nicht so schnell wie möglich verschwinden. Möchte nicht, dass die Frau in meinem Bett sich schnellstmöglich verabschiedet.

„Ups … Mach dir keinen Kopf, Raphael. Ich bin ein großes Mädchen und bekomme das schon hin, ohne ein Drama daraus zu machen", missversteht sie mein Schweigen.

„Okay."

Kinga steht auf und schiebt die Vorhänge zur Seite. Es ist noch dunkel, doch ich erkenne, dass das Wetter nicht besser geworden ist. So ein Glück, dann kommt sie nicht auf die Idee, sofort loszufahren.

„Raphael, wir haben gestern die Kekse und die Milch vergessen. Was, wenn Santa Claus wieder abgerauscht ist, weil er hungrig bleiben musste?“

Sie sieht niedlich aus, so wie sie sich Gedanken darüber macht. Gestern hat sie sich noch lustig über mich gemacht und heute will sie selbst noch daran glauben.

„Dann gehe ich schnell runter, feuere den Kamin an und lege noch was hin. Vielleicht kommt er zurück“, spiele ich ihr Spiel mit.

„Bist du verrückt?! Wie soll er denn dann durch den Kamin kommen?“

Schallend lache ich, stehe auf, hebe sie an den Hüften hoch und drehe uns im Kreis.

„Du willst ja doch, dass es wahr ist, Kinga.“

Ich halte sie hoch und sie stützt sich mit den Händen auf meinen Schultern ab, sodass ihr langes Haar meine Schultern berührt. Wir sehen uns an und ich lasse sie langsam an meinem Körper hinuntergleiten, bis unsere Lippen sich berühren. Behutsam stupst sie mich an und ich öffne bereitwillig meinen Mund. Sofort schlängelt sich ihre Zunge meiner entgegen und sie tanzen einen heißen Tango.

„Merry Christmas, Baby“, haucht sie atemlos.

Dieses *Baby* geht runter wie heiße Schokolade und es gefällt mir viel zu gut.

„Warte hier. Unten wird es noch zu kalt sein.“

Lässig streife ich mein Shirt über und gehe schnell die Treppen runter. Mein Weg führt mich nicht nur zum Kamin, sondern auch in die Küche. Ich koche schnell eine Kanne Tee, der nach Anis, Nelken, Mandeln und Vanille riecht und nehme auch noch ein Paket Kekse mit, nachdem ich das Feuer angezündet habe.

„Hier …, ist zwar kein richtiges Frühstück, aber fürs Erste reicht es sicher.“

Kinga krabbelt wieder ins Bett und nimmt mir die Kekse und den Tee ab.

„Gute Idee. Wir machen später zusammen Frühstück. Solange es noch dunkel ist, können wir eh nicht los.“

„Ganz sicher nicht. Das wäre viel zu gefährlich. Jetzt ist

es auch egal, wenn wir noch länger bleiben. Zur Bescherung schaffen wir es sowieso nicht zurück."

Sie schüttelt den Kopf und sieht nicht besonders unglücklich aus.

Während Kinga an einem Plätzchen knabbert wie ein kleines Mäuschen, stopfe ich meins ganz in den Mund und spüle mit einem Schluck Tee nach.

„Und … deutet was darauf hin, dass Santa Claus heute Nacht da war?"

Leicht tippe ich auf ihre Nasenspitze und sofort erscheint ein Leuchten in ihren Augen wie in denen eines Kindes, das sich am Weihnachtsmorgen darauf freut nachzusehen.

„Schauen wir gleich nach, Puppy. Ich habe nicht darauf geachtet."

„Als ob! Niemand geht am Weihnachtsbaum oder den ‚Christmas Stockings' vorbei, ohne nachzusehen", behauptet sie.

„Aahhh, du bist also von der neugierigen Sorte. Nopedino …, ich bin erwachsen genug, um das durchzuziehen."

Ich habe den Satz noch nicht ganz beendet, da trifft mich ein Kissen mitten ins Gesicht. Zum Glück haben wir gerade die Teetassen weggestellt, sonst hätte das eine Riesensauerei gegeben.

Erstaunt reiße ich meine Augen auf und schmeiße mich auf sie. Kinga kreischt und strampelt unter mir. Natürlich hat sie keine Chance gegen mich, wenn ich es nicht will. Also gehe ich zum Angriff über und kitzele sie so lange, bis sie kaum noch zum Atmen kommt.

„Aaauf. Hören. Bitte …"

Ein letztes Mal streiche ich ganz sanft an ihrer Seite entlang und sehe die Gänsehaut, die sich bildet, dann rolle ich mich auf den Rücken, breite meine Arme aus und warte auf ihren Angriff. Doch der bleibt aus.

Kinga legt sich ebenfalls auf den Rücken und wartet darauf, dass sich ihr Atem beruhigt.

„Es ist lange her, dass ich ausgekitzelt wurde. Wahrscheinlich haben Cat und ich noch zu Hause gewohnt.“

„Dann wurde es Zeit. Mir fällt ein, was *ich* schon ewig nicht mehr gemacht habe …“

Hoffentlich fragt sie, denn dann …

„Was denn?“, kommt schon die Frage und ich kralle mir eins von den kleinen Kissen.

„KISSENSCHLACHT!“

„Waaahhmmmpf“, höre ich ihre Stimme gedämpft unter dem Kissen.

Kinga fegt es weg und es landet wiederholt in meinem Gesicht. Danach nimmt sie ein Kopfkissen und schlägt unkontrolliert um sich. Mal trifft sie meine Schultern, mal meinen Bauch und ich versuche sie abzuwehren.

Unser lautes Lachen dröhnt durch das ganze Haus und ich fühle mich wieder wie ein zehnjähriger Junge, der mit seinem Bruder auf dem Bett eine Schlacht austrägt. Bis endlich unsere Eltern die Lautstärke nicht mehr aushalten und uns ins Wohnzimmer zu den Geschenken lassen.

Wir hören auf, denn irgendwann lässt jeder Spaß nach. Kingas Haar ist völlig zerzaust und meins wahrscheinlich auch.

„Vermutlich sehe ich aus wie eine Vogelscheuche.“

„Nein, Puppy. Dir haftet eher ein verwegener After-Sex-Look an“, schmunzele ich.

Sofort sieht sie an sich runter und registriert, dass ihr das Shirt über die Schultern gerutscht ist und sie darunter keinen BH trägt.

„Oh, Gott. Ich dachte eher an meine Haare.“

„Ach, so“, wackele ich mit den Augenbrauen.

„Ja, die sehen hoffentlich auch so aus, wenn ich mit dir fertig bin“, kann ich mir den machohaften Spruch nicht verkneifen.

Prompt verdreht sie die Augen und versucht ihre Frisur zu retten. Das ist gar nicht nötig, sie sieht immer hinreißend aus.

„Bereit?“

„Für dich jederzeit, Baby“, schnurrt sie.

Wir stehen auf und ich nehme ihre Hand in meine. Fast habe ich Angst, ihre zarten Finger zu zerquetschen, denn ihre Hand verschwindet gänzlich in meiner. Dennoch fühlt es sich richtig an, so richtig, dass ich sie nie wieder loslassen möchte. Und das ist verdammt beängstigend.

Kinga ist erstaunt, dass ich nicht nur das Kaminfeuer, sondern auch die übrige Beleuchtung eingeschaltet habe. Im Schein des Weihnachtsbaumes wirkt die Hütte nicht nur schön, sondern einfach märchenhaft.

„Wir sollten besser nicht die Pakete öffnen, die Dexter so schön unter der Tanne drapiert hat. Vermutlich befinden sich darin nichts weiter als Papierschnipsel.“

„Kann schon sein. Ich befürchte, die Bescherung wird heute ziemlich karg ausfallen, Puppy.“

„Damit kann ich leben.“

Langsam geht sie zum Kamin und ich bewundere ihre nackten, schönen Beine. Ohne nachzudenken, greife ich von hinten über ihre Schulter und nehme meinen leeren Socken ab. Hoffentlich nimmt sie sich ein Beispiel an mir und schaut ebenfalls in ihren Socken. Sonst ist es nicht wie Weihnachten.

Allerdings hält sie den Atem an und dreht sich um. In ihrem Gesicht ist Freude zu sehen und sie legt ihre Hände auf ihren Mund. Erwartungsvoll sieht sie mich an.

Warum? Dann nickt sie mir zu.

Vorsichtig stecke ich meine Hand in die Öffnung und wandere bis ganz nach unten. Erst dann spüre ich etwas Festes. Meine Augen werden groß, als ich eine Art Band herausziehe.

Kingas Augen glänzen und ich bin wirklich überrascht. Irritiert sehe ich sie an und ihr Lächeln ist heller als der Polarstern.

„Er war doch da, Raphael“, flüstert sie schelmisch und zwinkert.

„In der Tat.“

Jetzt sehe ich mir mein Geschenk genauer an. Es ist ein geflochtenes Armband. In der Mitte sind drei kleine Knöpfe eingearbeitet und ich halte es ehrfürchtig zwischen meinen Fingern.

„Du musst es nicht tragen. Ich wollte nicht, dass du ohne ein Geschenk am Weihnachtsmorgen hier stehst. Mehr war einfach nicht möglich. Der kleine blaue Knopf erinnert mich an deine Augen und sorry, ich musste etwas improvisieren, weil …“, plappert sie nervös.

Behutsam lege ich meinen Finger auf ihre Lippen, versinke in ihren wundervollen Augen, die mich ständig an flüssige Schokolade erinnern und beuge mich zu ihr runter.

„Schschsch, Puppy. Das ist das schönste Freundschaftsband, was ich je bekommen habe!“, raune ich ihr zu.

Dann senke ich meine Lippen zärtlich auf ihre und genieße diesen harmlosen und doch so gewichtigen Kuss mit geschlossenen Augen.

Als wir uns lösen, sehe ich, dass ihre Augen schwimmen und ihre Lippen zittern.

„Oh“, ist alles, was sie sagt.

Ich streife mir das Armband über, es passt wie angegossen und ich weiß jetzt schon, dass ich es täglich tragen werde.

Wieder greife ich über ihre Schulter und halte ihr nun ihren eigenen Socken hin.

„Sieh mal nach, ob Santa Claus auch etwas für dich dagelassen hat.“

„Ach, was. Der bringt nur was für kleine Jungs“, lacht sie.

„Wenn du meinst ... Dann habe ich ja Glück gehabt.“

Sie runzelt die Stirn und tastet den Stoff von außen ab. Ihre Augen weiten sich, ihr Mund öffnet sich einen Spalt und sie fasst zögernd in den Strumpf hinein.

Mein Herz hämmert wie ein Maschinengewähr, während ich abwartend zusehe.

Vorsichtig zieht sie etwas hervor und hält es sich vor das

Gesicht. Kinga hebt den Kopf und sieht mich fassungslos an. Meine Mundwinkel zucken und ich bin etwas unsicher, was sie davon hält, denn sie sagt kein Wort.

So langsam werde ich unruhig und raufe mein Haar. Also nehme ich ihr das Ding aus den Händen, gehe um sie herum, lege es um ihren schlanken Hals und hauche etwas in ihr Ohr.

„Für dich, kleine Kinga. Ich hoffe, du traust dich, es zu tragen."

Dann lege ich meine Hand auf ihren unteren Rücken und führe sie ins Bad. Dort bleiben wir vor dem großen Spiegel stehen. Noch immer hat sie nichts gesagt und tastet jetzt an ihrem Hals und Schlüsselbein entlang.

„Wie hast du das gemacht? Du hattest unmöglich die Zeit dazu", wispert sie ergriffen.

„Ich habe gestern gar kein Holz reingeholt und auch nichts im Schuppen aufgefüllt", verrate ich ihr.

Der Augenaufschlag, den sie mir schenkt, fährt mir durch die Glieder, als hätte ich an einer Stromleitung geleckt.

„Sie ist wunderschön, Raphael."

Na ja, wunderschön würde ich nun nicht gerade behaupten, aber man braucht sie nicht zu verstecken.

Ich habe zwei Drähte so gebogen, dass man die Enden ineinander haken kann und somit die Kette geschlossen ist. In der Mitte treffen die Drähte auf einen, ebenfalls aus einem dünneren Draht geformten Stern, in den ich zwei Schraubenmuttern befestigt habe, die hin und her pendeln können.

Ein Hoch auf Dexters gut ausgestatteten Werkzeugkasten.

Alle Ecken und scharfe Kanten habe ich abgeschliffen, damit sie Kingas zarte Haut nicht verletzten.

„Falls es mal nicht mehr mit dem Feuerlöschen klappt, kannst du ins Schmuckgeschäft einsteigen."

„Sooo? Verdient man da mehr als ein Firefighter?"

„Keine Ahnung, aber für ein Unikat wird jede Frau einen hohen Preis zahlen", antwortet sie schier atemlos.

„Da hast du Glück, dass es ein Geschenk ist."

„Stimmt, leisten könnte ich mir das sicher nicht."

„Oh, du könntest es abstottern oder …"

„Sag es nicht, Raphael. Lass mir das Gefühl, etwas Besonderes zu sein."

„Kinga, du bist ein ganz besonderer Mensch! Wenn es dich nicht gäbe, dann würde ich alles daran setzen dich zu erfinden."

„Du kannst doch gar nicht wissen, ob ich besonders bin", lächelt sie.

„Doch! Ich habe gesehen, wie dich deine Familie ansieht. Voller Liebe und Zuneigung", erkläre ich voller Inbrunst.

„Ich bin froh, dass uns der Schnee hier festgehalten hat, Raphael. Dieser Weihnachtsmorgen wird für immer in meiner Erinnerung bleiben."

Ich lege meine Stirn an ihre und gebe mich dem Gefühl der Zusammengehörigkeit hin.

„Ne engedj el", wispert sie mit unendlich zärtlicher Stimme an meinen Lippen, bevor sie mich küsst.

Diese fremd klingenden Worte rauschen durch mich hindurch wie die Niagarafälle. Eine leise Stimme flüstert mir zu, dass ich mir wünsche, dass Kinga mir noch mehr Dinge in ihrer Muttersprache zuflüstert.

KINGA

Zutiefst berührt stehen wir uns gegenüber und Raphael gibt mir den nötigen Halt, den ich dringend brauche.

Natürlich hat er mich nicht verstanden, doch das ist gar nicht wichtig. Mir bedeutet dieses Geschenk sehr viel, denn nur wenn man jemandem wichtig ist, dann versucht man, ihn glücklich zu machen. Und jetzt gerade bin ich glücklich.

Obwohl ich weiß, dass unsere Zeit ein Ablaufdatum hat, fühle ich mich gut. Raphael verkörpert all das, was sich jede Frau wünscht. Nicht eine Sekunde bereue ich es, über meinen Schatten gesprungen zu sein und mit ihm geschlafen zu haben.

Einen Augenblick lang hoffe ich sogar, dass sich das Wetter auch heute nicht bessert, doch ein kurzer Blick aus dem Fenster zeigt mir, dass es bereits nicht mehr schneit.

„Tja, Puppy. Es sieht so aus, als würdest du zu Kaffee und Kuchen wieder bei deiner Familie sein."

„Hhm, warten wir es ab. Frühstücken wir erst mal."

Falls Raphael bemerkt, dass ich keine Lust habe über unsere Abfahrt zu sprechen, dann lässt er es sich nicht anmerken.

„Ich habe einen Bärenhunger und könnte gerade den

Kühlschrank plündern."

„Das glaube ich kaum. Dexter hat genügend eingekauft, um bis Ostern überleben zu können."

„Hältst du es denn so lange mit mir aus?"

„Keine Ahnung. Worauf hast du Lust, Raphael?"

Er wackelt wie so oft mit den Augenbrauen und ich pruste los.

„Bleib mal ernst. Wenn du nichts isst, dann fehlt es dir hinterher an Kraft", zwinkere ich ihm zu.

„Oh, wenn das so ist … Ich mag gerne Hash Browns, die kann ich auch zubereiten und Speck ist ein absolutes Muss für mich."

„Okay, das passt. Wir können auch die übrig gebliebenen Früchte verwenden. Was hältst du von Granola? Ich liebe den Geruch, wenn die Kerne, Nüsse und Haferflocken im Ofen backen. Gemischt mit Zimt, Ahornsirup, Kokosflocken … mmmmhhhh, lecker. Sicher ist so richtig schön fettiger Joghurt im Kühlschrank. Oder ist Dexter eher der gesunde Typ? Oh, bitte sag mir, dass er es nicht ist!"

Ein schiefes Grinsen legt sich auf sein Gesicht.

„Du bist einzigartig, Kinga. Die meisten Frauen knabbern an einer Pekannuss und trinken einen fettarmen Latte macchiato und dir geht das Herz auf, wenn du an richtig leckeres Essen mit viel Kalorien denkst. Das gefällt mir. Und nein, an solchen Tagen besteht Dexter nicht auf gesundes Essen. Sonst schon."

„Tatsächlich? Hat er das nötig? Sein Körper ist ein Traum!"

„Hey, du kannst doch nicht von anderen Männerkörpern reden, wenn ich in Shirt und Boxershorts vor dir stehe. Außerdem, von nichts, kommt nichts. Wir treiben alle viel Sport."

„Hätte ich mir eigentlich denken können. Nun ja, ich esse gerne und trainiere nicht gerne, wie man sieht."

„Ich sehe eine wunderschöne Frau mit einer Figur zum Niederknien."

In seinen glasklaren, blauen Augen sehe ich, dass er es ernst meint und nicht nur so eine bescheuerte Floskel raushaut, um eventuell noch eine Runde Sex einzuschieben, bevor wir nach Hause fahren.

„Tssss, sag das mal bitte meinen Jeanshosen, die ständig irgendwo kneifen“, grinse ich.

Jeder widmet sich seinen Aufgaben. Raphael raspelt die Kartoffeln, ich vermenge die Zutaten für das frische Granola.

Sobald ich die Masse auf das Blech gestrichen habe und die Hitze im Ofen auf die richtige Temperatur gestiegen ist, verbreitet sich der berauschende Duft von Vanille, Kokos, Nüssen, sowie einigen Weihnachtsgewürzen wie Zimt und Kardamom. Mein Rezept habe ich der Weihnachtszeit angepasst.

„Gott, du hast recht, Kinga. Mir läuft das Wasser im Mund zusammen.“

„Schade, dass es keinen Fernseher gibt. Ein Weihnachtsfrühstück im Schlafshirt bei einem schnulzigen Film würde mir jetzt gut gefallen.“

„Vielleicht funktioniert das Radio wieder und es wird ein Märchen vorgelesen oder so.“

„Das wäre eine Alternative.“

Schon fummelt er an den Reglern rum. Zunächst ist nur Rauschen zu hören, doch nach ein paar Minuten schallt Musik durch den Raum.

„Yeah, wir haben wieder Empfang, Puppy. Mach schon mal alles startklar auf der Sofalandschaft. Ich bringe dann alles Notwendige mit.“

Wer hätte gedacht, dass ein Weihnachtsmorgen zu zweit so schön sein kann? Jetzt gerade kann ich Catinka verstehen. Wenn sie mir sonst von ihrer geliebten Zweisamkeit mit Logan erzählt, empfinde ich es oft als eher langweilig. Wahrscheinlich nur, weil ich es bislang nicht erlebt habe. Sie hat recht, es braucht den richtigen Menschen dazu, um es zu lieben.

Halt! Stopp! Kinga Tamasz!

Vergiss nicht, dass die Zweisamkeit mit Raphael höchstwahrscheinlich schon heute Nachmittag vorbei sein wird!

Denn wenn das Radio bereits einen Ton von sich gibt, wird es nicht lange dauern, bis auch die Handys wieder funktionieren. Was gleichzeitig bedeutet, dass wir uns auf den Rückweg machen können.

Für Raphael und mich gibt es keine gemeinsame Zukunft.

Wir wohnen zu weit weg voneinander. Es ist mein Pech, wenn ich mich darauf eingelassen habe und jetzt mehr will.

Schnell wische ich die Gedanken bei Seite, denn vor ganz kurzer Zeit habe ich mich davon überzeugt, dass ich damit umgehen kann, wenn jeder wieder seinen eigenen Weg geht.

Kann ich doch, oder? Ich muss!

„So grüblerisch, Puppy? Du wolltest im Schein der Weihnachtslichter frühstücken."

„Richtig, will ich immer noch."

Er stellt ein Tablett mit allerlei Köstlichkeiten auf dem Couchtisch ab und setzt sich zu mir. Statt Tee hat er jetzt einen köstlich duftenden Kaffee für mich in der Hand.

„Du bist ein Schatz! Ich brauche morgens eine Dosis Koffein, sonst kann ich nicht funktionieren."

„Och, bisher habe ich nicht das Gefühl, dass irgendetwas an dir nicht funktioniert", schmunzelt er.

Ich ziehe meine Beine unter mich und koste die Hash Browns, die wirklich gut sind. Genießerisch schließe ich die Augen und seufze leicht.

Ohne, dass ich darauf gefasst bin, spüre ich Raphaels Zunge an meinem Mundwinkel. Er leckt einen Fetttropfen, der auf dem Weg zu meinem Kinn ist, ab.

Halleluja … die Berührung verursacht umgehend eine Überschwemmung zwischen meinen Schenkeln und ich presse sie zusammen.

Ihm entgeht das nicht und ich ahne sein raubtierhaftes Grinsen mehr, als dass ich es sehen kann.

„Es schmeckt dir, Puppy. Mir auch!“

„Ach, ja?“

„Ausgezeichnet sogar. Brauchst du Beweise?“

Gerade als ich nicken will, klingelt Raphaels Handy laut.

„Woah, nicht jetzt!“, stöhnt er.

Es ist vorbei, ich weiß es schon, bevor er das Gespräch angenommen hat.

„Leander! Was verschafft mir die Ehre zu so früher Stunde?“, säuselt er ins Telefon.

Seine Stimme trieft nur so vor Sarkasmus. Da sein Handy auf Lautsprecher gestellt ist, höre ich, wie Leander tief einatmet.

„Dir auch einen guten Morgen, Bruderherz. Ich störe wohl gerade. Hast du deinen Touchdown vollbracht?“

Sein wissendes Lachen dröhnt überlaut in meinen Ohren und ich versteife mich.

„Nur zur Info, Kinga hört mit.“

„Macht doch nichts. Jeder hat mitbekommen, dass eure Zündschnur bereits fast runtergebrannt war, als ihr losgefahren seid. Ich hoffe, wir haben euch das passende Ambiente hübsch hergerichtet. Ach, warte, eigentlich gebührt Dexter das Lob.“

„L.E.A.N.D.E.R, komm endlich zum Punkt. Du nervst!“, brummt Raphael.

„Dazu bin ich da, Kleiner. Schlechte Nachrichten …“

Ich halte die Luft an. Santa Claus hat noch ein Geschenk für mich. Yes! Wir stecken weiterhin hier fest.

„Na ja, je nachdem aus welchem Blickwinkel man es betrachtet. Habt ihr schon das Radio ausprobiert? Jap, habt ihr. Ich höre die Weihnachtsdudelei. Wir werden uns gegen Mittag auf den Weg machen. Die Aussichten sind gut bis sehr gut. Du kennst das, Raphael. In der einen Minute Weltuntergang, in der anderen strahlend schöner Sonnenschein. Wir haben beschlossen, den verlorenen Tag dranzuhängen, wenn du es also einrichten kannst, bleib länger, Raphael.“

„Aha, ich sehe keinen Sonnenschein. Zufällig sitzen wir vor dem Panoramafenster“, geht Raphael nicht auf Leanders Hinweis der Verlängerung ein.

Unfähig, mich an dem Gespräch zu beteiligen, höre ich einfach nur zu und mache mich auf das Unvermeidliche gefasst. Den Abschied.

„Sei nicht albern, Raphael. Warte noch eine Stunde, dann ist die Sicht klar wie ein Gebirgsbach und ihr könnt los. Es sei denn, du möchtest mit drei Männern alleine in einem Haus in den Bergen bleiben, Kinga“, richtet Leander das Wort an mich.

Mir fällt sofort unsere erste Begegnung ein, denn genau das hat meine Schwester beunruhigt, als ich sie angerufen habe.

Raphael schüttelt den Kopf über seinen Bruder, weil er ahnt, dass das nicht der Fall sein wird.

„Ein anderes Mal vielleicht, aber danke für das Angebot. Genau wie beim letzten Mal kann Raphael mich nach Hause bringen.“

„Dachte ich mir schon. Tja, Bruder …, das war es dann wohl mit der Turtelei. Nutz’ die Zeit, die dir bleibt und verschwende keinen Gedanken an Aufräumen oder so. Ausnahmsweise übernehme ich das für dich, sobald wir da sind. Ach, und lass den Hänger oben, die Kleinigkeiten, die wir noch mitbringen, können wir so transportieren.“

„Sicher, dann sehen wir uns heute Abend. Bye, Leander.“

Raphael beendet das Gespräch und sieht mich etwas unglücklich an.

Mir ist irgendwie der Appetit vergangen, einzig ein Schluck Kaffee findet den Weg durch meinen zugeschnürten Hals.

„Dann packen wir mal zusammen, Raphael“, krächze ich.

In meiner Brust schmerzt es, als würde jemand versuchen, den Brustkorb zu öffnen, ohne das nötige Werkzeug dazu parat zu haben.

Raphael nimmt meine Hände in seine und streichelt mit

dem Daumen über meine Handfläche. Diese Geste beinhaltet so viel Zärtlichkeit, dass ich ein Brennen in meinen Augen verspüre.

„Puppy, wir können auch einfach bleiben."

„Das können wir nicht und das weißt du, Babe."

Ich sollte schnellstmöglich damit aufhören, Kosenamen zu verwenden.

Seine Lippen verziehen sich zu einem Strich und seine unfassbar blauen Augen bekommen einen stechenden Ausdruck.

Einen langen Augenblick bleiben wir so sitzen und sehen uns einfach nur an. Die letzten Tage laufen in Zeitlupe an meinem inneren Auge vorbei und ich kann das Schluchzen, das sich unbarmherzig den Weg bahnt, nicht zurückdrängen. Als Raphael seine Hand an meine Wange legt, laufen schon die ersten Tränen unter meinen geschlossenen Lidern hervor.

Das dazu, dass ich mit der Situation umgehen kann.

Mit aller Kraft reiße ich mich zusammen und wische energisch die Spur meiner Schwäche mit dem Handrücken weg. Mehrmals atme ich tief ein und aus. Behutsam löse ich mich von Raphael und verlasse den Raum in Richtung Treppe.

„Kinga …, bleib …"

„Wozu, Raphael? Alles ist so gelaufen, wie wir es verabredet haben. Nein …, das stimmt nicht. Es ist viel besser gelaufen, als ich es mir vorstellen konnte. Ich bereue nicht eine einzige Minute davon."

„Einsame Weihnachtstage unter Schneemassen mit dir gehören künftig auf meine Wunschliste, Puppy."

„Spielst du etwa auf einen Gutschein an?", versuche ich die Stimmung zu lockern.

„Bekomme ich denn einen, wenn ich ja sage?"

„Nicht dieses Jahr, Raphael. Du hast dein Geschenk schon bekommen."

Als ich oben ankomme, höre ich, wie er das Geschirr

noch in die Küche bringt und dann ebenfalls rauf kommt.

Schnell schnappe ich mir ein Handtuch und hänge es in die Nähe der Dusche, damit ich es sofort um mich schlingen kann, wenn ich fertig bin.

Die Dusche ist dringend notwendig, denn wenn mich nicht alles täuscht, riechen meine Körperausdünstungen nach Schweiß und … Sex. Guten, heißen Sex. An meinem Körper haftet zusätzlich noch Raphaels erdiger, männlicher Duft, den ich am liebsten nicht abwaschen möchte, doch das ist ein Ding der Unmöglichkeit.

Das warme Wasser läuft an meinem Körper entlang und entspannt mich etwas. Leider ist die schöne, unfassbar sinnliche Weihnachtsblase schneller geplatzt, als mir lieb ist.

Gerade, als ich meine Schultern straffe, spüre ich einen Luftzug an meiner nassen Haut.

„Darf ich?“, höre ich Raphaels dunkle Stimme.

Ich drehe mich um und er steht wie ein wahr gewordener Traum vor mir. Nickend bitte ich ihn unter die Dusche und sofort legt er die Arme um mich. Das Wasser prasselt auf uns nieder und Raphael hebt mein Kinn an. Einige Tropfen hängen in seinen langen, dichten Wimpern, wodurch seine Augen einem aufgewühlten Ozean gleichen.

Die Küsse, die er auf meinem Gesicht verteilt, lassen mich vor Sehnsucht fast zerspringen, doch ich versuche, die Kontrolle zu behalten.

„Nur noch ein paar Minuten“, rede ich mir selbst zu und lasse meine Stirn an seine Schulter fallen.

Raphael nimmt das Duschgel und seift mich ein. Nicht einen Zentimeter Haut lässt er aus. Immer wieder verteilt er kleine Küsse und murmelt liebevolle Worte. Es liegt nichts Sexuelles in der Luft, sondern eine so tiefe Zuneigung, die mich beinahe in den Abgrund stürzt und ich mich wie ein auseinandergerissenes Menschlein auf den Boden hocken lässt. Mich wünschen lässt, dass ich dem Ganzen niemals zugestimmt hätte.

Doch das nimmt Raphael nicht hin. Er hebt mich hoch,

wickelt mich in das flauschige Handtuch und trägt mich zum Bett, ohne darauf zu achten, dass er noch nass ist und mit Sicherheit friert.

So sitzen wir nebeneinander. Er nackt, ich eingehüllt in weichem Frottee.

Auf einmal muss ich kichern, denn das Bild, das wir abgeben, ist sicher grotesk.

„Was ist los?“

„Wir blasen ziemlich viel Trübsal dafür, dass wir eine Menge Spaß hatten. Damit meine ich nicht nur den Sex, Raphael. Eigentlich haben wir wirklich eine tolle Zeit hier verbracht. Entschuldige, dass ich mich so gehen lasse. Ich sollte erwachsen genug sein, um nicht zu einer Heulsuse zu mutieren.“

„Du bist keine Heulsuse. Es ist erlaubt, ein bisschen traurig zu sein, wenn etwas Wundervolles so unterbrochen wird.“

„Hhm, ich habe gewusst, dass ich den Spaß nicht von Gefühlen trennen kann. Aber ich werde es versuchen. Du bist es wert, Mr. Bates.“

Raphael legt seinen Arm um meine Schultern und zieht mich zu sich. Dabei erkenne ich die Gänsehaut auf seinem Körper, die vermutlich nicht daher kommt, weil ihn seine Gefühle für mich übermannen.

„Zieh dir was an, Bab …, Raphael. Nicht, dass du noch krank aus dem Urlaub zurückkommst.“

Wir erheben uns und ich sammele meine Sachen zusammen. Ich präge mir jeden Winkel ein, denn ein schöneres Blockhaus werde ich wohl nie mehr zu sehen bekommen.

In meiner Skiunterwäsche und meinem dicken Pulli stelle ich mich vor das große Fenster.

„Wir haben schon wieder den legendären Sonnenaufgang verpasst. Danke dafür, Leander“, flüstere ich.

Natürlich kann Raphaels Bruder nichts dafür, aber jemand muss herhalten. Das ist nun mal so!

Draußen reißt der Himmel tatsächlich auf und die Landschaft vor uns liegt unter einer dicken Schicht Puderzucker.

„Soll ich meine komplette Montur schon anziehen oder brauchst du noch länger, bis das Schneemobil startklar ist?“

„Wenn du alles hast, dann können wir schnell los. Zum Glück habe ich es ja noch rechtzeitig untergestellt.“

„Gut, dann los.“

Wir gehen in den Vorraum an der Rückseite des Hauses, wo unsere Schneeanzüge und Helme hängen. Raphael schiebt das Schneemobil aus dem Schuppen und ich hänge mir meinen Rucksack über. Er braucht nichts mit zurücknehmen, denn er fährt direkt wieder hier her und wird dann vermutlich schon von Dexter und Leander erwartet.

Draußen bewundere ich die Schönheit der Landschaft. Die Äste der Tannen hängen durch die Schneemassen tief runter, die unberührten Schneeflächen glitzern wie tausend Edelsteine und über den gegenüberliegenden Bergkuppen taucht die Sonne alles in ein märchenhaftes Licht.

Als ich mich umdrehe, sehe ich, dass Raphael mich beobachtet.

„Traumhaft, oder?“

„Traumhaft trifft es nicht annähernd. Viel zu schade, um gleich die Ruhe mit dem Lärm des Motors zu zerstören“, flüstere ich.

Raphael setzt sich den Helm auf und steigt auf den Sitz. Gekonnt fährt er einen Bogen und bleibt dicht vor mir stehen. Ich schwinge mein Bein über den Sitz, lege meinen Kopf auf seinen Rücken und gebe mit der Hand, die nun auf seinem Bauch liegt, das Startzeichen.

Sofort dreht er den Gashebel auf und wir fliegen durch die Schneelandschaft. Das Schneemobil hinterlässt eine tiefe Spur im Pulverschnee und hin und wieder erhaschen wir einen Blick auf ein Reh, das sich zaghaft hinter den Bäumen hervortraut.

Meine traurige Stimmung verfliegt beim Anblick der

wunderschönen Natur und ich werfe lachend den Kopf in den Nacken.

Was ein Abenteuer liegt hinter mir!

Verdammt …, Granny wird alles genau wissen wollen und mir sofort eine passende Lösung aus einem ihrer Romane vor die Füße werfen. Ich bin gespannt, wie und wann diese Story enden wird.

RAPHAEL

Kinga lacht und ich bin froh, dass sie ihre gute Laune wiedergefunden hat.

Tatsächlich ist es ihr nicht so einfach gefallen, wie sie es gerne gehabt hätte. Mir aber auch nicht.

Am liebsten hätte ich Leander durchs Handy gezogen und erwürgt. Von mir aus hätte das Wetter noch tagelang so bleiben können, aber wer fragt mich schon.

Wir steigen in mein Auto um und ich lege meine Hand wie selbstverständlich auf Kingas Oberschenkel. Mein Hirn gaukelt mir vor, dass unsere Geschichte noch nicht zu Ende ist. Zum ersten Mal wünsche ich mir mehr Zeit mit einer Frau.

Schon heute Nacht habe ich darüber gegrübelt, wie wir das bewerkstelligen können. Wie es möglich wäre, dass wir uns weiterhin treffen. Leider bin ich zu keinem zufriedenstellenden Ergebnis gekommen.

„Fährst du sofort wieder zum Blockhaus zurück, Raphael?"

„Jap, das muss ich, Puppy. Sonst wird es zu dunkel."

„Ist das nicht zu anstrengend? Schließlich musst du erst wieder das Auto abstellen und umsteigen."

Süß, wie besorgt sie ist.

„Nicht anstrengender als eine vierundzwanzig Stunden Schicht. Denke ich zumindest, ausprobiert habe ich das bislang nicht."

„Versprich mir, dass du vorsichtig sein wirst."

„Klar, wenn es mir zu viel wird, übernachte ich einfach in einer Höhle."

Völlig unvorbereitet trifft mich ein Schlag gegen die Schulter.

„Hey, willst du uns in einen Graben befördern?"

„Natürlich nicht. Ich will deine Reaktionsfähigkeit testen."

„Und … bist du zufrieden?"

„Geht so."

„Was glaubst du, wird bei euch noch anstehen, Kinga?"

Wieder lege ich meine Hand auf ihren Schenkel und sie legt ihre über mein Handgelenk. Mit den Fingern schiebt sie das Armband, das ich selbstverständlich nicht abgenommen habe, hin und her.

„Sag mal, hat Dexter etwa ein Nähkästchen im Blockhaus. Scheiße, ich hätte nicht erwartet, dass er so freaky ist."

Kingas Kopf fliegt in meine Richtung.

„Wie kommst du darauf?"

Hektisch blickt sie von meinem Armband in mein Gesicht.

„Wo sonst hast du die Knöpfe her?"

„Ähm … ich habe dich gefragt. Erinnerst du dich?"

„Du hast mich nach Knöpfen gefragt? Nicht, dass ich wüsste."

„Nicht direkt. Du hast mir erlaubt, an deinen Kleiderschrank zu gehen."

„Ja, schon. Aber da liegen auch keine Knöpfe drin …"

Kinga schenkt mir ein unschuldiges Lächeln.

Mir fällt es wie Schuppen von den Augen.

„Nicht dein Ernst. Du hast sie von meinem Hemd

abgeschnitten."

„Nicht Hemd, Hemden."

„Was? Wie soll ich die jetzt noch anziehen, Puppy."

„Ruhig bleiben, Brauner. Es fehlen nur die Ersatzknöpfe. Na ja, fast."

„Definiere bitte *fast.*"

„Du wirst es herausfinden, Raphael", antwortet sie, ohne wirklich zu antworten.

Ich drehe meine Handinnenfläche nach oben und halte sie ihr hin. Umgehend legt sie ihre Hand hinein und ich umschließe sie. Dann hebe ich unsere Hände an meinen Mund und küsse ihre. Kurz sehe ich zu ihr rüber und mein Blick strandet in ihrem.

Himmel, wie sehr ich diese warmen, weichen Augen liebe.

Moooment, liebe? Ich liebe Hash Browns, meine Arbeit und meinen Bruder, aber nicht die Augen einer Frau.

Ja, ja, Raphael … mach dir nichts vor. Sie hat dich am Wickel. Amor hat dich mit seinem Pfeil ausgetrickst. Als du es am wenigsten erwartet und wieder mal deine Regeln verkündet hast, hat er beschlossen, sein eigenes Ding zu drehen.

Na, toll und jetzt?

„Lass dir was einfallen", flüstert mir dieser Amor zu.

Ich habe gar nicht bemerkt, dass wir die restliche Strecke bis zum Haus ihrer Schwester schweigend zurückgelegt haben. Langsam rolle ich die Straße entlang, bis wir vor der bunt leuchtenden Hecke zum Stehen kommen.

Kinga öffnet die Tür und ich springe aus dem Auto. Sie holt ihren Rucksack vom Rücksitz und als sie sich wieder aufrichtet, stehe ich bereits vor ihr.

Sofort beuge ich mich runter und sie kommt mir entgegen, sodass wir uns in einem langen Kuss verlieren. Immer wieder neckt mich ihre Zunge. Sie zieht sich zurück, nur um dann intensiver meinen Mund zu erobern. Meine Hände pressen ihren weichen Körper fest an mich. Ganz unbewusst dränge ich sie mit dem Rücken ans Auto, damit sie mir Stand halten kann, denn ich kann nicht aufhören sie zu verschlingen.

Als wir Luft holen müssen, lege ich meine Stirn an ihre und inhaliere tief ihren süßen Duft.

„Du musst los, Raphael.“

„Ich weiß, Puppy.“

In meinem Rücken spüre ich die Blicke ihrer Familie, die sich wahrscheinlich die Nasen am Fenster platt drücken.

„Es sind sicher Granny, Cat und Mom, denen ich gleich Bericht erstatten muss.“

„Musst du das denn?“

„Nein, muss ich nicht, aber ich werde. Warum soll ich nicht von meinem ungewöhnlichsten und vermutlich einzigartigen Weihnachtsmorgen erzählen?“

„Okay, wenn du es so sagst, klingt es plausibel.“

„Danke für dein so außergewöhnliches Geschenk. Auch dazu wird Granny alles wissen wollen“, schmunzelt sie.

„Sag ihr, dass ich möglicherweise deinen Rat annehmen werde und in den Schmuckhandel einsteige.“

„Mach’ ich.“

Mir ist bewusst, dass ich den Abschied hinauszögere, aber mir ist noch immer keine Lösung eingefallen. Ich will sie nicht gehen lassen.

Ihre Hand streicht federleicht über meine Wange und zeichnet meine Lippen nach, die sofort anfangen zu brennen, als hätte ich mit dem Mund einen Brand gelöscht.

„Puppy, ich komme vorbei, bevor ich übermorgen nach Hause fahre. Wir können …“

Sie legt ihren Zeigefinger auf meine Lippen und ich umschließe ihn.

„Nein, komm nicht, Raphael.“

Wie bitte? Was sagt sie denn da? Wieso soll ich nicht vorbeikommen. Verständnislos sehe ich sie an und bemerke, dass ihre Augen verdächtig schimmern. Oh mein Gott, wenn ihre Tränen jetzt überquellen, breche ich zusammen.

„Es gibt keine Zukunft für uns, Baby. Wie soll das

funktionieren? Ein weiteres Mal schaffe ich das Spiel mit dem Feuer nicht."

„Kinga, ich bin geübt im Feuerlöschen. Versuchen wir …"

Sie schüttelt heftig den Kopf und schon kullert die erste Träne. Als ich sie wegwischen will, weicht sie mir aus. Ein Dolchstich mitten ins Herz könnte nicht schlimmer sein.

„Wie du siehst, bin ich nicht gut im Verabschieden, Raphael. Schon gar nicht im Verabschieden auf Raten. Also reißen wir das Pflaster einfach mit einem Ruck ab und behalten die gemeinsame, überwältigende Zeit in Erinnerung", wispert sie mit zittriger Stimme.

„Wir können uns sehen, wenn ich bei Leander bin. Du könntest …", versuche ich mich an einen Strohhalm zu klammern.

In ihren Augen sehe ich, dass sie sich entschieden hat, und ich kann es ihr nicht verdenken. Wer will sich schon immer wieder ins Knie schießen?

Kinga ringt um Fassung, denn offenbar hat sie noch viel mehr investiert, als gut für sie ist. Das Einzige, was ich für sie tun kann, ist … zu gehen.

Verdammt nochmal, tut das weh!

Dennoch trete ich einen Schritt zurück und nehme meine Hände von ihr. In mir wird alles taub, gleichzeitig dröhnt es in meinem Schädel, mein Puls rast und meine Lunge droht zu kollabieren, so sehr schnappe ich nach Luft.

„Okay, Puppy. Alles, was du willst, Baby", entgegne ich leise.

Fahrig streife ich mit den Händen über mein Gesicht, durch meine Haare und straffe mich.

„Ne felejts el engem", schluchzt sie herzerweichend und dreht sich ruckartig um.

Ich weiß nicht, was sie gesagt hat, aber zum ersten Mal in meinem Leben murmele ich ein „ich dich auch" vor mich hin.

Habe ich jemals so viel Schmerz und Unbehagen

empfunden, wie jetzt in diesem Moment?

Ich sehe ihr nach, wie sie die Stufen zur Tür hinaufgeht.

Sie dreht sich nicht noch mal um und ich bin unfähig etwas zu sagen oder sie zu rufen, weil ich in der Sekunde sterbe, in der sie im Haus verschwindet.

Vollkommen erledigt steige ich ins Auto und fahre mit quietschenden Reifen los. Mir ist es egal, ob die Straßen glatt sind oder ob in China 'ne Gurke platzt. Nach der nächsten Kurve halte ich an und lasse meinen Kopf auf das Lenkrad sinken.

„FUUUUUCCCK!!!", schreie ich mir die Seele aus dem Leib.

Am liebsten würde ich umdrehen und sie um Verzeihung bitten, für meine bescheuerten Bemerkungen über meine Beziehungsunfähigkeit oder irgendwelche schwachsinnigen Regeln. Aber welche halbwegs sinnvolle Lösung kann ich ihr anbieten?

Hey, Baby … wir wohnen zwar etwa zweihundert Meilen weit voneinander entfernt und mein Job verlangt absolute Flexibilität von mir, aber ich will dich trotzdem. Vielleicht haben wir ein paar Stunden gemeinsam Freizeit, die wir mit Zweisamkeit füllen können …

Ja, das klingt nach einem ausgeklügelten Plan, Raphael.

Verfluchte Scheiße, wieso hat sie ihr verdammtes Navi vor ein paar Tagen ausgeschaltet und ist nach Gefühl gefahren? Möglicherweise wäre ich ihr nie begegnet. Wahrscheinlich sogar.

Ich weiß, dass ich unfair bin. Doch irgendwie möchte ich mein Herz schützen und das funktioniert wohl besser, wenn ich meinen Schmerz, meine Wut auf jemand anderen projiziere. Oder?

Meine Hände zittern, als ich mich wieder in Bewegung setze. Mit aller Kraft versuche ich die aufkommenden Gefühle zu unterdrücken und fahre viel zu schnell die geschwungenen Straßen zurück zum Einstellplatz des Schneemobils.

Kopflos komme ich dort an und sehe, dass Leander und Dexter bereits auf dem Weg zur Blockhütte sind.

Kurz bevor ich losrase, sehe ich noch auf mein Handy. Bei Gott, wenn Kinga mir geschrieben hat, dann fahre ich, wenn nötig, mit dem Schneemobil zurück zu ihr.

Wie vermutet habe ich keine Nachricht, deshalb zerre ich das Schneemobil raus, knalle die Tür zum Abstellhäuschen zu und schieße wie ein geölter Blitz durch die Schneemassen.

Keine Ahnung wie ich zur Blockhütte gekommen bin, vermutlich bin ich wie ein Verrückter gefahren, denn Dexter und Leander können noch nicht lange hier sein.

Der Motor ist noch warm und an ihren Stiefeln klebt noch Schnee.

Wütend reiße ich mir die Schneeklamotten vom Leib, pfeffere den Helm rücksichtslos auf das Regal und stampfe ins Haus.

Ich öffne die Tür mit so viel Kraft, dass sie fast aus den Angeln fällt.

„Scheiße, Mann! Du hast mich erschreckt, Rapha. Was ist denn mit dir los?!", meckert mein Bruder.

Wortlos gehe ich an ihm vorbei direkt in den Wohnraum. Vor der Fensterfront bleibe ich schnaufend stehen und starre raus.

Neben mir taucht Leander auf und hält mir ein großzügig gefülltes Whiskeyglas vor die Nase. Ich reiße es ihm aus der Hand und kippe es in einem Zug runter. Sofort füllt er es wieder auf und ich verfahre genauso wie mit dem Ersten.

„Hey, du kippst das, mehrere große Scheinchen, teure Gesöff runter wie Wasser. Dexter wird dich dafür lynchen."

„Meinetwegen", schnauze ich.

„Mir nicht, Bruder. Was hat dich in einen wütenden Stier verwandelt? Oder soll ich besser fragen wer?"

„Halt einfach die Fresse und gieß mir noch was ein!"

Er folgt meiner Anweisung und legt anschließend seine Hand auf meine Schulter.

„Reicht jetzt, Raphael. Komm runter. Wenn du keinen

Bock auf uns hast, ist das okay. Geh rauf und schlaf oder tu sonst was. Aber bevor ich nicht weiß, was los ist, wirst du dich nicht abschießen."

Mit einem Mal fluten mich die ganzen Erinnerungen an Kinga und ich sacke zusammen. Mit den Unterarmen stütze ich mich am Fenster ab, lege meine Stirn an die kühle Scheibe. Das Whiskeyglas umfasse ich so fest, dass meine Fingerknöchel weiß hervortreten. Ich wünsche mir, dass es zerbricht, dann konzentriert sich der Schmerz vielleicht nur auf meine Hand.

Als hätte mein Bruder meinen Wunsch gehört, löst er meine Finger vom Glas, gibt es Dexter, der von irgendwoher aufgetaucht ist und strubbelt mir aufmunternd durch das Haar. So, wie er es früher schon gemacht hat.

„Sag mir, was gerade passiert, Leander. Ich verstehe es nicht. Ich habe alles so gemacht, wie ich es immer halte. Wieso fühlt es sich dann so falsch an?", will ich verzweifelt von meinem großen Bruder wissen.

Ich drehe meinen Kopf in seine Richtung und blicke direkt in seine blauen Augen, die den meinen so ähnlich sind. Er zuckt mit den Schultern.

„Weißt du, Raphael … im Laufe deines Lebens triffst du viele tausend Menschen, die nichts in dir berühren. Die für eine Zeit an deiner Seite bleiben und dann weiterziehen, ohne eine Lücke zu hinterlassen. Das ist normal und wichtig, denn nur so kannst du dich entwickeln. Manchmal zum Guten, manchmal zum Schlechten. Doch dann kommt einer und alles, wirklich alles, ändert sich. Von einer Minute zur anderen änderst DU dich. Deine Einstellung ändert sich. Plötzlich erscheint dir dein bisheriges Leben nicht mehr richtig. Es passt nicht mehr zu dir."

Wow, wann ist aus meinem coolen, aufreißerischen, unausstehlichen Bruder ein Poet geworden?

Aus den Augenwinkeln bemerke ich eine Bewegung und drehe mich um. Dort steht Dexter in seiner ganzen Schönheit, mit offenem Mund und verdächtig glänzenden

Augen. Er starrt Leander an, der verlegen seinen Blick abwendet und seine Hände in die Hosentaschen schiebt.

„Sonst noch was?!", fragt er mich schroff.

Vorbei ist der intime Moment, den er mit mir und Dexter geteilt hat. Er versteckt sich wieder hinter seiner rauen Fassade.

„Ich vermute, das Festdinner fällt heute aus, oder?"

„Ganz richtig, Dexter. Heute stürzt mein kleiner Bruder ab und wir werden ihm dabei behilflich sein."

„Natürlich. Was auch sonst …"

Mich trifft die Erkenntnis, dass ich die beiden um ihre Beziehung beneide. So unterschiedlich sie auch sind, so sehr halten sie zusammen, sind füreinander da.

„Komm schon, erzähl Onkel Dexter mal was los ist."

„Herr Gott noch mal, Dexter. Was soll schon los sein? Der Idiot hat sich verliebt und die Kleine hat ihn abserviert."

„Woher willst du das wissen, Leander? Vielleicht ist es ganz anders als du denkst."

Mein Bruder und ich sehen Dexter mit hochgezogenen Augenbrauen an und er lacht lauthals.

„Schön, dass ich zu deiner Belustigung beitragen kann, Dexter."

„Kleiner, ich lache dich nicht aus. Es ist einfach unglaublich, wie ähnlich ihr euch seid. Nicht nur äußerlich."

„Du weißt nicht, wovon du sprichst, Mann."

„Oh, doch! Scheißegal, Raphael. Erzähl einfach, was dich so umgeworfen hat. Vielleicht finden wir gemeinsam eine Lösung."

Da ist er wieder … Mr. Dexter Williams. Der Retter der Nation.

Eigentlich ist das nicht richtig, denn ich weiß von Leander, dass auch er einige Leichen im Keller hat. Sie sind nur tief genug vergraben.

Ich bin froh, hier zu sein, denn alleine würde ich mich wahrscheinlich von der Klippe schmeißen. Ach nee, vom Berg stürzen oder was auch immer. So aber kann ich mich ungehemmt ausheulen und übermorgen wieder in mein normales Leben zurückkehren.

Juhu, … alles ist wieder in bester Ordnung.

KINGA

Hilfe! Dachte ich, ich hätte schon viel Herzschmerz erlebt, so bin ich eines Besseren belehrt worden.

Raphaels Angebot auszuschlagen, uns gelegentlich zu sehen, ist mir verdammt schwergefallen. Nur ein weiterer Kuss, ein kurzes Wort, eine winzige Berührung und ich hätte mich schluchzend in seine Arme geworfen.

Wie nicht anders zu erwarten war, habe ich meine Gefühle natürlich nicht in Schach halten können. Wie auch? Raphael versteht es, sich von seiner besten Seite zu zeigen. Er macht es jedem leicht, ihn zu mögen.

Doch was bringt es uns, wenn wir uns nur selten sehen können? Die Entfernung ist zu groß, als dass ich mal eben auf einen Kaffee vorbeifahren kann.

Nein, so ist es besser.

Meine Familie hat sofort gesehen, dass es mir nicht gut geht. Auch wenn ich versuche, mich ganz normal zu verhalten, kann ich nicht leugnen, dass ich ihn bereits vermisse.

Zum Glück haben sie mich in Ruhe gelassen und nicht die übliche Fragestunde abgehalten.

Den Rest des Tages haben wir zusammen verbracht. Am

Abend sind Logan und Catinka zu den Elliots gegangen und Mom, Dad und Granny ins Hotel gefahren.

Insgeheim habe ich auf eine Nachricht gewartet, doch Raphael hat meinen Wunsch respektiert.

Es ist besser so, rede ich mir immer wieder ein und hoffe, dass ich es selbst auch bald glaube. Allerdings ist das bis jetzt nicht passiert.

Wie auch? Mir gehen die zwei Tage nicht mehr aus dem Kopf. Wie sehr wir harmoniert haben, wie wundervoll die gemeinsame Zeit war.

Es fällt mir nicht leichter, wenn ich bei jedem Blick in den Spiegel die ungewöhnliche Kette betrachte, die er mir geschenkt hat. Bisher habe ich sie lediglich beim Duschen abgenommen und danach sofort wieder angelegt. Ob er das Armband trägt? Oder liegt es schon längst in irgendeiner Ecke? Nein, das glaube ich nicht. Raphael ist der Abschied ebenso schwergefallen wie mir.

Verdammt noch mal, es kann doch nicht so schwer sein, einen Urlaubsflirt aus dem Kopf zu bekommen. Wie machen meine Freundinnen das?

Vor zwei Tagen habe ich ihm per WhatsApp eine gute Heimfahrt gewünscht und er hat mich sofort angerufen. Zunächst war das Gespräch ziemlich hölzern, doch je länger wir miteinander gesprochen haben, desto lockerer sind wir wieder geworden.

Am Ende habe ich ihm versprechen müssen, mich sofort zu melden, wenn ich Entwarnung geben kann oder eben nicht. Wieder hat er mir versichert, dass er für mich da sein wird, und das rechne ich ihm hoch an.

Gerade bin ich mit Granny und Cat im „Up and Down". Natürlich auf der oberen Ebene, denn es ist erst früher Nachmittag und wir sitzen bei einem gigantischen Stück Sahnetorte und einem fantastisch nach Lebkuchen duftenden Cappuccino zusammen.

Meine Eltern machen eine Ski-Langlauftour und Logan hat heute seinen letzten Arbeitstag. Danach bleibt er bis zum neuen Jahr zu Hause.

„Kinga, suchst du irgendwen?“, will Granny wissen.

Sie ist unglaublich aufmerksam und bemerkt jeden Stimmungswechsel sofort.

„Wie kommst du darauf?“

„Nun ja, deine Augen schweifen immer wieder durch den ganzen Raum. Dabei streichst du ständig über deine neue Kette. Glaubst du, dein Feuerwehrmann kommt gleich hier reingeschneit?“

„Er ist nicht mein Feuerwehrmann, Granny. Nein, darauf warte ich nicht. Raphael muss arbeiten und kommt in den nächsten Wochen nicht mehr zu Besuch.“

„Aha, dann lass dir deine Torte schmecken und erzähl uns endlich von eurem Ausflug in die Berge. Ich habe dir jetzt reichlich Zeit gelassen, um zu trauern …“

„Es ist niemand gestorben, Granny“, mischt sich meine Schwester ein.

„Stimmt, aber Kinga ist kreuzunglücklich, seitdem sie zurück ist. Du hättest ihn überreden sollen, zu bleiben oder wenigstens zum Silvesterball zu kommen.“

„Er hat schon was mit seinen Freunden vor. Was soll das auch bringen? Wir hatten eine schöne Zeit, mehr wird es nicht geben und gut ist.“

Granny und Cat sehen mich an, als würden mir Hörner wachsen.

„Was das bringen soll? Kinga, ich bin mir sicher, er würde dir ein paar ordentliche Orgasmen verpassen. Oder du ihm. Heilige Scheiße, wenn es so in dem Blockhaus war, wie ich es mir vorstelle, dann … uuuuuhhhh, bitte mehr davon.“

„So? Woher willst du wissen, dass wir Sex hatten, Catinka?“, fahre ich sie laut an.

Zwei ältere Damen gehen an unserem Tisch vorbei und werfen mir böse Blicke zu, denn sie sehen so aus, als würden sie bereits bei den Worten Sex und Orgasmus einen Herzkatheter benötigen.

„Tsss, was ist aus der Jugend nur geworden, Mildred?“,

murmelt die eine kopfschüttelnd ihrer Begleitung zu.

„Selbstbewusste Frauen sind es geworden, die sich endlich nicht mehr verstecken müssen. So wie es damals von uns verlangt wurde“, wendet sich Granny den Ladys zu.

„Wie bitte?“, empört sich die andere Dame.

„Ist doch wahr. Was wäre es schön gewesen, wenn mein Milan und ich uns so unkompliziert hätten treffen können! Wir wären vermutlich ohne Umwege ins nächste Bett gefallen.“

„Huch! Das ist doch wohl die Höhe. Kein Wunder, dass die jungen Leute so verdorben sind.“

Catinka und ich kichern und Granny kneift die Augen zusammen. Oh, oh, nicht gut. Sie gibt jedem Paroli, der über die Jugend und insbesondere über uns herzieht.

„Ahhh, dann haben Sie ihre Kinder wahrscheinlich beim Bettenmachen gefunden. Warum mussten denn die jungen Leute früher so schnell heiraten, hä? Doch sicher nicht immer aus Liebe. Oft doch wohl, weil die Liebe oder auch nur die Lust nicht ohne Folgen geblieben ist …“

Die Damen schnappen nach Luft, während Granny sich in Rage redet. Ich lege meine Hand auf ihren Unterarm und versuche sie zu beruhigen.

„Granny, lass gut sein. Leben und leben lassen. So wie du es uns beigebracht hast.“

Sie schnauft und ihre dunklen Augen blitzen vor Wut.

„Meine Damen, verteilen Sie doch bitte Ihre Weisheiten woanders. Ich möchte mich ungestört mit meinen Enkelinnen unterhalten.“

Catinka streichelt demonstrativ über ihr Bäuchlein und gibt den beiden Frauen weiteren Gesprächsstoff.

„Gott, wie erbärmlich. Wenn man genau darüber nachdenkt, ist es ein Wunder, dass die vielen angeblichen ‚Frühgeburten‘, die es zu meiner Zeit gab, überlebt haben. Lächerlich zu glauben, dass alle vor der Ehe noch Jungfrauen waren. Unfassbar, wie manche Leute vergessen haben, dass es für uns fast ausgeschlossen war, das andere Geschlecht richtig kennenzulernen. Meine Güte, wenn ich daran denke, was wir alles bewerkstelligen mussten, nur um mal für eine Stunde alleine zu sein! Ich beneide euch um eure Freiheit, Mädels. Glaubt mir, hätte damals die Möglichkeit bestanden, dann hätte es mit Sicherheit nicht so viele Eltern gegeben, die selbst noch viel zu jung waren, um Kinder zu erziehen."

Granny ereifert sich wie immer, wenn das Thema auf ihre Jugend kommt. Sie und Grandpa haben sich nicht zurückgehalten und Glück gehabt, wie sie immer sagt. Andere wiederum nicht.

„Wo waren wir stehen geblieben? Ach ja, ihr hattet hoffentlich wilden, hemmungslosen Sex und konntet die Finger nicht voneinander lassen", nimmt sie unser Gespräch wieder auf.

Stöhnend drehe ich mich um und durchsuche zum zehnten Mal den Raum.

„Kinga, er wird nicht kommen. Du hast ihm doch selbst gesagt, dass das mit euch keinen Sinn hat. Also widme uns doch deine ungeteilte Aufmerksamkeit und erzähl uns ein bisschen von einem umwerfenden Feuerwehrmann, mit meerblauen Augen und Muskeln aus Stahl", nervt Cat mich.

Gerade jetzt geht die Tür auf und Leander kommt herein. Mir fällt die Kinnlade runter, denn alles an ihm erinnert mich an Raphael. Als er mich sieht, kommt er lässig auf uns zu geschlendert.

Cat verschlingt ihn mit den Augen und Granny strahlt über beide Wangen.

„Ladys … Wie schön, dass ihr unsere Torten genießt. Seid ihr mit der Auswahl zufrieden?", macht er tatsächlich Konversation.

„Hey, Leander. Klar, alles super. Hast du heute hier oben Dienst?"

„Nein, ich muss gleich runter und mich um die Bestellungen kümmern. Ich will nur noch schnell einen Kaffee trinken und dann an die Arbeit."

Granny mustert ihn von oben bis unten und ist

offensichtlich mit seinem Anblick zufrieden.

„Hallo, junger Mann. Ich vermute, Sie sind mit dem Mann verwandt, der Kinga den Kopf verdreht hat. Sie sehen zumindest so aus."

„Granny, was soll denn das?"

Manchmal geht mir ihre direkte Art echt auf den Senkel. Doch Leander verzieht seinen Mund zu einem schiefen, unglaublich heißen Lächeln und verneigt sich vor uns. Sieh an, sieh an. Bei unserer ersten Begegnung war er nicht annähernd so freundlich.

„Ja, Ma`am. Raphael ist mein Bruder. Darf ich mich vorstellen …, ich bin Leander."

„Ich bin nicht taub, Leander. Kinga hat sie gerade mit Namen angesprochen."

Er zieht eine Augenbraue hoch und kräuselt amüsiert seine Lippen.

„Natürlich sind sie das nicht. Mir scheint, Kinga hat viel von Ihnen gelernt."

Die beiden sehen sich einige Minuten an und Granny schätzt ab, ob sie ihn mag oder nicht.

„Hm, hoffentlich. Ich kann auf jeden Fall verstehen, was sie an Ihrem Bruder findet. Holy shit, sie sind heißer als Maronen auf dem Weihnachtsmarkt."

Leanders dunkles Lachen schallt durch den Raum, mir bleibt die Spucke weg und Catinka nickt wild. Meine Güte, manchmal möchte ich unter den Tisch krabbeln, wenn meine Familie loslegt.

„Ich bin Hanna Tamasz. Die beiden Schönheiten kennst du bereits. Kommt dein Abbild zu Silvester zurück?"

„Nein, Hanna. Er muss erst arbeiten und ist dann verabredet."

„Er wird zurückkommen. Am Ende kommen sie immer zurück, fallen sich glücklich in die Arme und können nicht mehr ohne den anderen sein", gibt Granny wieder eine ihrer Lovestory-Weisheiten zum Besten.

„Amen", sagen meine Schwester und ich gleichzeitig.

„Ist das so, Hanna?"

Leander scheint sichtlich Gefallen an meiner Grandma zu finden.

„Jip oder Jep oder wie auch immer man sagt! So ungefähr läuft es jedenfalls. Ich möchte nicht ins Detail gehen. Nicht, dass du noch einen Satz rote Ohren bekommst, Leander."

„Granny, wie redest du denn? Reicht jetzt auch mal, Leander muss sicher arbeiten."

„Bleib mal locker, Kinga. Er wird gehen, wenn er gehen muss."

Leander legt den Kopf schief und hinter ihm taucht Dexter auf. Woah, bitte nicht das auch noch. Grannys Blick schießt über Leanders Schulter.

„Olala, das wird ja immer besser, Kinder."

Meine Schwester sieht interessiert zwischen den Männern und uns hin und her. Sie kennt die beiden bereits und ist nicht ganz so überrascht, über das gute Aussehen. Dass Leander ein so perfektes Benehmen an den Tag legt, hätte ich allerdings nicht erwartet.

„Kinga, Catinka … schön euch wieder bei mir begrüßen zu dürfen. Mrs …?

„Das ist Hanna. Kingas und Catinkas Grandma", stellt Leander Granny vor.

„Freut mich sehr. Ich bin Dexter. Uns gehört der Laden hier."

„Soooo? Ihr betreibt, ein Café? Passt irgendwie nicht so richtig zu dem Bad Boy da", sie sieht Leander eindringlich an.

„Schluss jetzt, Grandma. Wir sind hier nicht in einer deiner Enemies to Lovers oder sonst welchen Storys. Wir …"

„Stimmt, Kinga. Du und dein Feuerwehrmann, ihr mochtet euch sofort. Es sei denn, es wird eine Reverse Harem-Story daraus", grinst sie frech in die Runde.

„Jetzt wird es sogar mir peinlich, Granny. Hör bitte auf und werd mal wieder normal", sagt Cat endlich was dazu.

Meine Wangen glühen bereits und Leander hat Erbarmen mit mir.

„Hanna, da muss ich Sie leider enttäuschen. In diese Richtung wird sich gar nichts entwickeln. So, ich muss weiterarbeiten. Unser Club ist im Untergeschoss. Kommt doch an Silvester vorbei, wir öffnen die Tore allerdings erst nach Mitternacht."

„Mal sehen, ob ich da Zeit habe. Danke für die Einladung, Leander", verhält Granny sich zum Glück wieder fast normal.

„Catinka, es wäre schön, wenn ihr kommen würdet, dann kann ich endlich Logan treffen. Sonst dauert das noch ewig, bis wir einen gemeinsamen Termin finden", wendet sich Dexter an meine Schwester.

„Mal sehen, wie ich es schaffe. Wir sind mit unseren Eltern auf dem Silvesterball im Hotel."

„Oh, das ist natürlich auch nett", zwinkert er uns zu.

„Papperlapp, nett ist die kleine Schw …"

„Granny!", rufen Cat und ich unisono.

„Ja, ja …, es ist schön. Aber die wirkliche Party geht doch erst danach los, wenn ich das richtig verstanden habe", winkt sie ab.

„Wie auch immer, wir sind hier. Wenn ihr also Lust und Zeit habt, kommt einfach vorbei."

„Machen wir", antwortet Granny für uns und lacht schelmisch.

Sie ist unverbesserlich. Ich liebe ihre unkonventionelle Art, doch manchmal verfluche ich sie auch.

„Wunderbar, dann mach' ich mich mal an die Arbeit. Schönen Tag euch noch."

Er verschwindet im hinteren Teil des Cafés, in dem sich vermutlich die Büros befinden.

„Das lief doch gut, oder?"

„Klar, Granny. War super."

Wir widmen uns wieder unseren eigenen Gesprächen und Cat und Granny ordern eine weitere Runde Kaffee und

Kuchen. Wobei ich auf den Kuchen verzichte, denn mein Magen ist wie zugeknotet, seit ich zurück aus den Bergen bin.

Die Begegnung mit Leander und Dexter hat mich aus dem Takt gebracht. Ein Blick in Leanders blaue Augen hat jede Emotion wieder an die Oberfläche gespült und die Sehnsucht nach Raphael hat mich wie eine gewaltige Springflut mitgerissen.

Man sollte doch meinen, dass ich schneller über den Liebeskummer hinwegkommen würde. Wir haben schließlich nicht Jahre zusammen gelebt, sondern lediglich ein paar Tage miteinander verbracht.

Trotzdem habe ich das Gefühl, dass er Spuren in meinem Herzen hinterlassen hat, die einem Brandzeichen gleichkommen. Die oberste Hautschicht ist leicht verkrustet, die Risse beginnen sich zu schließen, aber eine klitzekleine Erinnerung, ein Duft oder eine ähnlich dunkle Stimme wie Raphaels und der leichte Schorf beginnt zu bröckeln.

Heute erneut von Leander zu hören, dass er zu einer Party verabredet ist und nicht herkommt, lässt mich vergessen zu atmen. Obwohl ich es war, die darauf bestanden hat, dass wir uns nicht wiedersehen.

Das pumpende, verräterische Ding in meiner Brust macht, was es will und nicht, was es soll.

Etwas rüttelt an meiner Schulter und ich höre meinen Namen. Wie benommen blinzele ich und sehe in Cats besorgtes Gesicht.

„Kinga …, sieh mich an. Kinga!“

Sie schnipst mit den Fingern vor meinem Gesicht und Granny legt ihre warmen Finger auf meine eiskalte Hand.

„Süße, atme … atme …! Ein, aus, ein, aus … so ist es gut. Komm schon … sieh mich an.“

Es ist, als würde ich uns von oben zusehen. Ich kann gerade nichts tun, als meinen Fokus auf Cat zu richten.

„Granny, mach bitte was! Scheiße …, sollte ich diesen Kerl jemals wieder sehen, zerfetze ich ihn in tausend Stücke. Vielleicht fange ich auch bei seinem Bruder an.“

„Reg dich nicht auf, Kind. Denk an das Baby“, höre ich Granny.

Sie legt mir ihre Hände fest ans Gesicht und dreht meinen Kopf zu sich. Ihre dunklen Augen bohren sich tief in meine und ich merke, dass mein Herz ruhiger schlägt, mein Blick sich klärt und meine Lungen sich wieder füllen.

„So ist es gut, Schätzchen. Konzentriere dich auf meine Augen. Der Rest kommt gleich von selbst. Alles ist gut.“

Und wirklich, alles regelt sich in Sekundenschnelle und Granny lässt sich auf den Stuhl mir gegenüber fallen.

„Puh, geht’s wieder, Kinga? Du hast deiner Schwester und mir einen ganz schönen Schrecken eingejagt. Hier trink einen Schluck.“

Sie reicht mir ein Glas Wasser und ich trinke gierig. Mein Mund fühlt sich staubtrocken an und ich schäme mich ein wenig dafür, dass ich so die Kontrolle verloren habe.

„Es braucht dir nicht peinlich zu sein, Kinga. Irgendwann wird es besser.“

„Versprochen?“

Herr Gott noch mal, ich benehme mich wie ein kleines Mädchen.

„Mhm, kleine Mädchen sind manchmal traurig, Kinga. Dass dein Freund dir unter die Haut gegangen ist, ist etwas sehr Schönes. Wenn du es dann loslässt, tut es weh. Je mehr Gefühl du investiert hast, desto schlimmer ist es, Kleines.“

„Aber ich wollte doch nichts investieren. Wir haben vereinbart, nur ein bisschen Spaß zu haben.“

„Kinga …, Gefühle halten sich nicht an Vereinbarungen. Schließ sie in dein Herz und sei dankbar für die Zeit.“

„Ach, Granny. Wenn das so einfach ist, warum funktioniert es dann so schlecht?“, jammere ich.

„Das weißt du doch, Kinga. Dein Kopf sagt dir, du sollst abschließen, dein Herz spricht eine andere Sprache. Beide müssen sich irgendwann auf eine Kommunikation einigen, sonst wird es verdammt schwierig für dich.“

Meine Augen wandern zu Catinka, die uns ganz genau

beobachtet und in deren Blick unendlich viel Liebe ist.

Es tut mir augenblicklich leid, dass ich unser weihnachtliches Kaffeekränzchen versaut habe und verziehe mein Gesicht zu einer Grimasse, die ein Lächeln andeuten soll.

„Ich kenne eine todsichere Methode, die das ganze Leben bunter macht", erklärt meine Schwester und ich weiß, was sie meint.

„Ach, ja? Da bin ich gespannt."

„Glühwein und Dominosteine … in Mengen …"

„Nehme ich", antwortet Granny.

„Okay, dann los. Gehen wir einkaufen und dann nach Hause. Ich muss meine Beine hochlegen. Ihr könnt euch mit Glühwein volllaufen lassen, während ich die Dominosteine vertilge", erklärt Catinka uns.

Ob es funktioniert, weiß ich nicht, aber ich werde es versuchen. Zumindest werden meine Gedanken in einer süßen, zimtigen, leckeren, roten Flüssigkeit ertränkt und mein Zuckerspiegel wird mich sicher zum Vibrieren bringen. Oder der Alkohol übernimmt auch diese Arbeit.

Wir bezahlen, geben der Bedienung ein großzügiges Trinkgeld und haken uns unter. Cat führt uns in den nächsten Laden, wo wir nicht nur Dominosteine, sondern auch Lebkuchen, Printen und andere Leckereien in Mengen kaufen. Den Glühwein beschränken wir auf eine Flasche, denn nur Granny und ich können ihn trinken.

Nicht mehr ganz so deprimiert schlendern wir zurück und ich bin meiner Schwester, meiner Grandma, dem Glühwein und den Massen an Süßkram dankbar, dass sie mich in bessere Stimmung versetzen werden.

Mom sagt immer, wenn das Leben dir einen Strich durch die Rechnung macht, streu' jede Menge Glitzer drauf, dann leuchtet es wieder.

Nichts leichter als das … Cat hat Tonnen von Glitzer im Haus!

RAPHAEL

Gott, bin ich fertig! Die letzten Tage hatten es in sich. Jeder Dienst war der Horror und wir alle brauchen dringend eine Pause.

Total erledigt erreiche ich meine Wohnung und möchte nur noch schlafen.

Deshalb gehe ich sofort ins Bad, wo ich meine Kleidung einfach auf den Boden werfe und mich endlich unter den warmen Strahl der Dusche stelle.

Sofort fluten mich Bilder, die ich bisher vergeblich versucht habe zu verdrängen.

Kinga im Buchladen, Kinga beim Eisstockschießen, Kinga auf dem Schneemobil, Kinga in der Küche …

Kinga, Kinga, Kinga …

Es ist jetzt eine Woche her, dass ich sie gesehen habe, sie spüren durfte und ihren himmlischen Duft einatmen konnte.

Eine Woche und ich habe einerseits das Gefühl, noch immer ihre weiche Haut zu fühlen, sie zu schmecken oder auch nur ihr zauberhaftes Lachen zu hören und andererseits kommt es mir wie eine Ewigkeit vor, die ich ohne sie verbringen muss.

Ich bin verloren, wirklich total am Arsch!

Nichts hilft, um sie aus meinem System zu bekommen und eigentlich möchte ich sie auch gar nicht löschen.

Ganz egal, was ich unternehme, mit wem ich mich treffe oder wie viel Dienste ich übernehme, Kinga ist immer dabei.

Sie hat mir eine schöne Rückreise gewünscht und anfangs war unser Gespräch recht holprig, doch je länger wir telefoniert haben, desto lockerer sind wir wieder miteinander umgegangen. Ihr Lachen ist Musik in meinen Ohren und bringt jede Faser meines Seins in Schwingungen. Die Chemie stimmt immer noch und selbst über das Handy spüre ich eine unglaubliche Anziehungskraft.

Ob sie das ebenso spürt, weiß ich nicht, denn sie ist dabei geblieben, dass wir uns nicht weiter treffen. Wahrscheinlich möchte sie sich nicht zu sehr auf mich einlassen, falls es doch nicht funktioniert.

Leander hat mir erzählt, dass er sie mit ihrer Schwester und ihrer Grandma im Café getroffen hat. Er ist genauso fasziniert von der alten Dame, wie ich. Sie ist einfach der Hammer. Selbstverständlich weiß ich, dass sie nicht ständig so einen Unsinn faselt, wie sie es in ihren heiß geliebten Büchern liest. Aber ihre Sprüche lockern jede Stimmung auf.

Dexter hat mir noch erzählt, dass es Kinga gar nicht gut ging und sie gehen mussten, ohne ihren Kuchen aufzuessen und den Kaffee auszutrinken. Er meint, Hanna und Catinka haben sich gut um sie gekümmert, denn seine Angestellte hat ernsthaft darüber nachgedacht, einen Notarzt zu rufen, weil Kinga sich so merkwürdig verhalten hat.

Jedes noch so kleine Detail habe ich aufgesogen, wie ein trockener Schwamm.

Wie ferngesteuert verlasse ich die Dusche, wickele mir ein Handtuch um die Hüften und gehe in mein Schlafzimmer. Heute Abend steigt die große Party, an der ich teilnehmen kann. Solange ich ein Teil meines Löschzugs bin, habe ich an jedem Jahreswechsel arbeiten müssen. Bisher war mir das egal, doch dieses Jahr wollte ich endlich mal dabei sein und nicht nur zuhören, was die Kollegen für tolle Geschichten erzählen.

Noch habe ich Zeit genug, denn wer beginnt schon vor zweiundzwanzig Uhr zu feiern? Richtig, niemand. Zumindest nicht in meinem Alter.

Im „Up and Down“ geht es sogar erst nach Mitternacht los. Die beiden haben sich das ganz genau überlegt. So kann jeder noch mit seiner Familie das neue Jahr begrüßen und dann abfeiern. Ich finde die Geschäftsidee genial und die Zusagen bestätigen das.

Kinga, Catinka und Logan gehen mit den Eltern zum Silvesterball ins Hotel.

Joa, kann man machen, muss man aber nicht. Doch da ich weiß, dass die beiden Schwestern sonst unzertrennlich waren und sich nun nicht mehr so oft sehen können, verstehe ich ihren Wunsch, jede Minute miteinander zu verbringen.

Unruhig laufe ich in meiner Wohnung herum und überlege, was ich später anziehen werde. Wahrscheinlich das Gleiche wie immer. Jeans, Hemd, Lederjacke. Das hat sich bewährt, wieso sollte ich es also ändern?

Meine Kollegin Mabel hat heute extra betont, dass sie ihre Freundinnen mitbringt und mir zugezwinkert. Allerdings bin ich gerade nicht in der Stimmung für ein kurzes Intermezzo mit wem auch immer.

Mein Handy klingelt und ich begebe mich auf die Suche. Warum habe ich es noch mal mit ins Bad genommen?

Ach ja, vielleicht, aber auch nur ganz vielleicht, habe ich auf einen Anruf von Kinga gehofft. Natürlich könnte ich sie anrufen, doch ich halte mich an ihren Wunsch und lecke meine Wunden.

Schnell hechte ich zum Waschtisch und nehme das Gespräch an, von dem ich insgeheim hoffe, dass es Kinga ist.

„Hejho, kleiner Bruder. Hast du alle Feuer für dieses Jahr gelöscht?“

„Jap, alles erledigt. Es fühlt sich echt komisch an, in einer meist ereignisreichen Nacht freizuhaben.“

„Warum? Du hast doch heute schon gearbeitet."

„Leander ...", seufze ich laut.

„An Silvester ist die Hölle los, weil jeder kleine Idiot meint, er müsste den Helden vor seiner Liebsten oder seinen Freunden spielen. Da ..."

„Ja, ja, ja ... das ist das erste Jahr, dass du nicht die Extremschicht übernimmst. Jetzt bist du mal dran. Wann geht es bei euch los?"

„Noch lange nicht. Zum Glück. Ich fühle mich wie durch den Fleischwolf gedreht. In den letzten Tagen war viel los und jeder von uns war im Einsatz. Keine Ahnung, warum das zwischen den Jahren so merkwürdig ist. Es scheint, als würde jeder mit allem abschließen wollen. Egal, mit wem, wie und wieso. Manchmal bin ich es echt leid, denn wir sind nicht nur Feuerwehrleute, sondern auch Therapeuten, Streitschlichter, Retter und ..."

„Und der Traum eines jeden Singles", lacht Leander.

„Ja, das auch. Was gibt's? Willst du nochmal meine Stimme hören, bevor du ins neue Jahr schlitterst?"

„So sieht es aus, Raphael. Kommst du klar? Bei unserem letzten Gespräch warst du ziemlich aufgewühlt, als ich dir von der Kleinen erzählt habe. Sie hat Spuren bei dir hinterlassen."

Stimmt, das hat sie, wie keine zuvor. Bisher war mir Liebeskummer oder wie auch immer man meine Stimmung seit unserem letzten Zusammensein nennen mag, gänzlich unbekannt.

Oder, nein ... in der achten Klasse hatte ich wirklich Herzschmerz, wegen Anna Haddow. Ich war unsterblich in sie verliebt, doch sie war nur an Leander interessiert und hat mich quasi als Mittelsmann benutzt. Tja, was soll ich sagen ... am Ende hat keiner das bekommen, was er wollte.

„Rapha, bist du noch dran?", höre ich Leanders Stimme wie durch Watte.

„Bin ich. Gerade habe ich an Anna Haddow gedacht, erinnerst du dich noch an sie?"

„Wie kommst du denn jetzt auf die? Aaaaah, ich denke …, ich ahne …, warum du sie erwähnst. Da kann ich dich beruhigen, Raphael. Vor ein paar Monaten bin ich ihr begegnet. Sei froh, dass sie dich damals nicht wollte. Scheiße, sie hat sich verdammt gehen lassen. Aus der einst so süßen Anna ist eine wüste Anna geworden."

„Aha, na dann ist doch alles im Lot", erwidere ich lahm.

„Wie auch immer. Ich will dir nur eine schöne Nacht wünschen, Rapha. Lass dir nichts entgehen und denk nicht an morgen, der kommt früh genug. Im nächsten Jahr kannst du alles besser machen."

„Klar doch, Leander. Was soll ich dir wünschen? Du hast bereits alles richtig gemacht."

„Nein, das habe ich nicht und das weißt du ganz genau. Das Einzige, was ich in den letzten Jahren richtig gemacht habe, war … mich für Dexter zu öffnen."

„Das stimmt so nicht, Leander. Dich auf Dexter eingelassen zu haben, hat dich glücklich gemacht und das hast du dir verdammt noch mal verdient. Lass dir das nicht mehr nehmen, Bruder. Du hast dich aufgerichtet wie Phoenix aus der Asche, hast gekämpft wie ein Gladiator und unglaublich viel Mut bewiesen. Versprich mir, dass du dich nie wieder manipulieren lässt. Das würde ich nicht noch ein weiteres Mal aushalten."

Eigentlich wollte ich dem Gespräch nicht diese Wendung geben, aber irgendwie bin ich gerade unglaublich emotional. Ich will für meinen Bruder nur das Beste und das ist Dexter.

Am anderen Ende ist es still. Nur sein schwerer Atem ist zu hören.

„Das wird die größte Herausforderung meines Lebens bleiben, doch solange ich dich und Dexter an meiner Seite habe, werde ich es schaffen."

„Sicher wirst du das!"

Wir lassen beide einen Moment lang unsere Gedanken in die Vergangenheit schweifen und sind dankbar für die Entwicklung, die Leander durchgemacht hat.

„Hey …, Trauerstunde vorbei, Rapha. Wen hast du heute im Visier?“, überspielt Leander unsere höchst gefühlvolle Verbindung.

„Niemanden. Echt, momentan bin ich nicht interessiert, was für eine Silvesterparty semigut ist. Bekanntlich mangelt es dort nicht an Angeboten.“

„Wieso gehst du dann hin? Was bringt dir das?“

„Was bringt es mir, zu Hause zu bleiben? Es wird lustig, die Jungs sind da und ich werde mich endlich entspannen können.“

„Wenn du das sagst. Dann bleibt mir nichts weiter, als dir viel Glück auf dem Bau zu wünschen.“

„Hä? Wovon zum Teufel redest du da?“

Mein Bruder lacht sein unverwechselbares, tiefes Lachen und kriegt sich nicht mehr ein. Ich verdrehe meine Augen, denn ich weiß, dass es einige Zeit dauert, bis er sich wieder beruhigt und einen zusammenhängenden Satz bilden kann.

„Geht's dann wieder, Leander? Ich will mich noch aufs Ohr hauen. Sonst schlafe ich im Stehen ein und die Betonung liegt auf Schlafen, nicht auf Stehen.“

Er räuspert und versucht sich zu sammeln.

„Komm schon, du kennst doch die Vorgehensweise, die dich am schnellsten zum Ziel führt, Raphael.“

„Du wirst sie mir gleich erklären, nehme ich an. Ich bin gespannt …“

„Na ja, erst anbaggern, dann zuschütten, dann Rohrverlegen“, kichert er.

„Oh, Gott. Wirklich, Leander? Wer von uns ist nun der Ältere?“

„Sorry, ist ein blöder Spruch aus der Vergangenheit. Mach einfach das, wozu du Lust hast. Bis nächstes Jahr, kleiner Bruder.“

„Hm, zumindest werde ich es versuchen. Passt auf euch auf und kommt ebenfalls gut ins neue Jahr. Viel Erfolg mit dem Event heute. Mein Gefühl sagt mir, dass es eine mega gute Party wird.“

„Gab es schon jemals eine Party, auf der ich anwesend war, die nicht mega gut war?“

„Vermutlich nicht. Bleib sauber, Alter und lasst es krachen. Bye, grüß Dexter von mir.“

„Jo, wird gemacht.“

So, meine Haut ist getrocknet, deshalb schmeiße ich mich sofort auf mein Bett. Fast in derselben Sekunde bin ich eingeschlafen.

Da ich selten ausschlafen kann, werde ich automatisch nach drei Stunden wach. Verschlafen schleppe ich mich ins Bad und sehe im Spiegel einen Mann, der dringend eine Rasur braucht.

„Na, möchtest du mal wieder wie ein gepflegter Mensch rumlaufen oder weiter wie ein Neandertaler?“, rede ich mit mir selbst.

Heute lasse ich mir Zeit, um mich in Form zu bringen. Meinen Bart habe ich gestutzt, Jeans und Hemd sitzen perfekt, Parfüm habe ich ebenfalls aufgelegt. Die Boots und meine Lederjacke sind an der Garderobe.

Ich betrachte mich im Spiegel und bin zufrieden, bis ich auf mein Handgelenk starre, um das Kingas Weihnachtsgeschenk liegt. Kurz drehe ich es hin und her und seufze tief. Für ein paar Sekunden schnellt mein Puls in die Höhe, sodass ich mir über das Gesicht und durch die Haare streiche.

Als es klingelt, runzele ich verwundert die Stirn. Wer kommt denn jetzt? Ohne die Sprechanlage zu betätigen, drücke ich auf den Türöffner. Im Hausflur ist Gepolter und Gekicher zu hören, weshalb ich über das Treppengeländer schaue, um zu sehen, wer sich den Weg nach oben bahnt.

Jetzt erkenne ich Maliks Stimme, der ebenfalls heute mit zur Silvesterparty kommt und dann sind da noch schätzungsweise zehn andere Stimmen. Männlich wie weiblich.

Boah, bitte lass das nicht wahr sein. Die werden doch wohl nicht beschlossen haben, bei mir vorzuglühen. Darauf habe ich so viel Bock wie auf Fußpilz.

„Raphael! Du bist schon ausgehfertig … Perfekt. Wir wollen dich lieber abholen. Nicht, dass du es dir noch anders überlegst und einsam und verlassen auf deinem Sofa liegen bleibst."

„Wie kommst du darauf, Malik?"

„Du hast die letzten Tage nicht gerade den Anschein erweckt, als würdest du unbedingt abfeiern wollen", lacht er.

Hinter ihm taucht Mabel mit ihren Freundinnen auf. Auch das noch!

„Und da dachtet ihr, ich würde mir nichts sehnlicher wünschen, als mit euch anzutrinken?"

„Yeah, Rapha! Du bist so ein schlauer Fuchs", säuselt Mabel im Vorbeigehen.

„Hey, ich habe euch noch nicht hereingebeten", versuche ich einen halbherzigen Einwand.

„Und …?"

Verdammt noch mal, mir steht echt nicht der Kopf danach, aber die Mannschaft zockelt schon in meine Wohnung und macht es sich in meinem Wohnzimmer gemütlich.

Missmutig geselle ich mich zu ihnen und rümpfe die Nase. Irgendwer hat sich sein Parfüm mit dem Feuerwehrschlauch aufgetragen. Es ist so aufdringlich, dass der ganze Raum verpestet ist, deshalb öffne ich die Balkontür und lasse die eiskalte Luft rein.

„Fuck, mach das Fenster zu, Rapha! Oder willst du, dass wir uns den Arsch abfrieren?"

„Wenn das nötig ist, damit der penetrante Gestank verblasst, dann ja."

„Wuuuhuu, der Herr hat schlechte Laune", mokiert Mabel sich und die Frau, die neben ihr sitzt, kann einer überreifen Tomate Konkurrenz machen.

Ohne einen weiteren Kommentar gehe ich in die Küche und hole mir eine Coke. Auf Alkohol kann ich verzichten, denn die anderen trinken offenbar für mich mit.

Zurück im Wohnzimmer sehe ich, dass die Balkontür geschlossen und die Unterhaltung voll im Gange ist. Die Uhr an meiner Anlage sagt mir, dass wir noch fast eine Stunde Zeit haben, bis wir loskönnen oder müssen.

Malik hängt bereits an einer schönen, blonden Frau und Mabel klettert gerade auf den Schoß ihres Freundes. Die anderen Frauen und Männer kenne ich nicht, wobei eine kleine, dunkelhaarige Schönheit mir immer wieder eindeutige Blicke zuwirft, die mich komplett kaltlassen.

Sie ist wirklich schön und heiß, aber sie hat einen Fehler … sie ist nicht Kinga.

Was sie wohl jetzt macht? Wahrscheinlich sitzt die Familie im festlich geschmückten Saal, bei Champagner und Hors d`oeuvre. Hanna bringt alle mit ihren Geschichten zum Lachen und Catinka kann den Hauptgang kaum erwarten. Logan verschlingt seine Frau wie ein leckeres Dessert und Kingas und Logans Eltern … keine Ahnung. Sie freuen sich bestimmt, dass alle zusammen sind.

Leise Hintergrundmusik erklingt und bereitet die Hotelgäste auf einen fulminanten Abend vor. Ja, so wird es sein.

Leander und Dexter sind bestimmt mit den letzten Vorbereitungen beschäftigt und freuen sich sicher, wenn die große Sause losgeht. Leander weiß, was er tut und wenn er eins kann, dann feiern und Events organisieren. Deshalb bin ich mir absolut sicher, dass die Party ein Hit wird. Weiter spiele ich den Abend im Kopf durch, der ohne mich stattfindet. Mögl …

Mitten in meinen Gedanken spüre ich Finger an meiner Kinnlinie entlang streichen und der aufdringliche Duft von vorhin steigt mir in die Nase.

Wer zum Henker fasst mich ungefragt an und steht so dicht vor mir?

„Hallo, schöner Mann. Lass mich an deinen Träumen teilhaben“, raunt mir die dunkelhaarige Schönheit zu.

„Ganz bestimmt nicht!“

Irritiert sieht sie mich an, ich nehme ihre Hände von mir und schiebe sie ein Stück weg.

„Mabel, kümmere dich um deine Freundin und lass deinen Macker mal Luft holen."

Erschrocken sehen mich meine Kollegen an, denn meine Stimme ist hart und laut.

„Alter, bleib mal locker. Was ist denn los mit dir?", will Malik wissen.

Tja …, was ist los mit mir? Wenn ich das nur wüsste.

Bullshit, eigentlich weiß ich genau was, beziehungsweise wer mir fehlt. Mehr als gut für mich ist.

Plötzlich weiß ich, was ich zu tun habe.

„Leute, hier ist Ende im Gelände. Hopp, hopp … macht euch vom Acker."

„Dein Ernst, Rapha? Wir haben noch Zeit, warum willst du jetzt schon losgehen?"

„Nicht wir gehen los, sondern ihr geht los."

„Sag mal, drehst du jetzt völlig durch? Du spinnst doch total! Wir haben verabredet, dass wir …"

„Wir haben gar nichts. Raus jetzt hier, aber zack, zack."

„Rapha, hast du heute zu heiß geduscht oder warum ist dein Hirn weich gekocht?", regt sich Malik auf.

„Noch ein Wort, Malik und ich drehe wirklich durch. Raus jetzt! Ich habe was zu erledigen."

„Jetzt? Was soll das sein?"

„Malik …", knurre ich.

Die Frauen haben sich bereits ihre Jacken geschnappt, während meine Kollegen noch diskutieren.

Drängend dirigiere ich sie zur Tür und dulde keinen Widerspruch.

„Das ist doch scheiße, Raphael."

„Mag sein. Passt auf, dass euch beim Rausgehen die Tür nicht in den Arsch knallt!"

Ich höre noch, wie Mabel nach Luft schnappt, aber mir ist das egal.

Mit Feuereifer schmeiße ich ein paar Dinge in meinen

Rucksack, schnappe mir meinen Autoschlüssel und rase die Treppen runter. Mein Wagen steht zum Glück direkt vor der Haustür und ist noch nicht komplett zugeschneit.

Fahrig schiebe ich den Schnee von der Windschutzscheibe, werfe meine Tasche auf den Rücksitz und drehe die Lüftung auf Höchststufe. Sobald ich freie Sicht habe, fädele ich mich so schnell es geht in den schleichenden Verkehr ein. Wenn das die ganze Fahrt so weitergeht, dann erreiche ich mein Ziel erst zum Frühstück.

Als ich die Stadtmitte verlasse, ist der Verkehr nicht mehr so dicht, die Straßenverhältnisse sind allerdings auch um Längen schlechter. Mit aller Vorsicht, die ich aufbringen kann, obwohl es mir nicht schnell genug geht, lege ich Meile für Meile zurück.

Meine ganz persönliche Playlist für Tage wie diesen, lasse ich laut durch den Wagen dröhnen. So kann ich mir meinen unverhältnismäßig schnellen Herzschlag schönreden. Denn wessen innerer Rhythmus kommt bei der Musikmischung aus Rap, House, Techno und anderen Abwandlungen nicht aus dem Gleichtakt?

Genau, daran liegt es. Daran und an der Konzentration, die ich aufbringen muss, damit ich nicht im Graben lande und doch noch in den Genuss einer einsamen, kalten und verlassenen Silvesternacht komme.

KINGA

Die letzten zwei Tage hat mich meine Familie immer wieder davor bewahrt, abzudriften. Cat und Logan haben mich mit zum Gynäkologen geschleppt, damit ich ihr Baby bewundern kann. Mom und Dad sind mit mir durch die beeindruckend schöne Landschaft gewandert und wir haben tatsächlich eine Schneeballschlacht gemacht und Granny hat mit mir eine Kutschfahrt unternommen.

Das nenn' ich mal eine gute Quote an Abwechslung. Keine Ahnung, wieso sie alle so motiviert sind, mich ja nicht alleine zu lassen. Nach meinem kurzen Aussetzer im Café würde Granny am liebsten in meinem Bett schlafen und auch noch meine Träume bewachen. Oje, da würde sie sich nur bestätigt fühlen, denn oft taucht in meinen Träumen der Hauptprotagonist einer kurzen Lovestory auf und lässt mich atemlos aufwachen.

Na ja, jetzt gerade bin ich endlich alleine, denn wir treffen meine Eltern, Granny und die Elliots im Hotel. Catinka und Logan sind nicht daran interessiert, mir beim Anziehen behilflich zu sein.

Logan hat genug damit zu tun, seiner Frau zu bestätigen, dass sie mit ihrem niedlichen, kleinen Bäuchlein, in jedem

Outfit hinreißend aussieht.

Eingemummelt in Cats kuscheligen Morgenmantel stehe ich vor dem Kleiderschrank und kann mich nicht entscheiden, was ich heute Abend tragen soll. Eigentlich steht mir der Sinn eher nach meiner guten alten, bequemen Jeans und einem Pulli, als nach einem knappen Kleidchen.

Tatsächlich hat Catinka mich bereits gewarnt, dass sie mich eher nur in Dessous als in Jeans mitnimmt. Okay, soweit werde ich es nicht kommen lassen.

Sie meint es nur gut und im Hotel wird auf angemessene Kleidung Wert gelegt. Freizeitlook auf einem Silvesterball ist nicht passend.

Um meine Gedanken in angenehme Bahnen zu lenken, läuft meine Lieblingsmusik und ich summe mit.

Auf dem Bett liegen bereits einige Klamotten, die vermutlich nicht auf Cats Zustimmung stoßen würden. Allerdings muss ich zugeben, dass ich nur wenig Kleidungsstücke mitgenommen habe, die für einen Ball tauglich sind.

Ich habe nicht vermutet, dass es soooo förmlich dort zugehen würde. Mir hätte es gereicht, einfach nur mit meiner Familie den Abend zu verbringen. Aber mich fragt ja niemand.

In meinem überschaubaren Fundus befindet sich ein paillettenbesetztes, kupferfarbenes Top mit breiten Trägern und einem V-Ausschnitt. Kombiniert mit meiner braunen, engen Stoffhose und meiner absoluten Lieblingsjacke, die nie in meinem Koffer fehlt, dürfte es gehen.

Die Stoffhose und das Paillettentop geben der Jacke den nötigen Chic.

Meine Haare lege ich in große Locken, ein bisschen Make-up betont meine Augen und der passende Lippenstift darf nicht fehlen.

Schnell packe ich alles Notwendige in meine herzförmige, braune Lederhandtasche, als auch schon Cat in mein Zimmer platzt.

„Oha, Kinga. Wenn da keiner anbeißt, dann stimmt etwas mit den Männern nicht. Du siehst atemberaubend aus."

„Übertreib nicht. Ich trage keine Abendrobe, sondern lediglich ein glitzerndes Top unter einer Jacke."

„So siehst du das, aber … warte … LOGAN! Komm mal kurz rüber."

„Äh, bist du angezogen, Kinga?", fragt mein Schwager vorsichtig, bevor er die Tür aufstößt.

Ein lang gezogener, anerkennender Pfiff kommt von seinen Lippen und seine Augen wandern an mir auf und ab.

„Baby, mach dich darauf gefasst, dass deine Schwester heute nicht bei uns übernachtet."

Er kommt weiter in den Raum, umschlingt Catinka und flüstert ihr etwas ins Ohr, sodass sie anfängt zu kichern.

„Ihr könnt es offen sagen, wenn ich euch störe. Dann übernachte ich bei Granny. Bei ihr ist ein Bett frei."

„Quatsch, ich habe dir extra Ohrstopfen auf den Nachttisch gelegt. Hast du die etwa nicht benutzt, Kinga?", fragt meine Schwester mich mit entsetztem Gesichtsausdruck, sodass ich schallend anfange zu lachen.

Auch Logan amüsiert sich köstlich.

„Passt schon, Cat. Ich habe meine Kopfhörer, die erfüllen ihren Zweck in allen Lebenslagen."

„Boah, du darfst mich nicht so erschrecken, ich bin schwanger."

„Es hat dich noch nie gestört, wenn ich dich bei gewissen Aktivitäten hören konnte."

„Hey, ich hoffe doch, dass nur ich bei *gewissen Aktivitäten* anwesend war", hören wir Logans eifersüchtige Stimme.

„Selbstverständlich, Logan. Wer sonst?", grinse ich.

„Ihr seht fantastisch aus. Da werde ich alle Hände voll zu tun haben, um die potenziellen Anwärter in Schach zu halten. Meine Damen …, auf geht's."

Wir haken uns bei ihm unter und er bringt uns wohlbehalten ins Hotel.

Der ganze Saal glitzert festlich, den Hotelangestellten ist

es gelungen, die Weihnachtsstimmung zu erhalten und trotzdem eine Partyatmosphäre zu zaubern.

An einem großen runden Tisch sitzt bereits unsere Familie und schlürft an ihren Getränken. Mein Blick schweift durch den Raum und ich stelle fest, dass Logan nicht viel zu tun haben wird. Vermutlich sprengen wir gerade das Durchschnittsalter. Dennoch freue ich mich auf den Abend und bin zumindest auf das Galadinner gespannt.

Zum Glück habe ich in der letzten Woche sehr wenig gegessen, sodass in meiner Hose genug Platz für ein Acht-Gang-Menü sein dürfte … nicht.

Granny winkt uns aufgeregt zum Tisch. Sie sieht unglaublich gut aus in ihrem auberginefarbenen Hosenanzug. Überhaupt nicht wie eine angehende Urgroßmutter.

„Holla, die Waldfee. Ihr drei seht verflucht gut aus. Logan, ich hoffe, du trägst dich auf meinem Tanzkärtchen ein.“

„Unbedingt. Der erste Walzer gehört dir, Hanna.“

Ausgelassen unterhalten wir uns und die Liveband jongliert gekonnt zwischen den klassischen und modernen Liedern. Insgesamt ist die Stimmung ziemlich fröhlich.

Manchmal ertappe ich mich dabei, dass ich auf meinem Handy nachsehe, ob Raphael sich gemeldet hat. Doch warum sollte er das tun? Er ist unterwegs und feiert ein rauschendes Fest.

„Kleines, steck das Ding jetzt weg. Bitte. Du machst dich nur verrückt. Dein Feuerwehrmann ist nicht hier und wird auch nicht kommen. Versuch dich etwas zu entspannen. Du bist jung und bildschön. Ein paar Männer haben schon ein Auge auf dich geworfen oder auch beide“, zwinkert Granny mir zu.

„Ach, Granny. Irgendwie habe ich mir das einfacher vorgestellt.“

Sie tätschelt mir das Knie und schnalzt mit der Zunge. Was kommt denn jetzt wieder?

„Also ich an eurer Stelle würde mich ja nach null Uhr aus dem Staub machen und in diesem Club weiterfeiern. Wie hieß der noch? ‚In and Out' oder so was."

Logan hat zugehört und lächelt Granny wissend an.

„Hanna, es ist das ‚Up and Down'. Ich denke, ich werde meine beiden Frauen später dorthin entführen. Dexter hat mich heute angerufen und ordentlich die Werbetrommel gerührt. Wir sollten uns das nicht entgehen lassen."

„Auf keinen Fall. Mal ganz ehrlich, Logan. Es ist nicht langweilig hier, aber der Bär steppt auch nicht gerade", verrät uns Granny ihre Meinung.

„Es ist eher gediegen, würde ich sagen. Ich freue mich, dass wir alle zusammen ins neue Jahr rutschen", versichere ich meiner Familie zum wiederholten Mal, dass ich mich wohlfühle.

„Cheerio, alle zusammen. Auf die jungen Leute und das nächste Jahr", prostet uns Ed, Logans Vater, zu.

Das vorzügliche Essen zieht sich bis elf Uhr hin. Wir alle platzen gleich, denn die Portionen waren zwar nicht groß, aber die Menge an Gängen macht es. Die ausgesuchten Weine und anderen Getränke tun ihr Übriges.

Einen kleinen Schwips habe ich bereits und ich bin nicht gewillt schon mit dem Trinken aufzuhören. Sicher werde ich mich nicht abschießen, aber eine angenehme Bettschwere will ich unbedingt erreichen. Vielleicht kann ich dann endlich mal wieder tief und traumlos schlafen.

Die Band spielt einen Walzer und wie versprochen, nimmt Logan Granny an die Hand und führt sie zur Tanzfläche. Formvollendet schwebt er mit ihr über das Parkett und sie himmelt ihn an.

Ed und Barbara, Mom und Dad und viele andere Gäste gesellen sich ebenfalls zu den Tanzenden, sodass nur Cat und ich am Tisch bleiben.

„Und, Kinga … wen hast du dir ausgesucht?"

„Niemanden, Cat. Ich kann keinen Walzer tanzen."

„Dann bitte ich die Band etwas anderes zu spielen, denn

hinter dir taucht gerade ein Bild von einem Mann auf, der so aussieht, als wolle er dich auffordern."

Sofort fängt mein Herz an zu rasen und ich drehe mich so ruckartig um, dass ich fast die Gläser umstoße.

„Hoppla, hätte ich gewusst, dass du es so eilig hast, mit mir zu tanzen, dann hätte ich keine Sekunde mit meiner Tischbegleitung verschwendet", grinst mich ein dunkelhaariger Typ an.

Keine blauen Augen, keine blonden Haare. Mein Herzschlag beruhigt sich umgehend und mein Interesse erlischt. Fast bin ich ein bisschen wütend auf Catinka, denn sie hat mich glauben lassen, Raphael würde hier sein.

Nein, das ist nicht fair. Sie hat nichts der Gleichen gesagt und der Mann, der vor mir steht, sieht wirklich verdammt gut aus.

„Oh, ich lasse meine Schwester nicht allein am Tisch zurück. Tut mir leid, ein anderes Mal vielleicht."

„Geh ruhig, Süße. Ich bewache die Gläser. Logan und Granny kommen sicher gleich zurück."

Zuckersüß lächelt das kleine Biest mich an. Am liebsten würde ich sie jetzt schütteln, doch sie will nur, dass ich mich gut fühle. Also lasse ich mich von dem Fremden zur Tanzfläche führen und wir drehen uns schwungvoll im Kreis.

Granny hält den Daumen hoch und ich schüttele den Kopf.

Sam, so hat er sich vorgestellt, macht alles richtig. Er hält mich fest im Arm, führt hervorragend und blickt aufmerksam auf mich runter. Wir wechseln ein paar Worte, er ist nett und zuvorkommend, riecht gut, tanzt gut, aber … der Funke springt nicht über.

„Hm, ich schätze, du bist nicht ganz bei mir. Zeig mir, den Glückspilz, der die Fähigkeit besitzt, deine Gedanken zu beherrschen."

Mist, mir ist es auch schon besser gelungen, mich auf jemanden einzulassen, der kein Heiratspotenzial vorzuweisen hatte. Das geht gar nicht. Er kann schließlich nichts dafür, dass ich meinen Kopf nicht freibekomme.

„Was meinst du?“, gebe ich mich trotzdem unwissend.

„Das verletzt mich jetzt aber, dass du mich für so unsensibel hältst. In der Regel bemerke ich es, ob eine Frau auf mich steht oder nicht.“

Beschämt wende ich meinen Blick ab, doch Sam hebt mein Kinn mit seinen Fingern an und beugt sich zu mir runter. Er wird doch wohl nicht …

„Keine Angst, schöne Kinga. Ich werde dich nicht vor versammelter Mannschaft küssen. Auch wenn ich nichts lieber täte als das. Du bist wunderschön und dein Freund muss ein Vollidiot sein, wenn er nicht an deiner Seite bleibt“, raunt er mir mit kehliger Stimme ins Ohr.

Sein warmer Atem streift meine Haut, was sich ziemlich gut anfühlt. Zu einer anderen Zeit, an einem anderen Ort, würde ich mich wahrscheinlich sehr geschmeichelt fühlen und mich auf ihn einlassen. Aber heute …, leider nein.

„Du brauchst nichts zu sagen, Kinga. Jetzt ist nicht unsere Zeit, vielleicht beim nächsten Mal.“

Er zieht sich zurück, wirbelt mich im Kreis und in seinen Augen blitzt es gefährlich auf. Als er mich zurück zu meinem Platz begleitet, legt er seine Hand fest auf meinen unteren Rücken.

„Falls wir uns je wieder begegnen und du wieder alleine unterwegs bist, werde ich nicht so schnell aufgeben! Heute allerdings ist ein besonderer Tag, also lasse ich dich vom Haken. Es war mir eine Freude und es wird mir eine noch größere Freude sein, wenn ich dich wiedertreffe.“

„Hm, du bist dir sehr sicher, dass wir uns wiedersehen werden, Sam. Wie kommst du darauf?“

„Lass dich überraschen.“

Er blickt über meine Schulter und ich drehe mich um, als ich auch schon Logans Stimme höre.

„Ach du liebe Zeit …, Sam! Was machst du denn hier? Wann bist du aus China zurückgekommen?“

What? Die beiden kennen sich? Hier scheint jeder jeden

zu kennen.

„Logan …, schön dich zu sehen. Ich bin erst gestern angekommen und sofort hat mich meine Familie hergeschleppt. Wie kommt es, dass du auf einem leicht angestaubten Silvesterball bist und nicht auf irgendeiner angesagten Party?“

„Aus dem gleichen Grund wie du. Wir rutschen mit der Familie ins neue Jahr. Meine Schwägerin hältst du bereits im Arm.“

„Tatsächlich? Dann sehen wir uns wohl wirklich irgendwann wieder“, zwinkert Sam.

Mir wird das zu viel und ich setze mich ohne ein weiteres Wort neben Granny. Logan und Sam unterhalten sich noch eine Weile und ich widme mich meinem Cocktail.

„So ein Zufall. Sam ist ebenfalls mit mir zur Schule gegangen. Es scheint so, als würden alle so langsam zurück zu ihren Wurzeln kommen“, erklärt Logan uns Sams Anwesenheit.

„Wer kommt denn freiwillig aus China zurück, nur um in diesem kleinen Kaff zu leben?“, will ich mürrisch wissen.

„Autsch … Das ist nicht nett, Kinga. Gefällt es dir hier nicht? Das Leben in einer Kleinstadt ist nicht nur langweilig.“

Das ist mir klar, doch meine Laune ist nicht die beste. Von Minute zu Minute sinkt sie weiter in den Keller und ich möchte mich am liebsten verkriechen oder genau das Gegenteil tun. Feiern, bis der Arzt kommt, bloß nicht mehr nachdenken. Dennoch reiße ich mich zusammen und lächele in die Runde.

„Also, was ist so wichtig, dass Sam aus China zurückkommt?“, will jetzt auch Cat wissen.

„Dieses Hotel gehört Sams Familie. Übrigens, nicht nur das, sondern auch weitere unzählige Hotels auf der ganzen Welt. Er hat sie alle abgeklappert und begutachtet.“

„Wow, nicht schlecht. Das muss wahnsinnig anstrengend sein.“

„Mag sein, allerdings glaube ich, dass ihm das Leben, so

wie er es im Moment lebt, gut gefällt."

„Er sieht zumindest nicht unglücklich aus", bemerke ich, denn Sam unterhält sich angeregt mit einigen Gästen.

Die Kellner verteilen Champagnergläser, weil das neue Jahr im Anmarsch ist und selten bin ich so unmotiviert gewesen wie heute.

Die Band beginnt mit einem leisen Trommelwirbel und fordert die Gäste zum Runterzählen auf.

Meine Familie grinst über alle Backen, hält die Gläser zum Anstoßen bereit und auch ich schließe mich ihnen an.

„Fünf, vier, drei, zwei, eins…! YEAH! HAPPY NEW YEAR!!!", rufen wir alle laut.

In der Saalmitte regnet es glitzerndes Konfetti, die Musik begrüßt ebenfalls das neue Jahr, aufgeregtes Geschnatter und Gläserklirren ist zu hören.

Wir liegen uns in den Armen, Granny hat Tränen in den Augen und von draußen sind bereits die ersten Raketen und Böller zu hören. Schnell ziehe ich mir meine Jacke über und gehe mit den anderen auf die ausladende Terrasse, die im warmen Licht der unzähligen Lampions den Blick auf den parkähnlichen Garten freigibt.

Selbstverständlich ist das Silvesterfeuerwerk von einem Feuerwerksmeister organisiert worden und der Himmel leuchtet in den schönsten Farben und Mustern.

Aaaahs und Oooohs erklingen und in den Augen der Anwesenden spiegeln sich die zauberhaften Funken.

Einen kurzen Moment wünsche ich mir Raphael an meine Seite, doch dann schiebe ich endgültig die trüben Gedanken beiseite und küsse Catinka auf die Wange.

„Ich wünsche dir alles Glück der Welt, Cat. Für dich, Logan und das Baby. Das wird das aufregendste Jahr, das wir bisher erlebt haben."

„Danke, Süße. Danke, dass du bei mir bist."

„Immer, Cat. Ich bin immer für dich da."

Sie nickt und wir schauen uns gegenseitig in die liebenden Augen des anderen.

„Seid ihr bereit?“

„Wofür, Logan?“

„Baby, jetzt wird richtig gefeiert. Wir gehen ins ‚Up and Down‘. Nichts wird mich davon abhalten, dort aufzuschlagen. Wer weiß schon, ob wir beim nächsten Silvesterball dabei sind oder ob wir völlig fertig und schlafend ins neue Jahr kullern.“

Cat wird ganz unruhig, denn sie hat es schon immer gerne krachen lassen.

„Bence, ich entführe deine Töchter. Auf uns wartet noch eine Party“, ruft Logan unserem Dad zu.

„Unbedingt. Hoffentlich schaffst du es, auf beide aufzupassen. Denn wehe, wenn sie losgelassen … oder so.“

Dad spielt auf unsere Sturm-und-Drang-Zeit an. Als Cat und ich gemeinsam losgezogen sind und unsere ersten Erfahrungen in Bezug auf Partys und Jungs gemacht haben.

Wir verabschieden uns wortreich und machen uns zu Fuß auf den Weg in den Club. Die Luft ist kalt und klar. Vor unseren Mündern bilden sich kleine Dampfwolken und ich ziehe meinen Mantel, den ich über meiner Lieblingsjacke trage, enger um mich.

Cat schmiegt sich eng an Logan, der seinen Arm um ihre Schultern gelegt hat. Schon von Weitem sehen wir einige Leute in den Club gehen und in mir breitet sich tatsächlich Vorfreude aus.

Als wir die Tür öffnen und durch den oberen Bereich zur Treppe gehen, höre und spüre ich bereits die laute Musik. Die Bässe wummern und wie beim letzten Mal ist der Raum in leuchtenden Blau- und Lilatönen gehüllt.

Alle Tische sind besetzt, an der Bar herrscht Gedränge und auf der Tanzfläche tummeln sich unglaublich viele Menschen. Kurz gesagt, es ist rappelvoll.

Wir zwängen uns durch die Menge, als Leander, der hinter der Bar zaubert, uns entdeckt. Ich hebe meine Hand und winke ihm zu. Sofort ruft er einen seiner Barkeeper zu sich, gibt ihm Anweisungen und kommt direkt zu uns.

„Hey, freut mich, dass ihr gekommen seid. Willkommen im neuen Jahr“, begrüßt er uns und in seinem Gesicht spiegelt sich pure Lebensfreude wider.

Meine Schwester strahlt, denn sie liebt laute Musik und wippt bereits nervös mit dem Fuß.

„Wartet, ich besorge euch einen Tisch. Ist ein Barhocker für dich in Ordnung, Catinka? Du kannst nicht die ganze Nacht stehen.“

Irgendwie süß, wie besorgt er wieder um meine Schwester ist. Auch ein Charakterzug, der dem seines Bruders gleicht. Mist, schon ist er wieder in meinem System.

Leander sieht mich aus seinen blauen Augen eindringlich an und führt uns an einen Stehtisch, der eigentlich besetzt ist. Doch er bittet die jungen Leute unglaublich charmant an einen anderen Platz. Ich bin mir sicher, dass er notfalls auch einen anderen Ton anschlägt, wenn er es für passend hält.

„Danke, Mann. Das ist echt super von dir. Wahrscheinlich muss ich meine Frau zwingen sich mal zu setzen, dann hat sie wenigstens die Möglichkeit.“

„Immer gerne. Lasst es mich oder Dexter wissen, wenn ihr etwas braucht.“

Sein Blick streift mich kurz und er legt mir seine tätowierte Hand auf die Schulter.

„Alles klar bei dir, Kinga? Du siehst fantastisch aus!“

„Jap, alles in Ordnung.“

Ich habe das Gefühl, als würden mich seine stechenden Augen durchbohren, doch er sagt nichts weiter.

„Okay, dann sehen wir uns bestimmt später noch. Ich muss jetzt meine Show hinter der Bar abliefern.“

Wir sehen dem unfassbar heißen Mann hinterher, der von gefühlt jedem hier angesprochen wird.

„Oh, mein Gott! Er hat so was Dunkles an sich, das jeden in den Bann zieht. Diese blauen Augen …“, Cat ist, wie schon beim letzten Mal, hin und weg.

Logan nimmt es gelassen hin und küsst sie ungeniert und besitzergreifend.

„Und …, ist dir das dunkel genug, Baby?"

Catinka himmelt ihn voller Leidenschaft an, sodass ich befürchte, dass sie ihn gleich in eine Toilettenkabine zerrt.

„Aber so was von, Babe", haucht sie nur.

Die beiden sind mit sich beschäftigt, deshalb krame ich mein Handy hervor und schicke Raphael einen Neujahrsgruß mit den entsprechenden Partyemojis.

So viel Anstand muss sein, schließlich sind wir nicht im Streit auseinandergegangen. Offensichtlich ist sein Handy aus, denn mir wird nur ein Haken angezeigt.

Auch gut, dann sieht er eben morgen, dass ich mich gemeldet habe. Ein paar Minuten warte ich noch, ob die Nachricht zugestellt wird, dann verstaue ich mein Handy in der Tasche und checke die Lage.

Okay, die Auswahl ist groß und ich beschließe sie zu nutzen.

Die Bedienung stellt Getränke vor uns hin, die wir definitiv nicht bestellt haben.

„Schönen Gruß von Dexter", erklärt sie uns.

Wir drehen uns zur Bar und prosten ihm über die Menge hinweg zu.

„Kinga, komm! Es wird Zeit, dass wir die Kalorien abbauen, die sich heute Abend auf unsere Hüften gestürzt haben. Logan?"

Cat zieht mich auf die Tanzfläche und Logan winkt ab. Er wird uns nicht eine Sekunde aus den Augen lassen, denn sobald jemand seiner Frau zu nahe kommt, mutiert er zum Tier. Umgekehrt ist es übrigens genauso.

Beim Tanzen vergesse ich alle Sorgen, schließe meine Augen und lasse mich ganz fallen.

RAPHAEL

Glücklicherweise schneit es nicht mehr und das Wetter bleibt klar. Es besteht also keine Gefahr, dass ich mich im Nebel verfahre. Leise lache ich vor mich hin, denn nur so hatte ich die Chance Kinga kennenzulernen. Hätte sie ihr Navi nicht ausgestellt, wäre sie ohne Umwege an ihr Ziel gekommen.

Wie gut, dass es für mich keinen Unterschied macht, ob ich mit oder ohne Navigationsgerät fahre. Die Strecke ist mir nicht fremd. Leider komme ich nicht so schnell voran, wie ich es gerne möchte, denn in der Dunkelheit muss ich mich konzentrieren, damit ich möglichst früh bemerke, ob die Straßen vereist sind. Bisher ist das nicht der Fall.

Die ganze Zeit frage ich mich, was Kinga wohl macht. Geht sie doch noch ins „Up and Down"? Wo soll ich zuerst hin? Ins Hotel oder in den Club?

Zum wiederholten Mal versuche ich Leander zu erreichen. Entweder hat er keinen Empfang oder er hat sein Handy ausgeschaltet. Manchmal gehen unten im Club die Nachrichten weder rein noch raus.

Allerdings vermute ich eher, dass er das Telefon einfach irgendwo hingelegt hat. Es wird viel zu laut sein, um den Klingelton hören zu können.

In der Dunkelheit der Nacht begrüße ich einsam das neue Jahr. Noch habe ich eine beträchtliche Strecke vor mir. Durch die Windschutzscheibe sehe ich am Himmel die ersten sprühenden Fontänen der Silvesterraketen. Alle Farben und Formen verwandeln den Himmel in ein leuchtendes Sternenmeer.

Ich könnte mich in den Arsch treten, weil ich so lange gebraucht habe, um zu verstehen, wo ich sein möchte. Hätte ich es mir eher eingestanden, dann würde ich nun nicht im Auto sitzen, sondern hätte vermutlich Kinga im Arm, würde sie um den Verstand küssen und mit ihr bis zum Morgengrauen feiern.

Zweifel nisten sich in meinem Kopf ein. Was, wenn sie mich nicht mehr will. Sie hat mir deutlich zu verstehen gegeben, dass sie kein Abenteuer für mich sein möchte.

Daran will ich jetzt nicht denken. Heute ist heute und morgen ist morgen. Wenn ich sie auch nur ein einziges Mal noch küssen darf, dann hat sich die Fahrt für mich gelohnt.

Als ich am Ortseingangsschild vorbeifahre, ist es fast ein Uhr und ich muss mich entscheiden, wo ich sie zuerst suchen will. Ein Blick auf mein Handy zeigt mir, dass niemand versucht hat mich zu erreichen.

Kurz überlege ich, ob ich Kinga anrufen soll, entscheide mich aber dagegen. Sollte sie mich abwimmeln, breche ich zusammen.

Los jetzt, Rapha … Club oder Hotel?

Scheiße, es ist mir ewig nicht mehr passiert, dass ich so unsicher war.

Die Ampel vor mir schaltet auf Rot und ich habe Zeit zum Überlegen. Gelb …, Grün … ich bleibe immer noch stehen. Zum Glück ist kein Auto hinter mir. Natürlich nicht, welcher normale Mensch ist um die Zeit in der Neujahrsnacht mit dem Auto unterwegs? Richtig, keiner.

Bevor die Ampel wieder umspringt, setze ich den Blinker und biege auf die Hauptstraße ab. Der Club ist näher als das Hotel.

Auf der gegenüberliegenden Seite finde ich einen Parkplatz und muss mich kurz sammeln. Vor der Tür stehen einige Leute und rauchen. Immer, wenn sich die Tür öffnet, höre ich gedämpft die Musik.

Mit der flachen Hand streiche ich über mein Gesicht, straffe mich, steige aus und hole meine Lederjacke vom Rücksitz.

„Happy New Year! Bete, dass du noch reinkommst, es ist verdammt voll da unten“, informieren mich die rauchenden Männer.

Ich tippe mir an die Stirn und nicke nur.

Das Café ist nur gedimmt beleuchtet und bietet eine ruhige Atmosphäre. Dafür bin ich umso unruhiger.

Jemand öffnet von innen die Tür und ich steige die Treppen hinunter, wobei mein Herz mit dem Beat um die Wette donnert.

Als ich den schweren Vorhang zur Seite schiebe, weiß ich, was die anderen gemeint haben. Vermutlich passt nicht eine einzige Person mehr in den Raum. Doch irgendwie schaffe ich es, mich durchzukämpfen.

Ellenbogen bohren sich in meine Rippen, Fremde umarmen mich, lachen mich fröhlich an und drücken mir einen Drink in die Hand.

Hinter der Bar sehe ich meinen Bruder mit den Flaschen jonglieren und jede Frau und jeder Mann sieht ihm begeistert zu. Dexter steht am anderen Ende und kümmert sich gerade um ein streitendes Paar. Wie gewohnt schafft er es, die beiden zu beruhigen. Tatsächlich liegen sie sich anschließend wieder in den Armen und ich grinse vor mich hin. Wer kann einem Dexter Williams schon widerstehen?

Die Stimmung kocht, die Menge singt mit, der DJ legt die richtige Musik auf.

Wenn ich mir das hier so ansehe, kann ich nicht mehr verstehen, wieso ich unbedingt zurück zur Party meiner Kollegen wollte. Mehr Party als hier geht definitiv nicht.

Leander hebt den Kopf und erkennt mich. Seine blauen

Augen spießen mich förmlich auf, als er mich zu sich winkt.

Ich drängele mich vor und stehe dann neben Dexter.

„Mann, Raphael! Ich dachte, du bist auf deiner Feuerwehrparty. Was treibt dich her?“

Seine Augen ruhen auf mir, denn er weiß genau, warum ich hier bin.

Ohne ein Wort zu sagen, stellt mein Bruder mir eine Coke hin, denn nur wenn ich mein Okay gegeben habe, serviert er Alkohol. Gierig trinke ich mein Glas in einem Zug leer.

Hier unten ist es verdammt warm, deshalb drücke ich Dexter meine Lederjacke in die Hand, der sie an eine Kellnerin weitergibt.

„Candy, bring die Jacke bitte ins Büro. Ihm ist heiß.“

Anzüglich lächelt Candy mich an.

„Du darfst gerne noch mehr ausziehen, Kleiner. Im Büro ist viel Platz.“

Was sie meint, ist klar. Mit Sicherheit nicht die Haken an der Garderobe.

„Passt schon, Candy.“

Sie wackelt ab und ich wende mich wieder Dexter zu.

„Nun …, bleibst du länger, Raphael?“

„Kommt darauf an …“

Leander steht plötzlich auch dicht bei mir und ich fühle mich unwohl. Keine Ahnung, warum.

„Du hast das neue Jahr also im Auto begrüßt, hm?“

„Jap, sieht so aus.“

Was führen wir hier gerade für ein merkwürdiges Gespräch? Gut, bei der Lautstärke müssen wir eher schreien, aber eigentlich will ich nur eins wissen … Ist Kinga hier?

Mein Bruder zieht die Augenbrauen bis zum Haaransatz und streicht mit seiner tätowierten Hand über sein scharf geschnittenes Kinn.

„Wenn du noch lange wartest, wirst du ausgebootet, Raphael.“

Ich sehe ihn verständnislos an und er richtet seinen Blick hinter mich. Langsam drehe ich mich um und suche den

Raum ab.

Dann sehe ich sie!

Kinga verschmilzt mit der Musik, ist gefangen im Rhythmus und bewegt sich unglaublich gut. Ihr langes Haar liegt in weichen, großen Locken auf ihrem Rücken. Die Arme hat sie in die Luft gestreckt und tanzt sich die Seele aus dem Leib.

Ich fixiere sie, kann meinen Blick nicht abwenden und spüre, wie mir unfassbar heiß wird. Es ist, als würden sämtlich Silvesterraketen in meinem Körper abgeschossen. Alles in mir prickelt, eine Gänsehaut überzieht mich und gleichzeitig fange ich an zu schwitzen.

Kinga scheint es ähnlich zu ergehen, denn jetzt zieht sie ihre leuchtende, orangefarbene, kurze Lederjacke aus und reicht sie Catinka, die sie mit zum Stehtisch nimmt. Logan hat von da aus ein Auge auf die Frauen.

Vermutlich braucht Cat eine Pause, denn sie setzt sich auf den einzigen Barhocker, der dort zu finden ist und trinkt einen großen Schluck Wasser. Sie sieht so anders aus als Kinga, nicht minder schön.

Mein Augenmerk liegt nur auf ihr. Hat gerade noch die auffallende Jacke alle Blicke auf sich gezogen, so sind es jetzt nicht weniger geworden.

Das kupferfarbene, glitzernde Top passt perfekt zu ihrem Teint und betont ihren fantastischen Körper. Jeder Mann in ihrer Nähe scheint die Luft anzuhalten und um einen Platz an ihrer Seite zu kämpfen.

„Willst du nicht zu ihr gehen?“, höre ich Dexter.

Nein, noch möchte ich sie einfach nur anstarren, mir jeden Zentimeter ihres Körpers einprägen, jede geschmeidige Bewegung genießen. Ich nehme nichts mehr um mich herum wahr, nicht die laute Musik, nicht das Stimmengewirr und auch nicht die vielen feiernden Menschen.

Für mich existiert nur noch Kinga!

Sie nimmt ihr langes Haar in ihre Hände und hebt es an,

um sich etwas Luft zu verschaffen. Mir beschert es einen Blick auf die zarte Haut an ihrem schlanken Hals und ich unterdrücke den Impuls, mich sofort durch die Menge zu pflügen, um sie an mich zu reißen.

Vor ihr taucht jetzt ein großer, gut aussehender, dunkelhaariger Typ auf und spricht sie an. Kinga schlägt die Augen auf und lacht mit ihm.

Sie scheinen sich zu kennen und in mir beginnt ein Feuerball zu rotieren.

Hat sie sich so schnell für einen anderen erwärmen können? Ich dachte, sie steht nicht auf One-Night-Stands. Mein Magen vollführt erneut eine Rolle rückwärts. Ein beißender Schmerz breitet sich in meiner Brust aus und ein Ruck geht durch mich, als er jetzt auch noch seine schmierigen Finger auf ihre Hüfte legt.

Ohne Rücksicht auf die anderen Gäste schiebe ich mich auf die Tanzfläche, sehe nach links und blicke direkt in Catinkas weit aufgerissene Augen. Logan schmunzelt nur und zieht sie dicht an sich. Cats Mund öffnet sich und formt ein perfektes „O“. Wäre die Situation nicht so ernst für mich, würde ich jetzt einen passenden Spruch loswerden, doch so habe ich nur einen Gedanken im Kopf …

ER SOLL SEINE PFOTEN VON IHREM KÖRPER NEHMEN!

Während ich mich ihnen nähere, bemerke ich, dass sich Kingas Körperhaltung verändert. Sie versteift sich und legt ihre kleinen Hände auf seine Brust.

Fuck! Ich will das nicht. Wie viele Menschen muss ich eigentlich noch zur Seite drängen, bis ich endlich bei ihr bin?

Jetzt beugt er sich auch noch zu ihr runter und ich sehe Rot. Ich erinnere mich an unser erstes Treffen hier im Club und weiß plötzlich was zu tun ist. Hoffentlich funktioniert es so gut, wie an jenem Abend.

Wie ein Raubtier schiebe ich mich langsam hinter Kinga und sehe, wie sich die feinen Härchen an ihren Armen aufrichten.

„Soll ich dich nach Hause begleiten, Kinga?“, säuselt der Kerl.

Er hat den Satz gerade beendet, da hebt er seinen Blick und sieht mich irritiert an. Da ich Kinga überrage, starren wir uns über sie hinweg an.

Entschlossen lege ich meine Hände von hinten auf ihren Bauch und verschränke sie. Kingas Kopf fliegt zurück und ich habe Angst, dass sie sich bei der heftigen, fast unmöglichen Bewegung das Genick bricht.

Aus ihren samtweichen, braunen Augen sieht sie mich unsicher an. Vorsichtig lege ich meine Finger an ihr Kinn, beuge mich vor und hauche ihr einen leichten Kuss auf die Lippen. Danach richtet sich meine Aufmerksamkeit wieder auf den Mann.

„Ist nicht nötig, sie hat schon eine Begleitung“, knurre ich zwischen zusammengebissenen Zähnen.

„Tatsächlich? Das sah bisher nicht so aus.“

„Sam …“

Kinga hat sich ihm wieder zugewandt, hält aber jetzt mein Handgelenk fest umschlossen. Mit dem Daumen fährt sie immer wieder über mein Armband. Kurz sehe ich auf ihr atemberaubendes Dekolleté und stocke. Sie trägt meine Kette!

Mein Herz droht zu bersten, so viel Gefühl durchrauscht mich. Der Stern mit den Schraubenmuttern schmiegt sich perfekt in ihren Ausschnitt und ich bin unsagbar stolz, dass sie mein Geschenk nicht in irgendeine Schublade gepfeffert hat, als ich gegangen bin.

„Ja, tatsächlich! Sie gehört zu mir. Du kannst dir jetzt ein anderes Revier zum Wildern suchen!“

Sam runzelt die Stirn und wartet auf Kingas Einwand. Vergebens, denn die dreht sich in meinen Armen um, zieht mich am Hemdkragen zu sich runter und küsst mich wie beim ersten Mal bis zur Besinnungslosigkeit.

Meine Hände wandern an ihren Seiten entlang, ich drücke sie fest an meine Mitte, die ihr deutlich zu verstehen gibt, was ich mir wünsche. Ihr leises Stöhnen bringt mich um den Verstand und ich hebe sie leicht an, um sie noch besser verschlingen zu können.

Nichts zählt mehr, nichts um mich herum ist noch wichtig. Mir ist es egal, ob wir uns mitten auf der Tanzfläche befinden oder alleine in einem Zimmer sind.

Ich nehme weder Raum noch Zeit wahr, verliere mich in unserem Kuss, der immer mehr an Intensität gewinnt.

Als wir uns endlich voneinander lösen, schwirrt mein Kopf, unser Atem kommt stoßweise und ich lege meine Stirn an ihre.

„Du hast mir gefehlt, Puppy!"

Vorsichtig gleiten meine Finger über ihr Schlüsselbein, während ich auf ein Wort von ihr warte. Unser Atem vermischt sich und ich habe mich nie so zu Hause gefühlt, wie in diesem Moment.

„Du mir auch!"

Das ist es, was ich hören wollte. Wieder und wieder küsse ich sie besitzergreifend, bis mir jemand auf die Schulter tippt.

„Nehmt euch ein Zimmer, Mann. Macht Platz!", grölt jemand hinter mir.

Wir lachen und gehen Hand in Hand zu Catinka und Logan. Sofort lege ich meinen Arm um Kinga, um sicherzustellen, dass wirklich auch der letzte Mann im Club begreift, zu wem sie gehört.

Logan grinst und schüttelt den Kopf.

„Alter, das kannst du dir sparen. Wer nach der Einlage nicht mitbekommen hat, wer Kinga nach Hause bringt, dessen IQ liegt unter der Raumtemperatur. Scheiße noch eins, da beginnt das neue Jahr doch glatt mit heißem Trockensex."

Kinga wird rot und ihre Schwester lacht schallend.

Ich ziehe mein Mädchen zu mir und hauche einen Kuss auf ihre Schläfe.

Heute Nacht werde ich sie überzeugen, dass wir es versuchen müssen, über die Entfernung eine Beziehung zu führen. Nichts hat sich je richtiger angefühlt, als die Entscheidung heute herzukommen.

Glücklich sehe ich sie an und mich durchfährt ein Feuerwerk an Emotionen.

„Puppy, willst du noch bleiben?“

„Nein …, holen wir die verlorene Zeit nach.“

„Sicher? Was ist mit …“

„Schschscht … Heute ist heute und morgen ist morgen.“

Wieder verschmelzen unsere Lippen, ich schließe meine Augen, lasse meine Zunge mit ihrer tanzen, schmecke ihre Süße, fühle ihre warme Haut und spüre ihren tosenden Herzschlag an meiner Brust.

Perfekt! Einfach perfekt!

EPILOG

Sechs Wochen später…

KINGA

Unruhig laufe ich in meiner Wohnung auf und ab und warte auf Granny.

Mom und Dad sind bei Catinka. Der Frauenarzt hat ihr geraten, für ein paar Tage nicht so viel herumzulaufen und sich zu schonen. Mom hat sofort ihre Siebensachen gepackt und sie sind noch am selben Tag los.

Ich verstehe das und telefoniere täglich mit meiner Schwester, doch heute würde ich gerne mit Dad persönlich reden. Er hilft mir oft bei schwierigen Entscheidungen, weil er stets ruhig und überlegt an die Dinge rangeht.

Nun, Granny ist etwas anders gestrickt, aber ich brauche unbedingt eine andere Meinung.

Endlich klingelt es und ich sprinte zur Tür.

„Kinga, wieso reißt du die Tür so auf? Willst du, dass ich einen Herzinfarkt bekomme? Ist jemand gestorben?"

„Nein, niemand ist gestorben. Aber du scheinst auf allen Vieren und rückwärts hergekrochen zu sein", meckere ich.

„Also bitte! Du hast gerade mal vor fünfzehn Minuten angerufen. Ich habe das Kapitel zu Ende gelesen und bin dann sofort los. Hätte ich gewusst, dass ein emotionaler Notfall im Anmarsch ist, hätte ich den Heli bestellt."

Tja, sie ist nie um eine Antwort verlegen.

Wir gehen in die Küche und ich stelle die Kaffeemaschine an.

„Kleines, bist du sicher, dass Koffein jetzt die richtige Wahl ist?"

„Ich denke schon."

„Mmmpf", höre ich nur.

Sie setzt sich an den Tisch und wartet geduldig ab, doch offenbar dauert es ihr zu lange, bis ich anfange zu reden.

„Was ist los, Kinga? Wieso bist du so nervös?"

„Ich soll eine neue Filiale aufbauen und die Leitung übernehmen", platzt es aus mir heraus.

„Kinga! Das ist ja wunderbar. Du hast dir das so lange gewünscht. Wenn jemand dazu in der Lage ist, dann du."

Ja, ich habe mir das gewünscht und dafür habe ich jede Fortbildung absolviert, viele Überstunden gemacht und all mein Herzblut in die Aufträge gesteckt, die ich bearbeitet habe.

„Stimmt. Es sollen sogar nur Aufträge für Firmen, Events und Hochzeiten angenommen werden. Also keine Laufkundschaft mehr."

„Das wird ja immer besser. Genau das liebst du doch so sehr. Wo ist der Haken? Musst du dafür deinen grumpy Boss heiraten und seine Kinder hüten?", grinst sie.

„Woooaaah, Granny. Nicht schon wieder deine Storys. Bitte, das ist eine schwerwiegende Entscheidung."

„Wieso?"

„Die Filiale … Sie wird nicht hier sein …“

„Sondern?“

„Etwa zweihundert Meilen entfernt. Ich müsste umziehen.“

„Kinga-Schätzchen, das ist deine Chance. Du bist jung und du kannst an den Wochenenden herkommen, das ist zu schaffen. Du wirst dort Anschluss finden und dich einleben. Catinka ist auch weit weg. Das bedeutet doch nicht das Ende.“

„Das ist es nicht … Es … na ja“, stottere ich rum.

Granny legt den Kopf schief und mustert mich streng.

„Kinga Tamasz! Seit wann bist du ein Hasenfuß?!“

Seit meine Chefin mir gesagt hat, wo genau die neue Filiale sein wird. Vorher war ich Feuer und Flamme und nun bin ich ein nervöses Etwas.

„Äh, also, ich muss in Raphaels Nähe arbeiten. Genauer gesagt wird die Filiale nur ein paar Blocks von seiner Wohnung entfernt sein.“

Mein Herz zieht sich schmerzhaft zusammen und meine Wangen werden ganz heiß.

„Oh!“

„Ganz genau … Oh! Was soll ich denn jetzt machen?“, jammere ich.

Ich habe mit Raphael eine wunderschöne Weihnachtszeit erlebt, er bedeutet mir noch immer sehr viel. Als er in der Silvesternacht im Club aufgetaucht ist, hat er mich einfach überrollt. Niemals zuvor habe ich einen besseren Mann kennen- und lieben gelernt. Und damit meine ich nicht nur die körperliche Ebene, auf der wir hervorragend harmonieren.

Die Weihnachtszeit mit ihm und auch die Zeit danach war die beste meines Lebens.

Unbewusst berühre ich die Kette, die Raphael mir geschenkt hat. Ich lege sie nur ab, wenn es unbedingt sein muss.

Wir sind bis zum zweiten Januar im Hotel geblieben und

haben unser Zimmer nicht einmal verlassen. Wir wollten jede Minute auskosten. Danach mussten wir beide wieder nach Hause.

Schon nach ein paar Tagen habe ich Entwarnung geben können, denn unsere Unachtsamkeit im Blockhaus hatte keine Folgen. Ich bin nicht schwanger geworden! Halleluja! Da hat uns das Leben doch nicht gefickt, wie Raphael so schön gesagt hat.

Wir haben wirklich versucht, eine Beziehung zu führen. Einmal bin ich zu ihm gefahren, einmal ist er zu mir gekommen, mehr haben wir nicht hinbekommen. Die Entfernung ist so groß, als dass wir uns mal eben nach Feierabend sehen können.

Dann noch die unregelmäßigen Dienstzeiten und Raphaels Rufbereitschaft. Bei allen Anstrengungen war es in den paar Wochen nicht möglich, dass wir uns mehr oder weniger regelmäßig treffen konnten.

Natürlich verstehe ich, dass Raphael nicht einfach so in eine andere Stadt ziehen kann und bei der dortigen Feuerwehr eine neue Anstellung bekommt. Doch auch ich finde nicht so schnell einen vergleichbaren Job.

Mittlerweile telefonieren wir regelmäßig und die Chemie stimmt nach wie vor, dennoch bekommt unsere Anziehungskraft langsam kleine Risse. Wir vermissen uns und kommen trotzdem nicht zu einer Lösung, die uns beiden gerecht wird.

Hier wäre sie, warum also zögere ich noch?

Tief in Gedanken versunken habe ich ganz vergessen, dass mir Granny gegenübersitzt.

„Möchtest du ihn denn nicht wiedersehen? Wenn ich das richtig verstanden habe, hindert euch doch nur die Entfernung, beziehungsweise eure Jobs.“

„Mhm, ja. So ungefähr. Meinst du, ich soll ihn anrufen und ihm davon erzählen?“

„Kinga, wenn du dich bereits entschieden hast, ihn nicht wiedersehen zu wollen, dann ruf ihn nicht an. In einer relativ großen Stadt muss man sich nicht zwingend über den Weg laufen. Manchmal sehe ich Mrs. Green wochenlang nicht und die wohnt nur um die Ecke. Raphael wird wohl kaum Blumen für die Feuerwehrwache bestellen. Und Blumensträuße verkauft ihr nicht."

„Wahrscheinlich werde ich nie wieder ein solches Jobangebot bekommen."

„Vermutlich nicht. Sieh es dir an, sprich alles mit deiner Chefin durch und entscheide dann. Ihr habt doch noch gar nicht richtig geklärt, was aus euch wird. Das wäre zumindest eine Möglichkeit, es miteinander zu versuchen."

„Vielleicht. Ich werde hinfahren und hören, was dort zu tun ist."

Wieder springe ich auf und laufe wie ein unruhiges Tier herum.

„Sag mal, was ist denn sonst noch mit dir los. Du bist so fahrig und unkonzentriert. Verunsichert dich das so?"

„Keine Ahnung. Morgen kaufe ich mir in einer Apotheke Baldrian. Das lässt mich vielleicht etwas ruhiger an die Sache rangehen."

„Mach das, Kind. Kann ich dir sonst noch irgendwie behilflich sein?"

„Nein, schon gut, Granny. Geh ruhig nach Hause. Es ist schon spät. Ich rufe dich an, sobald ich was Neues berichten kann."

„Gute Nacht, Kleines. Du kannst mich jederzeit anrufen. Hörst du … jederzeit."

„Ich weiß. Danke."

Sie nimmt mich in den Arm und streichelt meine Wange. Sofort beruhige ich mich etwas und gehe in Gedanken schon meine Fragen für morgen durch.

Nach einer unruhigen Nacht mit wenig Schlaf sitze ich im Auto. Die Baldrianpillen liegen auf dem Beifahrersitz und ich überlege, was genau ich will.

Das zweistündige Gespräch mit den Verantwortlichen der Firma hat mich tief beeindruckt. Offenbar sind alle von meinen Fähigkeiten überzeugt und möchten unbedingt, dass ich mich für den Job entscheide.

Wer diesen Deal nicht eingeht, dem ist wirklich nicht zu helfen. Das Gehalt ist um einiges besser, ich habe die komplette Verantwortung für die Filiale, kann eigene Entscheidungen treffen und bekomme vorerst zwei Mitarbeiter, die mir helfen sollen.

Wow …, gerade bin ich echt geflasht. Dennoch habe ich um ein paar Tage Bedenkzeit gebeten, denn das ist eine Entscheidung, die mein Leben verändern wird. Man hat mir bis zur nächsten Woche Zeit gegeben, wobei mir meine Chefin deutlich gemacht hat, dass es kein besseres Angebot geben wird. Sie hat recht, doch ich möchte trotzdem darüber schlafen.

Mit einem unglaublich guten Gefühl laufe ich zum Parkplatz und beschließe, Raphael anzurufen.

Ein paar Mal versuche ich es, doch er geht nicht ran. Da ich so voller Endorphine bin, fahre ich spontan zu seiner Wohnung. Falls er nicht zu Hause ist, dann hinterlasse ich ihm eine Nachricht. Wenn ich schon in der Stadt bin, dann will ich ihn auch sehen. Viel zu lange verzichten wir schon auf Umarmungen und Zärtlichkeiten.

Ich bin gespannt, was er zu meinem Jobangebot sagen wird. Wir hätten dadurch eine echte Chance, uns regelmäßig sehen zu können und eine ganz normale Beziehung zu führen. Was nicht bedeuten soll, dass ich bei Raphael einziehen will. Himmel, nein. Das wäre mir viel zu schnell, aber in seiner Nähe zu sein, zu wissen, dass ich, wann immer ich möchte, bei ihm sein kann, das würde mir gefallen.

Je länger ich darüber nachdenke, desto sicherer bin ich mir, dass der Job ein Himmelsgeschenk sein muss. Ich bekomme beruflich und privat die Chance meines Lebens. Jeder Zweifel, den ich in Bezug auf Raphael und mich gestern noch hatte, ist verflogen.

Wie der Zufall es will, wird gerade ein Parkplatz direkt vor Raphaels Wohnhaus frei. Mit Elan parke ich ein, renne schon fast auf die Haustür zu und stelle fest, dass sie nur angelehnt ist.

Heute scheint mein Glückstag zu sein, denn so kann ich bis zur Wohnungstür gelangen und ihn, falls er zu Hause ist, überraschen.

Mein Herz galoppiert voraus und schon drücke ich den Klingelknopf. Zunächst passiert gar nichts. Enttäuschung macht sich breit, weil ich ihn wirklich dringend sehen möchte, in seinen himmelblauen Augen versinken will und seine feste Umarmung brauche.

Deshalb drücke ich noch mal ziemlich lange auf den Klingelknopf und höre dann endlich leise Schritte. Die Tür öffnet sich langsam und vor mir steht eine sehr junge, winzige, wunderschöne Frau.

Mir entweicht der Atem, von dem ich nicht wusste, dass ich ihn angehalten habe, und ich starre sie an. Wahrscheinlich denkt das arme Geschöpf, ich wäre eine entlaufene Irre, denn ich bin nicht fähig zu sprechen und habe die Augen bis zum Anschlag aufgerissen.

„Ääääh, ist das nicht die Wohnung von Raphael?“, frage ich ziemlich dümmlich, denn sein Name steht auf dem Türschild und ich bin nicht zum ersten Mal hier.

„Doch, ist es. Rapha hatte Nachtdienst und steht jetzt gerade unter der Dusche. Möchtest du reinkommen?“

Hilfe, ihre Stimme jagt selbst mir einen wohligen Schauer über den Rücken. Sie sieht mich freundlich an, während in meinem Kopf nur Leere herrscht.

Mein Blick wandert an ihr entlang und ich stelle fest, dass sie Raphaels T-Shirt mit dem Feuerwehrdrachen Grisu trägt. Es ist ihr natürlich zu groß und reicht bis zu den Oberschenkeln.

Meine Hände fangen an zu zittern, deshalb schiebe ich sie schnell in meine Jackentasche. Meine wackelige Stimme kann ich allerdings nicht verbergen.

„Nein, nein danke. Ich möchte nicht stören. Ich bin nur gerade in der Nähe und dachte, ich schaue spontan vorbei.

Blöde Idee."

„Hm, ja, es ist immer schwierig mit Spontanität und Raphaels Diensten. Kann ich denn was ausrichten?"

Eigentlich bin ich ziemlich vor den Kopf geschlagen und trotzdem kann ich ihr nicht böse sein. Sie ist wirklich nett und bildschön.

„Ach …, schon …"

„Sweety, trägst du etwa schon wieder mein Lieblingsshirt mit dem Feuerwehrdrachen?", höre ich im Hintergrund Raphaels dunkle Stimme.

Sweety dreht sich um, wobei das Shirt ein Stück hochrutscht und einen winzigen Teil ihres knackigen Hinterns freigibt. Ich stehe wie paralysiert da und kann mich nicht bewegen oder etwas sagen.

„Ich gebe es dir gleich zurück, wenn ich die Tür geschlossen habe. Oder hast du nichts mehr dagegen, wenn mich jeder in Unterwäsche sehen kann?"

Sie wendet mir ihr Gesicht wieder zu und zwinkert.

„Ich teile nicht gerne die Dinge, die mir gehören!", höre ich sein raues, schönes Lachen.

Meine Augen brennen und bevor sich die Tränen lösen, drehe ich mich um und stürze die Treppe hinunter.

„Bye …, einen schönen Tag euch noch", rufe ich mühevoll über die Schulter.

Auf der Straße muss ich erst mal tief Luft holen. Die Tränen laufen an meinen Wangen entlang und mein ganzer Körper fühlt sich an, als wäre er mit dem Klammerbeutel gepudert worden.

Wie bescheuert kann man eigentlich sein?! Was habe ich mir dabei gedacht, einfach vorbeizuschauen? Wir sind kein richtiges Paar und Raphael ist bei Gott kein Mönch. Natürlich findet er sofort ein Mädchen, dass liebend gerne mit ihm zusammen ist und nicht etliche Meilen von ihm entfernt wohnt. Das vielleicht sogar in seinem Team arbeitet oder sich zumindest seinen Dienstzeiten anpassen kann.

Nur hätte ich nicht gedacht, dass er sich so schnell

anderweitig umsieht. Das bestätigt mich nur wieder in meiner Meinung. Jemand der kurzweilige Tête-à-Têtes bevorzugt, wird sich nicht plötzlich für eine Fernbeziehung erwärmen.

Selbst schuld, wenn ich mehr in unsere Zeit und unsere Telefonate interpretiere.

Blind vor Tränen fahre ich Meile um Meile nach Hause und werfe mich dort sofort heulend und völlig zerrissen auf mein Bett.

Das Läuten meines Telefons reißt mich aus dem Schlaf und ich hangele nach dem Gerät.

„Jaaha“, nuschele ich.

„Kinga, du bist zurück und informierst deine alte Oma nicht, wie es gelaufen ist? Das gibt mir zu denken.“

Eigentlich bin ich nicht in der Stimmung, aber wenn ich jetzt auflege, steht sie sofort vor der Tür. Also reiße ich mich zusammen, hole tief Luft und erzähle ihr vom Meeting und auch, dass ich momentan nicht bereit bin diese Aufgabe zu übernehmen.

„Warum denn das, Kinga?“

„Es ist einfach so. Bohr jetzt bitte nicht nach, ja?“

„Okay, kann ich was für dich tun?“

„Nein, alles okay, Granny:“

Schnell lege ich auf, weil ich keine Lust auf ihre Ratschläge oder irgendwelche Diskussionen habe.

Mein Schädel dröhnt, meine Nase ist zu und in meinem Bauch hat sich eine Kanonenkugel breit gemacht, deshalb bleibe ich einfach liegen und schlummere wieder ein.

Ein leichtes Rütteln weckt mich. Mühsam öffne ich meine verquollenen Augen und sehe Granny vor mir stehen.

„Ooohwwa …“, stöhne ich.

Natürlich ist sie doch gekommen.

„Du hast nicht geöffnet, deshalb habe ich den Ersatzschlüssel benutzt. Was ist los?!“

Sie setzt sich neben mich auf die Bettkante und nimmt meine Hand in ihre. Diese zärtliche und liebevolle Geste lässt alle Dämme in mir einbrechen. Eine Sturzflut an Tränen laufen an meinen Wangen entlang und ich erzähle ihr die Vorkommnisse des Tages bis ins kleinste Detail. Auch, warum ich den Job nicht annehmen werde. Zu groß ist die Gefahr, dass ich Raphael oder noch schlimmer, Raphael mit seiner Freundin, über den Weg laufe. Es nimmt mir einen großen Stein vom Herzen, alles losgeworden zu sein.

Granny hat geduldig zugehört, mir über das Haar gestrichen, mich hin- und hergewiegt und kommt jetzt mit Toast und heißer Milch an mein Bett zurück.

„Kinga, du hast für deine endgültige Entscheidung noch Zeit, nutz das aus. Du bist gerade emotional aufgewühlt. Niemand erwartet schon heute eine Antwort von dir."

„Aber ..., aber ich kann das nicht, Granny", schniefe ich schon wieder.

Herr Gott noch mal, man sollte doch meinen, dass eine erwachsene Frau sich auch erwachsen verhält.

„Du bist völlig aufgelöst, Kinga. So kannst du doch deine Zukunft nicht entscheiden. Ich rufe jetzt Dr. Douglas an. Der checkt dich durch, du wirkst nicht nur emotional erschüttert, sondern auch krank. Bleib ein oder zwei Tage zu Hause und beruhige dich. Danach siehst du klarer und kannst dich entscheiden."

Mir fehlt einfach die Kraft mich gegen Granny zu behaupten. Also gehe ich zu Dr. Douglas, der uns seit ich denken kann, durch unser Leben begleitet. Er war Grandpas bester Freund. Wir alle haben höchsten Respekt und Vertrauen zu ihm. Für wenige Patienten öffnet er noch heute seine Pforten.

Er wird mir ein Rezept ausstellen können, das meine Nerven beruhigt und mir wieder zu meiner alten Form verhilft. Falls es ein solches Medikament gibt.

Soviel ich weiß, ist ein Allheilmittel gegen Herzschmerz und Unsicherheit bis jetzt nicht erfunden worden. Oder ..., vielleicht ja doch.

RAPHAEL

Ich betrete nur in Jeans die Küche, in der Pia, die kleine Schwester meines Freundes aus der Junior-High, nur in meinem Lieblingsshirt sitzt.

Sie ist erst vor ein paar Tagen bei mir eingezogen, weil mein Freund die nächsten Monate im Ausland arbeitet und ihr WG-Zimmer noch nicht bezugsfertig ist.

Vor drei Monaten hat sie ihren achtzehnten Geburtstag gefeiert und natürlich kann sie nicht noch ein paar Tage zu Hause wohnen. Sie will ihren Eltern nicht weiter zur Last fallen, meint sie. Ich meine, sie hat die Absicht, sich unbedingt der Kontrolle zu entziehen und sich ungehemmt ins Partyleben stürzen. Denn mal ganz ehrlich, welche Last genau meint sie? Nett wie ich bin, helfe ich aus.

Die Warners sind ins Nachbarhaus gezogen, als ich in die siebte Klasse gekommen bin. Mit Paul bin ich durch dick und dünn gegangen. Die süße, kleine Pia, die ständig irgendwelche Bonbons dabei hatte (deshalb Sweety), ist uns überallhin gefolgt und hat uns den letzten Nerv geraubt. Wer will als Jugendlicher schon ständig ein Kind im Schlepptau haben? Allerdings ist von dem „Kind" nicht mehr viel übrig geblieben.

Keine Ahnung, wie oft ich ihr schon gesagt habe, dass sie nicht einfach meine Sachen tragen kann und schon gar nicht nur im Shirt die Tür öffnen soll. Scheinbar bleibt nichts von dem, was ich sage, bei ihr hängen.

Sind alle Achtzehnjährigen so? Es sind gerade mal fünf Jahre vergangen, als ich so alt war wie sie. Shit, wahrscheinlich waren wir genauso.

Wir erzählen uns von unserem Tag, nachdem sie mir versprochen hat, demnächst erst zu fragen, bevor sie meinen Kleiderschrank plündert.

„Übrigens …, wer hat vorhin eigentlich geschellt?", will ich wissen.

„Keine Ahnung, sie hat sich nicht vorgestellt"

„Sie? Eine Versicherungsvertreterin?"

„Nö, so hat sie nicht ausgesehen."

„Wie hat sie denn ausgesehen?", frage ich unruhig.

„Toll, umwerfend, fantastisch, Raphael. Mann, oh, Mann, dir laufen vielleicht Bräute hinterher. Mit denen würde ich sogar gerne ein Date vereinbaren."

„Pia! Wie hat sie ausgesehen? Was wollte sie?"

„Sie hat nur gefragt, ob das deine Wohnung ist. Merkwürdig. Na ja, auf jeden Fall hat sie hammermäßig langes, braunes Haar. Und ihre Augen … wie flüssige Schokolade. Ich brauche dir wahrscheinlich nicht sagen, dass ihr Körper eine einzige Sünde ist."

Nein, braucht sie nicht. Das kann nur Kinga gewesen sein! Wieso ist sie unangekündigt hergekommen?

„Was hat sie genau gesagt, Sweety?"

„Hey, hör auf damit. Ich esse schon lange keine Süßigkeiten mehr! Nix. Sie hat mich angestarrt, als wäre ich ein Alien. Ausrichten soll ich dir auch nichts. Sie hat einen schönen Tag gewünscht und war dann schneller weg, als die Polizei erlaubt."

„Fuck! ... Fuck! ... Das kann doch nicht wahr sein!", schreie ich.

„Raphael, bleib mal locker. Ruf sie doch einfach an",

erklärt mir das kleine Mädchen von damals.

Hektisch greife ich nach meinem Handy und sehe, dass Kinga angerufen hat, als ich noch geschlafen habe. Keine Nachricht auf der Mailbox.

„Pia, hat sie sonst noch irgendwas gesagt oder getan?"

Meine Stimme nimmt eine leicht panische Tonlage an.

„Öhm, nee. Sie hat mich gemustert, wie ein Ausstellungsstück in einer Galerie. Warte …, ich glaube, sie hatte Tränen in den Augen, aber da bin ich mir nicht sicher."

Gott, die Sache ist verkackt. Da bin ich mir sicher. Sofort rufe ich zurück, doch Kinga geht nicht an ihr Telefon. Ich versuche es im Laufe des Tages noch mehrere Male, allerdings lande ich immer wieder auf der Mailbox.

Was soll ich bloß machen? Wo ist sie hin? Ich habe keine anderen Nummern, die ich anrufen kann. Leander kann mir nicht helfen, er hat keine Telefonnummer von Kinga und ihn würde sie wahrscheinlich nicht kontaktieren.

„Habe ich irgendetwas falsch gemacht, Rapha?", fragt Pia ängstlich.

Sie kann sich keinen Reim darauf machen, was gerade in mir vorgeht. Wie auch?

„Nein, Sweety. Hast du nicht. Mir fällt nur gerade nicht ein, wie ich Kinga erreichen kann. Sie geht nicht ans Handy."

„Kinga? Ist sie das?"

„Jap. Ich denke schon, dass sie die Frau an der Tür war. Zumindest hat sie angerufen, als ich noch geschlafen habe. Verdammte Scheiße!"

„Sie muss dir verdammt wichtig sein, wenn du so in Panik gerätst. Woher kennst du sie?"

Wann ist aus dem kleinen Mädchen mit den Rattenschwänzchen eine Fachfrau in Liebesdingen geworden?

Moment, Liebesdingen? Von Liebe hat bisher noch niemand gesprochen.

„Ich könnte zu ihrer Schwester fahren, dort haben wir uns kennengelernt, als ich über die Weihnachtstage bei

Leander war. Vielleicht ist sie da, die beiden stehen sich sehr nahe.“

„Du könntest auch einfach zu ihr nach Hause fahren, vermutlich ist sie dort“, schlägt Pia vor.

Ich schlage mir mit der Hand vor die Stirn. Die naheliegendste Lösung fällt mir natürlich nicht ein. Morgen muss ich erst zum Spätdienst, also reicht die Zeit, um zu Kinga zu fahren.

Ruckartig stehe ich auf, sodass der Stuhl über die Fliesen schlittert. Ohne noch weiter auf Pia zu achten, laufe ich in mein Schlafzimmer, ziehe mich an und schmeiße, für alle Fälle, ein paar Sachen in meinen Rucksack.

„Hab' ich gerne gemacht, Raphael“, kaspert Pia herum.

„Später, Pia. Ich muss dringend los. Pass auf dich auf, ich bin spätestens morgen zurück.“

Plötzlich überkommt mich das Gefühl, keine Zeit mehr zu haben. Mich beschleicht Angst … Angst, dass Kinga die falschen Schlüsse zieht und mich endgültig abserviert.

Wir hätten längst offener darüber reden sollen, wie es mit uns weitergehen soll. Jetzt, da sie denkt … und sie denkt es ganz bestimmt …, dass ich schon ein neues Eisen im Feuer habe, ist mir klarer denn je, dass ich alles für sie aufgeben würde. Selbst wenn ich in ihrer Nähe nur einen Job als Tellerwäscher finden werde, ich nehme ihn an!

Sie soll einfach nur bei mir sein und nirgends sonst.

Immer wieder versuche ich sie zu erreichen und endlich geht jemand ran. Mir stockt der Atem, denn ich habe schon nicht mehr daran geglaubt, mit ihr sprechen zu können.

„Kinga?! Leg nicht auf … bitte!“, bettele ich.

„Hier ist nicht Kinga, ich bin es … Hanna.“

Oje, dafür habe ich gerade gar keine Nerven, dennoch kann ich nicht einfach auflegen.

„Hallo, Hanna. Kann ich bitte mit Kinga sprechen? Es ist wichtig.“

„Nein!“, bellt sie ins Telefon.

„Wie, nein? Ist sie nicht zu Hause?“

„Doch."

Oh, Mann … Hannas Stimme ist kalt und abweisend. So ganz anders als in der Weihnachtszeit. Es muss irgendetwas passiert sein.

„Dann gib ihr doch das Handy, Hanna", bitte ich genervt. Zum Glück habe ich eine Freisprechanlage und verliere keine Zeit damit, am Seitenstreifen anzuhalten, um zu telefonieren.

„Das geht nicht. Sie duscht. Das war ein anstrengender Tag für Kinga. Erst das Meeting wegen des neuen Jobs und dann …"

„Was denn für ein Job? Sie hat nichts davon erwähnt."

„Nein, das wollte sie nicht. Besser ist das auch."

„Wieso ist das besser? Herr Gott noch mal! Was zum Teufel ist eigentlich los?"

„Junger Mann, Gott und den Teufel in einem Satz zu erwähnen ist nicht gerade ideal."

Wahrscheinlich nicht. Hanna ist mehr als nur angepisst. Nichts ist mehr vorhanden von der lustigen Frau, die ständig ihr Lieblingsthema zur Sprache bringt, die unzählige Szenen aus den Büchern, die sie so liebt, wiedergibt.

Shit, Shit, Shit!

„Bitte, kannst du mir nicht einfach sagen, was los ist?"

Ein Schnaufen ist am anderen Ende zu hören, dann Stille und dann legt sie los.

„Wag dich nicht in meine Nähe, denn dann probiere ich vielleicht mal eine der blutigen Szenen aus, die mir gerade im Kopf herumschwirren. Ich mache es mal kurz, denn Kinga will bestimmt nicht, dass ich mit dir rede. Aber ich bin der Meinung, dass es notwendig ist."

Mein Magen stülpt sich nach außen, weil ich das Gefühl habe, Hanna wird gleich mit mir abrechnen.

„Kinga hat einen fantastischen Job in Aussicht, der ganz auf sie zugeschnitten ist …"

„Das …, das ist toll."

„Ganz genau, das ist toll. Sie beabsichtigt ihn nicht

anzunehmen."

„Was?! Wieso nicht?"

„Ganz einfach, die Filiale, die sie aufbauen soll, ist ganz in deiner Nähe, deshalb war sie bei dir."

„Wieso nimmt sie ihn dann nicht an, wenn es das ist, was sie sich wünscht. Außerdem hätten wir so die Möglichkeit, uns häufiger zu sehen."

Hanna knurrt wie ein Bär und ich fürchte, sie dreht gleich durch. Irgendwie stehe ich auf der Leitung und kann einfach nicht klar denken. Besser gesagt, ich kann gar nicht denken.

„Verflixt noch mal, weil sie das nicht kann! Das hat sie dir schon im Urlaub gesagt und du hast nichts Besseres zu tun, als dir nebenher eine Freundin zuzulegen, die vermutlich in deiner Nähe wohnt! Sie will dir nicht zufällig in die Arme laufen, wenn du dich mit einer anderen vergnügst. Reicht das?!!!", brüllt sie in den Hörer.

„Hanna! Leg nicht auf! Ich habe keine andere Freundin. Es ist ganz anders."

Verdammt, hört sich das erbärmlich an.

„Dann erklär ihr das, denn sie ist dabei, die Chance ihres Lebens zu verschleudern, nur wegen eines Kerles, der seine Hose nicht zu lassen kann!"

What the fuck!

Leider kann ich mich nicht mehr rechtfertigen, denn Hanna hat das Telefonat beendet.

Egal, ich trete das Gaspedal durch und lege die Strecke zu Kinga in so kurzer Zeit zurück, dass ich mir wahrscheinlich Sorgen um meinen Führerschein machen sollte.

Vor der Haustür muss ich mich kurz sammeln, dann schelle ich an. Sofort wird der Türöffner bedient, womit ich nicht gerechnet habe.

Ich nehme immer zwei Stufen auf einmal und stehe jetzt Hanna gegenüber. Sie funkelt mich wütend an, nimmt jedoch ihre Jacke und geht.

Unschlüssig stehe ich in der Tür und warte, dass Kinga erscheint. Als nichts passiert, gehe ich rein, schließe leise die

Tür und lehne mich in der Küche an den Schrank.

„Granny, hat es geschellt? Hast du mit jemandem geredet?“, höre ich ihre sanfte Stimme.

Leichte Schritte tapsen auf dem Laminat und ich rieche schon ihren süßen Duft. Alles in mir zieht sich zusammen, denn mich überfällt eine Sehnsucht nach ihr, die ich nicht beschreiben kann.

Als sie durch die Tür kommt und mich erblickt, bleibt sie abrupt stehen. Ihre Augen sind gerötet, hektische Flecken breiten sich auf ihren Wangen und ihrem Dekolleté aus und ihre Lippe zittert leicht. Sie sieht krank aus.

Ich löse meine Arme, die ich vor meiner Brust verschränkt habe und mache einen Schritt auf sie zu. Ihr Zurückweichen ist schlimmer als jedes Wort. Es schneidet durch meine Haut bis auf die Knochen und legt sämtliche Hautschichten, Knochen und Sehnen frei.

„Kinga …“

Sie sieht sich um und erkennt, dass wir alleine sind. Hat sie etwa Angst vor mir?

„Granny … sie hat das hier inszeniert. Wahrscheinlich wieder irgendein Blödsinn aus ihren Büchern.“

„Das glaube ich nicht. Zumindest hörte sie sich ganz und gar nicht amüsiert an.“

„Tsss, sie hat gewusst, dass ich dich niemals hergebeten hätte.“

„Wieso nicht?“, frage ich sie mit so viel Gefühl in der Stimme, wie ich aufbringen kann.

„Weil es nicht mehr nötig ist. Du bist bereits weitergezogen, ich dummes Huhn nicht.“

Kinga geht rückwärts, wird allerdings durch die Wand gestoppt. Ihre schokoladenbraunen Augen füllen sich mit Tränen, während ich weiter auf sie zugehe.

„Nein, bin ich nicht, Puppy.“

„Verarsch’ mich nicht!“

Sie rafft all ihre Kraft zusammen und spannt sich an.

Mit einem einzigen langen Schritt bin ich bei ihr und

nehme ihr Kinn in meine Hand.

„Du warst bei mir, Kinga. Wieso bist du nicht geblieben?"

„Du warst beschäftigt. Ich habe meinen Kaffee woanders getrunken."

Wir sehen uns an und ich ertrinke in flüssiger Schokolade, tausend Nadelstiche durchbohren meine Haut und feurige Sternschnuppen entfachen einen Flächenbrand in meinem Inneren, nur weil ich sie endlich wieder rieche, ihre weiche Haut fühle und sie mir so nahe ist, als wären wir eins.

„Pia ist nicht meine Freundin. Sie ist die kleine Schwester meines Freundes, der zurzeit im Ausland ist. Sie bleibt ein paar Tage bei mir, bis ihr WG-Zimmer frei wird", flüstere ich Kinga zu.

„Ich kenne sie, seit ich mit Paul in die Junior-High gegangen bin. Da war sie sieben Jahre alt. So lange klaut sie ihrem Bruder und mir schon die T-Shirts. Mehr nicht, Puppy!"

Kingas Augen huschen zwischen meinen hin und her und jetzt lösen sich die ersten Tränen, die ich sofort mit meinen Lippen auffange. Der Strom lässt nicht nach und ich schlinge meine Arme fest um sie. Sie zittert heftig, ihre Lippen beben und sie legt ihren Kopf an meine Brust.

Wir bleiben eine lange Zeit so stehen, bis sie sich beruhigt. Plötzlich sieht sie mich an, als wäre sie in einer ganz anderen Welt und das beunruhigt mich mehr als ihre Tränen.

„Kinga? Was ist wirklich los?"

Jetzt klinge ich zittrig und mutlos. Bisher hat sie sich nicht zu meiner Erklärung geäußert. Sie löst sich von mir, was sich anfühlt, als hätte man ein Teil von mir amputiert. Ihre Hände gleiten an meinem Körper entlang und sie beginnt erneut zu weinen. Diesmal so heftig, dass sie ihre Hände um ihren Bauch schlingt und in die Knie geht.

„Puppy, bist du krank?!"

„Nicht wirklich …", krächzt sie.

Ohne nachzudenken, setze ich mich neben sie, ziehe sie anschließend zwischen meine Beine und wiege sie hin und her wie ein Kind.

„Wenn du den Job nicht annehmen willst, weil du lieber bei deiner Familie bleiben möchtest, dann ist das okay, Baby. Wir bekommen das auch so hin. Ich werde herziehen und mir irgendeinen Job suchen. Aber wenn du diese Filiale aufbauen willst, dann komm zu mir, ich bin für dich da und ich will dich. Nur dich, Kinga. Egal zu welchem Preis!“

„Raphael … Da ist noch etwas.“

Ich runzele die Stirn und warte, was ihr noch zu schaffen macht.

„Wir …, also ich … Es ist doch nicht so, wie ich gesagt habe.“

Mir ist schleierhaft, wovon sie redet. Hoffentlich will sie mir damit nicht sagen, dass sie sich eine Zukunft mit mir nicht vorstellen kann.

Innerlich sterbe ich gerade kleine Heldentode und fast überhöre ich ihre leise Stimme. Ich kann an nichts anderes denken als daran, wie ich es schaffen soll, ohne sie auszukommen, ohne ihr sonst so fröhliches Wesen, ihre Energie und ihre Zärtlichkeit.

„Mir ging es nicht gut, also hat Granny mich zu Dr. Douglas geschickt. Er ist ein Freund.“

„Gut, hat er dir helfen können?“

„Hm, er hat herausgefunden, warum ich so unkonzentriert und nervös bin“, flüstert sie.

„Das ist doch normal, Kinga. Auf dich wartet eine große Aufgabe.“

„Auf dich auch.“

„Nein, das ist keine Aufgabe, wenn du zu mir ziehst, das ist ein Abenteuer“, grinse ich in mich hinein.

„Das vielleicht auch, aber wir werden nicht alleine sein, Raphael.“

„Natürlich werden wir das. Pia bleibt nicht mehr lange. Danach ist die Luft rein“, scherze ich.

Kinga dreht sich in meinen Armen um und sieht mich voller Liebe an, sodass mir heiß und kalt wird. Sie legt ihre

Finger an mein Kinn und fährt zärtlich daran entlang.

„Das Leben kuschelt doch nicht mit uns, Raphael“, wispert sie dicht vor meinen Lippen.

Ich verstehe nicht, was sie mir sagt. Doch dann erwache ich wie aus einer Trance und mich trifft die Erkenntnis wie ein Vorschlaghammer.

„Nein …“, hauche ich mit rauer Stimme.

Wieder rollen Tränen aus ihren Augen und sie nickt. Ich will nicht, dass sie traurig ist. Das hier ist zwar ein überraschender, aber großartiger Moment in meinem Leben.

„Kinga, ich habe dir bereits gesagt, dass ich immer für dich da bin. Daran hat sich nichts geändert. Du bist alles für mich und wenn ich noch ein Stück mehr von dir bekommen kann, dann bin ich dem Herrn da oben bis an mein Lebensende dankbar.“

Der Kuss, den ich auf ihre Lippen hauche, ist federleicht und doch so schwer, wie ein lebenslanges Versprechen.

„Ich liebe dich, Puppy. Wenn dich ein Gewitter taumeln lässt, wenn du am Abgrund stehst und du glaubst, keinen Ausweg mehr zu finden, dann fange ich dich auf!

Immer!“

ENDE

Liebe Leserin, lieber Leser,

vielen Dank, dass Du mein Buch gelesen hast. Ich hoffe, Dir konnte das Lesen genauso viel Freude bereiten, wie mir dieses Werk zu verfassen. Abschließend möchte ich Dich noch um einen Gefallen bitten: Als Autorin dieses Buches würdest Du mir sehr weiterhelfen, wenn Du Dir die Zeit nehmen würdest, mein Buch auf Amazon zu bewerten. Für Fragen, Anregungen oder Kritik kannst Du Dich auch gerne jederzeit auf folgenden Wegen an mich wenden:

E-Mail: emiliaharrison@web.de

Facebook: emiliaharrison.autorin

Instagram: emiliaharrison.autorin

Deine,

Emilia Harrison

ÜBER DIE AUTORIN

Die Autorin schreibt unter dem Pseudonym „Emilia Harrison“. Emilia lebt mit ihrer Familie in einer kleinen Stadt im Ruhrgebiet und hat das eigene Schreiben erst vor wenigen Jahren für sich entdeckt. Seit ihrer Kindheit gibt es sie nach eigenen Angaben „nicht ohne Buch zu sehen“. Neben ihrem eigentlichen Beruf versucht sie nun den Menschen ihre Zeit mit leichter Lektüre zu versüßen.

Printed in Great Britain
by Amazon

50798571R00196